一九五三年一月出生于湖南省。一九六八年初中毕业后赴湖南省汨罗县插队务农，一九七四年调该县文化馆工作，一九七八年就读湖南师范学院中文系。先后任《主人翁》杂志副主编（一九八二年）、湖南省作家协会专业作家（一九八五年）、《海南纪实》杂志主编（一九八八年）、《天涯》杂志社长（一九九五年）、海南省作协主席（一九九六年）、海南省文联主席（二〇〇〇年）等职。

主要文学作品有：短篇小说《西望茅草地》《飞过蓝天》《归去来》等，中篇小说《爸爸爸》《鞋癖》等，散文《世界》《完美的假定》等，长篇小说《马桥词典》《日夜书》《修改过程》，长篇随笔《暗示》《革命后记》，长篇散文《山南水北》《人生忽然》；另有译作《生命中不能承受之轻》《惶然录》。

曾获中华优秀出版物奖、鲁迅文学奖、萧红文学奖、华语文学传媒大奖年度小说家奖、美国纽曼华语文学奖等重要奖项，另获法兰西艺术与文学骑士勋章。作品有四十多种译本在境外出版。

然后

散文集

韩少功 著

上海文艺出版社

— 自序 —

　　眼前这一套作品选集，署上了"韩少功"的名字，但相当一部分在我看来已颇为陌生。它们的长短得失令我迷惑。它们来自怎样的写作过程，都让我有几分茫然。一个问题是：如果它们确实是"韩少功"所写，那我现在就可能是另外一个人；如果我眼下坚持自己的姓名权，那么这一部分则似乎来自他人笔下。

　　我们很难给自己改名，就像不容易消除父母赐予的胎记。这样，我们与我们的过去异同交错，有时候像是一个人，有时候则如共享同一姓名的两个人、三个人、四个人……他们组成了同名者俱乐部，经常陷入喋喋不休的内部争议，互不认账，互不服输。

　　我们身上的细胞一直在迅速地分裂和更换。我们心中不断蜕变的自我也面目各异，在不同的生存处境中投入一次次精神上的转世和分身。时间的不可逆性，使我们不可能回到从前，复制以前那个不无陌生的同名者。时间的不可逆性，同样使我们不可能驻守现在，一定会在将来的某个时刻，再次变成某个不无陌生的同名者，并且对今天之我投来好奇的目光。

在这一过程中，此我非我，彼他非他，一个人其实是隐秘的群体。没有葬礼的死亡不断发生，没有分娩的诞生经常进行，我们在不经意的匆匆忙碌之中，一再隐身于新的面孔，或者是很多人一再隐身于我的面孔。在这个意义上，作者署名几乎是一种越权冒领。一位难忘的故人，一次揪心的遭遇，一种知识的启迪，一个时代翻天覆地的巨变，作为复数同名者的一次次胎孕，其实都是这套选集的众多作者，至少是众多幕后的推手。

感谢上海文艺出版社，鼓励我出版这样一个选集，对三十多年来的写作有一个粗略盘点，让我有机会与众多自我别后相逢，也有机会说一声感谢：感谢一个隐身的大群体授权于我在这里出面署名。

欢迎读者批评。

韩少功

二〇一二年五月

目录

二十世纪六十、七十年代

我家养鸡
3

那年的高墙
7

走亲戚
13

戈壁听沙
24

长岭记（一九七二至一九七四）
29

漫长的假期
110

南岳星夜
134

一九七七的运算
139

能不忆边关
142

二十世纪八十、九十年代

收水费
161

四月二十九日
254

布珠寨一日
169

海念
256

杭州会议前后
177

母亲的看
260

美国佬彼尔
183

笑的遗产
263

重逢
192

母语纪事
269

仍有人仰望星空
202

背影（六题）
273

访法散记
211

近观三录
291

世界
227

我与《天涯》
297

放下写作的那些年
245

落花时节读旧笺
324

阳台上的遗憾
251

八景忆雪
354

二十一世纪

月下桨声
361

重返雪峰山
376

空院残月
367

人生忽然
381

笑容
373

中国人的浪漫
384

二十世纪六十、七十年代

我家养鸡

我上小学后不久,正碰上困难时期,碗里的食物越来越少了。到处都有人议论粮食短缺的问题,说有些人饿死了,有些人被饥饿逼得出外逃荒,更多的人被饿出水肿病——父亲就患了这种病。他脸色苍白,全身浮肿,用指头在肌肤上随意戳一下,就戳出一个小肉窝,久久不能恢复原状。

街上什么东西都贵得吓人,而且没有什么吃的可买。出现了很多乞丐,三五成群的,浑身散发出臭气。更可怕的是一些劫犯,专抢吃的东西。有次我看见一个工人模样的人刚走出店门,手中一只热腾腾的馒头就被一个小劫犯呼的一下抢去了。工人模样的人马上追过去,揪住那人的头发便打,大哭大喊,硬要用水果刀杀了小劫犯。但任凭他怎么打,劫犯既不还手也不闪避,只是缩着脑袋大口吞吃,噎得自己两眼翻白,一晃眼就把那只馒头吃得干干净净。

哪怕下一分钟就要砍头枪毙,他也顾不得那么多了。

口粮标准一再减低。政府提倡用瓜菜来代替米粮。但那时候瓜菜也很难买到。早上去买菜,得带上一种购菜卡,根据卡上的购菜限量标准,每人可买上二两或四两。很多小学生也挤在菜店前的长长队伍里,伸长颈脖对那些售货员大喊:"爷爷——""奶奶——""大姑姑——"他们竞相讨好售货员,无非是为了在买菜时能多得到一个小萝卜或一根小苋菜。

父母想尽了办法来让我们姊妹四个不至于饿倒。有一次,爸爸弄回了很多红薯藤,说要在红薯藤里提取淀粉。我们挑了一根藤,咔嚓一折,见断口果然渗出星星点点的白色浆水,看上去很有希望,于是一个个都欣喜异常。可是我们将这些红薯藤放到锅里煮熬了好半天,仍然只得到半锅黑黑的水,又苦又涩,像是苦口的药汤。用筷子捞一捞,半点儿能塞塞肚子的固体物质也找不着。

家里吃饭也开始计划配给。每天早上,母亲给我们几个孩子每人切下一块细糠饼,将细糠饼的大小厚薄仔细比较,怕分配得不公平。到中午吃饭时,则把半锅饭搅得泡泡松松的,往桌上每只碗里装上一勺,就不可能再多了。我是最小的孩子,拿的碗也是最小的。每次我都眼勾勾地盯着哥哥姐姐的大碗,觉得母亲对他们偏心,让他们吃得多。其实后来我也慢慢看出来了,哥哥和姐姐也都眼勾勾地盯着我的碗,在羡慕嫉妒我碗里的丰满。

出于对父母的畏怯,我们都不敢争吵。默默地咽下一丝口水,然后默默地离开饭桌上学去。

有一天,妈妈从乡下探亲归来了,带回半布袋蚕豆,半布袋红薯丝,还有大小四只鸡!此起彼伏的鸡叫声带给了我们很多欢乐和想象。我想象以后鸡能生很多蛋,而那些蛋又能变成小鸡,小鸡长大以后又能生蛋。

给鸡找野食的任务当然交给了孩子。每天放学以后,我回家第一件事就是去看鸡,有时还带回几个同学,让他们也能来逗逗鸡,见识这些颇为珍奇的小动物,共享我的幸福。然后,我就提着小竹篮出去挖蚯蚓，或是网捕飞虫，或是去路边拔拔青草和捡捡烂菜叶。为了找到足够的鸡食，我得走很远很远，天黑时分才能回家。

哥哥姐姐比我忙，正准备考初中或考高中。他们常常为了赶作业而不能陪我出去找鸡食。碰到这种情况，我就生出几分不满，觉得他们对鸡无情无义。

更可恼的是，他们俨然已是半个大人了，经常附和着父母，用大人的腔调来提供杀鸡理由，把不怀好意的目光投向小动物。他们说，鸡不是人，养大就是让人吃的吗，何况我们好久都没闻到肉味了，喉咙里都能伸出一只手来了。他们议论着应该杀那只黑的，然后再吃那只白的……这种议论总引起我一场大吵大闹大哭。

不准杀鸡！——我吼得天昏地暗。

尽管一次次抗争，鸡还是一只只少了，最后，只剩下一只生蛋最多的黄毛母鸡，一个对我家餐桌贡献最大的英雄。这只鸡孤零零的，在小院子里踱来踱去，无论到哪里都找不到自己的朋友，似乎有些害怕，一见人就惊慌地躲避。直到放学时分，我去给它喂食，对它说说话，把它摸一摸，它才显得十分温顺，对我表现出亲近和信任。我压它低头，它就久久地低头。我压它蹲伏，它就久久地蹲伏，非常听话。它的眼睛老投注于我，好像看我还有什么吩咐。一声声"咕咕咕"，似感激，似撒娇，又似不安地诉求什么。

为了让它多生蛋，父亲以前给孩子们分饭时，总在锅里剩一口留给它，让它吃点精粮。后来，全家饿慌了，父亲说人还吃不饱，还管得上它？于是就把它那一份口粮取消了。我觉得不忍心，每餐饭都在自己碗里留一口，去小院里拨给它。

爸爸说："你自己也没吃够，不要留给它了。"

我一声不吭端着饭碗走开去。

爸爸叹口气："这孩子……"

最揪心的事情终于发生了。最后一只鸡也不生蛋了。那几天父母好像在悄悄议论什么，我一跑过去听，他们又不说了。我还是提心吊胆，成天警惕着大人们的一举一动，看是否有杀鸡的迹象。如果有，这一次我说什么也不依，一定要拼命大闹一场，闹得家里天翻地覆。爸爸肯定看出了这一点，一会儿安慰我，说不会杀鸡的；一会儿又说服我，说出很多人比鸡重要的道理……这些使我的心情越来越乱，也越来越沉重。

终于，这一天我放学回家，见小院子里空荡荡的，只剩下那个沾满糠粉的鸡食盆，而厨房里飘来一丝鸡肉的香味。我明白了。我知道我无能为力，知道一切都晚了。我再也忍不住，跑到房里扑倒在床上，伤心地大哭起来。我在哭泣中突然明白了一个道理：大人们是很坏的，而我终究也要变成大人，我也会变坏。这个想法使我恐惧。

几块鸡肉被夹到我的碗里，是母亲特意留给我的。一餐又一餐，它被热了一次又一次，但我还是没有去碰它。

一九八七年一月

○

最初发表于一九九四年散文集
《夜行者梦语》。

那年的高墙

母亲的老家在湖北西部,与父亲的老家相隔不远,但分属两个县。我从来没有去过那里,也很少听父母说起那里。唯一与老家有联系的,是我对爷爷的印象。

爷爷的夏夜里有一堵高墙,布满了斑驳的青苔。一颗颗流星都落到墙那边去了,那边就有了一个疯子。有一次疯子从墙上冒出长长的头发,尖声地笑,向我们摇着一条女人的头巾:"阿毛,拿洋火来——"

我吓得不得了。

疯子是在学爷爷的腔调。爷爷是瞎子,要抽烟的时候,总是这样朝家里有动静的地方发出呼唤。除此之外他很少说话。他经常穿着灰色长衫,坐在阶檐下晒太阳,听我们热热闹闹地过日子,眼皮间或微微张扩一下,显出他还是个活人。他圆圆的脑袋很柔和,像一只褪了毛的猫头。有时候我故意不给他火柴而给他一块瓦片,或者躲在他身后不吭声,他也不发火,咕哝几下,又朝刚才有动静的地方呼唤:"阿毛,拿洋火来呵——"

他在我们家只住了很短的一段时间,就回乡下去了。后来就听说，他死了。那时的我不会注意他是怎么死的，也不会久久地记住他。只记得他每一餐要吃很硬很硬的饭粒，而且夜里有点发梦癫，常常突然从床上坐起来喊叫："来了！""来了！"不知道是什么意思。

如此而已。

倒是邻家的疯子总是重演他的语调，要时时提醒我们什么似的。街坊邻居的小把戏们对疯子兴致勃勃，也纷纷模仿他的模仿。

"阿毛，拿洋火来——"

"阿毛，拿洋火来——"

像是一大群幼龄爷爷的大合唱。

父亲非常生气。拿来一根竹篙，扑打得墙砖叭叭响，把疯子轰下去了。但墙那边还有敲桶的声音和爷爷永不消失的留言：

"阿毛，拿洋火来——"

父亲操一把菜刀往墙上碰得当当响："你再疯，你再敢过来，我剁了你的手，割了你的舌头！"

墙那边终于安静下来。

我还是睡不着。一直给我摇扇子的爸爸早已鼾声响亮，扇子滑到竹床下。姐姐也蜷曲着身子入梦，一条沉沉的大腿压在我肚子上。我仍然看着高墙上的夜空，看流星偶尔飞过。我很着急，怕疯子再次冒出墙头，甩砖头或放火什么的。家里人怎么还能这样睡大觉呢？我想把家里人都叫起来警惕邻家的夜袭，但又怕他们笑我胆小。他们正睡得香甜，睡出很劳累很不高兴的样子，总是皱着眉头或者哎哟哎哟地呻吟。

我总算熬到了很安全的白天，我去外边玩，见邻家的孩子擦着鼻涕朝我笑。

"阿毛——"我讨厌阿毛这个名字，装着没听见。

他们更加来劲了："阿毛，你的瞎子爷爷呢？"

"阿毛，我们到你家院子里玩玩好吗？"

我退入门，把门紧紧关上。我很少同邻家的小孩来往，母亲给我的任务就是不让那些野崽子进院子。我现在有一把红红绿绿的木刀，看守这张门就更加坚定和勇敢了。那两个小孩还是要进来，挤门，嘻嘻笑，而且不怕我的木刀。一不小心，我的木刀在门缝里夹断，我气得哇哇大哭。他们见势不妙，赶快溜了。

他们没有这样的木刀，更没有我家漂亮的庭院和房子，只有糊在脸上的鼻涕，旧鼻涕干成壳子了，又糊上新鲜鼻涕，层层叠叠，像糊鞋底的浆子。南边的一家姓王，姐弟两个总是打架，互相骂娘，然后父亲抄着扁担来把他们统统打出门去。有一次当姐姐的躲在我家大半天不敢回去，用竹竿去偷取她家的饭篮——她家厨房正好有一个窗口对着我家的院子——居然成功了，让我觉得非常激动。王家的父亲还经常自杀，而且总是去街头那口公用水井。据说他好几次等井边没有什么人的时候，就光着膀子，冲着井口烧香，叩头，骂子女不孝骂自己腰子痛有风湿，然后向东南西北的各路神仙一一谢罪，再往井口里钻。但他每次都没死成，只要别人一放下绳子或竹竿，他就紧紧抓住了。每次的结局都是这样，不免有些单调得有点让我失望。我总是听母亲向罗家的女人打听他的下落。"他哪里舍得死呢？下去洗个澡。"罗家女人这样说。

但罗家女人连连叹气地去王家，好像要去分担什么悲痛，为善后这件惨案做点什么。

罗家在我家北边。罗家女人的屁股肥大无比，我总是担心她洗澡时一屁股坐下去，就会把脚盆里的水挤得一滴不剩，甚至把整个脚盆沾起来。她时常摇摇摆摆来访，讨点米潲水或者烂菜叶，以便养大她家的猪；有时候还来我家院子里寻点车前草，说是用来煎药治病。她特别关心街对面的俞三婆婆，差不多每次都要向我母亲叹息："哎呀呀对门街上的俞三婆婆没有细崽子没有九多……"我一直到现在也不知道"九多"是哪两个字，是什么意思。我只记得她一口气说这么长的句子时有腔有板就像唱歌，很好听。

罗家再过去，就是张家。张家老头卖西瓜，拍着搓衣板似的胸脯说保证是红瓤。顾客当场剖开，白的。张老头又愤愤拍着搓衣板："甜哇，你吃你吃！虽说白瓤但它甜哇！"

至于西邻，就是疯子家了。不知为什么，父亲最瞧不起这一家。有一次我问，他们姓什么？

"屙吃困。"

"屙吃困是什么？"

"你想想，一天到晚只是屙屎，吃饭，困觉，不叫屙吃困还能叫什么？剥削阶级都叫屙吃困。"

我觉得好笑。

父亲朝墙那边横了一眼："哼，当小老婆的，还摆什么剥削阶级臭架子？还有怀娥铃呢。"

我直到很久以后，才知道怀娥铃就是小提琴，就是当年高墙那边偶尔飘溢过来的好听的声音。那时我以为父亲指的是一种见不得人的东西，比方说是鼻涕，是尿湿了的床单，是电影里狗特务的电台耳机之类。

我和哥哥姐姐很快把邻家奇怪的名字编成了整齐有力的口号，诸如"屙吃困狗屎棍""屙吃困锅里蹦"什么的，准备用来对付疯子的挑衅。不料疯子很快就不见了。父亲为了我们的安全去墙那边交涉，以转业军人和革命干部的身份，终于迫使他们家把疯子送去了医院，也就把爷爷的声音送走了。从此，墙那边除了偶有一两声咳嗽之外，再无任何声音，寂静得令我奇怪。我怀疑那一边的人早已经死了，死去很久很久了，只是外人不知道而已。外人从他们家门前来来去去，还以为那里有一户人家。

其实那里还有人，还有一位母亲和兄妹俩。疯子是他们的什么人，我不知道。我有一次用竹签挖蚂蚁窝，在墙基挖出一条缝。从缝里看过去，发现那边也是一个小院，有夹竹桃，一团团粉红色拥挤着，甚至爬上了一角屋檐。我看见了一位陌生的姐姐，大概十五六岁，正在洗澡。她辫子盘在头上，全身白净如刚剖开的藕，突出的乳头轻轻跳动着，光滑的两条大腿之间，则有黑色的须毛。我吃了一惊，她怎么会有这么些毛呢？丑不丑呵？难道大人都有这种丑物吗？

我看看自己开裆裤，没有发现毛，觉得有点高兴，也有点扫兴。

晚上乘凉，我看着星空，终于忍不住问姐姐："屙吃困家里有好多好看的花，你看见过吗？"

姐姐不怀好意地眨眨眼："哈哈，你今天到屙吃困家里去了？"

"没有，没有。"我急了。

"不，你一定是到他们家去了！哈哈阿毛今天到屙吃困家里去了！"她在竹床上翻了一个跟头，向全世界宣布我的奇耻大辱。竹床吱吱呀呀响。

"我去了是狗。只有你才去，只有你才去！"

"你说了，他们家的花好看！"

"我没说好看，我没说好看。"

"你就是说了，你就是说了！你赖！"

我愤怒地猛扑上去，把姐姐推下竹床。她的两腿朝天虚蹬了几下，有尖声放了出来，是哭了。父亲把她拉起来的时候，她的鼻子下面一片血光。父亲骂我，她就哭得更加有劲头。

我气冲冲地走出门去，看外面昏昏的街灯。罗家女人在那边摇着大蒲扇："阿毛，来来来，我给你掐痱子。我喜欢你。"

我装作没听见，没有去。

好几天我没与姐姐说话。为了昭示我对屙吃困一家的蔑视依旧，我第二天就用泥巴把那道墙缝塞住了。我还很解恨地朝那边的房顶上扔了两个石头，怒气冲冲地喊："打倒屙吃困——"

墙那边没有声音。墙那边的回答推迟了二十年，成了机械冲床咣当咣当的某种恐吓——那边已经改成一个街办小工厂了。我重返旧居，回忆起一九六五年我家离开了这里。就在离开这里的第二年，我的父亲死于"文革"最初的迫害浪潮。尽管他把我那位逃避农民斗争的地主爷爷送回乡下去交给农会，尽管他把我家的这所房子捐献给了国家，他还是没有被革命阵营接纳，没有逃脱厄运——这些事是我后来慢慢才知道的。

旧居已经苍老。原来的砖房外又搭建了一些偏棚，如同繁殖出一些寄生物，把小院子都挤占完了。我以前住的那间房，眼下成了一个饮食店，门前堆着一筐白生生的猪骨或牛骨。父亲的那间房则成了一个五金铺，但蛛网封门檐草森森，看来早已倒闭。西墙竖着一辆胶皮板车，上面还挂着尿片。

没有人认识我。当年的罗家、王家、张家等全换上了一些陌生的面孔。我不知道他们是死了还是搬走了。

至于疯子那一家，我至今不知道他们姓什么。

只有墙基的蚂蚁依旧，仍在一线线地爬行。它们从二十多年前爬到了现在。我想起小时候没有什么玩具，孩子们就常常玩蚂蚁。我用一只死苍蝇分别引出两个窝里的蚂蚁，让它们分头回去报信，引来各自的蚁军争夺蝇尸昏天黑地大战。看着蚁头蚁肢蚁钳纷纷被咬下来，我兴奋得手舞足蹈，常常唱出电影里的战斗音乐为它们助威。

一九九三年五月

最初发表于一九九七年《光明日报》。

走亲戚

一

三伯伯来看我们。三伯伯就是三姑妈的意思。老家很少对妇女的称呼，女人大多用男人的称呼，只是在称呼前面加一个"小"字，比如姑妈就是小伯，姐姐就是小哥。

三伯伯的男人在躲日军的时候去了贵州，给共产党送药品，被国民党特务杀了。也许幸好他这一死，三伯伯一直守寡，穷得靠卖盐茶蛋为生，经常忙了一天还赚不回半升红薯。土改时她被划成手工业者的成分，又是烈属，成了革命依靠对象。让她当了几个月的妇女会会长，是顺理成章的事。

那一年水灾，她的茅房被水漂走了，日子实在没法过，便把儿女两个送进城来，托付给我父亲。大表哥被我父亲带入部队，当了兵，还读了军校。大表姐则在城里继续读书。据说大表姐初来时一头的虱子，母亲洗了三大盆碱水，又给她剪一个男头，才把她剪出个有鼻子有眼的人样。她的书当然也没有读好，母亲带她去考城北女中时，她还总是把"手"字写成"毛"字，把

"目"字写成"木"字,甚至连自己的名字也要写错,"常"字上面总是写成"宀"。父母后来一说起这事就要笑。

他们兄妹两个年幼失父,所以特别懂事和用功,也给我家很挣面子。大表哥后来当了空军军官,大表姐读完中专后去了西北一个矿山,也是劳动模范。他们的成绩总是成为父亲教训我们的理由。你们看看,大哥哥入党了,大姐姐立功了,还当上工段长了……父亲带领我们索性取消了表哥表姐的"表"字,让我们一家自豪得更加完满。

我对那一段没有什么印象。我愿意相信父母的说法,比方说,我出生以后第一个抱我的是大姐姐,她当时还惊慌地说,舅妈舅妈,这伢儿怎么这么难看?一身的毛呵!我也愿意相信父母的说法,我在街上走丢了的那一次,大姐姐听说此事时正在洗脚,她立刻吓得哭了起来,鞋也没来得及穿,赤着脚就跑出门去找我,狂奔乱喊简直疯了一样……我应该记得这件事情的,不知为什么居然记不起来了。是不是我真的脑子有了什么毛病?

每逢开学,我们姊妹几个便兴奋地等待,等待工作在外地的大哥哥大姐姐寄来礼物。钢笔、球鞋、计算尺……都是些令人眼花缭乱的宝贝,一般还有十元或二十元的学费。其实我是白等和傻等,因为我还没有上学,即便上学也永远在家里处于幼稚的地位,没有资格得到那些赠品。我眼巴巴地看着父亲把那些东西分给了哥哥姐姐,桌子上光光了。他们高兴,我也跟着高兴,跟着他们在几间房子之间不停地蹿来蹿去。

二

父亲死了之后,我们首先通报的亲戚就是他们——三伯伯当时就住在表哥那里,在北京某部队大院。

很久没有回信。我问过母亲，不料她冷冷地说："你说谁？"

我说："大哥哥没有来信吗？"

她说："回没回，我不晓得。"

我说："他应该来信的。"

她说："你以后不要提起他。"

我感到有点不妙。后来才知道，大哥哥是回过信的，只是回信较为冷淡，除了埋怨舅舅自绝于党和人民之外，没敢再说别的什么，甚至没有提到他母亲是否伤心。整篇信还没有写满一页纸。

母亲当时没太顾及对方的处境，没考虑人人自危的整个政治大形势，一怒之下撕了信，又拿出两百多元钱，立马寄去北京，算是彻底清偿了这些年他们的资助。她只是寄钱，没有写一个字。

其实我们家这时候并无还钱能力。因为父亲的失去，家里没有一个人能挣回钱，包括农场里的我姐。父亲的积蓄也撑不了多久，眼看着日子一天天紧起来了。母亲能写一手好毛笔字，好几次去打听有没有地方愿意雇人写大字报，但人家一看这家庭妇女的模样，都觉得这种谋职滑稽可笑。她又想去给人家做保姆，遭到子女的全体反对，而且在一个革命化的时代，雇保姆似乎不是件光彩事，没有人给她提供机会。每天晚上睡觉前，她常有的仪式就是把衣袋里所有小硬币都搜索出来，几个一叠，几个一叠，整齐排列在桌上，然后宣布它们明日各自的重任："这是买豆腐的；这是买小菜的；这是买火柴的……"我也帮她调派着这些小硬币，看着它们银光闪闪地列阵待发，心里十分踏实。

为了省钱，我们做菜时多放盐少放油，以致我到现在还保留了嗜咸的恶习。我们退了一间房，变卖了一些家具，直到上级机关最终办下了遗属抚恤卡，让母亲和我每月能领到一份钱，最困难的危机才算熬过来了。

父亲的政治结论仍然前景不明。每到晚上，我取代父亲的位置,与母亲同睡一床,总是不由自主地搂抱她的双脚,怕她离开我去当保姆,更怕她一时想不开寻短路。节日和假日的时间漫长得令人生畏。邻家来了客人,锅盆碗盏叮叮当当,笑语和肉香朝我家里灌,使我不得不关紧门窗,或者用铁锤敲打什么,发出些惊天动地的声音,以便扫荡自己的心烦意乱。这个时候母亲也不耐孤寂,会带我去街上走走,其实没什么目的,不是要买什么东西,只是把一个个商店胡乱看去,或者挤在充满狐臭和汗臭的人群中看看大字报,看看运动将向什么方向发展。

我们能够在"文革"之外来展开命运的想象吗?不能。因此我们只能在大字报中寻找希望,比方看到一些教授、演员、将军的自杀,就知道同难者众多,不幸遭遇彼此彼此,我们如果不因此而宽心,但至少可以少一些孤立之感。比方我们还看到北京或上海的形势逆转,看到所谓资产阶级反动路线被彻底批判,使曾经红极一时的派别正土崩瓦解,那么迫害家父的那一派是否也将好运不长?——这至少可以带给我们一种暗自高兴的想象。虽然我后来知道这种想象纯属无稽,发现那些迫害者还是在节日里炖出肉香,对什么人倒台了或者什么路线结束了,一点也不着急。

我们不能在大街上安居,因此我最害怕的时候是往回走,在凉粉担子当当小锣敲出的深夜里走回熟悉的大院,熟悉的楼道,熟悉的房门——咔嗒一声,门锁开了,一手推开满屋的黑暗。我们怎么又回到这个小屋?我们为什么只能回到这个小屋?我拿这个漫长的夜晚怎么办呢?

三伯伯就是在这个时候来到长沙的。我猜想表哥一接到钱就知道我母亲误会了,但很多事情没法明言,也不便由他这个军官来说,只好请老人走一趟。三伯伯就这样带着四岁的小孙女南行,一路上停停走走,最后在一片荒地下车——据说整个铁路线处于半瘫痪状态,火车站被红卫兵占领,列车没法进站。她们是半夜下车，两眼一抹黑，摸索了好几个小时，到天亮时分才跌跌撞撞找到我家。我听到楼下有人喊，推开窗子一看，只见一老一少两张满是煤灰的黑脸，四只眼睛眨了眨，似乎是笑了，根本没法分辨谁是谁。一个旅行包丢在地上，看来她们已再没有气力把它拎起来。

"你们找谁？"母亲问。

"快叫舅外婆，快叫哇这丫头！"是湘西老家人的声音。

"你是德芳……"母亲怔了片刻，露出了惊讶之色，很快又把神情整顿得非常冷淡，"你怎么来了？"

我高兴地跑下楼去把她们接了上来。三伯伯一进门就抱着母亲痛哭，母亲则显得冷静许多，虽然也红了眼圈，但连连劝三伯伯去洗脸，去换衣，去吃面条。三伯伯当然吃不下，冲着一碗面条又哭。

三

小姑娘对大人们的哭声有点害怕，偷偷向我身边挤靠。她叫小红——那年头叫这个红那个红的小孩很多。

她第一次见到我，却不怎么畏生，很快就胆敢揪我的鼻子和耳朵。她也把一切好的东西都判定为小红，比如，图书上的小兔、红旗、苹果、小房子、风筝，等等，她一看见就笑，一笑就指着说："这是小红。"然后继续翻页寻找下去。

离开图书以后，她对我的一个大贝壳羡慕不已，也指着它宣布："这是小红。"

我得意扬扬把哥哥带回家的一颗手榴弹找出来，向她讲解这家伙的威力。"这也是小红吧？"

"不。"她不喜欢粗粗黑黑的军用品，让我不免扫兴。

我指着桌腿上一颗冒出头的锈钉子:"这是小红。"

"不,不!"她更急了,"这是你,是你!"她想了想我的名字,总算想出来了,"这是小叔叔!"

我指着我的一双破布鞋:"这也是小红?"

她气得跑过来要打我,追得我东逃西躲,怎么也没法摆脱她要抓要撕的两只小手,最后只好逃进男厕所。"我要屙尿了!"

她毫不犹豫冲进来:"我要看你撒尿!"

"哈哈,你是女的,怎么进了男厕所?"

她想了想这个问题,噘着嘴退出门去。

我是真要小便了,但没料到刚解开裤子,突然听到小红的哈哈大笑——她极其狡猾地又溜进来,弓腰缩头,手指我的裤裆:"我看见小叔叔的鸟鸟啦,我看见小叔叔的鸟鸟啦!"

我来不及拉裤子,当下窘得一脸通红,心想怎么碰上了这么个疯丫头?

她一路欢呼着跑回家去。三伯伯哭笑不得,拍了她脑袋一下,责怪她这么大了也不知羞。她背靠奶奶,黑白分明的眼珠朝上翻了一下。

三伯伯拉着她要走了。我不知道她们为什么这就要走,要走到哪里去。后来我从另一个姑妈与母亲的谈话中,才知是母亲请她们走的。母亲太要强了,坚决不受三伯伯退来的两百多元钱,也不愿她住在我家,说是担心我家连累他们。我的另一个姑妈叫四伯伯。她几乎要哭了,说她住在工厂集体宿舍里,十几个人一间房,都是睡高低床,有些女工还有妇科病,厕所更是脏得一塌糊涂。大人就不说了,小孩子怎么能住在那种地方?天呵,天呵,我拿她们怎么办呀?嫂子你心别太狠……母亲仍然冷冷地说,我们这样的贼窝子,怎么敢高攀他们革命干部?

"你不要翻老账了。他们当时也不是没办法吗?"

"我不是翻老账。我是怕她们这一次来，与我们扯来扯去，到时候又添上新账，影响他们的前途。我可担不起这个罪责。"

母亲的担心也不是完全无理。大院里还是迫害者们当权，警惕的目光经常有一下没一下地投向我家，谁知道还会闹出什么事？这样，三伯伯她们无处安身，在这个城市只待了两天就走了。我瞒着母亲去找过她们一次。她们住在一家小客栈里，房间很暗很潮湿，我进房门后好一阵才能看清房里确实有人，确实是她们。三伯伯呆坐着，还有二十几个小时才能上火车，但她无事可干就只能呆坐着。小红在哭，脸上被蚊子咬出十几个红点，又被自己的手指抓出了一道血痕。三伯伯闪闪烁烁地说道旅店蚊子臭虫太多，又说没什么没什么，这孩子真是太娇气。"痒什么呢？一点都不痒。蚊子咬几下痒什么？"

她坚决不允许小红的皮肤痒起来。

她说有苹果，定要洗给我吃。出去寻了半天，还是没有找到水，便说用毛巾擦擦算了好不好？

我吃了半个苹果，然后带小红出去玩。我让她骑在我头上，从中山路游到黄兴路，想好好地当一回叔叔。但我身上没有什么钱，只能带着她多看一些有意思的地方，比方说，街头的爆米机，药局里的老虎皮，还有消防队红色的救火车，等等。我累得满头大汗的时候，总算还好，有一个小店里卖绿豆沙，五分钱就可买一碗——我的钱刚够。我买了一碗让她吃，看她一口一口吃下去。她掩藏着自己的高兴，吃了一小口，眼睛朝上翻了一下，像是看头上油漆剥落的楼板。她的短腿吊在椅子上，不停地前后甩动。

我吐了一泡口水，抹在她脸上的红斑上，说孙悟空被蚊子咬了就是这样止痒的。她笑着说她已经不痒了。

也许是吃高兴了，她说："小叔叔，我给你唱支歌好吗？"

"你唱吧。"

她从悬吊双脚的高凳上跳下来,背着双手,冲着一个脏兮兮的墙角鞠躬敬礼,把这里当成了演出舞台。刚要开口,她又想起一个重要问题:"我脸上没有抹红呀。"

"不要红,你就这样唱吧。"

她半信半疑地同意了。

老子英雄儿好汉,
老子反动儿混蛋,
要是革命你就站过来,
要是不革命你就滚他妈的蛋——

她咿咿呀呀唱得不太清楚,我开始没听明白,一旦听明白了便顿觉恐惧,继而愤怒:"不要唱了!"我大喝一声。

她吓了一跳。

"唱得一点也不好!"我恶狠狠地说。

她当然不知道我为什么发火,哇哇哭乱了一张脸。后来被我拉着往回走的时候,两脚乱蹬乱踢,把鞋带都踢散了。

四

我以为小红会记住这一天,记住这件事的,这是我的错误。十几年后她再见我的时候,已经是通体散发出成熟气息的大姑娘。她对那一天早已没有任何印象,只是一个劲要我洗手。她的未婚夫以及大哥哥全家都一个个热切地要我洗手,对我的手争先恐后地给予关心,使我擦了三道肥皂也暗自惭愧。

他们为我摆上了丰盛的饭菜,安排了防疫病的公筷,然后神色紧张地讨论流行病,流感、流脑、乙肝、甲肝、二号病等。她的未婚夫说了一个乡下人边揉面边揪鼻涕的笑话，小红，哦不，现在是小虹了——对他投去开心和欣赏的目光，抿着嘴带头笑了，于是全家也哈哈大笑。

首都的周末之夜充满笑声。小虹关切地问我是怎么来他们家的。我说坐地铁。他们立即齐刷刷惊恐地睁大了眼，说你怎么能坐地铁？地铁最危险了，万一断电什么的怎么办？万一有传染病怎么办？他们强烈要求我今后坐公共汽车，再不就打个电话来，让你大哥哥派车去接一接。

吃完饭，表哥披着他的将军服，正要同我说说中东战争。他的几个下级探头探脑来求见首长，进门后立即熟门熟路地把小筐荔枝和小箱鱿鱼送进厨房，并且对包括我在内的首长家人一一强加媚笑。表嫂嗔怪地说，老王你怎么又这样？被称作老王的理直气壮："这有什么？我这次出差广东，一点也不麻烦嘛！"

表哥只好放下中东战争，去与他们在客厅里应酬。我无事可干，只好看看他家的书柜，看看成套的党史、军史、哲学以及政策。书柜旁边挂有一只巨大的龙虾标本，冲着我张牙舞爪。

表哥送走了客人，又过来与我聊天。他说你还在作协工作吗？你们文艺界也真捣蛋。你看现在那些流行歌，成天就是爱呀爱的，战士要是都爱来爱去，还怎么打仗？

我想说明作协不等于文艺界，我更不是文艺界，没法对流行歌负责。

他没等我申冤就说："我不准他们唱了！"

"你这不是违反政策吧？"

"哪来那么多政策？打得赢就是最大的政策！"

然后，他再次叮嘱我下次来不要坐地铁了，地铁太容易出事。

我说："我坐公共汽车，不会坐地铁了。"

"对，不能坐了。"

"我不坐了。"

"我马上要出差。不过不要紧,你什么时候都可以来。住什么招待所?那多不卫生,就住到家里来嘛,这不就跟你家一样?好不好?嗯,我跟你说,不要坐地铁了呵。嗯?"

我不知道该先回答哪个问题,是再次谈地铁还是谈招待所?我只能含糊地点头,看他急匆匆地寻找话题,似乎心事重重没话找话。

我有点后悔到这里来了。我不能像小时候那样骑到大哥哥的肩上,抢过他的军帽或者挂上他的皮带,而且愚笨得总是不知道该先回答哪个问题,那么来这里做什么?三伯伯已经去世,死于咯血,死前常闹耳鸣。我只能瞥一眼她睡过的那间房,那张床。那张床拥抱过一位老人的夜晚长达几十年——她给过我苹果,长相也与我极其相似——亲人们都这样说。因此我忍不住想象我的鼻形,我的眉形,我脸颊的线条,曾一次次掩埋在那张床上的黑夜里。那是不是我呢?为什么那不是我呢?如果说人都是首先以其面相而存在并且被人认知的,那么床上的面相为什么不就是我的一部分?

是我曾经在那张床上咳嗽然后耳鸣和咯血?

母亲曾经一直不让我们子女来这里走亲戚,我第一次来北京时就是那样做的。那一次我下火车时太晚,没法去找住处,我宁愿提着沉重的行李包走去天安门,在广场坐了一个通宵,也没有去敲响大哥哥家的房门——尽管我知道那繁密的灯海里有我的亲人,是的,是亲人。我在广场橘黄色的灯雾里抱着双臂,有点冷。

我那次离开北京时听另一个来京的亲戚说,大哥哥一家在"文革"中其实也很难。他每次随军队去制止武斗,都是带血回家,一进家门就偷偷溜进厨房,洗掉脸上或身上的血迹,偷偷给自己包扎或换药,不让老母亲知道真相。亲戚说这话的时候,眼里红红的。

这些事都很遥远了,以后会更加遥远,被我淡忘。就像小虹一样,我以为她至少可以记住绿豆沙,我下定决心踏进这张家门,至少还可以同她说说这件事。

但她不记得了。

> 老子英雄儿好汉,
> 老子反动儿混蛋,
> ……

哪怕她能记住这首曾深深刺痛我的歌也是好的。不,她也不记得了。她的大眼睛里纯净得什么也没有。

我还能说些什么?我说返程机票已经订好,是明天的飞机(其实是五天后的飞机),我今天算是告别了。真是不巧,真是不巧。表哥全家都为此遗憾。小虹送我去汽车站。她问我什么时候再来。她把她原来读中学时的那幢教学楼指给我看,把他们家原来住的破楼房指给我看,把她现在取牛奶、游泳、看电影、订做蝙蝠衫的地方指给我看。她偏转头的时候,乳房高挺突出。

我毫不怀疑,长安街上秋夜里流淌着的橘色光潮,能够哺育太多这样美丽这样爽朗这样充满自信的少女。

她以前的名字叫小红。

这是小红。

一九九二年五月

○ 最初发表于一九九六年《福建文学》杂志,获同年福建文学奖。

戈壁听沙

六十年代末，一小群中学生曾想瞒着父母去新疆参加军垦——其中便有我这个初中生。那次逃窜未遂的记忆被悠悠岁月洗刷模糊之后，直到去年，我才寻得一机会西出边关。

据说我去得不是时候，草原已枯萎，河流已干涸，葡萄园已凋零，肃杀寒风把梦境中的缤纷五彩淘洗一尽，只留下一片沙海。沙丘，沙河，沙地，沙窟，举目茫茫，大地干净。不管你什么时候在车上醒来，疲乏地探头远眺，看见的很可能仍是一片单调的灰黄，无边无际又无声无息，让人觉得车子跑了几天却仍留在原地。沙地上常见曲曲波纹，或紧密或空疏，层层如老人肌肤的皱折；每一层当风的那一坡面，还稀稀薄薄地披一抹灰黑，似古老的沙漠生出了一层锈。

这里的时间好像也锈住了，凝固了，不然那几根狰狞白骨，何以历久不腐？而那条通向远方的寂寞小路，玄奘三藏是否刚刚扶杖引马目光坚定地离去？

人们不喜欢沙。其实细想一下，葡萄和哈密瓜适宜在沙土里生长，坎儿井这种特异的水利工程也是沙漠特产。因为多沙缺水，人们洗手靠铜壶吝惜地浇淋，脏水也被铜盏承接留备它用，这才有了精湛的铜品工艺。因为尘沙扑面，妇女们都习惯轻柔的头巾和面纱——而且很可能基于同一原因，她们多有长长的睫毛，这才给戈壁添上了神秘的妩媚。沙的严酷，使人们更为勤勉和勇敢，于是市场上有了丰富的羊奶、羊皮以及寒光闪闪的英吉沙匕首。沙的单调，使人们向往热烈，于是荒原上有更多的彩裙，冬不拉和月下奔放的歌舞。那林立的清真寺呢，那显目的油绿色彩和新月图案，也许是对黄沙烈日的补充；而充满着对自然和命运敬畏感的孤零零的祈祷呼号，也许更易于出现在风暴里和荒凉的沙海之中吧。

我想，壮丽的西部文化是不是从我手中这一捧沙砾中流出来的？

这里的人种和文化是多元交汇型。俄罗斯族相当一部分来自战败的白俄，带来了东正教；蒙古族同样作为军人的后裔，带来了喇嘛教；伊斯兰文化源自西亚；而儒家文化则来自关内。直到五十年代，这里还流通着英镑、卢布、马克和"袁大头"，还流散着各种英国的、俄国的、日本的枪炮。当文化用枪炮来体现的时候，密密火舌就把西部焚烧得进一步沙化了。我曾在汽车上看到不少干干的河谷，问起来，当地人也不知道它们的名称，只是说那些河早就不存在了，仅隐约闪烁在老人传唱的民歌里。于是，我就只能默默注视这些河的尸骨，干瘦，痉挛，像一个个问号葬在风沙深处。

西部汉人不少，但没有当地的汉方言，因为汉人多为外来者，都说普通话。解放以后，曾有几批汉人迁入，主要是：王震部解放军约三万；陶峙岳起义部队约八万；来自湘鄂京沪等地的知识青年数十万；此外还有为天灾人祸所驱来的"盲流"。解放初期，政府考虑到性别的平衡，曾从各地迁入女性入疆。我在这里遇到好几位青年，问起来，他们的母亲多是湖南人。

这些伟大的母亲和她们的亲人，与西部各民族一道，真正开始了对沙的征服。据说当年解放军为投资军垦，节省军费，每人每年少发一套军服，而且军服都没有衣领和口袋，省下一寸算一寸。白日汗淋全身，夜晚围炉取暖，反正军营里鲜有女性，官兵们赤条条来去倒也无牵挂。中央知道官兵太苦，曾给他们一人补发了几百块钱。但他们口袋里的光洋叮当响，就是买不到什么东西。

一位医院护士还向我说起她以前的一些知青伙伴。她们初入疆时，怕附近劳改营的歹徒，怕野兽，怕鬼，晚上不敢上厕所。团场给她们发的马桶，经干燥的风沙吹打，早已扭曲开裂不能用。于是她们只能紧闭房门，一个人哭起来，女伴们就陪着哭一夜。有位女子想妈妈，实在忍不住了，带着一个提包独身外逃，结果迷路在大沙漠中。找到她时，发现她双腿已经冻坏，只得将大哭大闹的她送往医院，锯掉双腿……

在乌鲁木齐，在喀什和石河子，我在陌生的人影中默默地寻找，想知道谁是当年那位锯去双腿的城市姑娘。我甚至想，要是十六年前我来到这里，我会是这人海中的谁呢？是那位蹲在墙角咬着羊肉串、不时用油光光的袖口抹嘴的大胡子吗？

戈壁滩收纳了太多的血汗和眼泪，但这一切流入疏松沙土，很快就渗漏了，无影无踪了。一捧捧沙砾，竟全是同样的灰黄色，没有任何痕迹。

远古时期的戈壁似乎是较为繁荣的。西域早就是中国版图中重要的一部分。考古工作者还证明，这里存在过石器时代，而东亚很多民族与这些石器有着奇妙的关系。黄帝族和炎帝族（羌族一支）都是从西北游牧区先后进入中原。苗史专家们曾推测苗族发源于帕米尔高原，后东迁中原以至西南。一些土家族史学者也曾认为土家族为伏羲之后，源于甘肃，并以龙山县彭何两姓均自称"陇西堂"为证。研究古代服装的沈从文先生，曾认为今天的苗装，可能保留了西部原始氏族的服饰特征。王国维的《读史》诗则开篇就是："回首西陲势渺茫，东迁种族几星霜？何当踏破双芒屐，却向昆仑望故乡。"又说："自是当年游牧地，有人曾号伏羲来。"

如果这些古代民族都是源自西部，或者至少说——它们曾一度被西部的山川所养育，那戈壁滩真是一个孕生中华民族的巨大子宫。上下几千年，它输送了一个又一个的种族远去，流尽了血，自己却枯缩了，干瘪了，只剩下一片静静的荒沙，还有几声似乎沙化了的鸦噪。

谁能说清我们祖先当时离乡背井披荆斩棘长途迁徙的原因？谁能说清这神圣的发祥地为什么一瞬间竟沙化出如此的静穆？我在吐鲁番的历史文物馆里看到了一具木乃伊。这是一位体态丰腴的少妇，长长的黑发很美丽，干瘪下陷的腹部更突出了骨盆的宽大，一身皮肤均为酱紫色，隆起的肌肉像蟑螂壳子，使人感到里面很空很轻，感到她确实已经死去，不大可能重新站起来。她惊慌地拧着眉头，目注长空，双唇中填着一只半卷着的大舌头，像咬住了一句刚要说出口的话。她要说什么呢？是要说出这灰黄色历史的秘密吗？

我静静听着，她终于没有说，只有室外呜呜咽咽的风沙声。

那是戈壁在哭泣罢，是思念它孕育的东亚亿万子孙而哭泣吧——戈壁滩如此干枯，以致没有泪水了，只有这呜呜咽咽的干泣。

我突然想起，十六年前我鬼使神差地要远赴西域，一定是在睡梦中听到了这哭泣，有一种孩子对母胎下意识的眷念和向往。

我离开新疆时没有坐飞机，目的之一是为了更多地看沙和听沙。火车昏沉沉地摇晃着，因为路基多沙，松泡，不宜高速。坐在对面的是一位维吾尔族青年,他告诉我,政府正在考虑运用日本专家在中东治理大沙漠的经验,中外合资,来绿化戈壁。当然,这需要很多很多的钱。但我们会有钱的——他笑着说,抽了口莫合烟。

我点点头。这时,车头长啸了一声,拉着列车掠过张掖,向河西走廊的出口奔去。我感到我正在从母腹中第二次诞生下来。

一九八三年十二月

○ 最初发表于一九八三年《湖南日报》。

长岭记（一九七二至一九七四）

少年时，我被一位老师要求写日记，写的几篇又被她拿去宣读和夸奖，于是写得更来劲，更得意扬扬，以至一九六八年下放农村，作为全国一千六百万知青之一，也习惯性地往下写。前期两本，不慎遗失在汨罗县漉湖围垦工地，可能最终被农友拿去卷烟或蹲坑了。所剩只有一九七二年后的部分。

再次翻出这些发黄纸页，它们只是一个老人对遥远青春的致敬，也是对当年一个个共度时艰相濡以沫者的辨认和缅怀——他们不一定记得这些往事，不一定乐意再提某些旧事，其中不少人甚至已经离世。一旦走散，人们相忘于江湖，这种情形当然是再正常不过。

但我代你们记住了，记住了一些碎片，就像一个义务守夜人，未经当事者们委托，也不知有无必要，为你们守护遍地月光。

直到月落星沉，你们也没有来。

此次发表，不易确保现场原貌。首先，日记上有不少当时顺手抄来的格言、诗词、美文，即少年们常用来热血励志或满心崇拜的那种，约占日记的四分之一，若不加割舍，便有侵犯他人知识产权之嫌。其次，忙时偷闲，有时候困乏不已，记得过于仓促和凌乱，连自己事后也挠头费解，如同面对一些密码，面对若干出土的破碎陶片，若无一点清理、拼接、修补（比如这一次加上了括号里的词语，加上了必要的脚注等），就很难辨出眼前是一只盆，还是一个罐。

这样，眼前文本就与最初的日记有了些距离，叫"日记"让人犹豫，那就叫"记"吧。

二〇二〇年九月

一九七二年

三月二十一日

（转点到长岭大队后）出工第一天！平整秧田，准备小苗带土移栽。出工的有辉仁、再章、化仁、义求等。还有（胡）志辉，是宣传队的，打鼓打得出"凤点头""狮子滚绣球"的花样。化仁则是老熟人了，（在茶场）与我们共过事，仍旧流鼻涕，说话不清楚。

队长是（胡）辉仁，见人先笑，和气先生，面糊佬。义妹子[1]（张义求）犁田，漏下边边角角。再章扛着锄头走过来，一声一声指责："你画大字呵？"辉仁又是和事，只是说牛没劲。据说以前开春下犁前，牛也要打牙祭，吃黄豆甚至鸡蛋。

太阳还很高，我们就收工了。豆豉（陆莉莉）要被调去学校教书，但她不愿去，情愿扛一把锄头，怕被学校套住了，以后影响招工（回城）。其实，以后的事都是塞翁失马，谁算得准呢。

---

[1] 当地人常把男人喊成"妹子"，来历与理由不明。

三月二十二日

文化组（县革委会政工组所辖[1]）来检查，老蓝（再根）带队，搞得大家手忙脚乱。在大队部礼堂凑了些旧节目。伟伢子（陈伟达）都唱跑了调。

三月二十三日

收工后有点无聊，第一次觉得时间这样长。

沈瓜皮（沈白薇）不安心，说一声对不起，终于打背包走了。她说这里电也没有[2]，就三两盏油灯，晚上"打得鬼死"，太吓人。她那一天失足，差一点掉进厕所粪坑，更坚定了撤退的决心。有人说，要是有个满哥哥看上了她，或被她看上，事情可能就是另一回事。但谁知道呢？

其实，既来之则安之，"瞎眼鸡婆天照应"。人到了哪里都能创造一个新环境，干吗要把以后考虑得那么复杂？

这里比（公社）茶场还是好多了。大队部的人都住家，因此收工早，各有家务去忙，晚上从不开会。一餐还是一个菜，但油花子稍多，王老倌还做了坛刹辣椒。队长心软，对大家都客气，"将心比心"是他的口头禅。只是他那个海伢子，调皮，昨天骂伟伢子："你胯里的毛鸟鸟出来啦——"他又骂志宝（张志军），骂（张）小克，骂我，觉得这一句无往不胜。他爹也不管，只是嘿嘿笑。

三月二十五日

今后的路该怎么走？

生活是混浊的激流，我们是逆流而上的水手。不要依恋过去，也不要空想未来。未来就在你的脚下的每一步！

---

[1] 当时地方政府均称革命委员会，下设政工组、生产指挥组、保卫组等部门。
[2] 公社茶场有制茶车间，用柴油机发电，因此能季节性地顺带提供照明。

三月二十六日

平田，铺沙，铺泥，下种……据说小苗带土移栽的成活率高，返青快，但既然带土，到时候运秧和栽秧肯定麻烦得多。

今天下了两担禾种，薄薄盖上稻草保温。赤脚下田时，冷得像割刀子。田里还有暗藏的"滂眼"，即水下的陷阱，一不小心踩下去，泥水就没到屁股。每到这时，农民就哄笑："有牛肉吃啰——"

牛背上栖息着一只鸟。乡村里的春天倒是很美，红的映山红，黄的油菜花，紫的草籽（苜蓿）花，绿的山坡竹林，像五颜六色的万花筒。

三月二十七日

今天又认识了几个人。所谓"大队部"，就是茶场十几号人。还有米厂三人。（康）远辉，杨家桥的，与大队部只隔一条垄。（李）三奎，厚嘴皮，木讷，张家坊的，据说是地主子弟，工业大下放时从湘潭回乡，懂机械维修。他们用柴油机打米，成天咚咚咚，满身是糠灰。

开票的叫戴迈中，无妻，住大队部，铁青的脸，每次吸烟都吸到烟屁股尖，差点烧到手和嘴。他常正襟危坐读旧书，也给旁人讲诸葛亮、曹操之类，是《说唐》《三国演义》《东周列国志》那些。人们说他脾气暴，有一次打禾，他在休工时回家烧水，好半天不见水开，只有瓦壶嗡嗡叫，当场就把瓦壶抓起来砸了个粉碎，说老子渴得喉咙里冒烟，你还嗡呀嗡呀唱歌。老子让你唱！让你唱！

他病故的老婆留下一儿子，叫"大脑壳"，读小学了，也是个暴脾气，可以捧着一个大碗吃干辣椒拌饭，吃得满头大汗。

三月二十八日

"大队部"还有一间药房，药师杨（爱华），口音是岳阳那边的,又矮又胖,兼任接生婆。她接生无数,自己的儿子却是个"哈宝(呆傻)",据说已十几岁,但还是一个长出了抬头纹的娃崽,走路踉踉跄跄、飘飘忽忽,歪着头看人,只会讲两句话。一句是见男人都喊"爸爸"。另一句是不高兴了,见谁都"×妈妈"[1]。男人听了这两句话都生气,嫌他的鼻涕泡,用巴掌威胁,吓得他跑到远处回头再骂。

杨与戴这两位邻居的关系不好,不知是什么原因。今天他们又在坪里相反(吵架),不知为什么事。戴咬牙切齿,说她占公家的便宜,一口一个"妖怪"。接生婆在地上打滚,翻白眼,大哭大闹:"老天,你视(看)呀,视呀,他一个臭麻子欺侮孤儿寡母……"要不是队长在,这台戏不好收场。

三月二十九日

丙崽冲着他妈也只会说"×妈妈",但做妈的还是笑眯眯,百般抚爱,唠叨好一阵。"我家的丙崽会骂人呢",这也是她的骄傲。

她男人据说在粮站工作,极少回来。大概是对这个呆傻儿不满意,迁怒于他妈。她也把对自己苦命的哀叹,变成了对丈夫的怨恨。远辉说,很多人至今也只见过他一次,是他们吵架。杨爱华坐在门槛上大哭大骂:"你拿刀来杀了我呵!你不给我粮食,要饿死我两娘崽,好歹毒你这个家伙……"

这个那个妇人请她去接生,是她最受尊重、大概也是最高兴的时候。她穿红戴绿,挎上医药箱,一摇一摆地上路,像个大号的花鸡婆。

三月三十日

下了一场雪子,倒春寒。队长最担心这种情况,说秧苗可能保不住,到时候借秧或者买秧,都可能没地方可去。最后一招是

---

[1] 娃崽(丙崽)后来成为笔者小说《爸爸爸》(一九八五年)中的人物原型。

夜里去偷秧，要准备打架。

他带着我们去除雪和盖草，看能不能保住苗。还得准备柴，碰到大雪，据说就去秧田边烧火。

柳（汉清）哥又来信，说铁四局的队伍已到河南驻马店，他还是负责宣传，打算今年加强美术理论学习，搞一两幅大的创作。他问手风琴学得如何。其实他那个琴已塌了两个键，没法弹了。小提琴也被司令（彭建军）一借不回头，可恶！听说去年他已招工，到了二三四八（工厂）。

四月一日

一直阴雨，心情也沉沉的。回到（公社）茶场，发现已有陌生感。本地农民换了不少新面孔。新来的汨罗知青年龄小，也不认识我们老一辈。

想当初大家刚来时，恍惚就在昨天，大雪纷飞，天地白茫茫，知青们赖在被窝里不起床，只是一个劲地唱歌。俄国的、朝鲜的、蒙古的唱了个遍，还隔着墙互相拉歌。那样的欢乐日子一去不返。眼下不再有小提琴和口琴的声音，更没有夜深人静之时，杠铃重重砸在地上的咣当巨响。

兆矮子用半个红薯招待我，肯定是偷的红薯种。以前每次打牙祭，好容易吃上肉，每八个人在地上围一钵，他总是带自己的满孙来，打个楔子，揩点油，筷子还插得又快又狠。连化仁（厨工）都很生气，挂着鼻涕骂他。更让人嫌的，是他穷得没被褥和蚊帐，没人愿意同他搭铺。他经常一到晚上就东窜西窜，一个瘦精精的猴子，见床就钻上去，就赖着不走。你能杀了他？

有两个陌生知青在出黑板报。这是我以前的活。那时我一个人半天就能干完，不像他们现在，据说要两人干一天，比我聪明。

四月二日

天转晴。挖茶坑。每人四十个洞的任务，长、宽、深都得有一尺五。这全看运气，碰上松土，半天干完，还收早工。碰上铁硬的"巨咬子土"，就喊天吧，耙头下去常常就会弹跳回来。

志宝帮豆豉（两人好像已分手）。我帮她[1]。

四月四日

读完车尔尼雪夫斯基《怎么办》，还有《契诃夫的戏剧创作》[2]。契诃夫多次强调剧本的"潜流"，展开来，可能包括情绪、生活、世界观等所有一切，很多没说出来的东西。

柴油灯烟大，不久就会读成黑鼻子。

四月六日

参加（汨罗县）文化馆歌曲创作班[3]，五天，住招待所。每天发五毛钱（用来交生产队）记工。另有五毛钱伙食费。中晚餐有点荤，洗锅汤随便喝。

昨天刚来，不小心进错了房间。这里走廊里一长排房间，门都一样，床也一样，很容易搞错，何况是熄灯后。我摸上那张床就睡，只是片刻后，发现对面床有女人在说话，才吓了一跳，穿上衣溜走。幸好那是一空床，幸好床主那一刻也没回来，也幸好那两个说话者一直无察觉，没大叫起来抓流氓。

原来我该进的是隔壁一间！

四月七日

同房的胡学军，人称"学迷糊"，长乐（公社）人，一对招风耳，又瘦又黑，像个鸦片鬼，居然在北京读过中央音乐学院附中，是特招生，只是被"文革"中断，没毕业。他有一个音叉，是老

---

[1] 指知青梁预立，后为笔者之妻。
[2] 当时图书馆关闭，知青读的书多靠私下里互通有无，其中不少流散自图书馆、书店。
[3] 一九七二年后，全国因政治运动而沉寂多年的文艺创作逐渐恢复，得到官方的支持和倡导。

师所赠。还有一大包旧作,有进行曲、圆舞曲等,都有苏联风味,应是出自"胡学军斯基"才对。一些民歌则有广西那边的味。《犁田山歌》《布谷鸟》很好听。

他好酒,喝了酒就睡,睡到中午还不醒。他说:"你们的歌是写出来的,我是一个抱(孵)鸡婆,歌都是睡出来的呵。"

下酒菜无所谓,据说有时候,有一个干辣椒就行,或者买两分钱酱油,装在自行车铃盖里,用一根铁钉子蘸一蘸也能下酒。

彭贵求是他同乡,说他在队上什么也干不好,队上只好安排他放牛,算是给口饭吃,拿这个活菩萨没办法。

四月八日

看老片子《卖花姑娘》。有一个流行说法:朝鲜电影哭哭笑笑,罗马尼亚电影搂搂抱抱,越南电影飞机大炮,中国电影新闻简报。

四月九日

写了一个初稿,给文工队和文化馆的唱了唱。他们觉得还可以,曲子还算流畅。熊(戈)哥是二胡首席,说副歌部分不错。

晚上到商业局宿舍,在陈(布霞)老师家小坐。他科班出身,善谈,从大学同学谈到广州军区某首长,又谈自己的作品,找出以前的笔记本,讲解什么是三和弦,什么是减七和增七和弦,什么是音乐形象。他的歌还很好听,至于什么主题,我听不出来。他说有一段是表现百花盛开,其实也像"一圈一圈磨豆腐"。这是学迷糊说的。

四月十日

好日子结束,回长岭。昨晚买了信封和小号电池,顺便去见(罗)改麻子。她说自己现在从事脑力劳动了,需要营养,再吃茶场那种猪食样的饭菜,我个妈呀,实在受不了……

这话让人生气。她以为她是谁?鼻子长得有点西洋味(文工队有人这样夸过),就有权说蠢话了?不就是刚调上来几个月,演个对口词、丰收舞什么的吗，就是"脑力劳动"了，那猪食样的就该我们这些下等人来吃？

最后，她不知发生了什么，怔怔地看着我突然走人。

四月十二日

寂黑的夜。从长乐挑竹子回来，身上没有一寸布是干的，一步一滑。多亏途中一农户好心，让我们躲雨，借米给我们做饭。

四月十三日

在地上说白话（故事）解闷。义求今天说的是：有这么一个爸，嫌爷爷久病不治，是个负担，带着儿子将爷爷抬到山上去喂老虎（虎）。下山的时候，儿子要把箩筐带回。父亲说："还要那个破箩筐做什么？"儿子答："以后抬你还要用呵。"父大惊，继而大惭，带着儿子又把爷爷抬回家了。

四月十五日

（公社）茶场去年只兑现一半，欠了大家的钱[1]。今晚相约去讨要，江（书记）从门里探出个头，厉声说："现在上党课！"然后就砰的一声关门。

有什么办法？又白跑一趟。

回长岭，还只走下蛇嘴岭，就听到田垄里一阵窸窸窣窣，声音由远而近，原来是大黄狗远道来迎，摇尾巴，又扑又舔。奇怪，还隔着两里多路，它怎么就听到了我们的脚步声，还辨得出是我们？

四月十六日

满天星光，一片蛙鸣，几乎无声的小溪流水。如此良辰美景有何用？昨天还是挖茶洞，累得全身散了架，被痛打了一顿似的。

---

[1] 农村劳动只记工分，年底才决算分配，包括扣除粮款。一般来说，这种常常只在两位数内的"年薪"，也要分多次才能兑现。

一倒在床上,整个身体好像在无边的昏暗里落呀,落呀,落不到底,云里雾里。

四月二十日

插秧。抛秧的时候,一扎扎砸得田里泥浆四溅,砸出笑声和骂声。不一会儿,差不多每个人都成了鬼脸,脸上和身上全是泥点子。岳夫子说:"叫花子就要舍得一张脸,做功夫就要舍得一身衣。"

四月二十六日

秧插完,今天才终于有了伸直腰板的幸福。我和志宝、(张)小克、伟伢子去上大胡,在小老胡(胡甫成)和大老胡(胡应根)家闲坐。他们是兄弟,两家相邻。这里竹林幽深,还有荷塘,有几栋殷实的大房子,栋连三间或五间,明三暗二,或明五暗三,外加"拖步(檐尾偏屋)"。相比之下,下大胡也是胡姓,但看上去要贫寒和杂乱许多,弥漫着来去无踪的粪臭。

上大胡的人以勤快和精明著称。据说某爹是一绝,不管跑多远,跑多快,也要把一泡屎憋到自留地上才拉,肥自己的瓜菜。大老胡出身富裕中农,也是劳动上瘾,尽管当了大队长,但说自己最怕开会。"没办法,就是做惯了一双手呵,只要歇一天,就要歇出病来。你看这何得了?"他苦恼地说。

四月三十日

化肥又贵又难买。肥料主要靠沤氹、种草籽、出牛栏(粪)、烧火土(草木)灰等。最肥的是粪,特别是人粪。队上派人上门上户去收,怕主家临时掺水,就要按质论价,分等级。这也是年终分配时社员们的一项收入。有人吹牛,说他家是一直吃茶油的,腊月间杀了年猪的,这个月吃了好几斤面(条)的,啧啧,什么样的伙食,必须定甲级!上门的人不同意,说你家池里尽是水,坨子(干货)少,臭气都没有,顶多是乙级。主家就急了:怎么不臭？你再搅一下，你闻闻，你闻闻，你鼻子上没洞洞呵？

这一类纠纷经常有。

五月二日

花了一天时间，第一篇小说《路》大功告成，兴奋不已。小克说，元贵这个人物很有味。印象深的细节，是他家吃红锅子菜（无油的），灶台上挂一块肉皮，炒菜前拿来在锅里划两圈，就算是下油，因此那一块肉皮可挂上个把月。他去供销社买火柴，买盐，买布，也要讨价还价的。其实兆矮子就是这样的人。

小克说，正面人物还立不起来。可生活中，哪有他说的那种高大形象？哪有那些惊心动魄的感人故事？但小克认为，应该是我们的观察不到家，是我们的世界观还改造得不够。这话说得我不服也得服。

五月三日

下乡三年，还没薅过禾。今天开始学，脚不大听使唤，有时踩翻了禾，有时没薅掉草，看来还真是行行出状元。

宣传队里暂时闲着的也参加了。（戴）铁香最会捉鳝鱼，下手就一条，像个假小子。（李）应贤、（胡）瑞希、（康）爱水也不含糊，很快就把男的落下一大截。这些农家妹，口头禅经常是一个字"鬼"或者是"好大一只鬼"。她们表示不相信："鬼！"表示不接受："鬼！"表示不高兴："鬼！"……若问她们如何有这么多"鬼"，回答是不承认："鬼咧！"

爱水就是"爱子"，瑞希就是"瑞子"，可庆就是"庆子"，如此等等。本地人叫小辈或同辈，一律简化，只叫一个字，再缀一个"子"，相当于昵称。就像一些器物的名称，如鞋子、袜子、凳子、椅子、筐子，等等。

古代的孟子、庄子一类，不会也是家乡人的昵称吧？

五月四日

豆豉负责放鸭，但鸭群不听话，乱跑狂飞，气得她丢了普通话，学着用本地方言骂粗话，鸭好像还是不懂。

下午，贺（大田）大牛皮回天岭，路过。他讲述自己两件雕塑作品入选地区美展，一举回敬（文化馆）杨眼镜对他的轻蔑，出了口恶气。他头发一甩，昂首挺胸，又要跳芭蕾舞《白毛女》："太阳出来了——"但我们不能接受这个不刷牙不洗脸的天才，怕他身上有虱子，催他先去洗澡。

他在后门外的溪水边拉（小）提琴，说那是他创作的交响乐主旋律，题目叫《伟大的贺大田》。

五月五日

立夏。放假一天。茶场来了叫花子（张申）、小牛鬼（易惠生）等。我们买来半桶蛤蟆，放辣椒，下紫苏，炒了足足一脸盆，吃得那叫痛快。

刘（守胜）宣委来，说长岭这些知青可能还得调回去，公社宣传队不能散了。我们都不愿意去。他没办法，又说《革命文艺》这个（油印）刊物，上面表扬过的，还得继续出。我说这里连桌子都没有，干什么都得趴在床上，太难了。

他就带我去小学，转了一圈，找戴（竹青）校长要了一张课桌。我把桌子搬回来，上面立了一排书，一个玻璃瓶里还插上几枝野花，很快就焕然一新，是有模有样的书房了。坐在这里，不说说诗歌和哲学，不心事浩茫一番，都过意不去吧？

五月六日

接（胡）卫平信，密密麻麻五页纸，都是黑格尔和普列汉诺夫的美学！真把我吓住了，用指头点住（一行行）读，才不会读乱。

五月七日

每天都有社员来打米，有时排队。机子坏了就更要排队。有人来我们房间，说说闲话，东看西看。他们听说知青是长沙来的，常有一个奇怪的问题：他有个什么熟人在长沙，弹棉花的，或修伞的，你认不认识？

天哪，长沙那么多人，我怎么可能认识？

他们眨眨眼，觉得这事很不好理解。还有的，来过两三次了，就熟了，有时会扯毛巾去洗脸，不把自己当外人。伟伢子最喜欢洗脸和照镜子，严防歌手的青春痘。他今天发现毛巾和肥皂不见了，气得开骂。最后发现是一个后生拿去洗手上的机油，回转时一脸的无辜："怎么啦？只是洗个手，我又没去洗胯！"

五月十三日

这就是爱情吧？这就是爱情吗？也就是看一眼，心里莫名地跳。

"鸭婆子"这个绰号，是说她走路，两只脚有点内八字。还有个绰号"哈哈（发去声）"，大概是指她经常傻笑，虽然她绝不承认。

今天，大老胡一来就大喊，说公社来电话了，决定让"鸭婆子"顶替"豆豉"，去当民办老师，而且明天就得去，不能拖延！他说完还嘀咕："知青的号（姓名）怎么都这么怪？"

五月十四日

我鼓励她（去当老师）。去就去，怕什么呢？记全劳力的工分，是个好差事。但她除了上舞台不怯场，干什么好像都怕，凡事先摇三通脑袋，紧张得手心出汗，至今连自行车也不会骑。她又对我提要求，说她真去了，往后肯定忙，希望我少去找她。这个我同意，向毛主席保证，顶多一周一次！

五月十五日

整地，下肥，栽辣椒秧和丝瓜秧。歇工时，大家说起一个胡爹的故事，说他去过一趟岳阳，回来就惊叹："中国好大呵！"

他喜欢读报，但识字少，有时把报纸都拿倒了。别人笑他，他就随机应变地解释："我是拿给你看呢。"

他当组长时，后生们累了，要求休息半个钟头。他点点头："半个钟头就半个钟头，只要不超过四十分钟就行。"

又一次，他去学校看孙子参加赛跑，高兴地说："不错，这次跑了十三秒，但不能骄傲呵，下次要争取跑十五秒！"

他又说："科学确实要大发展，外国有个女科学家，叫牛顿的，好厉害呵，我们中国可惜还没有。"有老师笑他，说牛顿不是女的。他就气愤得振振有词："我看了报上的照片，你以为我不晓得？"

胡爹最喜欢吹牛，本地话叫"逗鹜"。有人见他家的猪长得肥，问他喂的什么食。他说："这也怪了，我哪有工夫喂它？它就是自己去寻点草，但吃草也长膘，只要是进了我的门，晚上就长得肉吱吱吱地响。你说这是不是见了鬼？"

后来队上收猪粪，记得他说过的，他家的猪只吃草，推想其猪粪肯定不够肥，因此要压价。他急了："我家的猪，吃的都是真货，打一进门到如今，一天半斤面，人屙的屎都比不上，不信你就屙一堆比比看！"

他死到临头还吹牛，得了绝症，医院说没有治了，只能抬回家。乡亲们来看他，他仍然兴高采烈："这一回进城，真是享天子福。人家十七八岁的姑娘，漂漂亮亮，一双兰花手，把我哪里没有摸到呵，还要我脱了裤子去（让她）摸，啧啧啧……不敢当，不敢当。"

结果，第二天他就死了。

五月十六日

嵩山（大队）和群英（大队）都有黄姓人，据说他们不吃黄鳝、黄牛等，忌一个"黄"字。

他们的先人从湖北逃过来，被官兵追杀，躲入谷笼。官兵欲搜索，见有秧鸡飞起，才释疑而去。从此黄家祠堂的感恩，也不吃秧鸡。

五月十七日

回长沙，见（俞）巴立、二姐（韩刚）、（孙）二毛、姚（国庆）宝、喻红等。大家讨论《实践论》，议论阿连德[1]，分手前由巴立提议，轻声合唱《国际歌》。

男女都抽烟，都喜欢背诗词。我反对他们的主意[2]，像一个胆小鬼，但有时候表现怯懦也太需要勇敢了吧。

什么是"社会帝国主义"？我第一次超常规发挥，说事情其实可能是这样：资（本主义）与社（会主义）不一定是前后的关系，不应是《联共（布）党史》说的那样；而是同步关系，是两条平行的轨道，都是实现工业化的社会形态，只是有些国家（比如西方）适合前者，有些国家适合后者（比如亚非拉的穷国），各得其宜而已。事实上，各有各的难处，如美帝有资本的垄断，苏修有权力的垄断，有毛主席说的"官僚主义阶级"。如果马克思写了《资本论》，那么这个世界还应有一本《权力论》，解释不发达国家的新现实。

巴立赞同，说这样一来，好多解释不通的难点，到这里能迎刃而解，比如，解释为什么西方工会现在都不革命了。

---

1 智利一九七〇年当选的社会主义左翼总统，后来在军事政变中殉职。
2 在这个知青、工人、教师的读书朋友圈里，有人建议组建一个"真正的"马列主义团体。鉴于当时的政治气氛，这种事不会写入日记。

约定下次再议。

五月十八日

消灭法西斯！

自由属于人民！[1]

五月十九日

见卫平和骨架子（刘杰英）。发现城里常停电，家家都备有煤油灯，这些厅局长家里也是。不过，他们与其他干部子弟不一样，不玩摩托车，不玩吉他和唱片，倒是对哲学一类上瘾。刘的父亲是非党（人士），以前在郭沫若领导下的"（抗敌）演剧六队"工作过。卫平准备写一本美学大部头，至少三十万字。

五月二十日

和伟伢子一起搬家，去辉仁家，在堂屋里开铺。这里与大队部隔垄相望，不算远，但单家独户，四野开阔，穿堂风好凉快，风吹得蚊子也站不住脚。月娥嫂很热情，帮我们挂蚊帐、洗衣服，倒说我们客气坨坨（很多的意思）的。她说："如果不是搭帮毛主席，你们如何会到我们这个鬼地方来？"

陈早晚去坡上吊嗓子，寻找他的鼻窦或腹腔共鸣：马——马——马——，鱼——鱼——鱼——，义——义——义，吓得附近一个老倌子以为是坟头闹鬼。说起这事，月娥嫂一笑再笑，指着陈："出了你一个牛哑巴鬼！"

五月二十一日

同义妹子他们争论世上有没有鬼。

我的理由应该百战百胜：一、你看见的鬼穿衣没有？如果人死了可变鬼，但衣服是一些布，如何也不烂掉，也有魂？二、你见的鬼多不多？几千年下来，这里死人成千上万，鬼必是拥挤不堪，

---

[1] 阿尔巴尼亚一电影里游击队员见面时的口令，被一些中国青少年模仿。

到处像开群众大会。如果事情不是这样,那他们都到哪里去了?如果说那些鬼"死"了,那么能再"死"一次的鬼,还算不算鬼?三、那些鬼只讲本地话吗?为什么不讲长沙话、普通话、外国话?户口管得住人,难道还管得住鬼?外地的鬼怎么就从不来这里玩一玩?

他们不服,说你们知青只是"火焰"高,"火头子"高,因此就看不见鬼了。可到底什么是"火焰"?他们说不清。人年轻,"火焰"就高;读了书的,也"火焰"高;从城里来的,更是"火焰"高……这是一种万能的狡辩。

五月二十三日

岳夫子不相信地球是圆的:"你们读了两句书就净扯卵淡!明明是平的,怎么会变成圆的呢?我走到湘阴县,怎么没看见我掉下去?"在他看来,湘阴县已是一个很远的地方了,在球的那一边,人根本不可能站稳。

五月二十七日

读完(德热拉斯的)《新阶级》。一个新的理论提纲也整理过半[1]。

"人们啊,我是爱你们的,但你们要警惕!——伏契克"

我们为战斗而生活,为快乐和胜利而前进!请在我们的词典里永远取消"困苦""忧愁""绝望"这一类字眼!

五月二十八日

建猪场,需要做墙基的条石。今天跟着两位爹,到戴家里后山的石矿。先用钢钎打炮眼,放上一炮,崩下大小石块。再因材就料,放线弹墨,用錾子打眼,多眼连成一线后,轻轻一撬或者一敲,就崩出了石坯。再加以打磨和铲削,就成了条石。这种活

---

[1] 一篇有关前面五月十七日讨论的后续文稿,后佚失。

计，越到后面越要小心，崩坏了就前功尽弃，只剩一堆碎片。

收工，每两人抬一块条石回来。

五月二十九日

去铁匠棚翻新錾子。听说以前这里有一个满铁匠，可以拿脸盆喝酒，提炉锅吃饭，一身好气力。他出门做艺，总是带一条狗，如果狗一路上百战百胜，他就高兴，打起铁来浑身是劲。如果他的狗在路上被什么狗欺侮了，他就不高兴，打铁也是七零八落，无精打采，简直是人狗一家心连心。

他喝酒时，也要给狗喝几口的。

他打铁最不喜欢别人指点，提过多的要求。一遇到这种情况，他就把锤子一丢："你自己来，自己来。"

他不讲价钱讲面子。是他出手的货，都有他做的标记，一看就认得。不好用的话，他一律认账，返修时特别殷勤。客人若一时没有工具用，在他家里拿走菜刀、柴刀、锄头、耙头、犁头什么的，都可以。但如果客人拿来的不是他的货，他就百般刁难，嘴里不干不净，有时候还拒绝动手修补。

据说他的爹更神通，光绪年间有大名气。打的矛，只要指着太阳，太阳就要往后退，就变小了。他打的刀，只要指着树枝，树枝就哆嗦；指着石头，石头就开裂。这些鬼话很多人居然都信。

木匠最难做的是板凳，铁匠最难打的是铁链，尤其是无缝铁链。城里考八级师傅，就是考这个。

五月三十一日

上午在学校练球，准备全公社民兵比赛。胡子一等几位老师也在，说起他们的调皮学生，有一个叫玉求，总是愤愤地说，全家七个人吃茶饭，只有他一个来读书！意思是太不公平了。

他逃学，老师罚他抄写生字一百遍。他气愤地抗议："就是晓得写的字，看一百遍也花眼了吧，还写个屁？"

同老师吵架，他就跑到远处，恨恨地回头威胁："等你七十岁了，走我家门前过，我就把你擂（推）到塘里去！"

数学老师说分母不能为零，否则整个分式无意义。他问："老师，要是我们算来算去，硬是算出一个零呢？"老师急了："哪个要你们这样算？你们脚痒吗？"他说："不是脚痒，是万一这样算了呢？偏偏它就是个零呢？"这话气得老师要吐血，只能咬牙痛骂："只有你们才搞这些没屁眼的事！"玉求就苦笑一下，表示算了："那还讲个卵！"

六月四日

二姐来信，对家人略有微词。也怪我，没顾得上给她写信。不过，我也从没接到过家人的生日祝贺呵，我找谁说理去？

但她的诗有进步，一点也不低落。马雅可夫斯基的阶梯体，狂飙式，上天入地，气吞山河。世界者，我们的世界！

六月九日

在公社写材料。排比，对仗，四六句子，是杨（修俭）秘书最爱。写材料的好处是我能吃楼火（轻松饭），（公社）食堂里油水也多些。我的经验是：稿子不能交得快，否则不论写得多好，也是要改的，领导总是有意见的。最好是在最后一刻交上，要改也没时间了，领导再高明也只能说算了。

他一个金嗓子，最喜欢唱歌，喜欢带头领喊口号。只是有时候说错话。上次，他在大会上宣布，干部一定要参加劳动，上面规定了，县干部每年一百天，公社干部每年两百天，大队干部每年三百天，生产队干部每年四百天……当时有人就笑，说一年哪来四百天？他还没回过神来。

他说投稿就是要先下手为强，人家肯定都是这么干的。因此春耕还没开始，他就把好几篇有关报道稿全写好，每篇复写一式多份，统统盖上公章，分头往电台、报社寄，结果还是不成功，反而被对方严斥:"弄虚作假!""莫名其妙!"他一个劲地叹气,还问我为什么,为什么。

六月十日

晚饭后,回辉仁家,帮他家挑水泼瓜秧,碰到李(龙光)书记路过。他虽没说什么,但拉长了脸,好像我们在搞资本主义,被抓了个现行。月娥嫂担心,这个龙醒子(呆子),去年带人扒过人家的南瓜藤,今年不会扒到她家来吧?

六月十二日

与伟伢子到花门楼串门。遇(李)简书,团支书,腼腆。据说他与宣传队的(戴)铁香恋爱,但戴家是地主,李家父母不同意,领导也不同意,阻力很大。他邀我们小坐,往我的口袋里塞了把炒蚕豆。

父母托人另外给他做介绍,他对父母说,你们再逼,我就喝(农)药!

六月二十日

全公社民兵的球赛和会演结束。球赛还是淘汰制。这样,冠军队必须从八个队中一口气打上来,一天打满三场,累成一个个死狗子。

有知青加盟,长岭这次优势明显。志宝是主力,伟伢子打边锋,加上子一、细武等几个回乡知青的实力,还有贺牛冒充"家属(暂定与某某谈对象但限期一天)"串场,一路上过关斩将。大队上招待吃肉。晚上会演,又是"家属"帮忙:林老师(在编公职教师)的小儿子才九岁,从新市来看娘的,居然什么都会唱,什么高音也上得去,变女声也以假乱真,躲在后台,守着一支话筒,把样板戏的各种唱段都包圆儿了。不过,因为(文艺会演)不是比赛,他也帮其他队唱。

演出有些乱。杨秘书不时吹哨子,赶走那些爬上戏台的小把戏，观众一不小心，很可能把他也当成戏里的角色。后生们没几个认真看戏的，喜欢拿手电光往人堆里照，往女伢的脸上、屁股上照，总是招来对方大骂："照你外婆呵？"

六月二十一日

贺牛说，天岭（大队）有一个小伢崽会杀猪，根本不要大人帮忙，揪住猪耳朵三下五除二，一刀见血，眨眼间就放倒一头。

七月五日

罗玉堂，外来的长工户，因此张家坊只有他一户罗姓。他是老书记，大光头下是无须少毛的婆婆脸，已让位给后生，自己当副书记。他和颜悦色，要我带上笔和纸，爬上岭，指指四周："你画吧。"原来他是要我画地图，是公社制订农业发展规划要用的。我说："这怎么画？没有测量，也没指南针……"他扬扬手，说："没问题，没问题，你只管画，画个大概就行。"

古人也不能就这么干吧？不过，今天算是一个机会，我跟着他巡游冲冲岔岔，把长岭看了个遍：上大胡、下大胡、周家冲、舒家里、冷水井、大屋场、杨家桥、齐家畔……我们在好几家吃了豆子茶。其中周家老太婆泡的是糖茶，因为她前不久做了外婆。她还有俩孙子，三岁的正在给一岁的喂米汤，扯来扯去，扯得两个都哭了。

听说她女儿与婆婆关系不好，婆婆不愿带孙。罗严肃地说："那怎么行？婆婆不带孙，犹如发了瘟！政府有文件的。"

让我笑了好久。

七月七日

晴了好多天，特别是南风起，满垄的禾苗黄得快。

抗旱，从上大胡借来一架龙骨水车，人踩踏槌，带动链叶，把水从木槽里提上来。不一会儿，发现水车轻了，原来是龙头已经吃不到水，水浅了，断流了。仁拐子（游石仁）沿着水路找上去，发现是什么地方被人堵了，让水流去了其他地方。仁拐子在那里跳脚大骂大棉畬的谁，骂对方的房要着火，猪要发瘟……这时节，哪里不缺水呢？据说以前的群体械斗，大多是为了争水。

七月十三日

写完《十月的旗》，也来一回阶梯体，一百七十八行。

七月十四日

昨晚从大队部回，在田埂上踩到蛇，感到脚底板一凉，吓得跳了起来。大概蛇也受惊，一阵窸窸窣窣溜到水田里去了。

这季节，蛇也怕热，晚上爬到路上来乘凉，攻击性倒不强。

七月十八日

地图一事要从头来。老罗不再管了，文（教）办主任（王浩成）带我去县水利局，找到资料库里当年日本人的地图，用半透明的摹写纸描下来。这种黑白线图，有密集的等高线，标高基点却不是海平面，而是"长沙小吴门的城墙基"。制图时间为一九三〇年。可见日军侵华前早已做好充分准备，连我们这里的一座小桥、一棵大树、一条小溪都摸了个透，有详细标记，现在看来也基本无误，真是令人惊叹！

民国时期留下来的地图，最像样的就是这个战利品了。

我们忙了两天。回来时买不到车票，只能再次在烈日下步行（约四十里）。前两天去县城时，还有胥老师同行，文办管总务的。碰到路边的凉茶摊子，一分钱一杯，他不喝。又碰到一个茶摊子，还是一分钱一杯，我们喝了，他又不喝，说根本不渴。到了红花（公社），见路边有一水井，他这才去打上一桶水，掏出自己的茶缸，喝了足足两大缸，灌得自己翻白眼。他还语重心长地教导我："伢子，这赚人家的钱不容易，自己的钱还是赚得到的呵！"

真是服了，难怪老王要他管总务。

七月十九日

大队部停工,除了打米厂,其余的各回各队参加双抢。我回戴家里,吃在(戴)细宝家。他要同我结拜兄弟,简直不容分说,插了三炷香,端来一碗谷酒。我说这是封建旧习,要犯错误的,是革命同志就够了呵。

我是踩(打谷)机子的主力,呜呵呜呵地踩上一天,滚筒越来越重,带泥、带须、带水越来越多,根本踩不动,累得人吐涎水。最怕中午收工,烈日暴晒,还要送谷去晒谷坪。两箩水淋淋的谷,足有两百来斤。路面本来已经很烫,加上担子一压,脚皮紧紧贴地,就像爆烧肉皮。这时候的跳脚只是心理想象,因为双脚根本不听使唤。

到晚上,路面没那么烫了,但蚊子扑面而来,吃几口饭都要连连打腿,打得两腿血迹斑斑,都是蚊子血。

摸回家,一倒床就可以呼呼大睡,腿上的泥可能都来不及洗。

七月二十三日

"蚂蟥听水响",有的田里蚂蟥特别多,一只脚从泥水里抽出,腿上必有四五根黑条子,打也打不掉。打多了,腿太痛,不是蚂蟥受不了,是人受不了,只好由它去,顶多是揪下来扔远一点。

水烟筒里的水,毒杀蚂蟥最灵,眨眼间可把它们化成水。

七月二十四日

她下午送来竹垫和薄被子、一瓶墨水、三本《译文》杂志[1]。我不在。她留了张字条,说她和(袁)美丽明天去县城,参加教师培训,具体情况日后汇报。

---

[1] 一九七二年后有些杂志陆续出版或复刊,其中上海的《译文》专门介绍国外的思潮和文学。

七月三十日

陈（福保）宝中午来，捎来她的短信。

陈说到他刚去的那个（县）供电公司，有个老干部，姓毛，绰号"酒坛子"，嗜酒如命，但喝两口就醉，俩眼珠挤向鼻梁，成了一个斗斗眼。他一醉就必有"三话"：一是改说普通话，二是老说重复的话，三是乱说话，比如，下级还没有请示，他就抢先同意；下级还没有汇报，他就提前表扬。为此经常被手下人作弄，被领导责骂。老婆逼他戒酒，他说："戒酒还不容易，我都戒过几百回了。"直到他胃穿孔，不能再喝了，他就把几个空酒瓶供在桌上，说看看也高兴。

八月五日

给刘（杰英）寄信和书，还有奉还他的习作。信中主要讨论列宁的新经济政策。我强调兼听则明，不要简单地用信条指导行动，要用事实说话，根据实情办事。约好秋后去智峰（公社）聚。

八月六日

双抢总算扫尾。脑子里一片空白，无事可记。

先后收到退稿信两封。老蓝写的样板戏创作经验，一二三，大道理，好是好，但不解近渴。只是抄文件三大页，也费他心了。

八月七日

做泥砖一天。先用草须、棕丝、头发等纤维物拌入坯泥，牵牛下田走圆圈，把坯泥踩熟，再将泥灌入木模，踩实踩紧，成型脱模后，晒上十几日即可。这种泥砖未经高温，不够坚固，但好处是省柴，不用烧窑，盖的房子还冬暖夏凉。

这是准备扩建小学用的。全大队还有摊派，每户要捐三口窑砖，做墙基。

八月八日

插秧完，这几天车水，车水，车水……

生活就是顶住、扛住、咬住不放！劳动固然可恶和可畏，却能使人思想开朗而不空虚、意志坚定而不萎靡、身体强健而不虚弱……正如阿·托尔斯泰所言，一个强大的人，必须"在清水里洗三次，在碱水里煮三次，在盐水里腌三次"。

八月十日

石仁又说他看见了鬼，是昨晚去上游疏通水路时，发现一个女的披头散发，对着月光下的水塘哭，吓得他失魂落魄地跑了回来。只是他邀上辉仁再去看时，那里什么也没有了。我说他肯定是自己出现了幻觉，是平时鬼故事听得太多。

九月十日

写《船工》，写到鸡叫，也不觉得累。

到（天井）中学，祝贺范菊华当妈妈，全公社第二个"小知青"诞生了。正好文工队来慰问演出，粒子（王莉芝）、改麻子也来了，一起吃糖，吃甜酒冲蛋。范的丈夫是转业兵，也在中学任教。

说起家乡受灾，吃返销粮，这位新爸爸说白塘（公社）民兵训练，书记承诺：要是到县里比赢了，就给参赛者拨返销粮，让你们吃饱，胀肚子！于是参赛者军心大振，把吃奶的劲都使出来。演练划船抢渡时，一边划一边喊号子，开始还喊得好："不怕死，不怕难！……"喊着喊着就喊歪了："×你娘，返销粮！×你娘，返销粮！……"

这事后来被举报。公社罚他们吃陈年"肥丝"，一锅中药味，霉味。这里的人把红薯叫作"肥"（可能是红薯确实一个个肥坨坨的，形象）。

九月十一日

辉仁调去林场，在天岭山西侧，比较远，平时回不了。我们在他家也不方便住了，免得人家挤眉弄眼。我开始还不明白是怎么回事，不觉得月娥嫂是他们说的那种人，甚至从没在意她是不是女人。

接二姐信。工人阶级算不算"精神贵族"？记得（戴）生南在地上忍不住骂过："工人太好过了，月月有工资，有电影看，有动物园看，还搞什么运动。不都是下（烂）搞吗？下次运动，我们土夫子一人一把锄头，到城里去造工人阶级的反！"

这差不多是反动话吧？可见工农团结这事，并不容易。我回信提出：一、"精神贵族"的说法可能不妥。工人确实有既得利益，有户口、国家粮等，依附于国家体制，但他们也是劳动者，同官僚主义阶级有天然冲突。二、国家也有合理性的一面，可能无更好的组织形态可以取代。无政府主义是空想。马克思批"国家"，应该是指资产阶级国家。

九月二十一日

田里到处设诱虫灯。各家以木盆盛水，支在田里，水面上滴少许柴油，中央架一油灯，利用飞虫的趋光性，使其不小心触水中毒。这种方法省农药。最重要的是，（在我看来）还好看：天上星海，地上灯河，交相辉映！

不幸，美丽的萤火虫在这里也是害虫。

九月二十二日

那次，月娥嫂在菜地上捉到肉虫和甲虫，把它们的尸体穿在竹扦上，插在地边，算是枭首示众，杀一儆百。据说害虫就不敢来了。她还叉着腰在地上骂一阵，算是对害虫施加威胁和羞辱的手段。

九月二十三日

民兵训练，一人一杆梭镖，在学校操场集中。（向）明希爹，老军人，看了一阵，嫌（胡）革辉训得不像样，喊得不来劲。姜还是老的辣，他上前来示范，大喊口令："向左转！""向右转！"

"向后转!"果然洪亮有力。又喊:"向前转——"大家不知向"前"该如何转,左看右看,不敢动。他就急了,用手朝地上画圆圈:"车(转)过来,车过来,不懂吗?"于是好多人笑,知道该如何车了。

他以前当志愿军,在朝鲜打过仗,据说耳朵被炸了个半聋,后来不适合当干部,就回家养猪和放牛。说起战场,他吹胡子瞪眼睛,绘声绘色地比画,说那时候好危险呵,美国的拖拉机来了,两百米,不打,一百米,不打,八十米,不打,五十米……砰通,一家伙就打他娘个尸!

后生们笑,说:"不是拖拉机,是坦克吧?"

他不认错,说:"差不多,差不多的。"

有人要他再讲些故事,他就说:"讲不得,讲不得,伤心!"

九月二十六日

昨晚执行战备任务,民兵集合,分三路出发,抄分子[1]的家。仅有的两支日本三八大盖也拿来了,由民兵营长、副营长扛上。其实每临近国庆一类节日,都要"狠抓阶级斗争不放松",要抄家、要开批斗会,甚至要布哨巡夜,差不多是一套固定节目。分子们也都明白,早有准备的。

我们这一路负责张家坊和花门楼一片,无非是敲开门,大声吆喝,拿手电光到处扫射。其实,大概没人相信还会有电台、武器、变天账什么的,想找到什么公家的红薯和稻草,希望也不大。

平日里几乎天天都见到三奎,没想到第一次到他家,是这种方式,双方都有些不自在。在另一家,还看见应贤,宣传队里的一枝花,舞跳得最好的。她站在母亲身边,衣衫单薄,始终不正视我们,只是斜盯着墙角一声不吭。

---

1 全称是"四类分子",指地主、富农、反革命分子、坏分子,属于人民的敌人。

好在例行公事很快结束。

九月二十八日

到县城，讨论剧本《牛岭春风》，大家都觉得基础差。

见黄新心、黄伟民、岳克难等，都是知青。大家聊艾青、郭小川的诗，还有王汶石、杜鹏程、峻青的小说。他们热心于文学，对阿连德、格瓦拉什么的则兴趣不大。新心寡言，衣冠整洁，处事谨慎入微，是重点中学老高三的，背得了《古文观止》的上百篇，好吓人，被我尊为古典文学大师。但他遇到敏感话题，只是笑笑，或是沉默，或是引他人言语作为代答，没有自己的态度。

九月二十九日

再次到公社帮忙，写材料，写标语。听说不久前有台湾用气球投送过来的传单和图片，落在车田（大队）那边。据说还投下了糖果，毒害小孩的。

车田有一个姓李的，偷队上的谷，站台子，挨斗争，结果想不通，喝一〇五九（农药）自杀了，留下了一妻三子。谁见了都摇头叹气。魏（中和）书记最后支着，说那家妇人的模样还周正，看能不能去哪里找个上门郎，最好是（四类）分子子弟，来了既可以养活这一家子人，减轻集体负担，其本人又可以继承李家的成分，变成贫下中农，岂不是两全其美？哪个干部要是办成这事，公社奖五十斤返销粮（指标）。

九月三十日

在饭桌上，听（公社）干部们说，阶级斗争确实复杂。嵩山（大队）丢了一头牛。双龙（大队）有人暗地里求神签和照水碗（一种解谜破案的巫术），大搞封建迷信。茶场也不消停，某女干部丢失一份"绝密"文件，即揭批林彪集团的内部材料。县公安局迅速来人，锁定嫌疑对象，之一是徐姓后生。这家伙太低估公安的手段，很快就承认了，那只是挟私报复，至于文件，烧了。

警察哪里肯信？联系到台湾的气球，这文件不就可能被他送到或卖到台湾去了？说烧了，装订文件的订书针在哪里？说订书针随草木灰和萝卜种子下了地，那总还是下在中国大陆吧？找！上天入地也得找！专案组拆卸了十来个喇叭，得到一些磁铁块，分别用绳子系住，到地上拉网式地吸铁，一穴穴地过，忙了好几天，吸回的锈钉子、锈按扣一大堆，偏偏没有那种型号的订书针。

这就更可疑了。没有物证，这个案子根本结不了。

十月九日

大队部放电影《南征北战》，远近的男女老少都来看。据说平江县老山峒里的人，第一次看电影时闹笑话：生产队队长下了两大锅面，以为来了这么多客人，得好好招待。没想到等电影完了，发现只有两个放映员收幕布，不知千军万马到哪里去了。

后来，又有不少人觉得电影太骗人：一眨眼天黑了，一眨眼又天亮了，刚操起筷子就吃完饭了，哪有这么快呢？

今天挑送放映机和发电机到黄市，下一个放映点。这是每个放映点群众的例行责任。县里的放映员谭（国光）穿红球衣、白球裤、回力牌球鞋，十分时尚。他最喜欢同知青打篮球，讲普通话。

十月十日

早上背完了《岳阳楼记》。打算从今天起，向黄新心看齐，挑五十篇古文背下来，打一点底子。

今年没剩下几个月了，这个月底应读完冯友兰的《中国哲学史》。每个晚上坚持一两个小时，三年下来，也是积土成山了。

他们都请假回城去了。孤身一人守家，倒也清静。半夜里听到一声巨响，没敢出门看，天亮后才发现是靠墙的一扇老门倒了。可昨夜既无大风，狗和猫什么的也拱不动这门，它怎么会倒？问老戴，他也支支吾吾。

十月十一日

写一个守林员的小说。

什么样的小说才能成功？什么样的人物才算是富有时代特色的共产主义新人形象？《戏剧及电影的技巧》一书说，戏剧是一种"危机"的艺术，又说戏剧其实都是从最后一幕写起，意思是先要设计高潮，再在前面铺垫。

十月二十二日

到智峰（公社）。步行来回约八十里。那里的知青点也冷落了，很多人也在办病退、困退，各自找回城的门路。据说有的吃麻黄素，在测血压时，佯坐实蹲，全身绷紧用力，可憋出血压上升。还有的，尿检时夹带调包，也能混到一个假证明。再不行，有人就狠狠心，折断自己一两根指头，反正那也不妨碍吃饭。

他们的猪都快要喂成"野猪"了，凶得很，要咬人，动不动就成了跨"栏"冠军，跑到山上去了。肯定是饿成了这样。我本想去讨论文学的，见了面才发现已说不起来，大家有点无精打采。

满山的雨声。

十月二十三日

智峰有一个五神庙，据说是汉代的五位忠臣，蒙冤发配，受观音菩萨指引才来到这里。当年日本侵华，军队走到山前，马就走不动了，只好退兵。事后，人们说，庙里五位神主的袍子上全是弹孔，原来是他们与日军大战，才打退了敌人呢。

前些年越南战争吃紧，山里人从广播里听说越南人民在前线取得了伟大胜利，都觉得十分可笑：这关越南人民什么事？五位大神才真正辛苦呢，要是你不信，自己每天早上去看看，他们的袍子都是湿的，天知道他们在每天晚上跑了多远的路，杀了多少美国鬼子，汗得一身同水洗一样。

一个路边的老倌子，把这些事说得跟真的一样。

十月二十四日

冷水井的一头母猪死了，猪娃要吃奶，别的母猪却认生，拒绝接受，见面就咬。养猪人想出一个办法，给所有猪娃都抹上柴油，都一样的气味，母猪就辨别不出亲疏。公社里要我就此写一个学哲学救猪娃的先进典型材料。

十一月九日

（岳阳）地区领导要来检查文化工作。今天奉命赶编一期《革命文艺》，刻蜡纸，指尖磨得痛。

十一月二十五日

长沙市委调查组自称是"娘家人"，来了解知青情况，在公社开座谈会。（茶场的）男知青提得最多的意见，是菜里没油水，吃肉太少。女知青提得最多的意见，是洗澡热水太少，是农民讲痞语，是进门前不敲门，甚至故意来问你脚（种）猪是做什么的，太坏了！

有几个女知青转点到茶场，是县里安排的。传说她们曾分别遭人骚扰，转点是对她们的一种照顾和保护。大家对此交头接耳。

贺牛不以为然，说："老子也受过调戏，怎么没人照顾？"我们都笑他。他就急了，瞪大眼睛说："向毛主席保证！绝对是实事！"据他说事情是这样的：他常去山上练琴，有一次看到陡坡下的一间房里，一对狗男女（不宜透露身份）好不要脸。他想溜走，但不慎走出了响动，窗子里的女人看见了他，他也看见了对方。但双方事后都不好意思正眼相视，关系有点别扭。事情就这样过去了好些天。有一天，那女人与他同去供销社，途中又邀他去摘野桃。待走到僻静处，她突然拉住他往草丛中倒，先是狂啃，然后掀衣露胸，一只手还直捣他的裤裆……这事太突然。是要拖他下水，封他的嘴？还是她生性放荡，见一个扑一个，而且早就瞄准了这位满身音乐细胞的贺大师？要命的是，那天他吓蒙了，硬不起来，只是在草丛里被对方抱住打了几个滚。双方整理衣衫，最后还是去供销社。

我们都笑岔了气。"你看你，颈根上起壳，一个邋遢鳖，还有人来强奸？""算了吧，你是自己想搞事，没搞成就赖人家！"……小牛鬼他们还这样起哄。

十一月二十六日

（康）放兵入伍，邀我们晚上到他家话别，以红糖姜末豆子茶招待。他妈说起儿子去年就上过光荣榜了，亲戚们也来贺喜了，家里仅有的一只鸡也拿来杀了，结果突然得到消息，说名额被别人占去。那无非是有背景、有关系的人嘛，气得她家放兵哭了好几天。"可怜呵……"老人现在说起这事还抹眼泪。

对于他们来说，招工机会比知青少，当兵几乎就是唯一的出路了，有得一拼。

十二月十五日

（岳阳）地区文化工作会的全体代表来检查工作。汇报演出在中学礼堂，效果不错。请茶场的来帮忙，有幼雀（唐建新）的手风琴加入，小牛鬼的笛子也没塌场（失手），乐队不那么单薄了。《原因到底在哪里》引起笑声不少。区文化局长孙（渊），以前拉手风琴的，一口京腔，重重地表扬了天井。公社干部们喜不自禁。

他还让刘宣委和我列席下半程的会，与各县的领导们混在一起，好像是享受两天的"破格提拔"。

十二月十六日

（与会者）冒雨到古仑（公社），视察图书室和夜校。这里是著名演员白杨和作家杨沫两姐妹的老家。杨家老屋还在。听当地一个厨师说，老屋有时闹鬼，夜里有咳嗽声和哭声，门会自动打开，你们最好不要去那里。听说鲁迅《记念刘和珍君》中提到的杨德群女士，也是这杨家大屋的。

回到县城，军分区王政委[1]来做会议总结，说文化工作要下基层，谁要是脱离群众，当官做老爷，下一次运动来了，肯定要打倒！军人说话果然霸气。

十二月二十一日

读（浩然的）《艳阳天》，闹粮一场写得高潮迭起，好看！同周立波的《山乡巨变》一样，作者也是乡土语言高手。贺牛带来的一套《山乡巨变》连环画也让人百看不厌，画得好。画家贺友直，据说是他爸的朋友，又是本家人。

十二月二十二日

本地方言中，叫碘酒为"碘酊"，叫红药水为"红汞"，叫肥皂为"碱"……连目不识丁的农妇也这样叫，都用专业学名，居然一下就说到化学本质！倒是城里人用那些俗名、土名。这十分奇怪。

他们把吵架、翻脸、结筋、扯麻纱一律说成"相反"，抽象得像哲学词汇。

但另一方面，他们把城市里来的所有糕点、饼干、蛋卷、小花片什么的，一律叫作"糖"，虽也说到了某种本质，但不免过于马虎笼统了。

十二月二十三日

还有一个方言词，"武死你"，就是弄死你、搞死你、打死你的意思，但一个"武"字颇有古典意味[2]。

十二月二十四日

到（胡）勤辉家串门。他爹吧嗒着水烟筒，很客气地给我们

---

1 当时地方各级革委会由军队代表、地方干部、群众代表"三结合"组建，其中军队全面参与地方工作，是主导力量。
2 对这一类方言词的兴趣，后来成为笔者小说《马桥词典》（一九九六年）的缘起。

让座，把火塘烧旺。他说人最怕"寒从脚下起"，所以六月伏天他也要穿长袜。又说以前烧火，都是烧碗口粗的劈柴，像眼下这种枝枝叶叶，这种松毛须，谁要？只能放在山上烂，没人要的。他说搞集体就是一把筛子装水，是老外婆的奶脐谁都摸得，是十八罗汉抬鹅毛扇，没人承硬肩。怎么搞得成？社员们乱砍乱烧，把山上都剃光头了。照这样下去，以后一锅饭都不得熟。

他以前是个扎匠，扎灵（冥）屋的，做白事的，到过很多地方。现在政府不准扎，他只能回队上摸锄头把，说一些落后话，其中也有几分实情。如马克思所说，如果出现官僚化，工人就不会把国家看成是自己的。

一个叫（胡）万玉的也来烤火。他脑袋油光光的，声音尖细，对任何人都一脸谄笑。据说他的山歌远近有名，但真要他唱，他又忸怩，连连摇手，说那都是黄色歌曲，唱不得。

十二月二十五日

今天队上评选劳模，去参加公社的表彰大会。

我提（康）明含。思妹子（李思求）摇头，说明含要打米。有人提（聂）运波，思妹子还是摇头，说运波要犁田。有人提岳夫子，思妹子更摇头，说他明天要出牛粪。提来提去，我都糊涂了，不是评劳模吗？与出工有什么关系？凭什么打米的就不行呢？……思妹子倒怪我不明白，理直气壮地说："他们明天都有事，怎么去开会？"

到最后，评上了念兴夫子，因为他这两天脚痛，反正做不了事，闲着也是闲着，去开会正合适。大家一想，觉得这安排不错，（新队长）思妹子尤其满意。

十二月二十八日

阴雨天，挑行李送伟伢子到（公社）茶场，赶明早的班车。他终于如愿以偿，被株洲县文工团点名招走，得抢在年底报到。

深夜回来，寒风刺骨，油灯飘忽，窗子的塑料膜哗哗响，孤单感油然而生。

再也不会有人去后山吊嗓子了，再也不会有"我爱大草原——"那种美声抒情，气得大家撑着锄头，在一大片刨不完的野草前欲哭无泪。

一九七三年

一月一日

下队宣传（两报一刊）元旦社论，敲锣打鼓喊口号，写门板粉笔标语，在竹映坡吃辣椒萝卜。突然想到，今天也是自己二十岁生日，因此辣椒萝卜很有意义。

人生能有几个二十年？

一月六日

有些错话是方言问题。比如报上说，××一伙"仓皇"出逃，有些农民就奇怪：为何要从"窗户（仓皇）"出逃，走门不快一些？又说××一伙"披了马列主义的外衣"，有些农民也感叹：果然是搞下（流）的，连人家的"大衣（外衣）"都偷。

一月八日

帮大队上做报表和清档案，很惊奇地发现，这里好多贫下中农，包括不少队干部，以前都参加过"汉流"（另一写法是"汉留"），是洪帮的一部分。据说该组织当初是从船工开始发展，联络有暗号，内部排辈分，有饭大家吃，但"坐三行五睡七"，意思是出外的"行"受优待，生病的"睡"更受优待，可以多开支钱物。

档案里有一死者，被标记为"乞丐富农"，也是怪怪的。革辉说，那是一个花子头，虽然没有一寸田地，但由一群叫花子供养，在街上吃香喝辣，也是有剥削行为的，所以在土改复查那年，工作队给他想出了这个名目。

档案里有一亡人，被标记为"避难群众"，既不是红五类，也不是黑四类，定性有点怪。（胡）革辉解释，那人当年参加红军，只是因为吃夹生饭时骂娘，说这个革命有什么好，只能吃生米，结果被当作"叛徒"，拉出去毙了。其实那后面有地方派系矛盾的隐因。解放后，组织上觉得当时处理过重，就含糊一下，算他是"避难群众"。

一月九日

据说以前"汉流"有会歌：

第一先把父母孝，有老有少第二条，
第三为人要周到，真正江湖第四条，
第五见兄要让道，兄正弟仁第六条，
第七尽忠把国报，言而有信第八条，
第九行规当紧要，三纲五常第十条。

一月十四日

以前的"花子教"，是无业游民中的一种邪教，有规矩，有暗号。你在客栈门口摆一个脸盆，注入一盆滚开的水，脸盆边搭一条手巾，懂规矩的花子头来了，手一摸，知道这里下不得手，遇到高人了，会带着花子们离去。

若是花子们来闹事，懂规矩的人用一只碗，装半碗剩饭，放在屋角，花子们一见就不敢入门。这叫"头上满天星"。

据说新市（公社）原来有个花子头，是个跛子，被国民党抓过，也被共产党斗过，但得到某位干部的暗中照顾，感恩在心。后来，他教了干部几手，使对方在建供销社时，成功地对付了几次痞子骚扰，没人敢来割电线和偷砖瓦。

一月二十日

晚上，思妹子来给小克还钱，见小克不在，便与我闲聊，说起当年在农村搞"文革"的情况。

最早是县五中（设在长乐镇）的学生来破"四旧"[1]，好凶，好神，一进门就砸柜子、砸马桶、砸床、砸椅，见到有龙有凤有花草的，就说那是"封资修"。他们问都不问，操起扁担和锄头就下手，连床上的蚊帐都没撤下来就砸。

他们砸完了还要吃饭，搞得队长没办法，跑到粮站借面条，煮了一大锅还不够。他们喝得连一滴汤都不剩。

到后来，农村里也成立了自己的造反派。有一天，思求在锄棉花，（李）富荣来动员，问他参不参加，说有"工联"，有"湘江风雷"，你总得参加一个。思求说我死人也不参加。但富荣说参加的好处多，还是给他拿来了一块红布（袖章）。

大家奉命到公社开会，发现那里还来了好多其他公社的人，宣传车上几个喇叭哇哇叫，好热闹，旗帜和标语花花绿绿，很好看。至于开会，他不知是什么内容，只听到喊口号，他也就跟着喊。那时的公社干部大多跑了，藏起来了，只有魏书记在台上挨斗。一些人上去给他戴高帽子，挂牌子，压他低头，还用脚踢。魏的爹也来了，在台下哭着喊："伢子，你快跟我回去！你是不晓得犁田还是不晓得挖地？你就是讨饭也要跟我回去……"但魏不愿回去，群众也不让他走。

那天人太多，没有面条吃。到后来，也没多少好事。他们只是去舒家大屋破了一次"四旧"，见队上招待不好，连豆子茶也没有，就要干部来谈原因，问他为什么反对革命。有的社员骂他们

---

[1] 指旧思想、旧文化、旧风俗、旧习惯，即一九六六年"文革"的扫荡对象。

是"土匪""暴脑壳","搞得没名堂"。那时田里只有几个老家伙做事，后生们不做事，一天到晚倒也快活。

思求说，他们只是抄来一只皮箱，里面尽是绸布，送到大队部。不知为什么，几天后上面又通知，让当事人把这些绸子领回去，说那同台湾没什么关系。

天井的"文革"差不多就这样了。

一月二十二日

"文革"在农村只热闹了半年左右，后来中央下令不准农民进城，对党政机关实行军管，乡下就大体消停了。

那几年幸好风调雨顺，收成还不错。相比之下，农民说最苦的，是"刮五风""办食堂"。好几次开忆苦思甜的大会，台上的老人讲着讲着就跑题，先骂"日本粮子"，没说几句就跳到"刮五风"，跑题千万里，旁人喊都喊不回来。至于以前的地主，他们私下里说，是有好有坏。坏的大年三十都来逼债，连你家里一只铁吊壶也会拿走。好的呢，插秧打禾的时候，给打工的办肉饭，上谷酒，不小气。

二月十三日

志宝也去学校当民办老师，（大队部）又空出一张床。

今天太累，不写了。

二月十四日

石仁最大的本事是泼水，或烧一把草熏烟，能制止牛斗架。这让大家刮目相看。他家住游家里，对罗公塘一位老头最佩服，说比戴麻子还厉害，熟读"九传"，包括《东周列国志》《三国演义》《说唐》《说岳》，通今博古，出口成章，背得出隋唐十八好汉的名字：一条好汉李元霸，二条好汉宇文成都，三条好汉裴元庆，四条好汉雄阔海……还有他们各人的兵器。程咬金有七十二个脑壳，被人砍掉一个，又会长出一个来。

据说那老头看书最入迷。家里没灯油了,他就点燃三炷香,捏在一起躲在被窝里看,有一次烧着了被子。

二月十五日

晚上开看山员会议,大老胡要我参加,负责起草《护林公约》。眼下砍大树的不多,多的是砍枝丫,在插花地互相越界,砍别人队上的。看山员在人家里喝过茶、吃过饭的,不敢讲硬话,睁一只眼闭一只眼。最近抓了两个嵩华(大队)的,验刀口,对得上,但看山员与对方沾亲带故,就放了人。大家都说:"这样的看山员还不如一头猪,过年可以杀了吃肉!"

人们私下里叫胡为"滴水老倌",因为他一生气,一训话,更不要说一端饭碗,就不自觉地掉口水,一线,又一线,常常成了旁人的关注点。一个伢崽着急地提醒:"你又滴了咧……"大家忍不住笑,对他说的公约条款,反而没听清。

二月十六日

花门楼与竹映坡同属四队,但两个屋场的人素来不和。"你吹嘀嘀嗒,我就吹嗒嗒嘀。"去年竹映坡的未经批准做了屋,今年花门楼的也擅自建房,扒了老门楼。大老胡今天去那里骂,令他们立即停工。对方不服,说:"前面的乌龟爬坏了路,后面的乌龟照样爬。"

各方都在比穷,比困难。(戴)孔泉说:"困不困难,看哪里的新屋盖得多,就一目了然。"大老胡说:"不见得,做了新屋不能证明经济就好,各家有自己的具体情况,你看那些做屋的,都是'四属户',家里有人在外面抓票子,吃国家粮。"

二月十七日

(李)善文来此,说他第一次去县城看火车,惊异万分,忍不住伸手去摸,恰好火车头鸣笛,吓了他一跳。他当时觉得太奇怪:"这家伙还怕酸人(挠痒)呵?"

也有见过世面的，对他说："这家伙趴着跑都像风一样快，要是站起来跑，那还得了！"但他很遗憾，在那里等了好半天，一直没见到火车如何站起来跑。

二月十八日

农民也笑城里人没见识，说知青到长乐街，进供销社，要买三十七码的草鞋。还有的知青分不清桐油和茶油，有一次偷油炒饭吃，结果偷了桐油，吃得拉肚子。

二月二十三日

锄油菜。水求说从前有一老汉不重视教育，不送儿子上学，说："读书做什么？读一年要费我几石谷，不就是认几个字吗？我出一石谷，就可以请人写一大堆字。"

后来，遇到过年，儿子见别人家有对联，央求父亲也去请人写一副。一位老先生收了他家一斗谷，提笔就写"左边一家生无底，右边一户午出头"，然后扬长而去。

老汉很欢喜，将其贴上墙以后看了又看，摸了又摸。不料第二天，一位亲戚来拜年，大惊失色，说你们被人骂了呵！老汉不明白。亲戚就给他解释："生无底"，是"生"字下面少一横，是个"牛"字；"午出头"，是"午"字上面多一竖，也是个"牛"字呵！

老汉一听，口吐鲜血，气晕倒地。过完年后，他狠狠心，把小儿子送去读书了，直到多年后，那娃崽成了远近有名的大先生。

二月二十六日

晚上到简妹子家，发现这里建房风波还未完，队委会根本开不成。不是竹映坡的不到会，就是花门楼的撬口不开。他爹样成老倌愤愤地说："要捆人，要挂牌，要判徒刑，没问题，还怕你们开除我的一个锄头把不成？"

他们没工夫理我们。

我们只好去下大胡，要万玉唱歌。他还是不唱，只是说他以前最服一个女子,南市河那边的,歌唱得好,花绣得好,脸模子标致,就是活得太"玉式(爱干净)"了,啧啧啧,挑一担水,不小心放了个屁,那也不得了,到家后一定把后面的那桶水倒掉。只是她后来不知受了什么冤屈,上吊自尽,命薄呵。

二月二十七日

育杉秧,准备造林。平铺黄土,杉子上薄薄盖一层沙,都是筛过的,故秧床细密精致得像绣品。再加盖枝丫若干,防鸟来吃树种。

二月二十八日

民间有高人,广受尊敬。(李)细武,民办老师,在老湘阴县一中高三毕业,拉琴、下棋、画画、打球、理发、开药方、做漆匠、弹棉花、做祭文……都无师自通,百能里手,虽出身地主家庭不受重用,但有些大队干部说起他,也有一种不无自豪的口气。好像人家那些地方算个屁,只有我们长岭,连地主(他们对其子弟也是这样叫)也是个顶个,拿得出手,上得台面,哪怕反动也反得有水平,大家脸上都有光。

细武也会做人,对谁都客气,有一次接了志宝一支烟,一溜烟就不见了,原来转眼就去敬给干部了。龙光书记的闹钟坏了,他也连夜修得好。

他给学生解释"脖子":是脑袋和胸膛之间由很多生理管道共同组成的圆柱体……据说也被很多老师佩服,竖大拇指,说是比字典还解释得准确。他对付学生也有一套,会变戏法,空手变出硬币,让学生服得不得了。戴校长说,他从小就聪明,四岁就能写毛笔字,有阴阳先生一见就惊奇:"这个家伙将来要坐牢呵!"那意思不是咒,其实是赞扬,是指他绝非等闲之辈,将来要干大事的,成不成都要经历磨难的。

三月一日

接电话,与小克同去公社,见(岳阳)地区来的作家李自由。

天太冷，也没炭火，他一直坐在被窝里，丢了一地的烟头，两个指头都熏得黄黄的。他要我们也找床被子焐脚，共同取暖，一起谈文学。

三月三日

文化馆的小毛（浦先）、小潘（得凤）来找大队书记，由我带路。一问，才知龙光又去花门楼了，看来那里的"阶级斗争"还很激烈。果然，刚入地坪，就见简书他娘上前来，抹着泪水相告："我们的人又被他们整，好可怜呵……"说得我一头雾水。走过天井，过了第二道门，又听到龙光那个大嗓门："……哪个要挖集体的墙脚，看他肩膀上有几个脑壳，看他蛆婆子拱得磨翻！"

不就是盖一间房子的事吗？我不明白，这里究竟发生了什么。

三月五日

志宝请假回城，我替他代课几天。班上的娃崽们不好管，对新来的老师更是满不在乎。要他们睡午觉，他们老是讲话和打闹。放学后罚睡，他们又睡成了死猪样，涎水长流，喊都喊不醒，根本不愿回家。

几个回合下来，我找到一个办法。谁听话，我就在黑板上画一个笑脸，加上一朵红花。谁捣蛋，我就黑板上的另一端画一个哭脸，再加一把手枪对准这个脑袋开火。这一招还真管用，他们特兴奋。如此奖罚分明，他们很快就服气了，都投来兴奋以及讨好的目光，好像谁都怕被黑板上的手枪、冲锋枪、机关枪干掉。下课后，他们还围着我恋恋不舍，男的求我在纸片上画枪，女的求我画花，一个个屁颠屁颠的。

三月六日

最调皮的又是李玉求[1]，昨天骂秋兰老师："你等着，等以后

1　几十年后，笔者发现这个李玉求已任村党支部书记。

你肚子里的崽长大了,到我这里来读书,我就不准他请假屙尿,每个题目都是八位数乘九位数,再除以十位数!"他要让狗屁老师的后代吃尽苦头!

他把书包当流星锤,呼呼呼在头上甩。突然带子断了,书包飞到水塘里,他只得去把它捡回来,把课本撕成一页一页的,摊在草地上晒。他妈气得不给他饭吃,他就找爸爸告状:"你那个堂客好毒,要饿死我!你从哪里找来的这个疯子婆?"

不过他好客。家里死了一只小猪,好像也让他自豪和兴奋,是他的重大节日。他把认识的老师都请遍了,神神秘秘的,请大家都去吃死猪肉。"你请这么多人,不怕大家把你家的锅盖都啃掉呵?"一个老师这样逗他。他眨巴着眼睛,不理解。

三月七日

晚饭后,老师们三三两两,下村去"家访",主要任务是把辍学的学生找回来。当然,不可明言的好处是,至少有豆子茶,更客气的家长还有红糖冲鸡蛋,可补充先生们枯索的肠胃。

家长们好像对"教育革命"非常不满,对捡茶籽、扒松须、挖菜土最反对,说读书就读书,学什么农?要学农,在家里学不了吗?他们对批判"资产阶级知识分子"也不理解,说学生知道个屁,还敢批判知识,翻了天呵,那还有王法吗?某主妇对细武说:"这个崽就是你的崽。"细武脸红了,急忙说:"莫乱讲,我今天才认得你。"对方说:"我是要你把他当自己的崽,(他)不听话,(你)只管打!"

三月十二日

办(酒)席,最好吃的一道菜是皮粉炖黄鳝。黄鳝不用破,也绝不能破,需连骨带血一起捣成糊糊状,用瓦罐炖,佐以葱花姜末,这样味道才最鲜,即本地人说的最"甜"。最客气的酒席是办八道:一道咸(糯米)团子,一道甜团子,一道(红薯)皮粉,一道（豌豆）兰粉，一道油豆腐（或笋子），一道鱼，一道鸡，一道肉。大概是这样。慷慨的主家总是要把肉切成大块，码出碗口好高。最慷慨的还会像砌塔一样，打上一轮轮草箍，防止肉块垮下来。

来客有"打裹包"的习惯。特别是女客，家里有娃崽的，总是带来一张草纸或一片荷叶，每一轮菜上来，自己取一筷或者一勺，吃得少，大多留在草纸或荷叶上。吃到最后，各人攒下来的一包，糊糊涂涂的一堆，连汤带料，拿回去给家人吃。

这哪是吃酒席，差不多是分猪潲吧？刚来的知青最受不了这一幕，觉得好恶心，但想想又不无心酸：可怜天下慈母心！

三月十八日

建砖窑，烧煤块的那种红窑。请来的窑匠师傅叼一支烟，不时露出嘴里一颗金牙，鼻头上都是煤灰，领口上一圈黑泥油光光，架子却不小，对小工吆三喝四，指挥大家装窑，砖坯和煤块一层层往上砌。

杨（爱华）的一只鸡误食农药，死了。这窑匠倒是有办法，用剪刀剖开其食袋，洗一洗，取针线缝合伤口，吹一口气，居然把它救活了。

三月十九日

一抹紫色的云带半遮夕阳。远处的屋场有缕缕炊烟升起，摇摇晃晃地爬上树梢。月亮冒出山头时，一只夜哇子（猫头鹰）开始孤零零地叫，"哇"一声，隔很久，才有另外一声"哇"，不知何时才会停歇。

三月二十五日

晚饭后，有机会与她长谈。她几乎一直没言语，最后说："我听你的。"

记得西方有位哲学家说过一句：婚姻就是一辈子的谈话。可她就是不爱说话，一心一意地嗯、嗯、嗯，这可怎么办？

下乡前，就有初见者觉得她和我长得像，说如果不是一个妈生的，那就硬是有"夫妻相"。这种话已有好多次了，都传开了，差不多是革命群众的一致结论和一致要求了，好像不服从还不行。

三月二十六日

挖地，太阳下晒得头晕，眼睛花。

思妹子讲那次进峒的故事：一行人被路卡拦住了，讲尽了好话也不管用，还是被对方扣下了树木。但他们一回来就去河边守候，因为在路卡时，发现那里有人往船上装货，看样子是要往下运。结果，不一会儿，船果然到了，他们上去扣了船里的香，也是禁运之物，总算报了峒里人的一箭之仇。

焕仁也说了一个报仇的故事：他们也是进峒买柴，也是被峒里人扣了。几天后在长乐镇办事时，发现有人卖红薯，居然就是一个扣罚过他们的队干部，只是大概对方见的人多了，已不认识他们。他们不动声色，派人前去问价，假装要买，要求对方将红薯挑来村里，送进地窖。等对方刚入窖，他们突然关上窖门，大喊主妇烧开水，"恶（烫）死这个王八蛋！"吓得对方在窖里直呼救命。到最后，双方达成协议：峒里人把五担柴还来，才能把在押的这个干部换回去。

三月二十七日

勤辉说，君子动口不动手，但他爹从来都是动手不动口，比如，他们兄弟打架，他懒得劝，忍无可忍了，便操一根扁担上前，把两人统统打出门。要是你随后回来，他倒也好，不发火，不骂人，像什么事都没发生。

他爹总说自己前世是一条狗，因为每次看自己的影子，都是狗的形状。只是旁人都看不出一个所以然。

三月二十九日

齐家畔的后山坡上有一条蛇,足有一米多长。我好几次从后山经过,都会遇到它,发现它呼啦一下就溜进灌木丛。

农民不要我们打蛇,说蛇是吉祥物,带来福气的;又说蛇的报复心强,你打死一条,可能明天有几十条来找你,非搞死你不可。

三月三十日

在地上,大家说到唱戏。石仁说电影戏一点都不好看,尤其那个《白毛女》,说是忆苦的,但跳来跳去(指芭蕾舞),跳得一点都不苦了。又说还是以前的戏好看,那时候武生跳火圈,热闹,是硬本事,大家都亲眼看到的。孙猴子出洞的时候,筋斗连翻地翻不歇气,把人的眼睛都看花。思妹子说那是人家有法(术)!石仁不同意,说什么法?硬是一天天操出来的,你以为容易呵?

不过,他认为戏子们虽然一个个飞得起,但打架没卵用,任何人都赢不了。因为他们从小就是被拆散了骨头的,一身软塌塌,所以怎么弯,怎么折,都不碍事。每次演出后,他们把骨头重新接上就是,只是筋连不上了,还是个散家伙。

四月四日

今天到县里报到。这一次,主要任务是写剧本,迎接全省的文艺会演。据说参加者还有黄新心。

四月五日

抄县志:长乐镇的历史可追溯到南朝梁、陈时期(五〇四年),迄今一千五百多年,为那时的古岳阳郡治。郡治在今长南村。明初战乱,相传有江西移民至此安居,取"长久安乐"之意,故名"长乐",沿用至今。古长乐街有北门、正阳、青阳、启明、钟灵、毓秀、挹秀、迎秀等十门,有普庆、同庆、吉庆、北庆、永庆五街,还有鲁家、照壁、大庆等八巷,规模宏大,素有"小南京"

之称。便利的水陆交通环境吸引了南来北往的客商，至清光绪二十五年（一八九九年），该地工商业颇为兴盛，其中棉布行有数十家，集散运转的有茶油，年吞吐量达一万余担，还盛产雨伞、烟草、甜酒、棉纱等。民国时期，彭德怀、杨宗胜曾率红军来此，创立过苏维埃政权。

四月七日

晚饭后，与新心同往县水利局，看望他认识的一位副局长，姓任，多年前写过一篇《湘阴县[1]剩余劳动力找到了出路》的材料，被毛主席加上按语，批发全国学习。他瘦高个儿，穿一双黑布鞋，讲话慢腾腾，身体不大好，刚出医院不久。他说，若蓝家峒水库建成，与八景峒、向家峒连起来，江北的抗旱问题就可基本上解决。劳力可从各个公社抽调。但现在最缺的是钱，钢筋、水泥、雷管炸药都是变不出来的。

从他那里出来，遇到农机厂朱万良等三位，都是老知青，酒气冲天。还没说上两句，朱就哇啦哇啦呕了一堆。

四月八日

在百货公司遇柜台那边的女同学。当年在茶场，有一天半夜，游泳回来更衣，以为这么晚不会有人来了，便没闩门。没料到嘭的一声，她闯进门来还什么水桶，撞我个措手不及。她当然更受惊吓，丢下水桶，狂跑。

她今天好像什么事都没有，可能早就忘记了。

四月九日

新心说他写的材料有一次出了事故，但不能怪他，是有人把稿纸的顺序排乱了。领导在台上念到某页最后一句"大家休息一下吧"，却找不到下一页，久久没发声，听众便以为这是宣布会间

---

[1] 一九六六年前，汨罗尚未建县，只是湘阴县的一部分。

休息,三三两两往外走。到后来,秘书一头大汗,总算帮领导找到了正确的一页,领导继续往下念:"革命群众纷纷表示,怎么能休息呢?……"可这时场上已空了一半,领导一抬头,气得脸变了色,也只能休息算了。

四月十一日

今天采访县农科站渔场。(略)

四月十三日

在黄柏公社采访。(略)

四月十五日

至粥时公社采访,顺路看(任)粥时故居。

四月十七日

下雨,宿铜盆公社。放学之后,整个学校已空荡荡。只剩下我和黄伟民两人,面对连绵雨雾,朗诵普希金的诗,还有郭小川、贺敬之、艾青、蔡其矫的。

四月二十日

桃林公社那边有一个书记喜欢吃狗肉,好一口酒。人家叫他"曹明天",因为有人来打官司,他总是说:"你们明天来。"不过,到第二天,当事人冷静了些,说不定就不打官司了。原来他是玩"拖字诀",以拖待变而已。

有一次,群众捉了一个贼。书记问对方为什么要做贼。对方说没有饭吃,只好如此。他想了想,说:"我是你的书记,搞得你没有饭吃,是我的错。"然后就把人放了,还派人送去一担谷。

他一支笔颇有含金量。当时缺煤,很多人找他开后门。他见到一个大队书记上门,问:"你要好多?"对方说:"一吨。"他说:"一两都没有。"他说,他的煤要给刘爹爹、四婆婆那些人,不但要给他们煤,还要给他们送过去。不但要送过去,还要给他们贴点钱。"晓得不?你是一两都没有。"对方问:"凭什么?"他冷笑一声："你这号角色还搞不到煤？怕我不晓得？"

一些人对他低声下气，围着转。他忍不住回头大吼："送葬吗？"要是后面跟着一些妇女，他就大吼："我要屙尿！"

这倒是一个有特点的干部。讲给陈（国英）馆长听，她却觉得不能写，说革命干部不能这样粗鄙，也不能写缺粮、缺煤什么的阴暗面。

四月二十八日

进玉池山，住公社卫生院。遇程大安，我家的邻居，中学时代的班花级人物。她说你来得正好，愿不愿参加人体解剖。这话吓了我一跳。原来该院有一个十来岁的小孩病亡，大概是出于什么迷信的原因，家人弃尸而去，只能由卫生院代葬。这是一个机会。他们三位年轻的赤脚医生[1]，打算偷偷挖回来解剖，学一点人体知识。据说这是医学院必有的课程。

我当然愿意。但这事必须保密，怕传出去引起纠纷。晚上十一点，我们才摸黑去后山挖坟，取出那个篾席包裹的尸体，然后关大门，挂窗帘，对照墙上的人体解剖挂图，看如何下手。程还真是胆大，下刀不行，就下剪刀，像裁剪布料。因尸体还新鲜，还有血，我不免心惊肉跳。但他们毫不在意，用镊子拨动这里那里，把血淋淋的零部件切开来细看，给我讲解胸腔、腹腔、肝胆、肠胃、膀胱、输精管……让我大开眼界。

死者的腹膜已破，黑黄色的汁水已涌满胸腔，恶臭无比。即便双层口罩间还夹了层酒精棉纱，我仍跑到门外呕吐，差一点憋死。听他们说，果然是腹腔穿孔，那就印证了他们此前的什么诊断。

把尸体重新收拾好，埋到后山时，已闻鸡鸣。

---

[1] 指一些只经过简短培训的乡村医生，仍是农民身份。

五月十一日

认识了县新华书店的一个经理，他把我和新心领到他们的库房。那里堆满了前些年奉令下架查封的书，积满灰尘。我们大喜过望，一人挑了一大堆，还都很便宜。经理也高兴，觉得废品也卖了钱。

五月十二日

至楚塘公社，见刘石林、任国瑞等，都是在文化馆认识的业余作者。屈子祠就在他们这里，因此划龙船在这里最有传统，要不是"文革"来了，每年都要比一比的。农民们的口号是"宁荒一年田，不输一回船"。

以前赛龙舟总是要打架，动不动就打，而且如果没打成，没打起来，大家就觉得没意思。胜利者总是要羞辱失败者，比如，自己脱得全身一丝不挂，划着船绕对方的船数周，大喊大叫地示威。更有甚者，把对方的船尾砍下一截，挂在自己的船尾上。妹子们也喜欢拱火。她们准备红绸子和包子去江边观战，如果看到自己村里的船队赢了，就用红绸子给船手缠头，送包子让他们大吃一顿；如果自己村里的船队输了，她们就把包子丢到河里去喂鱼，用红绸子包猪粪，砸到船手们的头上。

遇到这种情况，满头粪泥的船手们羞愧不已，必定斧头柴刀齐下，把船砍个稀烂，以示明年再战的决心。

他们用来打造龙舟的木材，总是偷来的。据说偷很重要，特别重要，只有偷来的木材才有贼性，做成船以后，船能跑得飞快。

五月十三日

沿汨罗江走，没注意河里有闷闷的一声，却发现眼前顿时一片大乱，女人们夺路而逃。原来是路上或地里的男人，打了鸡血一般，丢下手里的事，与女人们反向而行，一边跑一边脱衣裤，一个个光屁股当然吓坏了她们。

外人好一阵才明白,刚才的闷响是有人在河里放炮。男人们都要去捞鱼,享受见者有份的老规矩。女人们对此信号也早有经验了。

五月十五日

写了一个关于合作医疗的剧本提纲,大家讨论时不兴奋,好像基础太差,没什么好说的。这可是我采访时间最长、翻阅资料最多、冥思苦想最久的一次出手,居然放了个哑炮,比新心的更不被看好。

我也失去了信心,大概缺乏导演和表演的经验,自己根本不是编剧的料。听报上说,大学要恢复招生了,采用推荐与考试相结合的录取方式。新心劝我还是回公社争取机会为好,他可以帮我找课本、复习资料。

六月二十八日

好一段时间没写日记了。两个月来,晚上都是被定律、公式、图形、方程式搅昏脑袋。初一的课要复习,初二以上的还要自学,现学现卖,囫囵吞枣,想一口吃成个胖子。

自我感觉还不错,但也得做面对最坏结果的准备。

七月十日

戴麻子咬牙切齿骂儿子:"老子要把你夹到铁匠墩子上当铁打!"或者是:"老子一巴掌要把你打得贴在墙上当画看!"……这种骂法有点新鲜。他生气就生气吧,为何还搞得那样具体,骂出一些津津有味的画面感和完整过程?

八月一日

回长岭打禾数日。烈日如火,坐在屋里看外面干活的人,觉得他们分分钟受罪,好可怜。其实真下了田,有水淋和水溅,还不时有风吹,倒没觉得那么热。所谓不在事中不知难,但有时也有另一面:不在事中倍觉难。书生们可以出现两种误解和夸大。

八月四日

到公社文（教）办打探消息。看来果真如新心信中说的，我们肯定都是家庭政审不过关，"高考未遂"，白忙了。据说全县的考卷封存，根本就没人看。上面的风向大变，考试被认为是"资产阶级教育思想回潮"的表现，遭全面否定。

唯一的慰藉是，自己学了点数理化，也不坏。（在知识上）"深挖洞，广积粮，不称霸。"新心说我们还得坚持这一方针，我觉得对。

八月六日

入夜乘凉，蒲扇叭叭响，听黑夜里老戴讲古，又是毛遂自荐、窃符救赵、将相和，如此等等。大脑壳在他膝下不时纠正他的话，说他同上次讲的不一样，搞得他爹很不高兴。父子俩都是一口一个"你娘卖×的"，没大没小，相互斗粗话。他们好像觉得，斗粗话是一种父子相处的必要形式。

八月七日

全公社老师联欢会演，看师生排演的《园丁之歌》。

八月九日

贺牛来吹嘘他在双抢中大出风头，带一伙后生，拿了个全县进度最快奖，当上了劳模，千真万确。他的经验，是一勤盖百懒，干就要干个惊天动地，让大家印象深刻，于是就抵消了其他一切。比如，他一肩要挑上三百斤谷，要快走，要疯，要喊叫。这样，干出了惊人的传说，再怎么"躲奸"就不要紧了。

他说这些天一直在玩，拉琴，画画，晚上的"娱乐"，便是跟着刘宣委去捉奸。刘蹲点天岭，与他同住大队书记家的一间房。他火眼金睛，最关心党风民风，出门在村里转一圈，问上几句话（打听谁家男人出远门了一类），就能看得出谁有戏、敌情在哪里。到半夜，要贺牛起床，带上绳子，带上手电，跟在后面，在某一家突然破门而入,一抓一个准。接下来,让民兵押着狗男女挂牌子游乡。

自从白花花的屁股见多了,贺与刘相处,已亲如兄弟。刘挎包里的烟,只有他可以摸出来就抽。刘从县里开会回来,奉命发展团组织,领回来一些登记表、团徽什么的,贺不由分说抢了一个团徽给自己戴上,就算是成了,对方也没办法。

贺还吹,说他马上要当公社团委副书记,到时候把我们兄弟都发展进去。这话怎么听都不可信。

据说还有一次捉奸,他守在窗下,把跳窗的家伙抓了个正着,但对方很不服气,大声说:"未必这也算数?"那意思是,他已离开现场,裤子也提上了,你们查无实据,不能乱来!

八月二十四日

梓成老倌说,还是以前的人更讲信用,比如,那时候赌博,输了钱,欠了账,就找块瓦片来,在上面画刻三道痕,意思是欠了三担谷。然后一掰两半,债主拿半片,欠债的拿半片。日后债主拿着半片瓦上门要账,两个半片一合,账目清清楚楚,谁也没有话说,简单得很。也没有人拿假瓦片来诈骗。

八月二十六日

冷水井有一个叫(舒)德琪的,是个哑巴,最愿意帮工,但心里不明亮(不聪明),也不识字,只是喜欢奖状。不管是谁,只要是拿来一张花花纸,无论是盖了章还是没盖章的,不管是哪个干部还是哪个学生的,在他面前晃一晃,他就乐颠颠地跟着去干活。

他床下已积攒了一大堆奖状,大多是假的,但都是他辛辛苦苦挣来的。

八月二十七日

至天岭,有一跨路的石砖凉亭,两旁是黑幽幽的石板宽凳。

据说以前还有不知何人摆放的茶水，供路人解渴。古风淳朴，尚有遗迹。

八月二十八日

拉一根铁丝，不用铜芯线，挂上一个喇叭匣子，再埋下地线，就可以播出久违的普通话和音乐。好熟悉和亲切的声音，让人恍惚间有了身处现代大城市的感觉！

队队通喇叭的任务，终于按期完成。

九月五日

接芋头信。信中谈《第三帝国的兴亡》和《斯巴达克斯》，邀我去沅江（县）走走。但我实在请不动假。思妹子是根油盐不进的老木头，不管你说多少好话，他都一口咬定："地上缺人。"

但这并不妨碍他转眼就来虚心请教："你说，天安门广场可以晒多少谷？"

九月六日

小潘从县里来，代表文化馆领导，又要求排演一台节目，配合十大的宣传。但伟伢子、豆豉等都走了，志宝也回城跑病退去了，锣齐鼓不齐。公社派来的我们这支知青小分队已溃不成军。大队干部也有些烦。大老胡就埋怨过："文化馆（管）又来了？他们是管米还是管油呢？每次排节目，要费大队上好几担谷。一些红花妹子跳得汗滴滴，脸上抹得像个猴屁股，像什么话！还不如去摘棉花。"

九月十九日

岁月如常。今天大队部的柴油机检修，几个来打米的看棋。戴麻子最恨围观者说三道四，说："你们都闭上臭嘴，哪个再开口，就死一个崽！"大家畏于这一恶咒，果然噤声了好一阵。只是茂夫子后来看得着急，实在忍不住，一拍大腿说："反正我有三个崽，今天就拿一个不当数算了——爷呵爷，你要在这里将军呵！"

众人大笑。

九月二十日

人们最喜欢取笑峒里人，不知何故。似乎县城的看不起镇上的，镇上的看不起乡下的，乡下的还看不起山里的呢……总是一级压一级，总有垫底的。在很多长岭人看来，峒里人简直就是野猴子。

水妹子今天在地里，说峒里人没见过马，到街上见到了，问这是什么，这家伙是生蛋还是生崽？街上人说，当然是生蛋。峒里人就要买马蛋，好带回去孵马。街上人指着后街上几个圆石头，说那就是马蛋，很贵很贵的。峒里人不怕贵，把卖药材赚的钱都买了"马蛋"，满头大汗挑回峒里去了。

九月二十八日

戴麻子说一奇闻：以前平江有个叫谭拐子的，一条腿残，靠一头脚猪谋生，走路一拐一拐的，邋邋得一身油光光。生产队说他不出工，要开斗争会，但谁都不能近他的身。他跪在台子上，肩膀一扭，就有一个人滚出丈多远；屁股一扭，又有一个人弹出丈多远。大家都说他有功夫。

他有点法术，入过花子教，拈一炷香在你家周围转三圈，蛇就再不会进你的屋。有时掏一瓦片，变成一个乌龟，玩一玩又变成瓦片，放回衣袋。

队上有一个油铺。有一次，一个叫"亮爪子"的要借两个枯饼，见队上不同意，一生气，便暗中使坏，于是大家的油锤就再也打不到楔头，总是会打空。大家急得不行，去问老人怎么办。老人说，只有谭拐子有办法。果然，谭拐子见他们又是开烟又是赔笑脸，就告诉他们一招：用一根独脚芦苇打成结挂在楔头上，再念几句谭拐子教的口诀，到时候就自会有人来求饶的。果然，人们回到油铺一试，就有亮爪子来求饶，而且满头大汗，腹胀如鼓。

他们说，幸亏谭拐子事先叮嘱不能重击油锤，否则亮爪子早就炸开肚子了。

又有一次，谭拐子坐船。上船时船家只说要三分钱，到了岸却说要三角，讹他一把。他也没说什么，付了钱走人。只是他走了以后，船家的柴油机再也发不动了。直到船家大惊，追出十多里，向他叩头求饶，退还三角钱，他这才说，你回去吧，两角七分钱也拿去。对方大谢而归，发现机子果然又能发动了。

十月三日

"灵官"和"土地"指的是两种神。照农民的说法，灵官爷只管一个屋场，大概相当于生产队队长。土地爷要管几十个屋场，大概相当于大队书记或公社书记。"城隍"爷更大，管更大的地方，大概就是县级领导了。煮饭的王老倌说，历朝历代都有领导，鬼神也一样，一级管一级，你还造得了反？

难怪，昨天发现杨家桥一个不知是谁偷建的灵官庙，只有鸡埘般大小，藏在后坡草丛里，但他们定要大队上派人去平掉。如果发现的是"土地"，他们大概就要公社或县里的人去了。大概鬼神也认（人间的）级别，须搬一张大牌，压它们一头，才管得住的。

十月六日

杨眼镜挂着照相机和画夹子，来乡下采风写生。他曾是县里著名的群众组织头头，当年夺权时还进过什么"革委会"。只是他找人事局要看档案，但管档案的一位妇人，白了他一眼，说他不是党员，根本没资格看，其实是没把这个"弼马温"放在眼里。他至今还恨恨地摇头：莫信，莫信，"造反派上台"是一出最假的戏。

十月八日

听说可能有地震。小克（上任不久）的代销店，这几天不仅酒、烟、糖、粉丝、酱油卖光了，连海带渣子也卖光了，扫坛子了。好像大家都死到临头，要死也要当个饱死鬼。

石仁警告：今天晚上必震！还说是上面已经通知了，千真万确。兄弟，多多保重呵，我们只能来世相见了，十八年后你我都是好汉！这种告别让我们既悲伤又恐慌。我这里未必就是写最后的日记？

刚才我们搬来两张礼堂里的排椅，翻过来，构成两个小掩体，两个三角形空间，晚上钻进去睡那里面，应该比较安全。但那里面实在狭窄，不舒服。我们再三犹豫，最后决定，去他的，还是上床吧，今夜同老天爷赌一把。

窗外好像什么动静也没有。

十月九日

就当是又多活了一天。

昨夜，据说车田有一个队锣声震天，吓得很多人跑出来躲地震。最后查明，是一只猫撞倒了桌上的空酒瓶，让值班民兵误以为地动山摇，大家虚惊一场。

茶场里很多人也没睡好。香神经（沈其香）说，要震，最好就大震，第一要震掉公安局，第二要震掉知青办，震得户口都没有了，大家就都可以回城了。

十月十二日

在地上挖红薯。大家讨论谁该震死，说哪个最巧滑，哪个心最枯（狠），哪个骨头最懒，哪个最忤逆不孝，哪个最管不住鸡巴，哪个是圆手板（笨拙）却娶了个漂亮婆娘……妈妈的×，都该在地震中震死，至少应该被震个缺胳膊少腿！

算算另一头，谁最死不得呢？他们数来数去，说木匠、砌匠、剃匠、篾匠、漆匠、劁猪的、弹棉花的……都死不得，不然大家不方便。好人也应该有点寿。

他们好像当上了临时阎王爷，集体研究一册生死簿。我也补了一个文办王主任。他们也大多认得王，说那是的，说王先生从无架子，见农民来了，不管对谁都是泡茶递烟，是个仁义人，要留着。据说开斗争会的时候，哪个被斗者被罚站，王就搬一张椅子去，让那人坐；要是大家又喝令那人站起来，他就不再说什么，但一直守在旁边，不让身旁的人动手动脚。（这样）两边都过得去，"顾了娘娘，又顾了太子"。

十月十四日

晚上石拐子来，他的长沙话已很有进步，只是脏字过多，夸大了城里人的粗鄙。

他抽了我的烟，又贡献一段"白话"，不知是从哪里听来的：某丈夫回家，发现家门紧闭，老婆头发又凌乱，顿时起了疑心。但他大喊一声"拿刀来"，吓得老婆全身发抖，却不是要杀人，只是在阶基上磨了几把，径直去了鸡埘，让老婆一颗心回到肚子里。过了一阵，鸡熟了，上桌了，他摆上三双筷子。老婆不解："今天又没有客。"他说："有客呵。"老婆说："客在哪里？"他说："不是在床下吗？快请出来！"老婆顿时羞得满脸通红，夺门而去。丈夫只好自己去床下请客，叫出那个衣衫不整狼狈不堪的野男人。

丈夫在桌上还一个劲地给对方劝酒。野男人终于满头大汗，扑通一声跪在地上，连声说对不起，对不起。

照理说，这丈夫以德报怨，化解了一段夺妻之仇，那对狗男女应该感恩戴德吧？不料，野老倌是再也不敢来了，他老婆气却不打一处来，一是恨丈夫手段阴毒，笑脸杀人；二是恨野男人有色无胆，狗屁不是。最后，她气得跑回娘家，待了足足两个多月才回来。

我说，这故事动作性强，是一个独幕剧的好框架，只是内容不合时宜。

十一月五日

农民会游泳的少,狗刨式扑通几下就是高手,能扎猛子的更少。下大胡要疏通(水塘)涵管,请我去帮忙。倒不怎么难,只是太冷。

他们给一瓶白酒,算是酬谢。思妹子喝了酒还不满足,说这世界上只有酱油最好吃,说以后共产主义建成了,他每个月至少要吃两斤酱油,早上都用酱油拌饭!

十一月十七日

石仁等(基干民兵)上公路设卡,没抓到什么可疑人,只拦下几个夜行的河南叫花子。但他们都有大队、公社两级的讨饭介绍信,有"为国分忧,自力更生"一类文辞,几乎有堂堂正正的合法身份。石给他们一分钱,不料遇到一个脾气大的,大概是嫌钱少,把硬币愤愤地摔了回来:"你以为我们是来讨饭的?"石也有点蒙了:"你们不是来讨饭的,是来收罚款的呵?"

十一月二十五日

到长乐街拖石灰,遇彭贵求。他说了一件有关红薯的事:某公社广播员,一个漂亮妹子,没提防红薯容易产生气体,有一天抬东西用力过大,憋出了一声可怕的尖啸。她大吃一惊,还没反应过来,身后又有四五个短声接连而至,完全是一发而不可收。有人忍不住笑:"公社广播站现在开始播音——"臊得她夺路而逃。据说那一天,她事后哭得要死要活,而且发了癔症。人们请来医生,给她打了一针,才使她慢慢安静下来。其实医生打的是蒸馏水,只是心理治疗罢了。

十一月二十八日

新市一带封路改建,拖拉机只好绕红花渡口,走老路。一不小心,轮子陷到泥坑里了,把泥水翻得老高,还是动弹不得。车上人在后面推,不管用。司机要我们都坐到车头,加大车轮摩擦力,还是不管用。最后,只得去拦过路汽车,凑钱买一包烟给司机,让汽车来拉一把。

回到队上时,身上全是泥。

十二月三日

女儿乖,媳妇泼,他们说天岭那边特别是如此。据说,那里的媳妇只要一过门,特别是生了娃崽,就像变了个人,乘凉时就可以打赤膊,大奶子甩来甩去。要相反(吵架),男人也不是对手。某队长不信邪,有一天同某家媳妇顶上了:"老子就是赶了你的鸡,砸死几只又如何?咬我的卵呵!"这意思是你拿我没办法。不料对方叉着腰大骂:"你这个臭痞子!"男的以为对方已怯阵,把黑家伙掏出裤裆,进一步欺压,淫荡地大笑:"你来呵,你来咬呵!"没料到对方脾气暴,甚至比他更无皮无血,不但不怕,不但不羞,反而丢下一担水桶,三步并作两步,一个箭步直扑他裤裆而去。"咬就咬,老娘今天就要咬给你看!"直吓得那家伙掉头就跑,被追得满山转,成了日后的一个笑话。

有人说"三不惹":莫惹老家伙,莫惹叫花子,莫惹天岭的媳妇。

十二月十五日

在嵩华(大队)的冬修水利工地上挑泥,晚上编印简报。这里同漉湖工地一样,吃饭有窍门:第一碗不能装太满,以便很快吃完,抢到先机便能吃上第二碗;否则,吃第一碗太费时间,一不小心饭桶空了,第二碗就吃不上了。当然,谁也别指望第三碗,因此第二碗要尽量装,往死里压满、压实、压紧,压他个心狠手辣气壮山河。

这叫一碗快,二碗胀,三碗四碗叮咚咣。

十二月二十九日

会战结束,各队的劳力陆续撤退。思妹子临走时偷了公社库房里三四圈铁丝，扭成麻花状，藏在被子里，说以后用来箍尿桶和脚盆，比篾条好得多。

一九七四年

一月八日

全县各公社移植样板戏会演。黄柏（公社）、新市（公社）都是后来居上，阵营可观，实力雄厚。不过都是业余班子，演出还是只能凑合。黄柏唱《智取威虎山》，少剑波正在台上抒发豪情，不料景板倒了，砸得他晕头转向，捂住头，捡帽子，差一点就"牺牲"了。玉池演《红灯记》，演鬼子军官的那位忙中出错，忘了带请帖（一件应有的道具），到时候全身上下找不到，最后没办法，只好把半包香烟掏出来，别别扭扭递给李玉和，差一点让李玉和笑场。

县文工队虽是专业队，但也出问题。他们演《沙家浜》，最后是新四军战士一个个攻入敌营，前手翻，或侧身翻，动作有点难度。大概是怕他们摔伤，画成围墙的布幅已降得很低，飘飘荡荡，一点也不真实。更重要的是，因为"墙"太低，就完全暴露出里面的"鬼子"，几个刚下场的，来不及换装的，负责保护工作。这样，他们接住一个个翻进去的新四军，左搂右搀，两个夹一个，一夹一个准。看得懂的，知道这不过是后台的防护措施。看不懂的，还以为那也是剧情，是日军布下了陷阱，正在把新四军统统拿下呢——这岂不是大长敌人的志气？新四军的面子往哪里放？

有些小观众，还真为这一结局急得不行。但这些节目都获得了表彰和奖励。上面说了，有没有，是态度问题；好不好，是水平问题。大家都不会要求太高。

一月十日

含妹子年纪不大,但已像个老把式,每次收工后总是扯一把草,把锄头或耙头洗干净,架在栏杆上,好像那些工具也需要休息,得给它们洗澡,侍候它们上床。更奇怪的是,本地人磨锄头,有机会就要给刃口喷一口酒,说那样的话,这些铁器用起来就更有劲势。

未必锄头还都是酒鬼?大概是同样道理,他们扫完地,让扫帚归位时,总是让它们倒立,好像怕它们站累了,得倒过来舒展手脚,舒筋活络,养养精神。

也许在他们心目中,工具也都是活的。

一月十二日

村村都在打糍粑,准备年货。会计和记工员忙着决算分配。我所在的戴家里还算好,今年单价(每十分的分值)四角二,比下大胡的二角二高,但比她的张家坊要低,比志宝的上大胡也低,每天分别要少赚两三角。这到哪里说理去?

人民公社"三级所有,队为基础"。队与队很不一样。听说附近还有单价八分钱的队,全队干完一年,都是超支(欠钱)户,没有过年钱。

物价依旧:猪肉每斤六角,牛肉每斤三角,草鱼、鲢鱼每斤两角……稻谷每百斤九块五,折合米价为每斤一角三分。

一月十四日

好几户收亲(结婚),热热闹闹。人们说,秋后粮食归仓,农事稍闲,适合办事了,而且新娘子可以穿厚点,身上扎紧点,对付后生们"闹茶"(闹洞房)。"三日无大小",是指他们闹起来可能把新娘子推来拥去,有时乱摸乱掐,"闹"得女子身上红一块青一块,主家人还不能生气。这种婚俗令人吃惊。

一月十六日

漫天大雪。背着沉甸甸的糍粑和干鱼，昨天入夜才走到县城，借宿氮肥厂。一些老同学已搬到家属区去了，那里都是双职工，男女混杂，有尿片、乳罩、小锅小灶，还有说不出的混杂气味，不知是幸福还是庸俗的气味。

二月十六日

接通知，参加《湘江文艺》编辑部的学习班。昨天到县城，没买到车票，只好爬煤车。没料到煤车到长沙时根本不停，一直开过株洲，停在一偏僻荒凉的小站。只好又在那里等了五小时，才买票登上北行的客车，至半夜折回长沙。这次真是倒了大霉！多花了钱不说，多费了时间不说，煤灰呛鼻子，吹出了一个黑花脸，脖子里全是灰沙。特别是过隧洞，如同突然落入了万丈深渊，在黑暗中完全分不清上下左右，只有摸索身边的煤块，才知道自己还存在；只有咣当咣当的金属巨响，从四面八方砸过来，简直要砸出脑震荡，脑子里的零件全都错了位。

二月十七日

在八一路找到《湘江文艺》。认识了株洲冶炼厂王友生，湖南开关厂卢雄杰，新晃县教育局孙南雄，湖南机床厂贺梦凡、张新奇等，共十来位业余作者。

知青只有两个，除了我，还有浏阳县的朱赫，他在多年前就发表过作品。只是今天发电影票，他一个长沙人，居然不知新华电影院在哪里，得请别人带路。这让我很吃惊，算一算，他下乡已经快十年，不记得老电影院，要说也正常。问题是，我以后也会这样吗？

参加了一个"批林批孔"的座谈会，见识了省里几乎所有如雷贯耳的大作家：谢璞、未央、刘勇等，他们不久前陆续从干校、乡村调回省城工作了。还有一个叶蔚林——《挑担茶叶上北京》

《浏阳河》的词作者。他作词的《故乡呵巴勒斯坦》等，我们在乡下也唱过。这让他很高兴。

他私下谈小说创作经验：一、找到了一个好场景，作品就成功了一半；二、写作是屙屎，身边不能有人。

二月十九日

编辑部郭味农、潘吉光、刘云、金振林老师会诊我的第二稿，指出幽默、讽刺不能是"油滑"，指出对反面人物和转变人物，不要用语言贬低之，不要用生活特征丑化之。这都说得很对。

"郭老"其实并不太老，只是驼背，高度近视，看稿子都是嗅稿子，眼镜片像两个瓶底，圈圈套圈圈。青年作者都说他人好，星期天也在办公室"嗅"稿子，但大家最怕他下笔删改，更怕他一段段代你写。但他绝不能让青年犯错误，你有什么办法？潘老师还说过他的一个笑话，不知是真是假。事情是这样，有一次，他恨儿子逃课，在回家路上抓住儿子就打，突遭一个妇人猛烈攻击。原来他是没看清，误打了人家的儿子。

三月二十四日

街头又热闹起来，有一些大字报和标语。不过街面仍然大不如当年。市民们行色匆匆，大多是要看不看地瞟一眼，表情漠然。更多的人根本不看，好像那些巨大的惊叹号同他们没关系。有些宣传品刚上墙就被撕了，大概是被收荒货的人撕去卖废纸了。

昨天去理发。一年轻的剃匠师傅说，自己正在打家具，买了一辆自行车，准备结婚，还在偷听海外广播，自学英语九百句。

三月二十八日

贺牛有钱了（指调入省木偶剧团后），今天要请客。他说做木偶对于他来说，实在是大材小用，没什么味。而且他这些年被党教育得太纯洁了，太高尚了，至今不知如何谈恋爱。团里花姑娘如云，但个个欺侮他、调戏他，不同他玩真的。

说到五一路的大字报水平低,他就睁大眼,说不如他去写呵!他可以用两个化名,左手打右手,咣当咣当咣当,互相对骂,互相揭老底,最后揭出一个国民党和美国中情局的大故事,那才好玩呢!说不定轰动全城。到时候收门票,在街上牵一根绳子,一角钱一看。我们都笑起来了。

三月三十日

肖鹏夫,下放江永的老知青,已病退回城当了泥瓦工。他读了我的小说[1]后不以为然。我承认他说得有理,但辩称这只是敲门砖呵,敲开门再说吧,你别用托尔斯泰的标准要求我。要是没饭碗,我连托尔斯泰家的一只臭虫都不是。

他说起当年自己认识的一个老场长,不准知青恋爱,晚上提一把驳壳枪到处巡逻,看见男女人影就大吼,追捕"恋爱分子",可一口气追出两三里路。但他人不算坏,抽屉里的香烟你可以随便抽,哪怕你刚被他骂过。粮食困难的时候,他带人去拦截粮车,还拦截过人家矿山里职工的被服,分给农场里的职工。但这家伙是个老革命,级别比县委书记还高,人家拿他也没办法。肖说这个人你二姐也认识,有意思[2]。

四月二日

姚宝说他们厂里有一个柳宝,一碰到运动就兴奋,最近又经常缺工了,不管什么会都要挤进去听,包括妇女们的会。他有一个小本子,上面记满了"部署""纪律""工作安排""干部名单""注意事项",等等。一见干部,就拍拍对方的肩,但对方也没法生气,因为他只是叮嘱"你要好好干""千万不能出问题"一类,有什么错?你能说什么?他拍拍肩又怎么啦?厂里有一个大批判

---

1 笔者最早发表的《红炉上山》等,确为一些不入流的应景跟潮之作。
2 此人后来成为笔者小说《西望茅草地》(一九八〇年)中的人物原型。

组,负责运动的。他也要去那里开会,每次还要发言,还要"我来总结一下"。他强调,批孔就要批周公,批周公就要批周礼,但周礼是怎么来的呢?他看过《封神榜》,那是姜子牙订出来的呵。

大家都躲他。他闲得无聊,便主动要求给造反派抄大字报,保证自己一分钱都不要,保证自己的字绝对拿得出手。对方怕他乱来,好不容易给他一份底稿,但再三叮嘱:"你千万改不得!"他满口答应:"不改,不改。"但没等对方走远,他又把对方叫住:"不过,要是原则问题上有错,那我还是要改一改的。"这要把大家气晕。

四月三日

武(健强)大郎说他妹:上小学时,老师教学生"爱祖国""爱人民"等,她总是要加一句"爱哥哥"。老师说这一句不能加,她还是要加上。老师拿她没办法,后来对她作业本上多出的这一句,也只能视而不见。

天下雨,她就要怪气象台。天黑了,她就要怪闹钟。

她用石板画画,嘴里总是要配上画面的声音效果,比如,画狗必有狗叫,画猫必有猫叫,画枪炮必有咚咚咚嗒嗒嗒,因此旁人只要闻其声,不用看,就知道她在画什么。或者,别人只要看她脸上的表情,也能知道她在画什么。比如,见她脸上横眉怒目、咬紧牙关,那必是在画妖精;见她满脸是笑,那必是在画小姑娘或小白兔。她放下石板后,好一阵还会有这种表情。

她后来也成为下乡知青,有一次救队上的猪崽,不幸死于洪水。大郎至今说起这事还会泪眼花花。

四月四日

省工农兵文艺工作室全体开会,传达文化部的电话指示。指示称,湖南把大毒草《送春牛》改成《还牛》上演,是对"文化大革命"的反攻倒算!又说湘剧《园丁之歌》是资产阶级教育思想回潮，也要深入批判。

四月五日

遇芋头（俞予立）[1]。他一只瞎眼是工地上排哑炮时造成的工伤，眼下病退回城，打零工谋生，曾让我联想到《牛虻》的主人公形象。

他来过天井，不料撞上双抢，我没法请假陪他，他便跟着我们打禾，出了两天义务工。今天在街上偶遇，恰好双方都没什么事，我们就爬上附近一个工地的脚手架，聊天，抽烟，哼唱《起义者》什么的，遥望黄昏时的满天晚霞。他谈到俄国十二月党人，谈到马卡连柯的《教育诗》和雨果的《九三年》，又说起他们江永（县）的"白水公社"，一个知青组成的乌托邦团体。那一段政府停摆，他们一伙志愿组合，上山垦荒，民主管理，拒绝私产，但可惜只存在了半年多。

他没有详说公社解体的原因，只是笑了笑："理想不能当饭吃呵。"

四月十日

陪母亲至南郊金盆岭，给父亲扫墓。她拔草时哭了，白发也多了几根。我一路搀住她，发现自己比她高出一个头，又长大了。

四月十七日

结束了在长沙的两个月，回到了乡下。又听到蛙鸣，闻到泥土的气息，晚上能听到对面山上很远的脚步声了。大黄狗还记得我，一见面就摇头摆尾，扑上来舔我的脸。我这才知道，虽然同伴们都差不多走光了，但还有一双眼睛在这里等着我！

给它喂了半钵饭菜。

---

[1] 该知青后来成为移民香港的地产商。

四月十八日

巴立有一伙造反派的朋友，锅炉工、钳工、小学教师、剧团编曲什么的。他总是乐意在这些人面前介绍我的身份：知青！于是常引来他们饶有兴趣、不无期待的目光，好像我是一支重要盟军的代表，我额头上就写着广阔天地，写着他们正在等待的农民运动，写着新时代的湘赣边区和山地游击战，写着他们改变中国和世界的最后胜利。

可是，醒醒吧，你们知道农村吗？农村没有你们的盟军，压根就没有！农民固然朴实，固然贫穷可怜，但他们也是自私、愚昧、涣散、懦弱的汪洋大海[1]，是马克思笔下那个拿破仑皇帝最深厚的社会基础！

你们别做梦了！你们频繁交换消息，总是壮志未酬，蠢蠢欲动。你们高谈阔论什么八大军区，还有八竿子打不着的这个部和那个省。你们还最爱唱外国歌曲：《三套车》《老人河》《马赛曲》《啊，朋友再见》《伏尔加船夫曲》《莫斯科郊外的晚上》《茫茫大草原》《喀秋莎》《红莓花儿开》《起义者》《蓝色多瑙河》……但对不起，你们唱完以后，什么也做不了！就像我一样，在一次次心潮澎湃以后，连一个长岭也改变不了，连一个长岭的下大胡也改变不了！

这才是事实。

四月二十三日

丙崽怯生生倚着门，递来一顶草帽，就是风吹走的我那一顶，他居然认得。我冲着他竖了个大拇指。他却有点怕，晃晃荡荡地跑远，回头朝我嘟哝一句："爸爸……"

我差一点又要孛毛，摇晃一下巴掌，让他闭嘴。

---

[1] 出于失望，笔者当时既怀疑造反派，也对农民抱有一种高高在上的启蒙者心态。

但他要这样叫，你有什么办法？这个鼻涕娃，大概是在一切男人的身上寻找爸爸，在一切男人的笑脸上看到爸爸归来的希望。

四月二十七日

昨天去戴家里借秧，逢小雨，刚走到大屋场，好像听到闷闷的一声，见前面几个妇人突然冲着我变了脸，不知为什么，随即猜出是我身后出了事。回头一看，是有人倒在田里了，原来是被雷击，就在我十步开外！

真是捡了一条命呵。后来，发现附近还有一犁田的汉子也被击倒，据说前一个是大屋场的，后一个是大棉畲的。人们又哭又号，手忙脚乱，惊恐万分，好容易拆下两张门板，把泥糊糊的两位抬到卫生院。不料卫生院空空的，只剩下黄医生一人。他摸摸脉，看看瞳孔，说两人都不行了。接着问我会不会做人工呼吸。我说不会。他就要我跟着他，在一旁模仿就行。

这需要我跪在"死者"面前，口对口，朝"死者"嘴里猛吹气，然后两掌相叠，在他胸口连续按压，将胸内气体挤压出来。吹一次，压五六次，如此循环不断。围观者越来越多。有人怀疑，说照这样压，恐怕要压断骨头，活人也会被压死吧？不过，过了一阵，好像有希望了，"死者"的双手回暖，脸色也转红润。黄医生用听诊器听了一下，看看手表，说有呼吸和心跳了，继续做！

有几个后来生来代我和黄医生吹气，算是分担了一点劳累。

到最后，两人都已恢复到心跳每分钟六十左右，呼吸每分钟十八左右。黄医生说可以了，下一步送他们去长乐镇中心医院吸氧，进一步救治。我这才回家休息，到大队部已是午后三点多，还没吃中饭。

四月二十八日

今早听大屋场的人说，那两个被雷击中者昨夜里还是死了，十分可惜。大概当时是没找到拖拉机，天又下雨，人们翻山越岭

97

抬送伤员，耗费了太长时间。中心医院里没氧气，最后从农机厂借来工业氧气瓶，是不是及时，是不是合用，也都是问题。

何况我施救的那个，右耳里曾流血，大概本就伤得太重了。其实我对这一结果应该早有估计。

五月一日

思妹子也有点怕，不再要求大家冒雨出工，特别是雷声由远而近的时候，特别是路边广播线泻下一串串火花的时候。这个地方雷电伤人的事常有，据说地下有铁矿，要不然，十里开外的新市也不会有国营的铁矿场。

查资料：很多红壤地区确实富含铁元素。红壤在中国主要分布于长江以南的低山丘陵区，包括江西、湖南两省的大部分，以及滇南、鄂南、粤北、闽北等地。红壤呈酸性，其代表性植被为常绿阔叶林，主要由壳斗科、樟科、茶科、冬青科、山矾科、木兰科等构成。

难怪本地农民在田里常打石灰，把石灰当作肥料，原来是要靠石灰来中和这种红壤的酸性，改善 pH 值。

五月三日

雨天。小牛鬼等来玩，讲有关西沙海战的传闻，又讲一轮《梅花党》——这一民间故事有多个版本，每次听到的都不一样。

五月十四日

来大队部打米的有一个新面孔。说起来，才知他姓向，服刑期满，刚回家的。他当年的罪名是"危害耕牛犯"。说起牢狱生活，他说前不久传达中央指示，听到周总理说"不准用法西斯的态度对待犯人"。就这一句话，使在场的几百个犯人都感动得泣不成声，最后成了一片号啕大哭。

他说以后每到过年，他都要为周总理上一炷香。

六月四日

文工队和文化馆又派一些人来指导排演,准备让长岭代表全县去参加岳阳地区的业余文艺调演。这次调演的主要是样板戏移植,因此我们得赶排《沙家浜》第二场,最简单的,男人戏。志宝回城办病退手续未归,只好由小克出演郭建光。女的没事干,就负责后台。高健这几天教她锣鼓,她倒是学得兴高采烈、满头大汗。

六月五日

按照陈馆长要求,节目中得加一个山歌,于是(戴)艾五找来了万玉。我给他写歌词。他一脸苦笑,将歌词退给我,说里面全是唱一些挑粪、犁田、插秧、送公粮,都是好恶心的事,还没唱就心里堵,心里翻,在台上如何唱得出来?他情愿回去薅禾。

陈馆长说服不了他,只好请来大队干部。大老胡开骂:"挑粪怎么啦?没有粪如何长禾?不长禾哪有饭吃?你就是思想觉悟低,摆相公架子,只配去吃空气!"

他这才让嘀嘀咕咕,不说了。

高健不允许他驼背,在他背上捶了几拳,捶得他大声喊痛,眼不是眼,鼻子不是鼻子。高又要给他加一件道具,于是让他卷起衣袖,给他找来一把锄头,要求他有时撑着唱,有时扛着唱。这更让他惊吓不已,说:"那不成了个看水老倌?还要到岳阳街上去看水?丑绝了,丑绝了!"大老胡又骂:"现在是什么时候?搞社会主义,未必还要你穿皮鞋、戴礼帽去唱?想偏你的脑壳!"

六月六日

小克经营代销店已很有经验了,说一般不找零钱,给顾客找几颗糖或几支散烟,人家也不好说什么。这也是积少成多的走货。他又用酱油款待我们,说反正酱油是散装的,装在瓦缸里,加一瓢水掺进去,谁也察觉不了。

有酱油的日子确实很幸福。

七月三日

忙了个把月，地区调演这事总算对付过去了。这是我第一次到岳阳，发现岳阳楼前的湖面窄，就那么一线浑水，与《岳阳楼记》描写的相差太远。返程前上了一趟街。细宝娘托买豆豉，生南娘托买硫化蓝（指一种染料），康世荣他娘托买碱（肥皂），还好，差不多都办齐了。

知道我在《湘江文艺》连续发表了作品，地区几位老师的笑脸更多了，拍我的肩膀也更多了。孙局长还交代手下多给我一些稿纸。人们总是以成败论英雄，甚至以成败论交情，这种世态炎凉，自己心里有数就是。

七月二十四日

晚上同细宝一起去照蛤蟆，居然还收获一条蛇，是细宝发现和打死的，虽不算大，但一罐蛇汤白如奶，加一把葱花，好香。

这一家人里，细波读书最多，老是不高兴，说饭太迟了，说菜太淡了，对父母粗声粗气，只是对哥有点畏，顶撞一下就赶快走人。细宝是一家的长子，总想拿出长子的权威，但结结巴巴说不出个所以然，也难怪弟妹不服。小妹细文呢，同嫂子亲近，但平时很少说话，尤其怕见陌生人，能躲多远就躲多远，我很少看见。细宝的小娃崽才一岁多，总是被大公鸡吓得哭，因为他吃饭时，落得满身是饭粒或菜屑，引来大公鸡在他身上啄，大公鸡成了他最痛恨的冤家对头。

七月二十七日

有些地名只是标记姓氏，像张家坊、戴家里、上大胡、下大胡、游家里、舒家里，等等。有的地名是描述建筑，像花门楼、大屋场，等等。还有的地名反映某种社会或自然的特征，如茅园里——那里多是茅屋，肯定是穷人住的地方；黄泥冲——土质条件差；楼上屋——缺水，易旱，田土如同架在"楼上"；冷水井——肯定是靠山坡，冷浸田多。

杨家桥的人都姓康，周家冲的人都姓吴，可能是以前的人迁走了，或绝户了，换了新来的一批。

竹映坡，这等优雅的地名，也许是哪个老秀才取的。

八月五日

我成了大队部最后一个知青。志宝办病退也终于成功，小克获得推荐机会，去岳阳师专读书。大队上觉得摊派知青下队参与分配已无意义，这次双抢就让我出"自由工"。我选择了上大胡，最靠近学校的队，便于照顾她。

学校放了暑假，也只剩下她一个人，每天负责到各队统计进度。这样，我白天打禾，晚上住林老师那间房，就在她隔壁，给她壮壮胆。每次收工回来，我们一起去地上摘菜，然后她淘米，我打水，她炒菜，我烧火，她洗碗，我扫地，她洗衣，我泼水降温……俨然"老夫老妻"的日子，过出了小温暖，但也让人略感不安——就这样过下去吗？永远就在这破山冲里过下去了？

我们吃点豆角和辣椒，住土砖房，当然也能活下去，也照样能长出肌肉。是的，即便将来扛上糍粑和鸡鸭，抱上一两个娃，进城看岳母娘，也没什么见不得人的吧？

"不准你乱说！"她瞪我一眼，还是忍不住笑了。不过，她肯定还是有暗暗的不安，肯定还是不大相信我，因此决不让（两人）关系再往前滑过哪怕分毫。换任何人，恐怕也都会有这一份忐忑的。

八月七日

她爸做了最坏的打算，说万一她没机会回城了，以家里的全部积蓄，每个月五元或十元，也能贴补她二三十年。我说，有我在，不至于，不要怕，我肯定能让老爷子的补贴变得多余。我还说,如果连我们都活不下去,全中国至少有一大半人活不下去。其实,这些话都像是给自己打气。

夜里,她吹口琴,与我讨论哪些民歌最好听,给每个省评出一首代表性歌曲,又给一些国家分别评选出一首代表性歌曲。我们看满天星斗越来越低,越来越亮,越来越多,缓缓地旋转。一只猫头鹰还是有一声没一声地叫着。照农民的说法,西南边那个"道师星(座)"朝前拜下去,就是天快亮了。

不知什么时候,大黄狗也找到了这里,伏在我们身边喘气。它是循着深夜里一线口琴声找来的?

八月八日

今天从上大胡提回一条草鱼,好好犒劳我们自己。

九月六日

学校开学了,我回大队部。今天学犁田,世保是我师父。一开始我还有些紧张,不是犁头跑空,就是犁头插得太深,牛背不动。幸好没有插入石墈,照世保的说法,那就可能折断犁头。

他说的要点:一、身子不要离犁头太近;二、眼睛看犁又要看牛,若犁头跑空就要收绹,若犁到禾蔸或硬块就要放绹;三、第一犁要开得好,要开得准,选对中间线,这样一圈圈犁开来,泥坯倒得匀,又不会跳埂漏犁,或重复空犁。

上午犁了七分地,下午大概是牛熟了,更听话一些,就犁得更快。只是那家伙喜欢偷吃田埂豆,屎尿又多。用牛人其实都需要同牛搞好关系。

九月十日

戴家父子又在屋檐下斗嘴。起因是大脑壳做家庭作业,计算一个应用题:水放进盆多少,盐放进盆多少,然后溶液放进盆多少,再加进水多少……最后求溶液的盐比例是多少。这确实有点复杂。大脑壳挠脑袋,揪头发,气得摔了笔:"游老师他神经吧?

一下把水放出去，一下又把水放进来，吃了饭没事做呵？这号书，不把我读蠢，那就有鬼！"

戴麻子说："娘卖×的，做题目嘛，那只是个比方！"

大脑壳说："比方？老子把你比方成猪，你愿意？"

戴麻子最后只能以势压人："孽畜，老子两筷子插死你！"

九月十二日

读《你到底要什么》。柯切托夫依旧视野阔大，有历史，有世界，有大主题。萨布罗夫和伊娅体现了他的基本意向。作为老布尔什维克的布尔托夫，构成人物关系中枢，就是作者的化身：嘲笑德国、美国，批判资本主义。但这本书绕开和掩盖了苏联内部特权阶层和广大人民的矛盾，把一切问题都归结于西方——这一点虚伪，至少是简单化。也许，作者是不得已而如此，是为了官方出版的许可吧？

你到底要什么？精神还是物质？社会主义还是资本主义？不清楚。作者提出了双重主题，但回答似力不从心，一片茫然。

十月十一日

日记还是有必要写下去。一是训练语文，把笔头子写活；二是留下记忆，弥补脑记的不足。有些东西，自己以为忘不了，其实很快就忘了，只有日记才可长久保存下来，至少可保存一些线索。

失去记忆的生活是不是很亏？任何事情，身历只有一次，心路历程却可以有很多次，是免费的再生活，是价值的逐步发酵和增长。

十月十二日

上午在张家坊开会半天。吃饭时，有人说起以前灾年闹匪患，"汉流"不行时（兴旺）还不行，病急乱投医，大家都得找个靠（山）呵。"关羊"是指路劫。"吊羊"是指绑架。对"肉票（人质)"可以"吊半边猪",其法有二:一是"同边吊",即捆绑同边的一个手指头和一个脚指头,于是身子横着悬吊空中;二是"插花吊",即捆绑不同边的一只手指头和一个脚指头,于是身子折叠在空中。但不管哪种办法,都几乎是杂技般的刑法,让肉票发出杀猪似的惨叫。"吊猪"一说,应该就是由此而来。

十月十五日

挖红薯一天。国兴老倌讲以前的事。比如抓壮丁,那时两男抽一丁,老百姓都十分怕。于是家里生小孩,有的人见男便溺,或者给男丁剁手指,破眼睛,以求逃避兵役。那时当兵的吃不饱,米里掺糠,糠里有沙,同猪食一样。国民党的下层军官,也大多不识字,操练时靠师爷点名,动不动就打人。开小差的逃兵要是被抓住了,即便不掉脑袋,也会被割掉一只耳朵。

他说共产党的红十六军从平江来,不拿群众一针一线,还带领群众去抢盐行。由于人太多,踩死了人,红军就给领尸的家属每户两包盐,算是抚恤。最坏的是日本粮子,一来就牵猪赶牛,抓妇女。

一九二九年,南市河这边都闹起了苏维埃,只有河那边没动。大户人家都跑了,穷人就分田,不过第二年中央军一来,大家又都退田,办酒席赔罪。那一次,他办酒席,送礼托人情,足足花了十几块光洋,才算是过了关。他忍不住还埋怨那些"暴脑壳"做事不利索,只管初一,不管十五。

十月十七日

乡下人盖房,最好是坐北朝南,但不能对正南,因为那个方向,据说要八字硬的家户才压得住。另一说法是:八字太硬也不好,娃崽有祸,有关煞,因此需要过继给人家,至少也要写本子散点钱(施舍),让他的福气分流,减少今后的危险。

以上为今天翻修猪场时所闻。

十月十八日

第一次在乡下见到电视机。每个公社仅配得一台,黑白的,韶峰牌,晚上抬到地坪中央,被一大群男女老少围观。有时屏幕上雪花点太多,或扯成了烂布条,大家就大喊"小付(电工)快来",要他检查和调整天线。有些老人忍不住去电视机后面东摸西摸,想知道人影子到底躲在哪里了。

新来的书记也来看了一眼,同谁也不说话。听说她原是一位铁姑娘,能犁能耙的狠角色,是组织重点培养的对象,但近来居然也惹领导生气了。事情是这样:领导不批准她结婚,要求她晚婚,她却我行我素,强压着公社民政干事开了结婚证,同一名现役军官圆了房,给同事散了纸包糖。昨天,县委副书记坐一辆吉普车赶来,大声质问她党性到哪里去了,组织纪律到哪里去了,还要不要政治前途?身为一个公社书记,还抹雪花膏,烫刘海,哪有一点铁姑娘的样子,是要当资产阶级的大小姐吧?……

难怪她到现在也没什么好脸色。厨房里的胡师傅偷偷说:"妹子大了不能留呵,留来留去留成仇。"

十月二十一日

几天前收工时,看见革辉、房胖子(胡子房)几个笑眯眯的,两人操锄头把,一人操步枪,来大队部东张西望,探头探脑。原来是县里下达紧急通知,要求各地打狗,据说狂犬病在蔓延,已有人和牛被狗咬死了。当时我就发现,大黄狗不知何时已不见了,是不是已被他们打了吃了,吃出了他们的笑容满面,不得而知。

没想到,今天居然听到了狗叫,是熟悉的声音。我跑出去,发现大黄狗悬吊着一条腿,想必已被打残,在山坡上一拐一拐地转悠,全身瘦了一圈,皮毛乱糟糟的。它冲着我们叫,但我召唤好几次,它也不下坡,甚至一旦我靠近,它就瞪大眼,一边退一边叫得更凶,声音更尖厉和嘶哑。也许它已精神错乱,认不出我了。或者它恐惧而愤怒，已对人类统统失去了信任。那它还叫什么呢？是表达对熟悉家园的彻底绝望？

最后，不知道它去了哪里。

十月二十四日

这两天还是没有大黄狗的影子，也没有它的声音。只有丙崽躲在柱子后面，冲着我抹鼻涕，有一声没一声地嘟哝："×妈妈……"

好像是要告诉我什么事，他说不出来的事。

十月二十六日

我相信，它再也不会回来了。

十一月八日

虾子（鲍晓明）跑供销，路过天井，来住了一晚。好久不见，他眼下穿皮鞋、戴手表、抽常德牌香烟，公社干部都抽不起的，已活得焕然一新。他说反正招工无望，自己与朋友们合伙，已在岳阳搞了个社队企业，做化工产品，赚了不少钱。要不是遭了一次水灾，还要赚更多的钱。他说起一些老同学，不少都成了"游击师傅"：谁在做冷铁，谁在做槟榔壳子，谁在做教具，谁在做铸件翻砂……都不会比招工差，也不会比病退的差。这叫什么？这叫《国际歌》里唱的："从来没有救世主，全靠我们自己！"

我说大队上正在想办法拉电，变压器已经有了，还缺线材，缺水泥电杆，需要钢筋和水泥，问他有门路没有。他说有是有，但只能走黑市，没正规发票，也没计划指标，全部走现金，就看你们敢不敢。

十一月十六日

接虾子信。他要龙光直接去长沙找他，线材一类问题不大。至于办厂，他说大队上出地出房子，赵老师说可以考虑来办一个，做变压器[1]。这东西眼下特别缺货，做起来无非是给矽钢片绕铜线，这些事农民经过简单培训，也可以做。但条件是：企业要承包，交足集体的，其余归自己，此事先要约法三章。

龙光大概是在拉电的事情上受足了气，满口答应，说厂子怎么办都行，只要不电死人，上缴好商量，比如每年给大队上缴十几吨碳胺就行。不过他事后又悄悄说，他一个亲戚脚痛，到时候看能不能在厂里安排一下。

十一月二十四日

盖房是大事，农民对木匠、泥瓦匠都客气，总是酒肉招待。否则，据说东家得罪了他们，他们就会暗暗做手脚，比如在梁上画个符，在正梁上砍三斧，那么这一家以后就不得安宁，不是人生病，就是发火灾，或者田里绝收。若是东家欠工钱，他们到年底还收不到账，就会燃一根香，在东家外面走三圈，让东家以后生不如死。

今天的消息是，龙醒子无功而返，钢筋和水泥好像还是难买。这样，年底前不一定能通电，办厂的事更是天知道。

十二月二十八日

事情来得很突然。新心（被）招工了，去长沙第三医院报到。几乎是同一时刻，她也撞上大运，被长沙二轻局医药公司录用，手续很快办完，连（学校的）欢送会都来不及开。昨天，她提着行李袋和提桶，我挑一担箱子和被包，一同乘火车回到长沙，径直去了她妈的办公室，正是上午下班的点。她妈在桌子那边摘下眼镜，恍惚了好一阵，不知道发生了什么，好像根本不相信女儿已回到身边，不相信这次回与往常的回大不一样。

1　城市里监管相对严一些，因此当时某些拿不到生产许可证和质检证的民间小企业，更愿意以暧昧的"社队企业"为名，转移到偏僻乡下。

她肯定没想到事情来得这样突然,不过还拿得住,或者还在琢磨和疑惑,既没哭,也没怎么笑,只是把我们拍了又拍,说吃饭吧,去吃饭吧。

伯母大人,我算是把你的丑小鸭完好无损地送回来了。

下午回家一趟,晚上赶火车返程。

十二月二十九日

平时离家出门,妈妈从不远送。但昨天妈妈执意要送,说赶火车还来得及,于是在越来越暗的黄昏里,陪我走过一个公交站,又走过一个公交站。我知道她想说什么,就说:"我不会怪爸爸的。"

她没说话。

我又说:"我现在一切都好,你不用担心。"

她看我一眼,还是没说话,大概好多话不知该如何说。

没错,我已成为(长岭)最后一个知青了,可能就是同命运顶上了。但我不会说孤单,不会说痛苦,不会说绝望,不会说我想哭。我横下一条心决不!一个声音在对我说:"这里就是罗德岛,这里有玫瑰花,就在这里跳舞吧!"

十二月三十日

今天刚走出大队部,就看见田垄那边,远远地有一个小人影,看上去眼熟,却觉得根本不可能——她前一天刚被我送走,怎么会又出现在这里?但人影越来越近,真是那种有点内八字的步态,还有熟悉的红头巾。太奇怪了呵,还果真是!

她不是要来补上什么遗漏的交代,只说有一个手续没办好,得回来处理。大概是这样的吧。但她没料到,一见面,我这里也有重要消息:就在昨天,我也被县商业局录用了——其实是县里怕几个知青笔杆子都被挖走,就让文化馆借了商业局一个指标,赶紧把我截住。来办手续的黄同志还说,这是个干部指标,三十元月薪起步，没有学徒期，应该说是不错的，意思是我不要瞧不起这一个好彩头。

这就是说，虽说分赴两地，但也就是前后相差两天，我与她差不多同时离开了长岭，毫无准备和猝不及防，一头撞入生活的大变化。算起来，巧了，从一九六八年十二月（下乡），到现在刚好是六年。

十二月三十一日

一路顺利，到县文化馆报到。因为还没有宿舍可分配，我只能在客房暂住，这里有六张床。一个新馆长的乡下亲戚，好像是做裁缝的，老咳嗽，也临时住这里。

风飕飕的，好冷。

此文最初发表于二〇二一年《芙蓉》杂志

漫长的假期

我偶尔去某大学讲课，有一次顺便调查学生读书的情况。我的问题是这样：谁读过三本以上的法国文学？这时约四分之一的学生举手。谁读过《红楼梦》？这时约五分之一的学生举手。然后，我降低门槛，把调查内容改成《红楼梦》的电视剧，这时举手多一些了，但仍只是略过半数。

这是一群文学研究生，将要成为硕士或博士的。他们很诚实，也毫不缺乏聪明。我相信未举手者已做过上百道关于《红楼梦》或法国文学的试题，并且一路斩获高分——否则他们就不可能坐在这里。

问题在于，那些试题就是他们的文学？读书怎么成了这么难的事？或者事情别有原因：是什么剥夺了他们广泛阅读的自由？

我不想拍孩子们的马屁，很坦白地告诉他们：即使在三十年前，让很多中学生说出十本俄国文学、十本法国文学、十本美国文学，都不是怎么困难的。我这一说法显然让他们惊诧了，怀疑了，困惑了，一双双眼睛瞪得很大。三十年前？天啦，那不正是文化的禁锁和荒芜时期？不正是"文革"的十年浩劫？……有人露出一丝讪笑，那意思是：老师你别忽悠我们啦。

没错，是禁锁是荒芜甚至是浩劫，从当时大批青年失学来看的确如此，从当时官方政策主体来看的确如此。但你们注意了：一具病体并非尸体，仍有不绝的生力，包括生力的逐步恢复和增强。"文革"不过是一场大病来袭，但如同历史上中国和欧洲的诸多低落期，它并不曾冷却民众的精神之血，无法遏制新文化的萌发、繁殖、积聚、壮大以及爆发，直至制度层面的变革。这才是历史真切而生动的过程。我们曾用这种眼光注意过很多复杂局面，包括宗教法庭与科学的共存，帝国专制与启蒙的共存，为什么独独乐意给中国现代史随便贴一枚标签？是什么人最习惯和最惬意地使用着这一类标签？

中国谚语：知其一，还要知其二。

偷　书

我当年就读的中学，有一中型的图书馆。我那时不大会看书，只是常常利用午休时间去那里翻翻杂志。《世界知识》上有很多好看的彩色照片。一种航空杂志也曾让我浮想联翩。

"文革"开始，这个图书馆照例关闭，因受到媒体批判的"毒草"越来越多，图书馆疲于清理和下架，只好一关了之。类似的情况是，城里各大书店也立刻空空荡荡，除了马克思、列宁、毛泽东一类红色圣经，除了少许充当学习资料的社论选编，其他书籍几近消失。间或有一点例外，比方我买过一本关于海南岛青年创业的小说，但总是读不进去，一时不知是何原因。

一九六七年秋，停课仍在继续，漫长的假期似无尽头。但收枪令已下达，革命略有降温，校图书馆立刻出现了偷盗大案：一个墙洞骇然触目。管理图书的老师慌了，与红卫兵组织紧急商议，设法把藏书转移至易于保护的初中部教学楼顶层,再加上铁栅钢门,以免毒草再次外泄。不过外寇易御家贼难防,很多红卫兵在搬书时左翻右看,已有些神色诡异,互相之间挤眉弄眼。后来我到学校去,又发现他们话题日渐陌生,关于列宾的画,关于舒伯特的音乐,关于什么什么小说……这是怎么回事?你们在说些什么?

如果你是外人,肯定会遭遇支吾搪塞,被满脸坏笑的他们瞒过去。好在我算是自家人,有权分享共同的快乐。在多番警告并确认我不会泄密或叛变之后,他们终于把我引向"胡志明小道"——他们秘密开拓的一条贼道。我们开锁后进入大楼某间教室,用桌椅搭成阶梯,拿出对付双杠的技能,憋气缩腹,引身向上,便进入了天花板上面的黑暗。我们借瓦缝里透出的微光,步步踩住横梁,以免自己一时失足踩透天花板,扑通一声栽下楼去。在估计越过铁栅钢门之后,我们就进入临时书库的上方了,就可以看见一洞口:往下一探头,哇,茫茫书海,凝固着五颜六色的书浪。

这时候往下一跳即可。书籍垒至半墙高,足以成为柔软的落地保护装置。

我们头顶着蛛网或积尘,在书浪里走得东倒西歪,每一脚都可能踩着经典和大师。我们在这里坐着读,跪着读,躺着读,趴着读,睡一会儿再读,聊一会儿再读,打几个滚再读,甚至读得头晕,读出傻笑和无端的叫骂。有时尿急,懒人为了省下一趟攀爬,解开裤子就在墙角无聊,不知给哪些杰作留下了污迹。

我说过,作为初中生,我读书毫无品位,有时掘一书坑不过是为了找一本《十万个为什么》。青春寄语,趣味数学,晶体管收音机,抗日游击队故事,顶多再加上一本青年必读的《卓娅与舒拉》,基本上构成了我的阅读和收藏,因此我每次用书包带出的书，总是受到某些大同学取笑。我并不知道他们笑什么。当然，多年以后我读到海明威的《再见了武器》、雨果的《九三年》以及泰戈尔的《飞鸟集》，觉得有些眼熟，才依稀想起初中部大楼的暗道——只是当时不知自己读了什么，对书名和作者也从无用心。

一个没有考试、没有课程规限、没有任何费用成本的阅读自由不期而至，以致当时每个学生寝室里都有成堆禁书。你从这些书的馆藏印章不难辨出，他们越干越猖狂，越干越熟练，窃书的目标渐渐明晰，窃书的范围正逐步扩展，已经祸及一墙之隔的省社会科学院图书馆，距此不算太远的省医学院图书馆等。多年以后，我一位姓贺的同学积习不改，甚至带着一把铁钳和两个麻袋，闯入省城最大图书馆的禁区，在那里窃取了据说价值上万美元的进口画册——他当时正在自修美术。他的行为败露，被警方以盗窃罪起诉，获刑一年，监外执行。

比较有意思的是，他走出法庭的时候，一位老法官对他竟笑眯眯的，私下里感叹：我那儿子要是像你这样爱书，我也就放心了啊！

老法官的私语其实是另一种宣判，隐秘的民意宣判。

这就是说，哪怕在大批知识分子沦为惊弓之鸟的时代，知识仍被很多人暗暗地惦记和尊敬，一个偷书贼的服刑其实不无光荣。

这与后来的情况很不一样。贺某多年后肯定遇到过这种场景：书店里已经五光十色应有尽有了，各种有关理财、厚黑、权势、时装、色欲、命相的烂书铺天盖地持续热销，而他当年渴求的经典反而门前冷落。如果他对这种情况大为奇怪，如果他还把经典太当回事（爷们当年就是为这个坐的牢），还很可能被当今的购书者们白眼：神经病吧？吃错了药吧？

抢　书

抄家之风激荡于一九六六年夏。最早的元老级红卫兵身穿黄军装，佩戴红袖章，有的还挥舞着凶狠的皮带，一旦在街上呼啸而过，总是吓得路人胆颤心惊。他们冲进一些涉嫌敌对者的住宅，一般未抄出什么反革命罪证，只是抄走手表、字画、皮大衣之类奢侈品。把大批"毒草"书刊当众焚烧，常常是他们抄家之后的革命宣示和祝捷庆典。

到第二年，该打击的敌人都打击了，抄家所闻不多。即便要抄家，大多发生在对立群众派别之间，带有一种派争泄愤的性质了。我也参加过这种恶行。一次是夜里去另一所中学，刚摸黑上楼，就听到有泼水声。不过那不是水，片刻之后就有人惨叫："盐酸！盐酸！我要破相啦——"吓得大家从楼道一拥而下，手忙脚乱地狂找水龙头，为这位同学清洗脸上和衣领里的可怕液体。接下来，楼下楼上对骂，还有扔手榴弹一类威胁，但最终不了了之。

另一次抄家也不太顺。目标是两个本校老师，因为他们不但戴着资产阶级的眼镜片，而且胆敢支持我们的对立派学生，成立一"黑鬼战团"前来叫阵，是可忍孰不可忍，须严厉打击。不过，这两位老师家贫如洗，简陋平房里的煤炉子和锅碗瓢盆实在引不起我们的兴趣。两位师母又哭又闹的，其中一位说倒地就倒地，抢着砖块要自残，吓得我们只能草草收场。

我们仅仅抄走了一些书。唐诗宋词三国红楼什么的很快被大同学瓜分，留给我一本黑格尔的《小逻辑》，让我如读天书，大为扫兴。不过战利品中有一大沓草稿，包括童话，游记，英文诗歌，自传小说——大概这些都经过作者的自我审查，看上去不犯忌，才被保存下来。这算是我第一次看到手迹本文学，不免十分好奇，一扎进去就读了三四天。后来,几位同学把这位作者抓来再审,要他老实交代自己的历史污点,其实是把他的小说读得不过瘾,想更多知道日美太平洋战争的真相。这作者是位南洋华侨,当过美军翻译,一见我们的模样就知道挠到哪里是痒处。虽然他也用了"万恶的美帝国主义"一类词语,但履历交代简直就是开故事会,一章接一章绘声绘色,让他自己好好地陶醉了一把往事。说到美军的巧克力和牛肉罐头,还馋得我们吞口水。

"你们连枪都不会擦还拿什么打仗?不是胡闹吗?"说得兴起,他抱臂耸肩,好像成了我们的教官。

我们也忘记了生气,忘记了拍桌子。

没有想到的是,螳螂扑蝉黄雀在后,就在这事发生后不久,我自己的家也被抄了,气得老妈又哭又骂的。抄家者是我哥学校里的对立派,意在对我哥施以惩罚。两颗手榴弹由我窝藏,现在成为我哥对抗交枪令的罪证,有关"油炸""火烧"的大标语刷在最热闹的街市。这其实还只是小损失。最可恶的是他们抄走了我的篮球和书——都是这一段时间我精心挑选私留的几十件精品。其中包括鲁迅、巴金、叶圣陶、高尔基、莫泊桑、海明威、托尔斯泰的小说,还有《革命烈士诗抄》和《红旗飘飘》文丛等红色读物。我去街上看过大字报,发现那些欢呼胜利的抄家者根本不提这些书,一定是暗中私分了。

可耻呀可耻!我简直欲哭无泪。

多少年后,我哥与他的对立派早已和解,有次老同学来家聚会让我撞上了。其中有些人认识我,笑着向我打招呼。我本应该对这些大哥大姐表现出礼貌,但一想到他们中间某些人曾夺我所爱,气就不打一处来,终于拉长一张脸扬长而去。我估计他们肯定忘记那件事,肯定觉得我的无礼十分奇怪。

换　书

那时中国人都穷，学生们尤其囊中羞涩，习惯于打补丁的衣服，习惯于用推剪互相理发和收集些废瓶子卖钱。虽处无政府状态，学校食堂服务却大体如常。"豆腐脑，萝卜干，吃得眼睛往上翻。"——这就是大家敲打饭盆排队时的欢呼，是对幸福的回忆和向往。

尽管穷，时尚却并不缺乏，与时尚相关的商品交易也十分活跃，只是这种交易大多采取物物相易的方式，不经过现金的环节。比如，毛主席像章一时走红，各种新款像章必受追捧，那么一个瓷质大像章，可换五六个铝质小像章。一个碗口大的合金钢像章，可换三四个瓷质像章或竹质像章。过了一段，像章热减退，男生对军品更有兴趣，于是一顶八成新军帽可换十几个像章，一件带四个口袋的军衣可换两三本邮票集。再过一段，上海产的回力牌球鞋成了时尚新宠，尤其是白色回力几成极品，至少能换一台三极管收音机外加军裤一条，或者是换双面胶乒乓球拍一对再加高射机枪弹壳若干。

黑市交换很复杂，价值权衡全凭感觉和谈判，所以一旦读书潮暗涌，图书也可入场交换，比如，一套《水浒传》可换十个像章或者一条军皮带。俄国油画精品集或舒伯特小提琴练习曲的价位更高，手里只捏着子弹壳或像章的人根本不敢问津。有一次，高二某同学徐某不知从哪里弄来一本《赫鲁晓夫主义》，作者据我后来回想也算不上什么名角。书的内容无非是揭示了一些苏共内幕，包括列宁与斯大林的吵架，贝利亚的残酷和阴狠，朱可夫元帅对赫鲁晓夫的勤王之功，还有"匈牙利事件"中纳吉的两头受气……但这一切在当时也属异端，属稀缺信息，足以让中学生读得眼睛大睁呼吸急促。好几天，它成了大家热议的话题，更成了频频换手的接力棒——好多人都等着这本秘籍。

我运气非常不好。秘籍刚传到手上，还没读完就不翼而飞，不知是哪个王八蛋暗下手脚，说不定拿它去换回力牌了。这当然是我的重大失误。书的主人急得差点要撞墙，几乎每天都用惨白的脸堵住我，痛苦得把脑袋摇来摇去：求求你，你得去找找呵。我是从军区一个朋友那里借的，搞不好要出人命的呵。

我到哪里去找？把自己卖了也赔不出吧？

我提出赔他一本巴金的《家》，他不要；赔他《安徒生童话集》，他也不要；赔三大本邮票，他还是不要。百般无奈之下，我只好把一只手表戴在他手上，暂时安抚他痛苦的心。

这只旧手表算是我最大的资本，来自另一位同学——当时他看中我的收音机，说什么也要强买强卖。我自知不是个称职的"换客"，也许这生意做下去，七换八换之后就会赤条条走人，那么让同学暂时保管资本，也许不失为安全之策。直到毕业下乡前夕，手表保管者因病得以留城，看到大家要远行下乡，抱着这个那个哭得眼泪哗哗。我心一酸，也哇哇哭起来，一激动就宣布以手表相赠。他当然吃了一惊，说了些表示惊讶、表示推让、表示万万不可的话，但我不想欠下人情——再说，身外之物岂能与崇高的江湖义气相比？一块手表对于我这个农民来说又有何用？

虽然事后略有后悔，但我那一刻确实很壮烈。

下乡后，收到秘籍主人几次热情的来信。大概觉得这笔交易令人不安，他捎来一双新军鞋，算是聊作弥补。

说　书

我插队在一公社茶场。这里有一百多号知青，一百多号本地农民，分三个工区六个队，负责近六千多亩茶园和少许稻田。在地上劳动的时候，尤其聚在树下或坡下工休的时候，聊天就是解闷的主要方法。农民把讲故事称为"讲白话"，一旦喝过了茶，抽燃了旱烟，就会叫嚷：来点白话吧，来点白话吧。

农民讲的多是乡村戏曲里的故事，还有各种不知来处的传说，包括下流笑话。等他们歇嘴了，知青也会应邀出场，比方我就讲过日本著名女间谍川岛芳子的故事，是从我哥那里听来的，颇受大家欢迎。

黄某不是我的同学，是他留城的姐姐托付给同学带下乡的。他个头小，平时不大言语，只喜欢拉拉小提琴，不过肚子里还真有料，话匣子一打开都是我们闻所未闻之事。鲁仲连义不帝秦，信陵君窃符救赵，孟尝君受教冯谖，当然还少不了吕不韦阳具奇伟和宣太后私通大臣之类黄料……我多年以后才知道，这些大多来自《战国策》和《史记》，不知黄某什么时候读在眼里，记在心头。

易某最喜欢讲战争史，每讲到将领必强调军衔，每讲到武器必注明型号，显示出惊人的记忆力，俨然是个军事行家。我就是从他嘴里得知二战期间的斯大林格勒战役，诺曼底登陆战役，隆梅尔的北非战役，以及德国的容克五二和美国的 M 二。多年以后我发现，他肯定读过《朱可夫回忆录》《第三帝国的兴亡》一类的书，只是他的记忆有偏向，对军衔和型号记得太多，重要情节反而错漏不少，比如，常把英国混同美国，对兵员数和钢产量也多是信口胡编。

这些闲聊类似于说书，其实是中国老百姓几千年来重要的文明传播方式。在无书可读的时候（如"文革"），有书难读的时候（如文盲太多），口口相传庶几乎是一种民间化弥补，一种上学读书的替代。以致很多乡下农民只要稍稍用心，东听一点西听一点，都不难粗通汉史、唐史以及明史,对各种圣道或谋略也毫不陌生。其实这何尝不是一种坚实的文化?有一次,说起两敌对大国之间的微笑外交,一位在我身旁的老农突然插嘴:"有什么好说的?诸葛亮气死了周瑜,还要去吊丧吗!"我听得一懵,发现自己把形势和国策摊上一堆,其实哪比得上他一句话这么简洁和通透。

像农民一样,知青中还有些故事王,相当于口头图书馆。邻近的某公社就有这么一位。据那里的知青说,此人脑袋有点歪,外号"六点过五分",平时特别懒,既不愿意挑粪种菜,也不高兴劈柴做饭,一个黑油光光的枕套竟可枕上一年。每次央求女知青代洗衣服,就以讲故事为回报。凭着他过目不忘的奇能,绘声绘色的鬼才,每次都能让听者如醉如痴意犹未尽而且甘受物质剥削。这样的交换多了,他发现了自己一张嘴的巨大价值,只要拿出故事这种强势货币,他就可以比别人多吃肉,比别人多睡觉,还能随意享用他人的牙膏、肥皂、酱油、香烟以及套鞋。这样的日子太爽。一度流行的民间传说《梅花党》《一只绣花鞋》曾由他添油加醋。更为奇货可居的是福尔摩斯探案、凡尔纳科幻故事、大仲马《基督山伯爵》、莎士比亚《王子复仇记》,都是他腐败下去的特权。

他逐渐练就成一方名嘴,走到哪里都被知青们迎来送往。尤其是农闲时节,大家寂寞难耐,经常备上好菜排着队去请他,把他当成了快乐大本营。作为一个资本家子弟,他歪支着脑袋,没赚多少工分,居然俘虏一出身干部家庭的漂亮女友,大概也不那么难以理解。

我有幸在县城见过他一面。几个朋友在饭店里以肉丝面相贿赂,央求他讲上一段。他说的是一苏联红军女兵押送一白军军官,两人在路途中居然放电,产生了危险的爱情,不料最后白军的船舰出现,后者本能地向舰船狂跑求救,前者的红军意识突然苏醒,那叫一个慌呵，想也没想就举起了枪……故事大王此时已吃完了，叭的一声枪响，他捂住自己胸口，缓缓地作旋体状，目光忧郁地投向厨房和碗柜，伸在空中的手痛苦地痉挛着，痉挛着。

"玛——沙！"他很男性地大喊了一声。

"我的蓝眼睛，蓝眼睛呵——"他又模拟出女人的哭泣。

太动人了！我们听得心情沉重感慨万千。直到多少年后我才知道，他那次讲的是苏联小说《第四十一个》，所谓表现人性论的代表之作。

护　书

在我的同队插友中，张某好诗词，带来了《唐诗三百首》。贺某想当画家，带来了石涛、林风眠、关山月以及米开朗基罗的画册。我是造反习气未脱，带来了《联共（布）党史》《马克思恩格斯选集》一类，大家互通有无交换着看。不要多久，交换范围又扩大到其他队，一直交换到很多书没有封皮或脱页散线的地步。

根据最高领袖的指示，知青下乡是接受"再教育"的，在农民面前得夹起尾巴做人。茶场有一党支部副书记，自觉责任重大，成天黑着一张脸骂人，晚上还到处巡查，查到知青房间里有声响就隔窗偷听，看是否有人说反动话，是否有人收听敌台。据说有一次某知青听收音机，听着听着睡了过去。副书记不知情，竟把播音一直偷听到后半夜，冻得自己第二天咳嗽不已。

他也经常检查知青们读什么。好在他文化水平不高，在辨别读物方面力不从心。有一次他看见法捷耶夫的《毁灭》，先问"毁"是什么字，问明白了再一举诛心：我们现在都在搞建设，你怎么成天搞毁灭？你想毁灭什么？

我急忙辩解："毛主席都说这本书好。"

见他狐疑，便翻出《毛泽东选集》中的白纸黑字，这才让他悻悻地走了。

另一次，他冲着马克思的图片皱起眉头："资本家吧？开什么铺子的？"

"亏你还是共产党员，连老祖宗都不认识了？"我抓住机会再将一军，使他脸上有点挂不住，只假装没听见，去找什么锄头。

有了这样一些经验，知青们发现乡下干部其实不难对付。一段时间里，有些女知青喜欢唱"卖国"电影《清宫秘史》里的插曲，比较粉色和小资的那种，被干部们询问唱什么，就说革命京剧样板戏呵。干部们不懂京剧，居然信以为真。有些知青传看司汤达的小说《红与黑》，被干部们询问看什么，就说是看两条路线斗争史，还说作者是马克思他舅。干部们不知马克思的舅和姨，也就马虎带过。

农村当然也兴阶级斗争，只因为干部们大多缺少文墨，文化封禁较难落实。即便在城市，禁区也是有缝隙、有缺口、有偷越暗道的，爱书人稍动心思其实不难找到自保手段。比如《毁灭》《水浒》、李贺、曹操这一类是领袖赞扬过的，可翻书为证，谁敢说禁？孙中山的大画像还立在天安门广场，谁敢说他的文章不行？德国哲学、英国政治经济学、法国社会主义一直被视为马克思主义三大来源，稍经忽悠差不多就是马克思主义，你敢不给它们开绿灯？再加上"古为今用""洋为中用""有比较才有鉴别""充分利用反面教材"一类毛式教导耳熟能详，等于给破禁发放了暧昧的许可证，让一切读书人有了可乘之机。中外古典文学就不用说了。哪怕疑点明显的爱情小说和颓废小说，哪怕最有理由查禁的希特勒、周作人以及蒋介石，只要当事人在书皮上写上"大毒草供批判"字样，大体上都可以堂而皇之地收藏和流转。

我还读过一种油印小册子，不记得是哪个红卫兵组织印的，也不知他们印书的目的何在。小册子照例醒目地印有"大毒草供批判"的安全标识，正题是《新阶级》，作者为德热拉斯（后译为吉拉斯），一位被西方世界广为喝彩的南斯拉夫改革理论家。当上世纪八十年代末一位美国人向我推荐此书时，我的回答曾让他一怔。

我说，我知道这本书，我二十年前就读过。

他还是斜盯着我。

我无法让他相信这一点，当然也没必要让他相信。

我记得自己就是在茶场里读到油印小册子的，是两位外地来访的知青留下了它。我诈称腹痛，躲避出工，窝在蚊帐里探访东欧，如听到门外有脚步声便要装出一些呻吟。这是知青们逃工的常用手法。不过既然是病人就不能快步，不能歌唱，更不能吃饭，以便让病态无懈可击。副书记一到开饭时就会站在食堂门口盯着，直到确认你没有去打饭，也没人代你打饭，才会克制一下揭穿伪装的斗志。不吃饭那就是真病了，这是农民们的共识。

这样，对于我的很多伙伴们来说，东欧的自由主义以及各种中外文化成果，都常常透出饥饿者的晕眩。

教　书

"文革"一般被认为结束于一九七六年。其实这个分期过于笼统。对于很多当事人来说，"文革"在一九六八年就黯然落幕，其标志是以"革委会"为代表的政权管制全面恢复，还有民众造反权利的重新取消，包括红卫兵的出局。新的各级政权里虽然都有几个群众代表，但一般来说只是摆设了。

有些学生对管制恢复已不习惯。想当年，大串联，逛全国，想斗谁就斗谁，想玩啥就玩啥，老子的队伍才开张，戴上袖章就是时代骄子，挂上盒子炮就是社会主人，这样的好日子怎么说没就没有了？生活怎么就只剩下哎哎哟哟的抡锄头出黑汗？他们愤愤不已，只是还残存几分领袖崇拜，那么与其承认自己出局，承认自己作废和可怜，不如把出局想象成重大战略的一步棋，想象成更伟大进军之前的迂回和潜伏，给自己继续蒙上意义的金色光辉。

我就是在这时结识了外校的一些知青，一伙是下靖县的，一伙是下沅江县的，都是些牛气冲天的幻想家，开口就是印度支那战争和法国红五月的那种，是忧心三十年后中国怎么办的那种。我们在春节回城时相聚，一家串一家，越串朋友越多，越串志向越大，分手前少不了要合唱一首《国际歌》。他们都比我年龄大，读的书也多，很得我的信任和仰慕，因此听说他们都在乡村办了农民夜校，我也立即回茶场办一所，决心配合友军行动，用革命思想改造可怜的乡村。

教材只能自费油印，由我和几个朋友编写，大体上以识字为纲，串起一些地理、历史、农科以及革命的小知识。《老乡上学歌》之类打油诗穿插其中，力图使课本更为活泼。这样的夜校一开张，干部们以为我们热心扫盲，吻合他们的工作任务，还十分高兴地支持。对我从无好脸色的副书记甚至破天荒把我表扬了两句。

不料事情并不顺利。农民学员对识字还有些兴趣，青年农民对天南海北的趣闻也津津有味，但要让他们理解列宁和孟什维克，明白巴黎公社有别于我们自己所在的天井公社，费力气实在太大。

"巴黎公社？在哪个县？怎么没听说过？"

"巴黎公社的人不插田吗？不打禾吗？那他们都是吃返销粮的？"

"我只听戴书记说过要学大寨，没听说过要学巴黎呵！"

真是让人出汗。想当年红军在乡村建立苏维埃，还教官兵们学唱换调变阶的《马赛曲》，不知道是否要出更多的汗。

他们对无产阶级光荣这种鬼话也决不相信。无产阶级？不就是穷得卵都没一根吗？要是无产阶级光荣，那婆娘们不都光荣了？他们粗俗地大笑，然后对地球是圆的这一真理也嗤之以鼻：怎么是圆的？明明是平的嘛！我走到湘阴县白马湖（一个在他们看来已经是很远的地方），怎么没看见摔下去呢？怎么没看见湘阴人两脚朝天呢？……到最后，他们质问我们为什么不教他们打算盘，不教他们做对联和做祭文，哪怕教教他们治鸡瘟也好呵。

这样，他们想学的我不懂，我懂的他们不要。多少年后，我看见有些大学生志愿者受非政府组织（NGO）所派，来到尚缺温饱的贫困乡村，分发女权或环保的资料，热情万丈地教几句英语，教一两首英文歌，把娃娃们搞得迷迷瞪瞪，就觉得他们身上也有我当年的影子。一代代的文明救主，看来都不大考虑鸡瘟之类俗事。

夜校因为我的莽撞而夭折。事情是这样：为了"学巴黎"，我纠集两个青年学员，其实是脑子比较呆的两位，共同写了一张大字报，炮轰场民兵营长王某，打算先拍下一只小苍蝇再说。大字报指责他经常躲避劳动，开小灶暗揩集体的油，实在太资产阶级。没想到的是，副书记对大字报似乎暗喜，至少没对我说什么，倒是原来对知青们较为宽厚的正书记大为光火——原来他是王某的同村人，近期还成了王某的入党介绍人，见我往肉汤里拉屎，见某些干部隔岸观火，恨不得一口把我吃了。他怒气冲冲一把撕了大字报，站在地坪里开骂："搞什么突然袭击？还拉拢贫下中农来搞派性？告诉你们，蛆婆子拱不翻磨子，党的领导是铁打的！"

周围两排宿舍鸦雀无声，谁都不敢说话。

"什么夜校？鬼叫吧？"

本地人把校也发音为"叫"。

第二天入夜,我来到"夜叫",发现我的预感果然被证实:一个学员也没来,几排条凳冷冷清清。连我的那两位共犯,从书记房间出来以后也慌慌张张,再也不同我说话,更不会喊我"老师"了。我原来准备好的第二期课本和第三期课本,都只能成为废纸了。

我发现自己确实是一只蛆婆子,连树叶也拱不翻的蛆婆子。但认识到这一点,对我后来读懂一些书倒是大有助益。

(补记:一九七二年春,我从茶场转到某大队落户,遇到有学校老师休产假什么的,也被叫去临时代课。我此时再无启蒙壮志,革命意志衰退,只是同娃娃们瞎混,算是赚一点轻松的工分。谁效忠,我就在黑板上画鲜花或者红旗(给女娃),坦克或者飞机(给男娃),下面写出相应的象征性领奖者。谁调皮,我在黑板另一边画丑八怪,下面标出他的名字,说不定还狠狠加刑:咔嚓——画一手枪瞄准之,或哗啦——画一粪瓢逼近之。这种奖罚分明的朝廷王法,让子民们兴奋莫名,下了课还围着我尖叫。我哪给他们正经上过课?几乎所有课都成了涂鸦和胡扯。但后来有一次在路上遇到茶场那位书记,竟得到他的微笑:"你是个聪明人,现在总算走正路了,搞教育革命的鬼点子还蛮多。"

他说,我班上有一娃就是他的外甥,最喜欢新老师了,再也不逃学了,这些天一放下饭碗就往学校里跑。

是吗?我不知道自己是否应该高兴一下。)

抄　书

榜样的力量是无穷的。高一级有一美男,工人子弟,篮球打得好，毛笔字写得好，又有浑厚男中音，在早晨的树林里呵的一声开诵，立刻晕了一大片女生。红卫兵们爱诗热潮由此而起。郭小川的《青纱帐/甘蔗林》，贺敬之的《三门峡/梳妆台》、普希金的《致大海》等，立刻成为被大家争相传抄的朗诵文本，成为昼夜里此起彼伏的男声和女声，包括有些人对舌头痛苦的折磨。

当时大家几乎都有一两本手抄诗。下乡后，诗心在劳累中渐失，娱乐只剩下夜晚唱歌这种自我播音，于是抄歌的，还是不少。苏俄的、美国的、拉美的、欧洲的、南亚的、日本和越南的，加上中国少数民族的歌曲，尤得很多女知青的青睐，几乎也是人手一册。多少年后，凡老知青们聚会，只要《三套车》《老人河》《流浪者之歌》一类音乐响起，中老年们差不多个个能唱。这种当年地下歌潮所留的余习，这种无组织、无领导、无纲领的全国性音乐认同，与学历教育倒是毫无关系。

一些知青做着文学梦或科学梦，当然更有抄书习惯。我在县城里结识黄某，后来当上编剧的一位，发现他抄录了几大本古文，深受震动和启发，回乡下后也如法炮制，每借来一书，便择优辑抄，很快就有了厚厚几本，以弥补书藏的短缺，以备今后温习。好几个早上起来，我的面目被人取笑，原来是柴油灯的烟太多，晚上抄书时靠灯太近了，太久了，鼻息吸引油烟，就会熏出个黑鼻子和黑花脸。知青点的朋友们也经常帮我，比如，发现废品站有什么旧书刊，发现商店里有包装货品的旧报纸，就会留心多看一眼，把有用的纸片带回来给我。

九十年代末我在美国参加一会议，发现身旁一学者有动笔的癖好，倒也不是做会议笔记，只是笔头不闲，在会议材料的反面或空白处胡写，有时默写古体诗，有时默写洋文句子，有时甚至把会标之类抄上多遍。我心生奇怪，后来问及此事。他想了想，说是吗？又想了想，说他可能是写惯了，尤其是当知青时抄书太多，以致到如今差不多一摸笔就手痒。据他说，他曾赴江西省插队，在乡下抄满过近百本笔记本，几乎抄出了一个图书馆。因为一件"反革命团伙"案，他坐牢两年多，但他在监房里还把《毛泽东选集》英文版抄了三遍。他学英文的另一办法是，找一本词典，每天背下一页，就撕去这一页，待整本书撕完，英文也就咽下一肚子。

他是"文革"后最早出国的数万留学生之一，很快成为经济学界一颗新星。在普遍的国外舆论看来，八十年代初陆续出国的这一大批总体素质最佳，不仅谦逊和刻苦，而且学养不俗。其中很多人都是越过本科直升硕博。类似的情况是，在很多高校老师看来，"文革"后最早的上百万大学生，特别是文科生，总体素质也首屈一指。用有些老师的话来说，能遇上这几届可谓人生之幸。这里当然有比例不同的原因，比如，从十年积累的考生总量中择优，与一般招考没有可比性。但即使不这样比，这是否也能显现出十年并非一张白纸？"断层""垮掉"一类概念是否用得过于笼统？

凭借手抄书一类手段，知识传薪其实一直明断而暗续、名亡而实存。如果真是"垮掉"和"断层"，数以百万计的好学生后来是从天上掉下来的？

"垮掉""断层"最为活跃和承重的"文革"以后三十年，为何反而爆发出了中国最强劲的经济成长？

现在，我的一些手抄书早已不知所往。随着出版的开放与繁荣，我的书橱也越来越多，盛满了太多精美而堂皇的套书，不需要我再在油灯下熏黑鼻子。但有时候我会不无惶惑，似乎书已经多得坏了我的胃口，让我无所适从。又觉得新书像富人的宾客，旧书像穷人的朋友，我在太多宾客面前反而有些孤独。

有人说过：借书读时读得最多，买书读时读得稍少，有机构发书读或赠书给你读时,反而读得最少。这里还可加上一问——抄书读的时候呢?

与一般的读书相比,抄书自有其优点:

一、三读不如一抄,抄一遍有利于增强记忆;

二、抄书是个细活,能迫使你聚精会神细嚼慢咽地读;

三、抄书很辛劳,抄者对这种书总是更珍惜,于是有可能复读得更多;

四、抄书一般只能是摘抄,而摘选需要你去粗取精,因此有利于总揽全局抓住重点,读出某种主动性和超越性;

……

当然,这种手工活毕竟太耗时间,毕竟不足以抵消严重的短缺。在一个信息速生和知识高产的时代,急匆匆的现代人还可能抄书吗?

骗　书

"灰皮书""黄皮书""白皮书"等统称"皮书"。这是指中国上世纪六十年代至八十年代的一大批"内部"读物,供中上层干部和知识人在对敌斗争中知己知彼,因此所含两百多种多是非共或反共的作品。如社科类书目里的考茨基、伯恩施坦、托洛茨基、铁托、斯大林的女儿等都是知名异端。哈耶克《通向奴役之路》也赫然其中。至于文学方面,《麦田里的守望者》(塞林格)、《在路上》(凯鲁亚克)、《厌恶》(萨特)、《局外人》(加缪)、《解冻》(爱伦堡)、《伊凡·杰尼索维奇的一天》(索尔仁尼琴)、《白轮船》(艾特玛托夫)、《白比姆黑耳朵》(特罗耶波尔斯基)等,即使放到百年以后,恐怕也堪称经典。

经过一段停顿,一九七二年"皮书"恢复出版,虽限于"内部"，但经各种渠道流散，已无"内部"可言。加上公开上市的《落角》《多雪的冬天》《你到底要什么》一类，还有《摘译》自然版和社科版两种杂志对最新西方文化资料的介绍，爱书人都突然有点应接不暇。春暖的气息在全社会悄悄弥漫，进一步开放看来只是迟早问题。如果说一九六八意味着秩序的基本恢复，那么一九七二是否意味着文化的前期回潮？这是一种调整还是背叛？是"文革"被迫后撤还是"文革"更为自信？

从后来众多当事人的回忆来看，他们青春岁月里都有"皮书"的影子。一些观察者还把"皮书"与后来的四五天安门事件直接联系，与我的感觉大体相通。

书店里重新有了活气。我认识的省内各位老作家和老编辑，也在这时陆续离开乡村或干校，回到城里操持旧业。他们恢复了两个文学期刊，从来稿中发现我，几次让我来省城开会，于是提供了更多求学机会。当时省城最大的两家书店都有"内部图书部"，一般设在二楼偏僻处，购书者需亮出相当级别的介绍信方可进入。不过这种管理措施实嫌粗糙，一纸介绍信算什么？用蜡纸和钢板成功伪造过印章的学生娃，伪造过大串联证明、肉票、火车票以及病历的家伙，还能被一张介绍信难倒？这一天，我和朋友用草酸溶液把一张旧介绍信的字迹退掉，再烤干纸片，小心执笔，填上购书内容。

我们须穿得像样一点，比方借一件军大衣（内部嘛，干部嘛，不能衣冠不整）；还约定到时候不能过于急切（公差嘛，让人提不起精神）。有关台词也设计好，到时候一个要催促，表示出对购书毫无兴趣；另一个要表示为难，似乎职责所系，不得不公事公办。如此等等。

照看"内部"书的是一大妈，果然没看出什么破绽。看我们爱买不买的样子，反而有了推销的热心，表现出当时少见的业绩意识。

"这本书很反动的,很多人都来买的。"她拿出一本我忘了书名的书,舍不得我们离开,"你们不拿去批判批判?"

"真的有那么反动?"

"我还会骗你?我都看了,里面有爱情!"

"首长说了,爱情就算了,我们主要任务是批判帝国主义和修正主义。"

"生活作风也要抓呵。你没看见现在有些年轻人不学好样,骑一辆自行车油头粉面的,我看了就恶心!"

我们终于被"说服",给一个面子,买下了这一本。对方很高兴,见没什么再能吸引我们,便说仓库里还有些旧书,不属于"内部",是否要去看看?这样,我们跟着她来到仓库,穿行于架上、桌上、地上的各种书堆,在浓浓灰土味中又挑了一些。大妈给这些书打包的时候,有一种眉开眼笑的成就感。

当然,诈骗犯也不是次次得手。有两知青曾因伪造借书证败露,被挂上大牌子,在省图书馆门前整整示众一天。另一次,一知青朋友被捕。我不知道出了什么事,不知道这家伙在警察面前能否扛得住,急忙做好应变准备,包括把家里所有"内部"书清出来转移,怕万一被发现,扯出藤藤蔓蔓,多出一条罪名。几个月后嫌犯回到家里,原来他是卷入一桩销赃案,只需要退赃款缴罚款,倒也有惊无险。我这才去取回自己的书。不料替我临时保管书的那位脑子里进水,一直没把这些书当回事,听任来客东一本西一本地拿走了大半,事后又不记得来客是哪些人。

我悲愤莫名,恨不得同这个饭桶大打一架。

醉　书

朱某是一工人,写过很多诗,但从不参加官方支持的工人写作组,只是把纸片拿给三两密友看看,看过就撕碎,觉得这才是诗歌的正常结局,是保证写作纯洁性的必需。他从无存稿,不允许朋友为之传播,所以我无法引用他的作品。我只记得他的诗句总是别出一格,让人惊悚和伤心,而且脑子里乱套,好几天里对任何生活细节都警惕分分,差不多是一只受惊老鼠。波德莱尔、艾略特、庞得……是他经常提到的名字,就像后来一些知名诗人那样。因此,我总觉得诗坛里还应有一个名字,但这个名字最终当老板去了,遇到我时也不再谈诗,只谈股票的走势。

胡某也是一工人,有自己单独的书房,还经常向我偷偷提供"内部"书——这因为他父亲是官员,后来还进京出任要职。我在乡下时,他常常写来超重的信,用美学体系把我折磨得头大。休谟、康德、尼采、克罗齐、别林斯基、普列汉诺夫……天知道他读过多少书,因此无论你说一个什么观点,他几乎都可以立刻指出这个观点谁说在先,谁援引过,谁修正过,谁反对过,谁误解过,嘀嘀嘟嘟一大堆,发条开动了就必须走到头。因为他成为某电机学院的工农兵学员,我后来与他断了联系。他为什么要改学电机?他那些超重的美学怎么说丢下就丢下了?

那时,老一代知识分子因书惹祸,大多谨言慎行力求自保,倒是一些少不更事的青年可能读得率性和狂放,在社会底层藏龙卧虎兴风作浪。秦某也是这样的书虫。他长得很帅,是我哥朋友的朋友的朋友。一个未遂的地下组党计划,还曾在他们这个跨省的朋友圈里一度酝酿。有一次他坐火车从广州前来游学,我和哥去接站。他下车后对我们点点头,笑一笑,第一句话就是:"维特根斯坦的前期和后期大不一样,你说的那本书并不代表他成熟的思想……"这种见面语让我大吃一惊,云里雾里不知所措,但我哥熟门熟路立刻跟进,从维特根斯坦练起,再练到马赫、怀特海、莱布尼兹、测不准原理以及海森堡学派,直到两天后秦某匆匆坐火车回去上班。在这个哲学重灾区的两天里,我根本插不上嘴,只能做些端茶上饭的服务。他们也似乎从不觉得身边有人,只是额头对额头,互相插话和抢话,折腾出各自的浑身臭汗。我的未婚妻来过一趟,送来蔬菜和水果,秦某看都没看一眼。

老妈要我哥拿着空瓶去打酱油,其实是想让儿子歇歇嘴。没料到我哥出门,秦某也跟着出门,似乎不愿浪费一分一秒,不惜把哲学战争一路打向杂货店。

奇怪的是,这位哲学狂人后来金盆洗手而去,听说是结婚了,离开航运公司了,替朋友去澳洲打理生意去了,相关消息有三没四。就像前面说到的朱某和胡某,他一直未能在新时期知识界喷薄而出——其实他比我见过的某些教授要聪明十倍,完全有这种可能。他卖过血,他妹妹卖过血,以筹集他游学全国的经费,一切似乎都正是为了这一天。

作为我心目中一个个亲切的背影,作为"文革"中勇敢而活跃的各路知识大侠,他们终究在历史上无影无踪,让我常感不平和遗憾。也许有生活难题捉弄了他们?有性格毛病羁绊了他们?也许他们清高得不屑于浮出地表,不屑于在名人圈里对牛弹琴?

事情还可能是这样:在一个没有因特网、电视机、国标舞、游戏卡、MP三、夜总会、麻将桌以及世界杯足球赛的时代,在全国人民着装一片灰蓝的单调与沉闷之中,读书如果不是改变现实的唯一曙光,至少也是很多人最好的逃避,最好的取暖处,最好的精神梦乡。生活之痛只有在读书与思维的醉态下才能缓解。何以解忧,唯有文章,是之谓也。因此,一个物质匮乏的社会,或者说一个危机四伏的社会,反而最可能产生精神渴求;而一个机会密集、利益汹涌以及享乐场所环伺的时代扑来之时,真理的镇痛效应和制幻效应是否会如期减退?醉汉们是否应该及时地清醒还俗?

那么,我应该为他们不再需要镇痛和制幻而欣慰吗?应该为他们在知识苦恋之外找到更多的兴趣、忙碌、实惠以及体面而庆幸吗？

或者我不应该为他们的失踪而欣慰？不应该为我们一具具幸福皮囊下迅速繁殖的平庸而庆幸？

To be or not to be？（是还是不是？）

一代失学者的漫长假期早已结束了。"文革"远退到三十多年前。文明似乎日益尊贵、强盛、优雅、丰饶、金光灿烂。但对于很多人来说，读书其实是越来越难——如果这些书同文凭和实惠无关。一颗颗灵魂在舒适而惬意地入睡，不需刺耳声音的惊扰。正如一研究生曾三番五次地问我："老师，学文学到底有没有用呵？"我看得出，他一直没在意我此前的解答，不过是想在交出论文之余，再次求证一下他的文凭到底能否升值，能否给他带来一百万或两百万，能否让他过上出人头地的好日子。我终于沉不住气："我容许你把这个问题问一遍、问两遍、问三遍，但不容许你问第四遍！"我甚至扭头就走，回头再补一句："如果你并不爱文学，现在改行还来得及！如果你对什么也爱不起来，现在退学也来得及！你其实不必要太亏待自己。"

我肯定把他吓坏了。

对不起，我忘记了他并非圣徒，只是一个娃娃。从他所处的康乐时代来说，从他眼下远离灾难、战争、贫困、屈辱的基本事实来看，他确实没有太多理由热爱文学，那么累心和伤人的东西。

这是他有幸中的不幸。

二〇〇八年五月

最初发表于二〇〇八年《钟山》杂志。

南岳星夜

"四人帮"倒台前不久,炎炎盛夏,天气酷热。湖南省一个文学创作班在南岳半山亭开办。半山亭招待所位于衡山半山腰,这里山如铸铁,水似流银,杂树环合,苍松庇盖,绿荫深处成天迸发出震耳欲聋的蝉鸣大合唱。至夜晚,明月松间照,蝉鸣消失,继之而起的是泥蛙与石蛙的呼唤,此起彼伏。石蛙的吼声最古怪也最响亮,有金属共鸣般的嗡嗡声。

入学习班者多是年轻人,其中大多数对政治形势已有隐隐疑惑,动笔兴趣不大,成天偷偷摸摸地打探什么。有一个人中途闯上山来,声如洪钟,眼镜片后射出锐利逼人的目光,一种大将气派和兄长风度——熟悉他的人都戏称他"莫公""莫老爷"。

他就是莫应丰,后来名震全国的一位作家。他好玩,一上山就喝酒和唱歌,还乐为人师地抓住几个青年,凭他在艺术学院声乐专业的那点底子,办了个"速成声乐班",早晚都得吊嗓子和练呼吸,唱中外民歌。无奈学员鲜有天赋,鸭公嗓、蛤蟆嗓、破锣嗓一齐叫唤,闹得招待所昼夜不宁。在房客们的取笑和抗议之下,以后的声乐授课只好搬到野外僻静处进行。

莫应丰指导我们从音乐进入文学，曾给我们出了一道有趣的考题：先让我们听两支风格各异的民歌小调，然后嘱大家依小调风格各写一篇散文，要求文章与乐曲在神韵情致上有异曲同工之妙。他唱的两首曲子，其一描写北方村姑，乐曲里透出村姑形象的朴质、沉静、腼腆；其二描写南国少女，乐曲里透出的少女形象似显活泼、妩媚、轻佻。我们仔细聆听了好几遍，但要把音乐化作文学，实在不那么容易。

　　莫应丰的全方位培训计划还包括戏剧。他说要找一个话剧剧本来，由大家参与演出，看谁能演好老人、官员以及小偷。如果把难度降低一点，他就随意设计一些小品情境，给我们指点各自的角色，由我们去体会角色，自行设计动作，自行编造台词……这种游戏也足足让我们兴奋了几天。

　　除此之外，最为开心的活动当然是游山。

　　几天下来，我们跟着莫老爷钻遍了半山亭附近的山林。与半山亭遥遥相对的是磨镜台。磨镜台上有石刻"祖源"二字。据说是禅宗六祖慧能的弟子怀让曾在此以砖磨镜，喻示愚僧靠坐禅而求悟的荒谬，启发了高僧道一：原来禅并不执著于行住坐卧，是讲求自由和活泼的。辞磨镜台而北上，约行十五里，便到南天门，可见门旁的大石头，还有石头上"平真正诚"四个大字。过了南天门，所谓"登天"了，不久就抵达南岳最高处——祝融峰。峰顶有残破古庙，大瓦均为铁铸，大概是怕被疾风卷去。墙垣全是花岗岩，是此处最经济也最实用的建筑材料。我们登上祝融峰时，正是深夜子时。放眼一望，头顶疏星亮，脚下众山小，茫茫大夜给人一种神秘而恐怖的感觉。如果你在这里纵目遥望，可在北方的一片黑暗中隐约见得长沙、株洲、湘潭及好几个县城的灯火群。偌大一个三湘，广运纵横，如今俱收眼底，差不多成了一个沙盘模型，又不由得不让人振奋激动起来。

峰顶招待所的床位已满。记得为了等到第二天早上观日出，我们几乎冻了一晚。

莫应丰此时刚写完长篇小说《小兵闯大山》，满脑子山区趣事。他兴致勃勃介绍起石蛙——模样如何，习性如何，吃起来味道如何，好几次还带着我们顺着那金属共鸣般的声音前去寻找，只可惜没找到什么，倒被一条倏然而逝的长蛇吓个半死。

南岳也有莫应丰所未见的奇观。一天黄昏，我们看见路边一条寸多宽的长长黑带，弯弯曲曲上不见头下不见尾。我们初以为是水流，细看才知是密密蚂蚁阵，免不了大吃一惊。莫老爷兴奋得像个孩子，抚掌大叫起来，又推推眼镜蹲下去，仔细观察蚂蚁如何过沟、如何爬陡壁、如何迎敌自卫。到最后，他沿着长长黑带，定要去寻找蚂蚁大军的尽头，一直领着我们离开道路，在山林里瞎钻了一两里路，看黑带仍无止尽，看天色渐暗，只好遗憾地作罢。

乍看起来是游玩取乐，其实难掩心情的沉重——这些天来，朋友们天天分析报刊动态，偷偷传播着各种"政治谣言"：关于总理逝世，关于唐山地震，关于全国计划工作会议上透露的财政赤字，关于天安门事件的内情……学习班竟成了密谋反抗"四人帮"的秘密处所，提供了结交同志和畅吐真言的机会——只是主办方一直蒙在鼓里。莫应丰无所顾忌，陈词激烈，常出独特见解，自然成了聚会的头儿。当时的气氛和心情，有他游南岳一诗为证：

> 腾云直上祝融峰，
> 一望三湘脚底平。
> 提步恐伤蝼蚁众，
> 俯身惜叹大江清。
> 呼天怒骂无名氏，
> 投石惊闻地震声。

> 我与衡山铸一体,
> 不移半寸趋时风。

这些"反诗"当然只能传于密室。

这一天,朋友告诉我,莫应丰早已躲在浏阳县写了长篇小说《将军梦》(出版后改名为《将军吟》),题材是军队中的悲剧,主题是抗议"文革"专制。两位朋友叮嘱:"好,现在你是第七个知道这本书的人了,千万保密!说出去,莫公和我们就要人头落地。"

我听了大吃一惊,也肃然起敬——莫应丰真是条汉子啊!

舍性命以求真理,伸正气以抗强权,要是中国的作家都如此,中国怎能没有救?中国的文学怎能没有救?充斥着全国报刊的假大空之风还何愁不除?我从朋友口中得知《将军梦》的部分情节,也略知一点莫应丰的经历:他是农民的儿子,因生计困难没读完大学,后来当过兵,进过文工团。有意思的是,进文工团的时候,他居然穷得穿草鞋……朋友的介绍中更使我动心的是这样一幅情景:深夜,在湖南省浏阳县文家市的一间僻静土房里,一位身材结实的汉子正在灯下奋笔。桌上有亲人来信——对他的写作极不理解。桌上有收音机——正播着天安门事件的重大新闻。家忧国患,沉重而苦涩,压在心头。这个男子汉望着窗外朦胧月色,看着那淡蓝色的流雾和黑糊糊的山林,关掉收音机,抹去两把热泪,又把稿纸摆正,正襟危坐,沙沙写下去……

"竦听荒鸡偏阒寂,起看星斗正阑干。"老莫,当时你也想起鲁迅这两句诗吧?

听说你写完《将军梦》后,随手疾书一绝:

> 含辛茹苦愤无私,
> 百万雄兵纸上驰。

泪雨濯清千里目，

将军一梦醒其时。

听说你把《将军梦》原稿偷偷交给朋友藏起来之后，还笑着说过一句话："伙计，我现在可以死了。"

最高领袖病危的"政治谣言"传上山以后，半山亭更紧张了，朋友们常常是在松林深处作彻夜谈。这种时候，莫应丰总是精神抖擞，预测局势，鼓舞斗志，又嘱咐大家都准备一笔旅费，以备应急之需——打得赢就打，打不赢还得跑吧？

下山这天，已是一九七六年的九月底，是祖国翻天覆地的前夕。大家的心情紧张而激动。可庆幸的是，南岳之聚，使各路叛逆者会师，都认识和结交了一群文学同道，由此更增添了与命运抗争的信心。

整个学习班期间，莫应丰拒绝为当时"反走资派"文学写一个字，只写了一篇田园散文《桃江竹》算是交差，坚守了他"不移半寸趋时风"的诺言。

这篇散文我看过。我惊讶地发现，他的字体极为遒劲漂亮——后来我才知道他还应邀写过招牌，题过书名，一手翰墨卖得钱；他的文辞也清丽淡雅——后来我才知道他既长于写阳刚粗犷的政治故事，也工于阴柔秀美的人生情感，笔墨路数不拘一格。

可惜，这篇散文当时发表不了，后来朋友们各忙各的事，我也没去打听它的下落。

一九八三年二月

最初发表于一九八七年《文汇月刊》杂志。

一九七七的运算

全国恢复高考的消息最初未能使我动心。对于那次高考能否真正做到尊重知识和公平择优，我一开始十分怀疑。因为此前不久那次流产了的高考我也参加过，自信考分不低，不料后来冒出一个交白卷的"反潮流"英雄，冒出一场全国性的"反复辟"运动。在我当知青的那个县，据说所有的考卷没评分就封存起来化了纸浆，给我一种大受其骗的耻辱感。我自认为从此多了一分清醒，不再相信在领导印象、人际关系以及家庭政治背景之外，还能有什么公正考试。

很长一段时间内，我对高考一事不闻不问。适逢有关方面安排我采写一本有关革命历史的书，我被遣往湘西、江西、陕西等革命老区收集资料，频繁整装出差，出入于炮火隆隆的历史，完全成了一个备考热潮的局外人。直到考前不久我回到单位，发现周围差不多所有的青年朋友都已经报名，发现他们把复习要点和重点公式一类贴满墙壁备忘，这才有心头的七上八下。有一个平时写家信都要借纸笔的人，也拿着几何难题得意洋洋地考我——凭着他那一沓乱七八糟的数学题，竟声称他正在北大和武大之间做志愿选择。这真让我吓了一跳，也有点不甘心。

这样的刺激受多了，我终于却不过朋友们的纷纷鼓动，扛不住革命形势的轰轰烈烈，在报名截止的最后一刻确定参考，算是拿命运再赌一把。我的复习时间已经不多了。屈指一算，最薄弱的数学科目也只有十来天的业余准备时间。这就是说，对于我这个初一之后就下乡务农的人来说，我差不多每天要攻下一本数学，每天要啃下两三册历史或地理，才能马马虎虎地把应考内容过一遍。至于从严要求精心准备，从何谈起！

好在那一年的数学考得不难，让我差点一举拿下满分。好在那一年的所有科目都考得不算难，而且高考几乎成了一项新鲜的改革壮举，考生们像当年的红军和八路军一样在社会上广获支持。单位上点名放假以便我专心复习功课，同事们热情为我打探消息和收集复习资料，教育局开办了一些免费的备考辅导班，名义上尚未取消的家庭政治审查在实际上也变得十分宽松……凭借方方面面的这些关照，几个月以后我居然得到了被大学录取的消息。当时我再一次出差旅行，正在大西南的一列夜行列车上，看车内的旅客睡得七歪八倒，看窗外黑浪般的山影悄然无声地汹涌而来。

我这才隐约感觉到，事情已经发生了变化。

现在想起来，我不知道一纸录取通知书对于我的命运有多大改变，也从不相信这份通知书注定与我在一九七七相逢。我似乎永远会是我。但如果没有从七十年代后期开始的社会变革，大学对于我来说将是一个非常遥远的存在，后来很多生活事件对于我来说也可能是非常遥远的存在。我想起了我的一个同伴。他比我年长几岁，老高三的高才生，聪明而且好学，只是因为当年已经成家，有家庭负担的拖累，就没有参加那次高考。这一机会的错失使他一直待在他那个国营工厂里，一直到工厂在市场竞争中破产，一直到他在郊区靠喂猪谋生。我后来见到他的时候，他因夫妻的不和，女儿的失业等等闹得满脸憔悴，目光微弱而涣散，背也过早地弯曲如弓。

他支吾了一下，几乎不想说话。

如果全国恢复高考能早一年，早两年，早三年……大学教室里的那个座位为什么不可能属于他而不是我？若干年后满身酸潲味的老猪倌就为什么不可能是别人而不是他？一个聪明而且好学的人，为什么不可以成为教授、大夫、主编、官员或者"海归"博士从而避开市场化改革下残酷的代价和风险？

命运就是这样捉弄人。一个人，是人世间的一颗微尘，其成败在很大程度上受制于社会和时代，并不完全取决于自己。所谓小势可造，大限难违，是之谓也。正是从这一点出发，我无法向自我中心主义的哲学热烈致敬。我从老朋友一张憔悴的脸上知道，在命运的算式里，个人价值与社会和时代的关系，不是加法的关系，而是乘法的关系，一项为零便全盘皆失。作为复杂现实机缘的受益者或者受害者，我们这些社会棋子无法把等式后面的得数仅仅当作私产。

这道最简单的算题，无论何时都不该被我们算错。

一九九七年九月

最初发表于一九九七年《人民日报》华南版。

能不忆边关

从未见过这么多军卡、大炮、坦克以及车载火箭,串成一条盘山绕岭的铁龙,连接了长天两端的地平线。铁龙是暗红色的,蒙上了红土地的尘垢。

都停车了,天地间顿时一片寂静,数以万计的人在路边一齐撒尿。他们灰头土脸,纷纷搓去耳后的泥,吐出嘴里的沙。在他们周围,树叶、草叶以及水磨房都红若铁锈——不知起于何时的滔天尘浪正顺风而去,使路南一侧的天地变色。

枪口幽幽缄默。刀刃闪闪流盼。一箱箱炮弹是亲切的枕头和床榻。四〇火箭筒或八二无后炮成了玩具,或者说牌桌上的刑具,挂在倒霉蛋的脖子上,一直要挂到他杀出败局。扑克已洗牌好几轮了,好几轮了,有人不耐公路塞车,用步话机纷纷呼叫。骂娘的,喊天的,摔话筒的,口音南腔北调。

据说前面的坦克翻下山了。据说前面有敌方特工的情况。还听说前面两支部队在争路,互不相让……消息五花八门,不知哪一条是实。挂着伪装网的北京吉普二一二在逆行道上蹿来又蹿去,一副要解决问题的样子,似乎也没解决什么。

我们被安排到附近一处农舍。旁边是破旧小学。警卫员拿来压缩饼干和午餐肉罐头,不知又从哪里找来几棵白菜,打出一锅热汤。当地官员和老乡也来了,押来两个来自敌方的小贩,没有身份证明的那种,是不是探子,一时无法查明。他们又连连说对不起,称前面过去的部队实在太多,粮库早已搬空,猪羊统统变成了白纸借条,战时体制吗,乱了,谁都是先下手为强。他们眼下两手空空,愧对远征之师,但还是带来了半桶黑米粑粑。一位老人说:这些粑粑是"解放饼",以前叫"关公饼",蘸了鸡血的,掺了剩饭的,你们非吃不可,一定得吃。

"鸡"谐音"吉",意在逢凶化吉;"剩"谐音"胜",意在旗开得胜——这当然是老乡们好心的小迷信。

几个警卫员盯住了采访组,白天给我们带路,防止误入雷区;晚上严禁我们户外活动——即便我们记住了口令,紧张过度的哨兵也可能稳不住指头,没等到口令就射出一梭子弹。据说这种事已有先例。

受长官们关照,我们不可能去最前线,顶多是在停战期间沿着交通壕进入前沿,在掩体里探探头,插插腰,像旅游者观看风景。前面的山川一片宁静,草茂林稀,薄雾轻云,三两鸟雀不时绕飞。不过是普通得不能再普通的张家湾或王家坝子吗,凭什么吓得我们一路蹑手蹑脚屏声息气?

敌方特工的渗透时有所闻——据说前不久我方一个师级野战医院惨遭偷袭。这使后方也成了前方,大家对任何外人都神经兮兮,无论男女,无论是否说中国话,总得多盯上两眼,枪口先对准再说,枪机保险全部打开。据战士们的经验,对中国话还要更多警惕才是,前不久敌方特工就是靠哼着《三大纪律八项注意》的曲子,骗过我方哨兵,在偷袭中占了便宜。

突然有人一声怪叫:"有情况——"接着就是哒哒哒一串枪响,让我们都惊出一身汗,紧急分散和藏身。我趴下的地方是一堵土墙的墙根,朝门里偷偷探一眼,发现这里原来是臭烘烘的茅房。

片刻之后有人高喊:"不要打!不要打!……"原来前面晃动草丛的后面,不过是一头牛——我随后也看清楚了。

要不是有人叫停得快,可怜那头老牛就会顿成肉筛子。

阎团长赶过来,大骂手下人神经过敏,没看清就狂呼乱叫。他后来向我们叹息,说好多年没打仗了,甚至不大练兵了,政治运动翻来覆去,连营团级长官也多是嫩秧子,到这时候能不紧张吗?听说有的人当了几年种水稻和盖房子的兵,枪都没摸过几回,初上战场时根本不敢伸头,只会对天开枪。更严重的是,有的长官连地图坐标也不会看,带着队伍上了山,把自己的位置报错。结果炮群一个基数的急速射,队伍就在自家人的炮火覆盖下血肉横飞找不到北——他们以及他们的亲人肯定没想到过这种死法。

第一批伤员从前线送过来了。无腿的,无手的,号叫的,挣扎的,一片血肉模糊和浓腥刺鼻,使"战争"这个抽象的词,已经听得耳熟但仍然有点虚幻的词,突然变得尖锐和沉重,轰然砸了过来。我的腿已经有些发软。事情是真的了——虽然我已经十多次这样想,但无法不再一次严重地想到。

军营里醉酒几成常态。当官的喝,当兵的喝,大概都想用几口酒壮胆,也洗却一些闹心的事。阎团长醉得最厉害的一次,是我们在一个叫沙岭的地方再遇 M 团的那个晚上。他领着手下人刚参加了一次不算大的战斗,眼睛红红的,嗓子已沙哑,浑身一股酸臭,当着我们的面豪饮无度还谎报军情:"报告,我正在带人抢修便桥,正在山上砍木头……您就放心吧,完不成任务我提头来见!"他丢下话筒,满不在乎地咬下一个瓶盖:"喝!满上!谁都不准耍奸!"

这天晚上没见他砍木头,却见他至少吹下两瓶茅台。喝红了脸就骂天骂地。先是骂什么姓魏的在后方装病,临阵脱逃,推责耍奸,王八蛋,龟儿子。然后骂Y团谎报战功,臭不要脸,也是王八蛋,龟儿子。最后骂后勤系统盖大楼有钱,买进口车有钱,吃得一个个浑身长膘,就是要命的钢盔缺货——"这头盔是金子打的还是银子打的?是高科技产品做不出来?还是嫌我们这些尿壶脑袋不配?"

我听说过,这个团的钢盔短缺三分之二,带钢板的防刺鞋也迟迟不到位,因此很多伤员不过是被竹签铁钉伤了脚。

在他烂醉如泥倒在床下之前,上面的政治官员也难免狗血淋头:"吃饱饭没事干呵?嘴巴皮子谁不会耍?站着说话不腰痛,今天一个通报,明天两个文件,以为我们下面这些人在拍皮球捉蚂蚱?优待俘虏,秋毫无犯,唱歌打快板,挑水割稻子……操!害死我们多少弟兄。他们自己怎么不来玩玩?"

两个警卫员把阎团长架回团指挥所去。"郝团长我告诉你,你得听我的。"他临走时一把抓住我,把我当成友军兄弟,"千万不要听他们放屁!要想少伤亡,你就得狠,就得王八蛋,就得把政策擦屁股……"

送走这位酒鬼,我与一位同行大摇其头:这样的团长也能打仗?

终于从四十倍的潜望镜里看到了敌人。一个光膀子男人,歪戴草帽,穿一条白短裤,操铁锹维修工事。另外两个上半身也露出来了,似乎合力搬运着什么。在他们上方,一片灌木林那边,一线曲曲折折的散兵工事若隐若现，有沙包、油桶、粗树干，还传来断断续续的人语——此时的山谷太静，声音常常变得远近莫辨。

他们看上去像是平民，老少混杂的乌合之众。但这些人靠一个连或一个排的小规模，化整为零，时进时退，凭借有利地形，一直与我方主力死缠烂打。据说迄今为止是一比一的伤亡率，比教科书上的常规比率"攻三守一"要好得多——这是司令部记者招待会上的通报数据，但闻者大多生疑：怎么从前线下来的伤员那样多？

坦克在这种山地放不开手脚，只能纵排单行。一遇到必须减速的弯道，这种坦克常常是肩扛火箭筒的活靶子，还会成为后续坦克要命的路障。后续坦克一阵咣咣咣地硬撞和强挤，才可能挤开前面的损毁坦克，重新打开通道，简直是要活活地把自己逼出屎来。炮群倒是我方一大优势，一吼就是红了半边天，地动山摇，烟火蔽日，天昏地暗，把山头削平，把地翻筛几遍，炸出一片片无氧的窒息区，炸出一座座十几年内难长草木的光山秃岭。也许正是看到了这一点，敌方主力在战争初期就是缩，就是躲，就是忍，倒是发动民兵和老乡来死扛，让你拳头砸跳蚤，明枪对暗箭，很多时候打得犹豫和别扭，也打得特别惨烈——这大概是官兵们火冒三丈的原因之一。

打扫战场时，战士们发现了一个血流满面的敌军伤员，好心地用急救包简易处理，再把对方背下战场。但对方在摇晃中醒了过来，悄悄旋开背负者腰间的手榴弹盖，乘人不备拔出了拉火环……

一些战士冲进了一条小街，只发现几位老人，对路边一个放牛娃也没在意。但他们随后总是被冷枪袭击，先后有一个炊事员、一个电话兵、一个排长莫名其妙地倒下。杀手到底在哪里？他们把街前街后再搜索了一遍，一无所获之下，不得不把目光投向放牛娃。有人上去搜身，果然在对方衣袋里发现了一支手枪，枪管还热。事情到此就难有其他结果：少年杀手挣脱逃跑之际，哇哇大哭的士兵们一齐开火，密集的机步弹把小小背影几乎拍成了一片肉质粉末。这还不够，坦克又冲上去再把凌乱残体再碾压一遍……

在另一个村子，战士们累得大口喘气，浑身汗湿，喉舌冒烟，但不敢随便喝水。一只头戴棉帽的鹰走过来了，其实不是鹰，是一位干瘦如鹰的老妇，看了战士们一眼，漠然地走开去。看到这位老妇去田边一口浅水井喝水，几个战士放下心来——她能喝，大家当然也能喝。没料到这几个呆子一步踏入圈套，不一会就口吐白沫，嘴唇乌黑，眼球暴突，硬挺挺地倒在水井边。其中一位临死前没忘记朝水井甩了一束手榴弹，以防其他战友跟着中毒。不难想象，那个成功诱敌的老妇也没走多远，丧命在村口。战士们看得心里发毛的是，老妇竟然嘴角含一丝微笑……

官兵们哭诉着这些故事，清理战友尸体时泪流满面，事后还可能发出一声声号叫，互相头顶头地揪扯或厮打，用这种办法来尽力平静自己。奇怪的是，悲伤之泪常常是最大的战斗力，是最纯质的忠诚和最烈质的勇猛。用阎团长的话来说，有伤亡了，有大伤亡了，谢天谢地，仗倒是好打多了——当活生生的战友不再醒来，当朝夕相处的面孔突然爆成肉泥，哪怕两分钟前还多愁善感的书生，哪怕一分钟前还吓得尿裤子的软蛋，都可能泪流满面，眼一红，牙一咬，变成狂怒的疯子。"要那么多政治工作做什么？"阎团长曾经冷笑，"见血，死人，就是最好的政治工作！"

D城、F城、R县、三四二高地、七七三河口……后来好几个速决战，也许就是在泪雨横扫之下一一搞定的。特别是打到K河时，明明说不得过河，但疯了一样的士兵哪管命令？哪有工夫理解命令？师部一个参谋说，当时连长叫不住或找不到排长，排长叫不住或找不到班长，班长叫不住或找不到战士，全乱套啦。一些士兵跑得帽子没了，鞋子掉了，甚至没子弹了，但光着脚丫子也在 K 河那边多追了七八里。连炊事兵也抓颗手榴弹狂追——其实你追上去能有多大用呢？就不怕大家到时候饿肚子？

小夏因为打架和赌博，高中没混完，没人管得住，父亲才花钱买人情，把他送入部队"劳动改造"——这是他自己说的。

出征途中，他也被剃成了光头，镜子中的小波浪发型从此不再。他没法逛街下馆子，压缩饼干的又咸又甜让他翻胃欲吐。好在早操取消了，不查内务了，没人找他唠叨旧社会了，他可以多睡觉，熄灯号之后收听美国的广播也没人管——这时候的军营空前自由，自由得让人稍稍不自在。人人都写下了遗书，于是预备烈士之间怜爱大增，宽容大增，好脾气大增，增得你心里发怵。胸前满满四个弹夹更是随意喝酒和骂娘的权利。用小夏的话来说：这时候谁还敢得罪人？不怕老子在战场上打黑枪吗？

他知道自己贪生怕死，只是不知事到临头时更丢人，擦拭过上百遍的冲锋枪没放一弹就不翼而飞。事后想起来，不知它去了哪里。当时炮火向前延伸，冲锋号吹响，高地上人影错乱，子弹打得石屑和碎叶狂飞，自己没看清敌人也没看清战友，一声哇，捂着双耳就钻进石头沟。

他不知自己怎样脱离了战场。肯定是跑晕了头，等他缓过气来，回过神来，发现自己孤身面对一片山谷。他不敢去找部队——枪都丢了，还有脸见人？不会被军事法庭打入大狱？

他继续一路狂跑，朝着地平线上家乡的方向。

事后证明这主意也不靠谱。且不说可能遇到的地雷，且不说饥饿、风雨以及毒蛇，他一身军装足以惹祸，碰上敌人小命难保。

到第二天，他已经一身泥污一脸泪，在青苔上一步滑倒滚至坡底，把逼迫自己参军的父亲骂了个体无完肤死有余辜。现在他该怎么办？他会饿死或摔死？要是落入敌手，他是不是得准备投降？是不是要下跪、谄笑、写悔过书并且去广播电台大声宣读？……就在绝望的一刻，他听到了坡下林子里有人声，仔细一听，竟是中国话，中国话呀！事后才知道，那也是一支打穿插的部队，多是广东籍士兵，正急匆匆直扑W县城。

"同志——"他忍不住大喊一声，哇的一声哭了。

对方发现了这一脸泪水，问他的名字、部队番号，拍拍他的肩膀，用猪肉和黄豆罐头把他喂得两眼翻白。

"算你运气好。要是碰到敌人，不把你开膛破肚才怪。"一位长官这样说。

后面的故事，是我采访其他官兵而得知的。这个连伤亡很大，特别是在穿插的最后阶段，原计划是部队过完了再炸桥，没料到工兵忙中出乱，这个连还没过河，桥已经轰的一声炸塌。大部队奉命对W县城准时发动侧攻，无法回援和等待，只能狠狠心留下这个五连自寻出路。于是，在接下来的突围中，连级干部全体阵亡，排级干部伤亡过半，加上野战电台丢失，大家完全是群龙无首。几个党员组成的临时支部商量来又商量去，意见难以统一，不知如何是好。小夏在一旁看得着急，看得冒火，忍不住跳出来骂娘，说你们打算在这里过年呵？在这里孵蛋呵？再这样屎不屎尿不尿的，不想活是吧？

大家面面相觑。没人不想活，问题是谁能给一个活法。

不要说了，听我的！这个陌生面孔不把自己当外人。他把指南针夺过来，摆上几个石头比画，三下五除二，就决定了突围方案。对不同的意见，他左一个"你脑袋被门夹坏了"，右一个"你脑袋被鞋底拍瘪了"，一张臭嘴与其说是辩论，不如说是辱骂。

他算哪一盘菜？但有些人知道他，这外来户身手灵活，测射程，爬绳梯，打火力点，都颇有能耐，刚上手的喷火器居然也能玩得转。

凭什么听你的？有人又问。

知道俺大伯是什么人吗？军长见了都得立正，吓死你！

后来的事实证明，他的决定很及时，吹牛和嘴臭也无伤大雅。他不过是利用自己当年聚众群殴时的战法，带着大家见弱就欺，见强就溜，包括一路丢水壶，丢弹夹，丢军帽，虚虚实实，扰乱和引开追兵。在最后断粮的日子里，还是靠前人渣或准流氓的经验，他放烟熏走一窝野蜂，用满满几头盔的蜂蜜，补充了大家体力。

在团部的战情报告里，这个五连在几天前已"全体殉职"。看到"夏连长"带着三十几个人奇迹般归来，首长们真是惊喜过望。但这位编外连长的一条腿没有回来。当时他一脚踩出不祥之感，顺势急滚，已来不及了。他眼睁睁地看见熟悉的腿、熟悉的鞋袜、熟悉的破烂布片随着泥雨喷放而腾空而去，在烟浪中旋转，在天空中飘摇——那一刻在他的记忆里宁静而且漫长。

奇怪的是，他还一直有这条腿的感觉，比如，还能感觉到膝盖的痛，脚跟的痒，只是摸到那里的时候，只能摸到一条空空的裤管。他不再说一句话，圆睁双眼目光发直，躺在后方医院以后，床头出现了师首长、大红花、红领巾、大堆慰问信以后，还是这个样子。护士说，十多天了，他每天晚上睡觉也大睁双眼，眼皮一直合不下来。

一匹白马奇迹般地从敌后归来了。这肯定是哪个侦察排或通讯班的，肯定经历过战斗，满屁股血渍就是证明。

战士们猜测，它想必听到了山顶上高音喇叭中的对敌广播，听到了《大海航行靠舵手》熟悉的音乐，才得以翻山越岭，找到归家的方向。

正是它的归来，让师部有了一个新决定：山顶上的高音喇叭改为最大音量二十四小时不间断广播，高瓦数的探照灯也在入夜之后一齐射向敌后，为那些可能还幸存的士兵，可能还幸存的马，指引回家的路。

但很多人没有回来，包括那位阎团长——他与我前后相处过几天，满嘴的酒气和牢骚话曾让我暗暗惊讶，把几个干部子弟从连队抽调到团部罩起来，大有媚上营私之嫌，更让我失望和小看。没想到后来的事情是这样：采访组离开之后不久，他带着一个摩托化营插入敌后，不料途中遇到伏击。他在乱枪之下多处受伤，不愿当俘虏，不愿再痛苦，便开枪自杀了。据逃脱了的士兵描述，敌人放火烧毁了团长那辆吉普。因此事后能找回来的，只剩下团长一颗帽徽，一个皮带扣，还有一个烧变形了的水壶。

我知道，他经常用这个水壶装酒。

他经常就是摇着这个酒壶说些不着调的怪话。

我来到安葬烈士的墓园，向阎团长和他的战友们献上了一束野花。一位本地老妇在我身旁哭得厉害——其实她不是死者的亲人，连熟人也算不上，不过是路过这里，丢掉竹杖，捂住嘴巴，折腰便哭，声音如微弱的猫嚎。也许，她只是见不得死人，看不得伤心事，一看就得止不住长嚎。也许，她只是可怜这些娃娃们没有亲人相送，可怜这些死者往后很难被人们长久惦念，更是为自己将来可能的忘却而痛彻心扉。

能证明这一点的是，墓园另一侧有几具待葬的敌军尸体，也被老妇哭了一番。一位本地汉子，大概是她的亲戚或邻居，对此感到很没面子，跺着脚粗声埋怨："老糊涂了呵？你哭错了，哭错了，哭乱了套了嘛……"

老妇还是一意孤行地揪出一把把鼻涕。

她也许没怎么哭错。不是吗？当娃娃们放下武器，就没有多大的差别了吧？都有父母抓挠过的头发，都有弟妹攀爬过的肩膀，都有老师打量过的一脸腼腆或倔强，都有日晒雨淋过的古铜色皮肤和血迹斑斑的衣衫……她一个老太婆都看清楚了，已经不需要看到别的什么了。

以为还有大战，但似乎没有了。前方连日来一片宁静，转送重伤员的直升机也不再光临，营区渐渐恢复了早操和卫生检查，但因为驻军太多，以致营前的渠水半个月来一直是浑如泥汤，泥汤洗刷之下的大家实在卫生不到哪里去。

偶尔传来冲锋号和喊杀声，飘来一浪浪刺鼻硝烟，不过那只是摄制组补拍镜头。北京来的摄影师没赶上趟，或没胆上战场，但又不能没有冲锋杀敌的镜头，便让官兵们一次次事后排演，累得大家气喘吁吁大汗淋漓。

拍到第三遍。效果还不够理想，官兵们只好疲惫不堪地往山下撤，再一次等待烟火师的安排，等待导演的举旗发令。

我就是在这里认识了孙主任，一个自带梳子、香波、熨斗、吹筒以及成天埋怨没有净水洗澡的制片人。在Z城再遇他的时候，他领着摄制组一伙从西线回来，大概导演和补拍了更多好镜头，声称当年的国家级大奖他是拿定了。也许是几次聊天聊出了兴致，他打电话让某政委送几箱茅台酒来的时候，也给了我两瓶。他让市政府公费安排名胜景区四日游的时候，把我和老王头也拉上面包车。"有一个熄灯舞会，很好玩，很现代派的，你们要是感兴趣的话……"他说得神色诡秘，笑着挤一挤眼睛。

我们在景区的这里或那里拍照留影，看少数民族的歌舞和日本的新电影，吃着公费开支的各种佳肴美食直到杯盘狼藉。客人们在席间交换购物经验，并且按孙主任的要求，无论买什么都索要发票，没有货名和人名的那种，交给他去处理。

我对这种发票收集略有诧异，终究没说出什么。

眼前一片灯红酒绿，似乎离战争很远，离山坡上的军人墓园很远——虽然它们不过就在起伏山脊线的那一边，在苍茫夜色之下。我们与那里有什么关系吗？我们是他们牺牲的意义和价值所在吗？我们就是他们需要拼死保卫的同胞、人民以及兄弟姐妹吗？我恶狠狠的疑惑挥之不去：这里的游赏和享乐，海吃和豪饮，还有可疑的发票，是否真值得他们在山脊线那边赌上自己的性命？

很多战争都发生过了，很多人为我们挡住了子弹和刺刀。好了，自从有了这些死亡，自从有了生存机会的不平等分配，有了人类生命的大笔删除和大块空白，幸存者的日子成了奢侈，成了负债，甚至是一种肥厚的无耻。

我把发票交给孙导时忍不住这样想。

> 昔我往矣，杨柳依依。
> 今我来思，雨雪霏霏。
> 行道迟迟，载渴载饥。
> 我心伤悲，莫知我哀。（《诗/采薇》）

谁还愿意与我说说墓园？说说整个山坡上的茫茫白色？说说白色坟碑一排排延绵到山顶的惊人视野？

洪某，徐某，刘某，李某，宋某……碑面上是一个个陌生的名字。他们是谁的兄弟？谁的儿子？谁的邻居和同桌？他们在蓝天慢慢旋转的那一刻倒下，在山林与河湾最美丽的那一刻倒下，再也不能回到故乡。

因为战场上遗体凌乱不易清理,这些埋入异乡的不乏完尸,但也可能只是一条腿,一只胳膊,甚至一个笔记本或一顶军帽。偶尔错误地埋入别人甚至敌人的尸骨,也说不定。因为国家困难,按当时币值,这些人的家属只能获得三百元抚恤金——我听到这个数字时立刻想起十九管车载火箭,想起丛林里那一排排发射架的缓缓升起。据说每发火箭弹造价两万。那就是说,当号令旗一举,在火海腾升和空气撕裂的声音中,仅一个单车齐射就是近四十万,就是近两千血肉之躯的市场价格刷刷刷呼啸而去?

这种火箭其实太老旧,也便宜。我还没说到八九式四〇管或一二二型五〇管的车载火箭,没说到B-五二战略轰炸机和〇九四核潜艇,没说到巡航导弹和航空母舰……无战的天国至今距离人类仍然遥远。那么这些现代战争装备天文数字般的造价,这些人类社会中最精美的恶毒和最昂贵的虚无,总是使任何高额抚恤金的比值都几可忽略不计,生命价值一次次在刹那间狂贬至零。

一位总部首长从北京来了,听说墓园一事大为生气,称这件事办得太缺心眼,简直是猪脑子当家。搞得惨兮兮的一片,不会影响士气吗?不是浪费土地和材料吗?依这位首长指示,依当年淮海战役中的做法,烈士们集中下葬,大墓一个,大碑一个,搞个隆重的追悼会,事情就齐了。

墓园施工停了几天,但最终没有改过来,原因是C军军长的固执。我远距离地见过这位军长一次,知道他脸黑,脖子短,丑得像个烤红薯,平时喜欢骑马而不喜欢坐车,喜欢蹲着吃而不喜欢坐着吃,走起路来咚咚咚的谁也跟不上。作为一个出身木匠的老粗,他也许确实缺心眼,不懂什么政治,甚至满脑子旧观念。

"凭什么我的兵都要大合葬?他们没捞个好活,难道还不能得个好死?"

他激动得一脸黑肉更丑陋了。"到时候当爹妈的,来烧一把纸,摆一碗饭,说几句话,总得有个地方吧?"

说得军部的人都没吭声。

"以前家属来探亲,都有一个单独房间。以后他们要是来走一走看一看,你拍着胸口想想,把他们往哪里带?一个活人不见了,连个名字也不给留下?"

有两个小干事差点哭了。

"你们就这样去回话,说这个错误我犯到底了——"

"军长,军长,听说上面很冒火……"

"他们冒火,我还要骂娘呢!"

军长把帽子朝桌上一甩,把袖口一挽,去工地指挥施工,用马鞭指着这个或那个,把工兵营的汽车和推土机轰赶得飞跑。依他的命令,不但要照计划分葬,还要一人一口棺材,一人一面国旗裹尸。事后一个未经证实的说法是:就因为这种胆大妄为的抗命,他背了一个大过处分,在军党委会上做过检讨。

十多年后的一天,我持旅游签证进入当年的敌国。这个国家早已回到和平与建设。离边境不远的 H 市眼下到处是广告、商铺、机动车、叫卖声、流行音乐,还有偷偷求兑美元或者人民币的小孩。仿欧的宾馆大堂里,墙面光可鉴人,花丛芳香扑鼻,服务员大多说得出几句汉语。导游就更不用说了——小姑娘能唱中国当红电视剧里的插曲,抖几个中国最新的流行词,让客人们兴奋不已。

同中国一样,这里已全无当年战争的影子,就像那件事不曾发生。即便很多战事仍受到隆重纪念,但遗忘十多年前的那一段，似乎成了当事双方的默契。你在这里找不到老墙上的弹孔和老树上的弹片，更找不到有关纪念馆、印刷品、影视片以及老兵聚会，甚至很多时尚青年对你的提问茫然无知。在一再追问之下，导游姑娘也只是淡淡一笑："没什么呀，兄弟之间有时也要打个架呵。"

宴会中的当地旅游局官员也这么说。

杂货小店里的老伯和老婶也这么说。

我当然也会——这么说。

简直是出自同一套标准答案，是统一的删除格式。当然，人们记住了战争又怎么样？第一次世界大战被记住了，往日的交战国只是在欢呼和彩旗之下军舰互访。第二次世界大战被记住了，往日的交战国只是在礼炮和花雨之下军乐队同台演奏。历史已经翻过去了，已经褪色与风化，后人在碰杯，在拥抱，在握手和飞吻，一笔勾销了沉重宿怨。我们文雅而富裕，我们用现代文明人足够的宽厚、仁慈、友善以及热情，让天上的亡灵困惑或者欣慰，痛苦或者快乐——他们在外交礼仪中将成为暧昧的过去。作为和平的代价，他们的意义似乎正实现在他们被避讳、被含糊、被遗忘的时候。换句话说，遗忘成了他们最崇高也最残酷的一枚无形奖章。

但活着的亲历者和当事人怎么能遗忘？是否要等到所有亲历者和当事人也都被遗忘的那一天，文明的奖章才最终得以生效？

我不知自己该困惑还是欣慰，该痛苦还是快乐。也许是，也许都不是。我在这里无法入睡，只得去寂寞的路灯下信步闲逛，买了一瓶水。我不会再打听什么，不会再打听一个伤员和手榴弹的故事，一个放牛娃和手枪的故事，一个老太婆和水井的故事……当然还有很多我年轻同胞的故事。我相信，导游姑娘不会知道这些，甚至没兴趣知道。她眼下只关心如何去中国留学，让她的中文更流利,今后做生意更方便。

但我以水代酒偷偷浇洒在地,为很多人。

为今夜涌上心头的一张张面孔。

不,还有战马的面孔。

二〇〇九年四月

最初发表于二〇〇九年《中国作家》杂志。

二十世纪八十、九十年代

收水费

我居住河西的时候，所在那一幢住宅楼有四个门道，每一门道五层，每一层左右两户，共计十户人家。每到月底，供水公司的收费员来看一下总水表，给各门道填发收款通知。几天后，待各门道的水费集中了，收费员再来总取。这样，我们这个门道每月得轮出一个经手人，帮供水公司逐户抄表收费。

我也当过经手人。这是我结识邻居的机会，但很长一段时间内，我并不知道他们的名字，在逐月积累下来的一沓收费表上，他们都只有房号，只是房号。比方说，我就是三号。

十号每月的用水量总是大得惊人。大概这一家孩子多，而且全家正轰轰烈烈生产致富，不知从何处接来一大包一大包的旧塑料袋，把它们拆开，洗净，装包，再送到某个工厂去。家里成了小作坊，工业用水的消耗自然非同一般。敲开十号的房门，机器哒哒声和流水哗哗声立即扑打我满脸满怀，使我面肌隐约发麻。应门的常常是一个约莫六七岁的男孩，小圆脸黑乎乎的。户主呢，在堆垒如山的原材料和成品那边，大概手头正沾着活，或者不方便爬过山来，只是从里屋抛出一两句粗粗的嗓音，算是忙者的回礼。小孩显得很懂事，立刻把我引向水表，搬开挡道的鸡笼、脚盆、锄头，还有几大包产品，手脚十分麻利。完成这浩大复杂的工程之后，水表才从卫生间的一角探出头来，你才可以用扬腿劈胯的高难动作，让一只脚越过某个高高障碍，探向湿漉漉的水泥地，让上身尽可能趋近鸡粪味，也趋近水表。"又是十八吨半！"小孩看清了表上的数字，向父亲传报了陪同核查的结果，不再说什么，熟练地找来一支烟和一盒火柴递给我。我不要，他便把烟叼到自己嘴上，笑得天真而淳厚。

八号的用水量总是最小的，小得简直如用香油，没法不让人生疑——他们会不会用破坏水表的手段偷水？八号门外的楼道已被这一家侵占，是一个日益扩张的废旧用品仓库，竹篓、旧铁炉、破竹床、包装木箱或纸盒，钩心斗角地靠墙堆码，如同忆苦思甜的阶级教育展品，把楼道挤得日渐狭窄，只容人们侧身通过——行人免不了常对八号门报以白眼或嘀嘀咕咕。要是扛一辆单车从这儿经过，那就更为难了。稍不小心撞坏了一块藕煤，这家的女人就会拿着藕煤碎块找上门来，罪证确凿，非让你赔偿不可。不过这一家倒不乏革新能力，比如，去他们家不用敲门。门旁有一按钮，你按一下，便可听得门内隐约悦耳铃声，后来我听说那是男主人用一台破电子钟改装而成，足见其心灵手巧。待铃声落定，男主人一张脸从门缝里露出来，脸瘦鼻尖，两眼眯缝，直到看清来人，才笑容可掬并且让门缝更为扩展。收费似乎惊动了他全家。几双神形酷似的眼睛齐刷刷在他身后汇集，都警惕地盯着我，如列阵迎战乞丐或窃贼或敌国特使，使我不由自主心怯腿软，进退无措。八号男人一定从我的脸上看到了怀疑，反复说明他家用水少的原因：拖地板用洗过菜的水啦，洗脚用洗过脸的水啦，冲厕所用洗过脚的水啦，再加上家里人口少（？），再加上他们每个星期天都去岳母家吃住，家里一个月用不了多少水，等等。这与那些用磁铁块控制水表的偷水贼岂可同日而语？说实话，我对他的话半信半疑，看他家的水表，黄锈水弥漫在表内，看不大清楚。八号男人说不用看，他已经查过了。墙上贴着一张纸，就详细记载着他历次预先自查的数据，算是对收费工作的紧密配合。

九号住着一对退休老夫妻。老头大半辈子在银行工作，与钱打交道，因此对窃贼最为提防，所以他家的门最难敲开。你不仅要重重敲门，还必须大声呼叫，主人听出来人的声音耳熟，才会来开门的。这一家不仅有防盗铁门，木门上还有铁栓、安全链、大大小小三把锁，组成了立体的钢铁防线，即使主人自己，不大费一番周折也是开不了门的。想那些溜门小偷，对此一定会望而生畏吧？就算是偷得三金两银，也会被麻烦得口吐鲜血吧？老两口对有幸入门的客人都很热情，泡糖茶，递香烟，端上水果。房内别有洞天，打扫得窗明几净一尘不染，几枝月季在客套话的滋润下盛开着触目的嫣红。银行退休干部正在喝中药。说起门，他感慨最多，消息也最灵。他说晚报已经刊载了，哪儿哪儿遭窃，哪儿哪儿被抢，人心不古世风日下，真是不能不防呵，以致他出门时把所有的存折都贴身带着以防万一。他见我也有同感，立刻建议我借收水费的机会，把各家各户串通一下，大家订一个联防轮流值班制度，或者雇请保安人员增岗加哨，他情愿出一份钱。

七号的门上贴着剪纸的大红喜字，自然是一处新婚香巢。小两口不知在哪里工作，每天都早出晚归。我白天敲不开门，只得晚上再去试试。查看水表时，我发现卫生间的水在哗哗哗白流，提醒主人之后，七号男人这才来关了水。他说他没听见水流声，原来厅里乐声大作，又是港台又是欧美又是红军歌曲联唱，立体音响轰击着青春岁月。粉红色的朦胧光雾里，几对青年男女翩翩起舞，另一位女士坐在男友的膝盖上，娇嗔地由对方喂上一颗颗葡萄。在另一间房里，有很多空酒瓶和一堆果皮纸屑，还有大堆黄澄澄的木料，看来主人还准备打制家具，构造更新更美的生活。七号男人留着小胡子，十分豪爽，哗地撕破烟盒，给我递上进口的美国烟，还说要介绍一条"右腿"陪我跳一圈，让我享受一下贴面舞的美味，享受一下熄灯舞的魂销时刻。对于水费，他根本不在意，说算多少都可以，怎么算都可以。一张大钞票塞给我还不让我找还零钱。"你要找钱就是骂人！"他瞪大眼冲着我一个劲地豪爽。

四号则永远宁静，总是紧闭着门。主人姓什么，是干什么的，这里无人知晓。好像这一户只住了一位中年男子，我偶有一次见他弓着背出门去，不知此前他何时潜入自己的房间，真有点神出鬼没。他也不认识任何人，前几天才与我点过头，现在我敲开门，他又问，你是谁？来找谁？我说我是你邻居，来收水费的。他说，收过了怎么又收？我说每个月都要收的。他哦了一声，明白了水费是怎么回事，把我引向电表的方向。我说，水表在卫生间里。他又哦了一声，拍拍自己的脑袋，有点不好意思。从他家的水表可以看出，他用水极少，大概除了喝水，是很少擦地板、洗衣服乃至做饭菜的。屋里空空如也，家徒四壁，确实没什么家具，一个床垫放置墙角便算是床了。地上倒是堆码着很多书，有几本线装书摊开了，书内夹着一些冒出头的纸条。我说下个月该轮到他来收水费了，他吓了一跳，紧张得脸色灰白，说他对数字最糊涂，不能干这种事，他决不收水费也不收电费。我说每家都要轮上的。他想了想，说硬要这样逼他的话，他就让他姐姐来帮忙。在这个交谈过程中，他始终没有问我姓甚名谁，当然问了也没用，他记不住的。他在这里只是一个若隐若现的传说，一个似有似无的假定，不可能成为任何人真正的邻居。

一号在我家的楼下，在这十户人家中显得最为风光无限。门前的空地被栅栏一隔，就成了他们的私家花园，种上了各种奇花异草，还有盆景假山，揽黄山漓江等南北景象天下名胜于一园。常见一群群陌生人来此干活，用陶砖垫出园中小径，或用水泥灌制成预制构件，再搭出花园旁的偏房。这些人干活很卖力，干完活不吃饭就走，连茶水也不多喝。他们对一号男人"科长"前"科长"后的，常有点头哈腰的讨好之态。科长背着手指点他们干活，也常常踱步小径观赏满园春色。他和蔼可亲，是个公共事务的热心人，好几次发动组织邻居们签名上书市政府，要求在附近增建医院，要求改善自来水的水质，如此等等。他家负有浇灌使命，用水却不算多，全仗一辆市政洒水车定期前来输水。他家水表也维护得最好——曾有陌生人笑吟吟地上门检修，发现有点问题，立即换上新产品，就像维护他家的电饭锅、电视机乃至电源插座。科长一听说这个月各户用水之和又与总水表显示的数量有较大差距，便背着手沉思解决问题的方针和方法。他说一定有人偷水，损害公共利益。很可能是八号搞了鬼名堂，应该对八号进行严肃思想教育。他也常批评七号忘记关水龙头，水顺着楼道哗哗往下淌，虽说是自己付钱，但浪费了国家财产嘛。年轻人啦，不懂得过日子的甘苦，也不懂得艰苦奋斗的革命传统。见到我来收水费，他不给我递烟，也不准我在他家抽烟，对我的支气管和肺叶关怀备至，甚至背诵抽烟致癌的各种统计数据，一边说还一边清嗓子，似乎数据也很恶毒，他对通过了数据的嗓子必须及时检查清理。

二号处一号之侧，住着颇为拥挤的四代共六七口人，经常爆出婴孩们越来越洪亮的啼哭。当家的人称孟爹，也退休居家，常去钓鱼和打牌。他对身旁一号的动静最为关注，一见我上门，就抢先要查阅一号的用水数量。从近几个月数字的变化，他老谋深算地判断，一号不但装了热水器，这个月肯定又添置了全自动洗衣机。"他家里有钱，有钱呵。他家细细最近进了外贸公司，欢欢也在做大生意。这叫什么？这叫钱找钱，钱结伴。越是有肉吃的人，就越有肉汤泡饭呵……"他这一番评说引出长叹，不知是赞叹还是悲叹。他家的卫生间窗子被木板全部封闭，漆黑一团，白天查看水表也得动用手电筒或划火柴——似乎电灯坏了。我问他们为什么不把电灯修好，孟爹不以为然地说，修它干什么？一不在这里读书，二不在这里记账，那么大个坑，还怕屁眼屙不中吗？这就让我无话可说。

最难收来水费的人家该算六号。六号住着一对夫妇，都在剧团工作，离了婚，因为找不到房子，只得暂时"非法同居"于此，已有一年多时间了。男的常常不在家，是否另有新欢外人不得而知。女主人声称他们的财务早已分开，她只能付她的那一半水费，决不给那个臭杂种垫付或代付。数着角票分币的时候，她还气咻咻地说她完全不该付这多，因为她用水省，总是在剧团洗了澡才回家，哪像那个家伙，出油汗，出黑汗，每天臭烘烘，一双鞋子没几桶水是洗不干净的。要不是她心软，她根本不会给那家伙洗鞋子，让他娘的打赤脚。我说，既然你还为他洗鞋子，是不是还有复婚的可能？她杏眼圆睁："洗鞋子是洗鞋子，爱情是爱情，这完全是两回事！"她又说："你以为离婚很奇怪是吗？其实没什么。有人说，中国人以前见面就问'吃了吗'？现在见面就问'离了吗'？时代不同了嘛。我在我的同学中间，算是离婚最晚的啦。"她果然没为前夫垫付或代付一分钱，显示她追求爱情义无反顾的决绝之志。这实在让我为难。大概觉得为难了我，她请我吃一颗糖以作补偿，然后继续去电吹她的一头长发。

最后还剩一个五号，是不用去收水费的。这里原住着老少两个女人，后来少的死了，老的也死了。关于死因，这里的人都吞吞吐吐不愿说，我也不想说。据说人死后阴魂不散，房子里总是闹鬼。有一天深夜，差不多整幢楼的人都听到这房子里地动山摇的一声巨响，像是柜子或桌子倒了，但谁也不敢开门去黑屋子里查看。六号常说，常听到隔壁有脚步声，有女人轻轻哼歌的声音，恐怕是真的出鬼了。七号也说，那套房子窗子都关了，风都吹不进去，但一到夜里那里怎么有房门的吱呀吱呀呢？不是幽灵出没又是什么？他们说得邻居们一个个后脑皮僵硬，小孩子往大人身后躲。一号男人劝大家不要迷信，说世界上哪有什么鬼，大家只要多学一点辩证唯物主义，就不会相信这些鬼话。邻居们不服气，纷纷质问他，你辩证了，你唯物了，但那天晚上你没听见巨响吗？你去看过一下没有？你不也是缩在屋里大气不出？……这一说，科长便支吾，便脸红，背着手去看他的仙人掌算了。

后来，房产公司安排别的人家来入住五号，那户人家兴冲冲地来看房子，但一听说闹鬼，就大惊失色，一去不返。

因此五号房至今一直空着。

收费表中的五号名下，月月都是空白。这也没什么，我们每个人或迟或早都要奔赴空白。只是五号少女竟走在我们的最前面，倏忽而逝，我完全没有料到。我对她的面目没什么印象，只记得她每天夜里归家，大概是在中学晚自习后归家，一上楼梯就必定超前地朝三楼大喊一声："外婆，开门——"

楼道的路灯总是坏了，她在黑暗中用高声大叫为自己壮胆吧？她的高声呼叫与故意重踏的脚步渐渐成定规，成了这里夜晚的一个部分。一旦消失，夜深人静之时，我仰望泼入窗口的银月，会觉得夜晚缺失了什么。

五号房的铁窗很快锈了，木门也蛀眼密布，落下厚厚的粉尘。没有人居住的房子，像摘下枝的果子，失了灵魂的躯壳，没有了生命，腐朽得特别快。常常有老鼠从五号房门下面的缝里钻出来，使过往的行人发出一声尖叫，震落心头的喜悦或愁闷。有时候，一枝来历不明的白丁香，会出现在五号门前，不知是什么人所赠，不知是为什么而赠——这是我的想象。

　　终于，我向供水公司的收费员缴足了水费，包括为六号男人垫付了他该缴的那一半。我的事情就算是完了。

一九九二年六月

○
最初发表于一九九五年《家庭》杂志。

布珠寨一日

布珠,是湘西保靖县一个小小山寨。

寨名布珠,另叫"布足""不足""不住"也无妨,我看当地乡干部们把它写成各式各样,不拘一格,大概怎么写都行,只是把它们当作土语的译音。像这里很多奇怪难解的地名一样,原初词义往往埋藏在谐音的汉字里,死了,无迹可寻。

当初第一个叫出 bu zhu 的人,发声时的惊喜或哀愁,已湮灭在茫茫的大山之中,一如深秋时节的某片落叶。

乡政府的秘书对我说:"你要去布珠?不要去了吧?三十七年来,县干部去那里,也只有两次。"

"为什么?"

"太难走了。那是我们乡的西双版纳。"

他说话的时候,我瞥见他身后的地坪里,横七竖八躺了些墓碑坯子,都有一个插楔,像短短的龟头。这些石坯表面平滑,空白,不知在等待谁的姓名。

我憎恶这些鬼头鬼脑的石坯,更加决计要去布珠了。去布珠不能乘车。一大早我就下了河,搭乘木船溯流而上。清冽冽的河水流得很急,从船底下冒出一圈圈旋涡。遇上白浪花花的险滩,有些汉子便卷起裤脚下船,把纤索扣在肩头,屁股翘起来,头颈向前撅挺,下巴几乎要锄着卵石和草叶尖。他们对一河碧水极为默契,有时在水波平稳处拉得十分卖力,有时在激浪翻腾处反倒伸直腰杆放松纤索,为某一句粗话哈哈浪笑——行外人对这一切看不明白,但只要仔细看上一段,便知道他们或急或缓或劳或逸都必有其理——船已经爬上滩来。

船靠拢一个寨子,把我们卸下。我们穿寨而过开始登山。钢色岩壁大块大块地烙进目光,压迫着眼球,使你的全身开始抽紧,而且找不到树木,找不到人和水,来缓解眼球的紧张。连喘息和诅咒也开始变得干枯。

你很难想象这样的枯山上还有人迹。向导是下山来接我的村长。他说布珠的先人原来住在辰州府,有次赶山猪,竟赶到了这里,飘了一把火,发现这里的土很肥,"肯"长麦子,便在这里安家了,一住就是几百年。

真是这样吗?我到过好些深山里的偏僻小寨,听人们说起他们的先人,也都是原住大州大府的,都有过繁华富贵的往昔。那么他们当初是因什么样的信念而弃绝都市遁入荒野?抑或关于往昔的传说,只是他们一种虚荣的杜撰?

我说,山寨如此偏远,交通不便,寨里的人不想迁下山去吗?

"住不惯的。"村长理由充足地笑起来。他说,有一次寨里某人进了趟县城,钱袋被劫贼偷去,以后便很少有人随便进城。都传说街上的小偷厉害,标致的女人更会勾魂,只看你两眼,就让你把钱财乖乖地送过去。再说,布珠人不大会算数,做买卖总是吃亏。布珠人也不会讲官话,一嘴土话丑死了,城里人哪能听得懂?——因此布珠人最多只去附近的墟场上转一转。

"就从不想出去闯闯世界?"

"莫想的,莫想的。"

路越来越险了,有时窄得只能容人侧身蟹行。崎岖小径马马虎虎粘在岩壁上,旁边便是让人气短目眩的幽幽深涧。山谷里的风又冷又猛,鼓得人轻如薄纸,飘飘晃晃的,不由人不腿软,怯怯向前探去,总是迟迟才踏到硬实,迟迟才相信自己已经踏到了硬实。

我们又翻过两个坡,过了个山口,钻过一片桐树林子,总算遥遥看见前面山上几柱袅袅蓝烟,看见了山寨。那是些黑苍苍的木屋,拥挤交错,分成两窝,相距不算太远,据说容纳了百多人口和十多头牛。牛是很小时被男人背上山的,养大了再出力——这当然是山路太窄以至大牛无法上山的缘故。我注意到,村口有两条狗打量着我,还有四五个后生上来围观。他们戴着黄便帽,或穿着化纤质料的喇叭裤,完全是小镇上的时兴装束,倒也没有我想象中的披茅挂叶。

村长冲着其中一位说话了,好像很不高兴,咕哝着我听不懂的什么。事后村长解释,他刚才是批评那个后生太懒。这家伙有五兄弟,唯有他讨了个老婆,但老婆很快就嫌他,跟老四睡去了,使他气得闷了几天,一直没下地干活。这还不该骂吗?他自己不争气,还打算老婆来养他?那女子嘛,当然也是水水的(意思是不太好),恶,半傻,还好吃——好货哪肯嫁到山上来?

我们进了这位老大的家门。屋里暗得什么都看不清,隐隐有张床的影子在暗中潜伏,上面似乎有旧絮一堆,不知沤制过主人多少思念女人的残梦。浓烈的酸臭味似乎是堆积的某种固体,我退半点,嗅不到了,进半步,鼻尖又碰撞了它。居然没有椅子。门边的鼎锅里有半锅黄乎乎的包谷糊,冷冷的,被挖去了几团,挖空之处便积有浅浅汁水——大概这一锅已被主人吃过两三顿了。

老大笑了笑,敬给我烟丝。他舔烟纸的时候,露出焦黄的牙齿,很稀疏。

"日子过得下去吗?"我通过村长的翻译问他。

"有肉吃了,有肉吃了。"

"你不要发愁。打扮得漂亮点,到山下再去讨一个妹仔来呵。"

黑脸裂开了几道肉纹,像是笑。村长再次翻译:"他说,莫害了人家女子。"

门口围着几个后生,嘻嘻谈笑,遮蔽得屋里更暗。他们同村长说话,我听不懂,仅仅可从一大堆声音中捕捉几个耳熟的词:"乡政府""汽车""汽油"一类,用的是汉语,他们只能音译的外来语。粮食在他们嘴里则成了"妈妈"。大概他们把粮食视同乳汁,而乳汁源于妈妈,就有了这种叫法吧?细想下去,千万母亲终身劳苦,直至形神枯槁,不确实是粮食一般被孩子吃掉了?可惜,唯有布珠人能用词语顽强标示着这一事实。

我听懂了,他们表示惊奇的叹词则是:"了了!"

我告诉他们电视有什么用途。

"了了!"他们显得不可思议。

我告诉他们,应该办学校,上学校,学会乘除法以及物理化学。

"了了!"他们摇着头,觉得太难。

他们都有生动的脸,属于自己表情的脸,像浸透了阳光和神话的一颗颗野果,勃发出红鲜鲜的光彩,不似都市上班族那般经常呆滞和漠然。

我看到村长又在呵斥着他们,稍后他才向我解释:"这些骚牯子……以为你带了一队女子来了。"

"什么意思?"

"说起来话就长了。"他给我点燃烟,"六年前省妇联两位干部来了,了解情况。其中一位大姐心善,看见这里引水管冻炸了,鸡又发了瘟,直流眼泪。她走了以后,后生们就一传十十传百,说省政府会派三十个妇女上山来扶贫,解决单身汉的问题。"

后生们听到这里,此伏彼仰地笑开来,有人在抹鼻涕。

我得说实话:"对不起,我这次一个妇女也没带上山来。"

他们眼中透出了对政府的失望。

我这才注意到,自进寨以来,我很少见到女人,即便见到两三位,也或瞎或跛多少有点残疾。温柔的女人们到哪里去了?女人是水。她们当然流向富庶的地方,流向城镇,流向工业。村长告诉我,这个寨子大约一大半男人是光棍,为了接上香火,寨内近亲通婚也是没办法的办法,于是残疾人便一窝窝地多了。

缺少女人的寨子,也就缺少了秩序和整洁。这里的房子都建得马马虎虎,大半是草棚,最好的也只是半瓦半草。木墙板参差不齐疏疏漏风,好几家没有装大门,看来也没打算装了——他们缺少女人甚至就缺少了私有的界线。你可以想象男人们并不把这些房子看作"家",无论昼夜都没必要掩门,敲门也纯属多余从无回应。他们男人之间酒气醺醺的亲密,不需要用门来隔断。

但他们把坟墓建得非常宏伟而精致,哪怕是一个小孩夭折,墓室也必用方方正正的大岩砖砌成,有堡垒般大小,威风凛凛。高大坚实的墓碑总是被细心打磨出来,或圆或方的线条极其精确,一丝不苟,其石料更是细密坚固殊为罕见。我不知道人们对墓碑的如此重视和考究,是否表达着他们的某种信念。也许生存只是羁旅,死亡才是永存,墓地才是无限漫长岁月的居室,因此需要一张真正可靠的门——墓碑。这些墓碑无非炫示着死亡对生命的诱惑,对众多低矮草棚的诱惑。

墓地密密匝匝生长着很多芭茅,有蝴蝶飞舞。

这天,我就住在村长家——寨子里最富足的一户。他拿给我一台半导体收音机,但小匣子已经坏了,没法让我享受现代文明。他让我吃了腌麂肉、虎肉干以及野蕌子,十分惭愧没有猴肉了——猴子都被山那边的四川佬捉光了。他还慷慨地让我洗手洗脚。我虽然知道水泉在两公里之外，虽然不愿挥霍他家的水，但没法抗拒他的热情。昏暗中，我把双脚伸入木盆，触到了水里的饭粒以及滑溜溜的什么杂物，不知道这是洗过了什么的汤水。我没法在油灯下看清，也没敢问。

火塘里跳跃着一堆火苗，牵动着旁人眼中金色的光点。好些男人来了，背负着黑暗，用一只大碗传递着辣辣的苞谷酒，说着热乎乎的话。有一位后生能说些汉话，告诉我赶山猪的故事。他说老山猪最狡猾，懂得人言的。所以打山猪的话都必须规定暗语，讲反话，说东边，意思就是西边或者南边。不然的话，只要发现打野猪的人向同伴一叫喊，老山猪听到了，你说它往南边跑，它就掉头朝别的方向跑。它跑起来经常蹑手蹑脚，看准了时机才猛冲，冲你个措手不及。有时候，它专挑有人声的地方冲，知道没有人声的地方反而有埋伏，有枪口。一般来说，打第一枪的人没什么危险，打了第二枪，山猪才会发烈。这些家伙气力大得吓人，两颗獠牙一分，足有几尺宽，像两把大刀杀得草木哗哗哗直响，冲起来排山倒海。这种老山猪打死之后，你在它身上可以发现好多处伤疤，都是它一次次在枪口下死里逃生的记号——它们都是身经百战的老英雄哩。

他们又说，打白面狸可用夹套，也可以等它们自己来"跌膘"的时候去抓。白面狸一到冬天就要跌膘的，自己爬上树去，一次次跌下来，要跌好多天，跌瘦了，跌得不痛了，才进洞去过冬。它们跌得昏头昏脑的时候，最笨。

但有一老人叹了口气，说现在大河里有了机器船，山上也在拉电线，阳气越来越重了，猎物就越来越稀了——动物都是属阴的。

火苗所照亮的一张张男人的脸，也都沉默而忧愁。工业夺走了他们的女人，也正在夺走他们的猎物，他们没有办法，只能在火塘边喝着残酒回忆。

一个光屁股小孩也在火塘边抢酒喝，稚嫩的生殖器晃晃荡荡，如同一蒂脆嫩的胚芽——它将要生长出枝繁叶茂的家族，喷放出整个人类吗？

第二天，我起床时两腿全是痒痒的红斑，不知是因为水土不服，还是跳蚤臭虫滋生的缘故。我本来想在这里住上三四天，终于有点熬不住。村长看出了我的心思，要提前送我回乡政府去。我们在一排排高大坚实的墓碑之前走过，在布珠人神奇的昨天之前走过。不远处有两只白山羊，挂着长长的胡须，鲜红的眼睛盯着我，十分平静安详——眼圈红得像刚刚哭过了漫长一夜。

咩咩咩——它们柔软的嘴唇挪动了，引得满山的羊都应和起来，咩咩咩咩咩，分明是此起彼伏的冷笑，在山谷里浩浩荡荡地流淌。而这两只羊一掉头，欢快地蹦上了山坡。

它们在冷笑什么？

村长托我把一包麂肉干捎给他儿子，他儿子是布珠唯一的大学生，去省城读书和工作已经六年，从没有回过家。

"你不捎信让他回来看看家？"我问。

"他不愿意回来的。"村长略显苦涩地笑了笑，"我也不要他回来，不要他回来。"

我不知道说什么好。

他送了我一程又一程，已经看见河湾了，还不愿意回去。也许他当年送儿子去省城也是这般情景。他知道儿子不再回来。他知道我这一去也不再回来。他微笑的眼神似乎在说：你们远远地走吧，不要回来，不要回来——甚至不要回头。

布珠永远是孤独的，不需要人看望。

我猛地回过头去。老村长不见了，眼睛红红的白山羊不见了，只有钢色的岩壁和岩壁溢满视野。布珠已被重重叠叠连绵接天的群山席卷而去。

妈妈——布珠教给远行游子们对粮食的称呼,也终将被群山席卷而去。

一九八七年七月

最初发表于一九九五年散文集《海念》。

杭州会议前后

有些中国人太喜欢赶外国时髦,比如,文章里没有一些新名词似乎就不成样子,也不管这些名词用得合不合适。"另类"呵,"偶性"呵,"此在"呵,"不及物"呵,这些舶来语有时用得牛唇马嘴,但只要用上了就有足够的酷和炫,让某些听众肃然起敬。这些人差不多是一些进口名词的推广商。

类似的情形其实在外国也有。有些汉学家吃中国这碗饭,也得赶中国时髦,比如,笔下没有一些最新动态似乎就不成样子,也不管这些动态是否真有价值。"寻根"呵,"稀粥"呵,"凹凸"呵,"棉棉"呵,这些文坛快讯下面常常没什么像样的研究,但只要一手甩出几张消息牌,似乎就有了中国通的气派,让同行们不敢低看。这些人很像是一些中国文化的快嘴包打听。

虽然都是赶时髦,但中国赶潮者要的是新思想,而外国赶潮者要的是新材料,进口业务重点并不一样,不在一个层面上。这当然是以西方为中心的全球交换格局所制。全球化吗,就得讲究全球分工,正像很长一段时间内,西方的技术加上发展中国家的原材料,便合成出皮鞋、衬衣、电视机等。因此在有些西方学者看来，中国在学术上也只是一个原材料出口国，能提供点事件甚至消息就行，其他的事你们就别管了。

这也没什么，中国人讲究天下一家，天下的学术批评当然更是一家，不必斤斤计较各方对外贸易的什么顺差或逆差，什么低附加值抑或高附加值。问题在于，诚实而能干的跨国研究专家，无论在中国还是外国总是为数有限，对来自异域的新思想或者新材料，一旦误读，一旦误传，事情就可能会闹得有点荒唐。

不久前，荷兰汉学家林恪先生告诉我，某位西方汉学家出版了一本书，说到中国八十年代的"文化寻根"运动，称这一运动发起于一九八四年的杭州会议，完成于一九八九年的香港会议（大意如此）。于是些国外的文学批评家后来都一窝蜂采用这种近乎权威的说法。这就让我不无惊讶。

我还没有老年痴呆症。这两个会我都参加了，起码算得上一个当事人吧，起码还有点发言权吧。在我的印象中，这两个会议完全没有那位汉学家笔下那种有组织、有计划、有纲领的"寻根运动"；恰恰相反，所谓"寻根"话题，所谓研究传统文化的话题，在这两个大杂烩式的会议上的发言中充其量也只占到百分之十左右的小小份额，仅仅是很多话题中的一个，甚至仅仅是一个枝节性话题，哪能构成"从杭州到香港"这样电视连续片式的革命斗争和路线斗争历程？

已故的《上海文学》前负责人周介人先生曾有一篇对杭州会议发言的记录摘要，发表在数年前的《文学自由谈》杂志上，完全可以印证我这一印象。在他那个记录里，"寻根"一事几乎未曾提及。

一九八四年深秋，杭州会议是《上海文学》杂志牵头召开的，杭州市文联等单位好像也有参与。当时正是所谓各路好汉揭竿闹文学的时代，充满着激情和真诚的会议在文学界颇为多见。出席这个会议的，除了主办单位的负责人和编辑群体以外，印象中有作家郑万隆、陈建功、阿城、李陀、陈村、曹冠龙、乌热尔图、李杭育等，有评论家吴亮、程德培、陈思和、南帆、鲁枢元、李庆西、季红真、许子东、黄子平等。当时这些人差不多都是毛头小子，有咄咄逼人的谋反冲动，有急不可耐的求知期待，当然也不乏每一代青年身上都阶段性存在的几分自信和张狂。大家对几年来的"伤痕文学"和"改革文学"都有反省和不满，认为它们虽有历史功绩，但在审美和思维上都不过是政治化"样板戏"文学的变种和延伸，因此必须打破。这基本上构成了一个共识。至于如何打破，则是各说各话，大家跑野马。

我后来为《上海文学》写作《归去来》《蓝盖子》《女女女》等作品，应该说都受到了这次会上很多人发言的启发。但这次会上，"寻根"之议并不构成主流。李杭育说了说关于南方文化与北方文化的差别，算是与"寻根"沾得上边。我说了说后来写入《文学的根》一文中的部分内容，也算是与"寻根"沾上了边。被批评家们誉为"寻根文学"主将之一的阿城，在正式发言时则只讲了三个小故事，打了三个哑谜，让大家听得一头雾水，算是回应会上一些推崇现代主义文学的发言。至于后来境外某些汉学家谈"寻根文学"时总要谈到的美国亚历克斯·哈里所著小说《根》，在这次会上根本没有人谈及——即便被谈及大概也会因为它不够"先锋"和"前卫"而不会受到重视。同样是境外某些汉学家谈"寻根文学"时必谈的加西亚·马尔克斯，也没有成为大家的话题。虽然他获诺贝尔奖的消息已见诸《参考消息》，但他的《百年孤独》还未译成中文，"魔幻现实主义"一词也没有什么人能弄明白。在我的印象中，当时大家兴趣更浓而且也谈得更多的，是海明威、卡夫卡、萨特、尤奈斯库、贝克特那一路。

也就是在这次会上，一个陌生名字马原受到了大家的关注。

这位西藏的作家将最早期的小说《冈底斯诱惑》投到了《上海文学》，杂志社负责人茹志鹃和李子云两位大姐觉得小说写得很奇特，至于发还是不发，一时没有拿定主意，于是嘱我和几位作家帮着把握一下。我们看完稿子后都给陌生的马原投了一张很兴奋的赞成票，并在会上就此展开过热烈的讨论。而就是在这次会议之后不久，残雪最早的一个短篇小说《化作肥皂泡的母亲》也经我推荐，由我在《新创作》杂志的一位同窗学友予以发表。这一类事实十多年来已差不多被忘却，现在突然想起来，只是缘起于对某些批评文字的读后感叹。

这些批评最喜欢在文学上编排团体对抗赛，比如，他们硬要把百分之十当作百分之一百从而在杭州组建一个"寻根文学"的团队，并且描绘这个团队与以马原和残雪为代表的"先锋文学"在八十年代形成了保守和进步的两条路线的尖锐斗争。而这种描绘被后来很多批评家和作家信以为真，还加上更多奇异和浪漫的发挥。

当然，批评文章也得有趣味，写出黑白两分的棋场拼杀或球场争夺当然更热闹、也更好看，更方便局外人来观摩和评点。但我怀疑这样写出来的文坛门派武打图景，就像我们对以前"创造社""语丝派""第三种人""山药蛋"等文学现象的描绘一样，就像我们以前对国外"新小说""荒诞派""垮掉的一代"等文学现象的描绘一样，也杂有过多的简化、臆测、夸张甚至扭曲，与真实历史有相当大的距离，是不可尽信的。前不久法国有权威材料披露毕加索晚年曾对朋友坦言：他晚期那些被誉为立体主义的作品其实都是"糊弄人"的，这可能就得让很多批评家一时不知所措。

可见切合实情的知人论世并不容易。一个作家很难给自己的作品开列一个简明的配方表，即便开列得出来，也不足为据。

作家们之间的意识观念有没有差异呢？当然是有的。对这种差异有没有必要来给予分析呢？当然是有必要的。但中国八十年代的文坛是一个较为清洁的早晨，作家们的差异更多地表现为互相激发、互相补充、互相呼应以及互相支持，差异中有共同气血的贯通，而少见门派壁垒的筑构。这就是我觉得八十年代虽然幼稚但还是怀念八十年代的原因——反而对后来较多的嚣张攻讦不大习惯。

"文化寻根"意识的浮现，李杭育、阿城、郑万隆等是重要推手，贾平凹、张承志、乌热尔图等虽然有关言论不多，但他们的创作实践形成了重要呼应。在我看来，这是文学政治化走到尽头后的自然求变，是全球化激发本土化的自然结果，也是一批下乡或回乡知青作家生活经验的如期发酵。但正如我说过的，"寻根"只是有关作家考虑的问题之一，并非问题的全部。事实上，"寻根"不可能孤立发生。作为当事人之一，我相信自己在当时写作《归去来》等，受到了很多前人和同辈人文学写作的滋养，包括受到马原、残雪等非"寻根"、拒"寻根"作家的影响。我感谢他们。而我这些作品中的弱点，比如，生硬之处、造作之处、虚浮之处、偏颇之处，也受到了很多前人和同辈人的宽容，包括冯牧、陈荒煤等老一代文化人对"寻根"之举实在看不顺眼，但还是不失风度和不失厚道，给予了尽可能的尊重，没有发动政治或道德的打杀。我同样感谢他们。

我感谢八十年代文学界的温暖和亲切，使我得以走过昨天。

当时有一次，我和冯牧、朱小平三人同一趟列车从北京前往长沙，免不了车上的长谈。冯牧老先生于我大有文坛宗师恨铁不成钢的惋惜，对我的写作给予了坦诚而温和的批评。我当时不是一个很听话的学生，但没料到那就是我和他最后一次的见面——几年之后我就在天涯海角听到了他病逝北京的消息。现在想起来真是有点后悔：当时目送苍老背影消失在车站人海中，我完全应该做点什么，起码事后也应该写一封信，哪怕在观念上谈不拢，但也应答谢他对我的一片好心。

回想八十年代的匆匆日子，我相信很多朋友都有这一类挥之不去的遗憾。

二〇〇〇年十一月

最初发表于二〇〇〇年《上海文学》杂志。

美国佬彼尔

Hello！Hello！你好吗？约翰！亲爱的，史密斯！……机场迎候厅里的男女们各自找到了翘首盼望的亲友，笑着迎过来扑向我左边或右边的身影，献上鲜花、亲吻、握手、紧密或疏松的拥抱。

微笑之浪退去之后，只留下我和张先生的清冷。

仿佛前面有一双眼睛盯着我。看清楚了，是藏在近视眼镜片之后的眼睛，透出老朋友般会心的微笑。我好像见过这北欧型的面孔，这修长瘦削的身材，只是一时想不起来了。他双唇张了一下，没错，是在叫我，是那种洋调调的中国话。即便如此，一片英语海洋里的这三颗久违的中国字也击中了我们的全部惊讶。

他是美国新闻署派来的代表吗？我们狼狈误机，早作了下机后流落街头的准备。

"你不认识我了？"他依然眯眯笑着说中国话。

"对！你不就是——"

"华巍！"

他自己已报上家门。

华巍是他的中国名字，英文名则是威廉·华德金斯，昵称彼尔——我现在不得不向身旁莫名其妙的张先生作点介绍。三年前有一位记者朋友问我，愿不愿意见一位美国人。我问何许人也。对方说是一位在湖南医学院执教的青年，曾接受过他的采访。因为这位老外曾跳下粪坑为中国人捞取过手表什么的，颇有雷锋之风范，事后这位老外也跟着开玩笑，说他就是美国的雷锋，雷大哥。我就是这样同他认识的。他来过我家，在我家吃过饭，洋式高鼻子吓得我两岁的女儿躲在外面大半天没回家。餐桌上他又告诉我一个英语词：皮蛋叫做千年蛋（egg of thousand years old）。我发现他中文很好，读过《三国演义》和《水浒》，还知道华威先生在张天翼的笔下形象不佳，所以断断乎不让我们把他的名字写成"华威"，一定得写成"华巍"。

他对长沙方言更有兴趣。据说有一次他外出修理自行车，遇到车贩子漫天要价，气得推车便走，还忍不住回头恨恨声讨一声："你——撮贵贵！"

"撮贵贵"是俚语，意思是骗人。此话出口，令车贩子立刻瞠目。

我没料到，在华盛顿机场会重逢这位老友，更没想到，他到美国新闻署打工，将是我们此次旅美全程的陪同兼译员，将与我们共度昏昏然之一月。

"你们都没有穿西装，太好了，太好了！"他注意到我的汗衫，忙不迭扯下自己的领带，"我以为中国人都喜欢西装，以前我陪几个团都是这样，太什么——"我揣测他正在搜寻的中国词，严肃？刻板？拘束？作古正经？"对对，太作古正经！"他很准确地选择了一个成语，沉醉于自己颈脖的解放，把那条细如绳索的廉价化纤领带胡乱塞入衣袋。"你们穿西装，我也得穿，你们打领带，我也得打。这是规矩。其实我实在讨厌领带，太讨厌了！"

我记起当年在长沙，他也是不怎么精心装修自己外表的。那间医学院的小房间里，杂志书籍凌乱地堆在地板上，床上乱摊着一些衣物和照片——他在非洲摄下来的。我想练练英语口语，而他更爱讲中文，屡次压下我的英语表现欲。他用中文讨论中国的"文革"和庄子。有一次我提到，在庄子看来，万物因是因非，都有两重性，包括财富、知识和自由。故思想专制可能锻造出严密而深刻的思想家，如康德和黑格尔；而思想自由也可能批量生产出一些活跃然而肤浅的家伙。

我注意到他背靠凉台栏杆，频频摇头，有居高临下者讥讽的微笑。

我不能认定这微笑恶毒，甚至不明他的思路，只能怀疑一位即算能说"撮贵贵"的洋人，真正了解东方文化的精魂却不那么容易。

眼下，他领我们到乔治区玛波雷宾馆找到房间，随即大张旗鼓搜寻中餐馆，弥补我们一路上西餐之苦。他也热爱着中餐，说中国落后，但至少在吃的方面还很先进。

有意思的事随之而来。第一餐，我很中国式地抢着付了账。第二餐，张先生也执意做了东道主。这已让彼尔如坐针毡。他操着圆珠笔在餐巾纸上列式算出各人应摊钱数，察觉为时已晚，长长背脊一次次向椅背退抵，投降式地举起双手连连挥摆："啊不，不要，下次不要这样，再不要这样啦。在美国，照美国人的习惯办事吧。"

我们不再忍心对他施以精神折磨，从此只好各自付账，让他的圆珠笔大有作为。

我必须说，餐桌上圆珠笔的操演功夫，大概并不代表美国人的怪吝，即使他们还有很多令中国人乍看起来得撇撇嘴的举动，比方说，声势浩大地扬言要回送礼品，但进入商场忙碌好一阵后只给你买来一张小画片；比方说，三番五次盛情邀请你去家里做客，到头来餐桌上只有一碗面条加几根烤香肠。现在不是谈文化很时髦吗？那么这也就是一种文化。美国特有的文化，显然还包括他们在岔路口停车让人并鼓励行人先走的摆手和微笑，包括他们援救贫弱群体的募捐义演慷慨解囊，包括彼尔跳下粪坑为中国学生捞取手表……笼统地比较两国的文化和人性，总有几分风险的。

想在短期访问中看透美国，更是不可能——尤其是访问那些办公楼的时候，沉甸甸的静谧和肃穆中，女秘书的握手和微笑都训练有素，男士们持重简洁的言辞使你公务之外的谈兴都骤然熄灭。负责我们访问活动安排的是美国国际教育中心（IIE），一个与政府很接近的非政府组织，上受新闻署之托，下与各地小团体相连——比方说，美国某些"国际好客者协会"的地方志愿者组织。出于一片好心，他们让我们访问一些与亚洲事务和艺术有关的机关，进行办公楼大串联。当然，有些约见不无益处，比方说，去美国笔会中心，去亚洲协会，去国会图书馆，包括在图书馆内用电脑查阅中国资料——我居然在那里看到了全套《湖南日报》，第一次发现"文革"期间的党报排得那么稀，字体那么大，陌生而又熟悉。

我更有兴趣于办公楼以外的生活。几天下来，彼尔也对访问的办公化有些厌倦，常常在会见途中东张西望，偷偷递来眼色："Ke4 不 Ke4（走不走）？"

主人即使懂中文，也懂不了这种长沙土语。连同行的东北人张先生也只能大惑不解地干瞪眼。

"Ke4！"我恨恨地说。

于是我们礼貌地告辞出门，提前结束那些官方约见，彼尔更是回味刚才猖狂的联络方式而一再自鸣得意。

我们用省出来的时间去教堂，去贫民区，去酒吧，去交易所，去精神病院，去大大小小的画廊，用目光把偌大一个美国胡乱叮将过去。彼尔在教堂和画廊方面较有知识，又对各种建筑兴致勃勃。他引我们冒雨参观了著名的越战纪念碑。纪念碑是个狭长的等边三角形，黑色碑面晶莹照出人影，又叠出五万多越战中阵亡官兵的姓名密密，任人影缓缓一路抹过去。碑前一些花束和字条都被雨打湿了，委地飘零。一张字条是："汤姆，爱德华叔叔很抱歉，他不能来看你。"另一张是："汉森，我们都记着。"一个失去双腿的老兵戴着黑礼帽，在碑前的雨雾中推着轮椅转来转去，不知在寻找什么。而远处三个美国兵的雕像用疲倦忧郁的眼光，远远凝望着这边的花、轮椅以及碎碎的字条。

彼尔在那些名字中找了半天，让我们好等。最后，他说找到了与他同名的另一个威廉·华德金斯，一位陌生的死者。

他总算找到了自己。

他又引我们去看各种大厦，常常不由分说就往前跨出大步——他的腿太长，几步撩出去，就加剧了我们的气喘和精神紧张。

"算了，老看大厦没什么意思。"

"不，不，好看啊。"

"你乡下人吗？到哪里不都是地毯、电梯、玻璃窗吗？"

"不，不，好看。一本本书，都是纸和字，那就无需看了吗？"

"不一样就值得看了吗？两堆大粪也会不一样。"

我还没来得及雄辩，他的长腿又嗒嗒嗒撩到前面去了，一颗脑袋悠悠然东张西望。

他的两条长腿，一定来自这种随心所欲的个性，而鹤立鸡群的身高，遥遥领先的步伐，无疑又强化了他的高超感和先进感。于是，我们之间的种种争论就是自然了。有一次，我们就广岛事件唇枪舌剑，他说不在广岛丢核弹日本就不会提早投降，我说受害者多为平民，这颗核弹公理不容。他说历史上很多事对错兼有说不清楚，我说有大错或者小错，有较好或者更好，还是可以选择判断。这类争论当然是不了了之，由几杯啤酒或可乐打下句号。

他对个人生活的捍卫也十分果敢。讨厌抽烟，会当面请你把烟头掐灭。想要睡觉，会敲房门请你们说话悄声。一点面子也不给，冷不防给一团和气的中国人一点小小尴尬，完全是那种缺肝少肺的美国德性。有时候他甚至忘记译员的本分，毫不含糊地代你回答有关中国的问题，用他的感受和观点接管你的回答权，同蓝眼睛们滔滔不绝。幸亏我还懂些英语，既能欣赏他的坦率和博识，也知道他对中国的了解还欠火候。比方说，并不像他说的那样，中国人都不知道朝鲜战争的真实过程，都不知道苏联大肃反和《古拉格群岛》，都不知道二次大战初期苏德的复杂关系和美国人民为抗日所做出的牺牲，都迷恋于日本电器法国香水和美国牛仔裤，都以为美国人个个腰缠万贯挥金如土谁见了都可以揩油，都鄙薄农业而敬仰人造卫星以为仪表闪闪那才是科学……说实话，听到这些一孔之见，尤其听到这些话引起蓝眼睛的哄笑，我总是有一种越来越增强的恼怒，对他毫光熠熠的眼镜片越来越无法容忍，终于正色插嘴：

"Only some of them（只是某些中国人）！"

那一刻我爱国爱得十分豪壮，也爱得有些孩子气。其实，大多数蓝眼睛对中国并无恶意，包括彼尔。他有时还是弱点自知的，在华盛顿见面不久就把检讨作在先了："我的缺点，就是人之患在于好为人师。"

我同他开玩笑，叫他"美国佬"。

他嘿嘿一笑："对，我是个美国佬，洋鬼子。打倒洋鬼子！"

这位洋鬼子毕业于耶鲁大学，在非洲和中国台湾教过书，又旅居中国大陆三年。妻子是一位湖南妹子，姓吴，个头小巧，心性机敏而温柔，厨房手段却不怎么够段数。我与彼尔和张先生分手，独自先行赴明尼苏达州时，就是她那一头朴素的短发和一口湖南话在机场接我。从她口里，我得知她原是一位护士，因学英语结识了彼尔。一开始朋友和家人都反对这门婚事，她自己也犹豫再三，怕沾上找洋人骗钱的恶名。但扛不住彼尔离开中国后三天两头写信恳求，一年后又风尘仆仆专程飞往中国……

她说这些的时候，我们正坐在彼尔家门前的草坪上。深蓝色的晴空中，一束白云从天边向头顶飞撒过来，拉成丝丝缕缕的诗意。屋后一大片绿荫荫的林子里，小溪流着夕阳，有什么鸟在明尼苏达州的深秋里种下一颗颗好听的叫声。

我决意到彼尔家里小住几日，是为了看一看普通的美国乡村，呼吸一下美国家庭内烤面包的气息和主妇们的唠叨。这是一个温暖的家庭。父亲在美国驻欧洲空军中服役多年，现领着退休金又开着一个并不怎么盈利的家具修理小店。他腰板很直，纤纤瘦腿拖拉着笨重的大皮鞋，很少讲话。常常不知他到哪里去了，回头一看，他还坐在桌子那一头，从眼镜上方投来微微带笑的目光，触抚着属于他的老伴和儿女。目光中的满足和慈爱，使人不能不联想到美利坚初期青铜色的清教，还有教堂里的管风琴声。

根据家庭禁烟宪章，他常常起身捶捶背，偷偷地去车库或工场躲着抽上一口烟。他很高兴以我为烟友，还引我参观他集邮一般收集起来的各种工具。他送我一把自制铝尺，还有他的名片，盖有"华继班"印戳。发现印戳没盖得很清楚，他蘸上印泥，哈口气，稳稳地垫住膝头再盖。

中文名字是儿子给他取的，取继承鲁班伟业之意。

彼尔的母亲很富态，极富同情心地唠叨一切。小吴说她预先得知我们要来，忙碌了好几天，反复向媳妇学习做中国菜和泡中国茶。她的晚年中有饭前祈祷的严格家规，有几大冰柜的自制果干果酱以及泡菜，还有对电视中美国小姐竞选节目的极大兴趣，堪称富有。

写到这里，我还想起了彼尔的弟弟，满嘴胡须的大卫。前不久彼尔寄来信和书，我回了信，竟忘了问候大卫。我不知道大卫现在是否还那样惧怕和憎恶妈妈所做的烧富瓜，是否还每天缩在乱糟糟的床上读小说到深夜，是否还经常去公路上蹬着自行车超越一部部汽车然后发出胜利的开怀大笑。我记得那天夜里从他姑妈家回来，我与他同车。风很凉，车灯楔破的黑暗又在车后迅疾地愈合。他扶着方向盘再次木讷地谈起自己的生活。他不愿意进城去，说比他聪明的朋友进城后也没闹出什么名堂。他至今没有女友，也不愿意去跳舞，就爱一个人照相，骑自行车。"没有什么不好，我很满足。"他盯着前面的黑夜深深。

我也忘记问候美丽的伊丽莎白了。哥哥说她是家里娇气的公主，假期回家一定得睡自己的房自己的床，说不这样就不像回了家——家嘛，就是可以使使性子的地方。要是客人占了她的床，她就赌气不回来。当时我听到这些忍不住笑了，完全感觉不到彼尔的那种不满，倒觉得撒娇的权利当然应该属于她这样的妹妹，属于她柔韧的下巴和大眼睛。我们应该祝福她，愿她永远能为一张床而赌赌气什么的。

明尼苏达，明尼苏达散发出泥腥气的蓝色大平原已经沉入地平线的那一边，在我迷蒙的记忆里渐渐蒸发。幸好，彼尔夫妇说他们今年可能来中国探亲，彼尔获得农学学位以后甚至还可能来中国定居。那么，他将成为再一次出现在我面前的明尼苏达吗？

我常对彼尔说："你坐下，你一站起来，傻高傻高的，就给我一种压抑感。"

他笑着，只好坐了下来。

我总是嫉恨他身材的高度。

一九八六年十二月

○
最初发表于一九八七年《湖南文学》杂志。

重 逢

纽约这个美国东海岸的都会有点熟透了的感觉,砖墙和空气一块块老旧发黑,商业广告拥挤不堪,汽车和行人都技艺纯熟地竞相抢道,哪怕把优雅已经装备到牙齿的纤纤淑女也决不心慈腿软,很少外地那种礼让,一脚出去总是捷足先登,更不会对陌生人浪费丝毫微笑、问候乃至点滴目光。

地铁里每节车厢都被胡涂乱抹出昏话粗话鬼话一塌糊涂,堪称纽约"十景"之一。地铁线像根系一样钻入百老汇大街和帝国大厦之下盘根错节,于是就长出了地面上的群楼。

这一切都已很难改造。

我到纽约后给梁恒打电话,他是我的老同学,母亲又是我现在的近邻。这次我来美国,老人家托我给儿子捎来布鞋和衣料。

接电话是女人的声音,不用猜,是梁恒的犹太族妻子,中文名夏竹丽。她说她很高兴,知道我可能会来,说梁恒可惜不在家,到机场接金观涛去了。我同金先生有过交道,读过他一些文章,想不到他今天也到了纽约。

一个多钟头以后,有人叫我去接电话,这次是梁恒打来的。

话筒里迸发出哈哈大笑,先是英语,后是中文,最后干脆成了倔头倔脑的土话:"……讲长沙话啰,好久没讲长沙话哒。你要是还不来,我就到中国 Ke4(去)哒。什么事?谈判呵!国家体改委的邀请……"

他的声音一点也没变,腔调一点也没变,好像还发自太平洋的那一边,发自七年前湖南师范学院的学生宿舍里。

当时放暑假,他留在空荡荡的学校,埋头写什么电影剧本。有时候游魂似的夹着一本大书,不知是游到什么地方去。或许是寂寞够了,他终于出现在我们寝室,两腿一勾上了桌,长长食指朝空中某个位置一指,嘶哑着嗓门说:"……文学吗?文学在人民那里!你们写小说,应该同搬运工交朋友,同乞丐交朋友,同流氓交朋友。别林斯基说……"他从衣袋里摸出压得瘪瘪的火柴盒,捎带出几根零散火柴和纷纷烟丝。他引用抄录于盒上的某段语录,加强他令人肃然的人民论。

"我写作就是这样,想出一个词,一句话,就记下来。想不出,我就到河边去走,到菜地上走来走去。"他宣布。

我们谈小说和社会,谈当时讳莫如深的"四五"天安门事件,觉得很投机,立刻惺惺相惜。他兴奋得又是捏拳又是咬牙切齿。"痛快,痛快,太痛快了——烟?"我没有烟了,他便东转西望,溜下桌去四下里"打狗"(找烟头)。他屁股高高撅起,把一米八几的大个头残忍塞入床下,好容易,头顶着一朵花花的蛛网,喜不自禁地捕来几个烟头,剐去湿津津的烟纸,与我们共享烟丝。他又觉得肚子饿,在墙角咣咚哗啦翻找半天,才找到半瓦钵剩饭,把一根筷子一折为二,也没菜,就大口吞嚼起来。

几个钟头之前,他还邀请我们到他那间用高低床隔成迷宫般的寝室,钻进他那一角,喝进口咖啡,吃海鲜罐头,洋吃洋喝,使我们顿时觉得中国饭菜实在庸俗。现在,他能贵也能贱,俗极则为雅,把枯硬的饭粒也嚼得颇有风度。现代青年不就得有这种别扭吗?如同公众要吃要睡的时候,他们偏不吃偏不睡,而公众不吃不睡的时候,他们就偏偏要吃要睡——这才是个性解放的别出一格!

他雄踞桌面咚咚弹起了吉他,唱起了歌,既有东欧革命歌曲的风味,也有《美酒咖啡》之类的港台伤感,歌声很有感染力。吉他技艺则宜看不宜听。

临走时,他拍拍我的肩膀,神秘地说:"告诉你们,我党第一次代表大会最近已在上海召开。你们千万不能泄露出去。"

我愣住了。什么党?自由党?民主党?社民党?共产党(左派)或(正统)?……那时候中国小民一听到这些"党"就吓得舌头僵硬。

但他偏偏喜欢把话往狠里说,往心惊肉跳的地方捅。有一次他缺课好几天,据说是请病假,据说是去了黑龙江,回校以后向朋友偷偷宣布:"老子这次本想跑到苏联去的,可惜不顺手。"

后来才知道这些不过是玩笑,不可当真。

暑假过后,校园里政治气氛升温,他给我们学生会的壁报写稿,是一篇哲理小说,主旨是为"四五"运动翻案。这张壁报在湖南省第一次冲破禁令,批判"两个凡是",歌颂天安门事件,引起了连续几日人山人海的围观,算是一次不大不小的政治地震。连公安部门都派了不少人前来拍照和抄录,了解学生的情况。

接下来有北京的什么社论,政治气压骤然下降。据说梁恒对另一位壁报编辑匆匆忠告:"当心,你们改革派要翻车了。"

这位编辑对我说:"你看,改革派变一下就成了'你们',第二人称!"

我也对这第二人称恨恨了一阵。

其实,人与人之间无须这样敏感,人总是人,即无须高估对方的美德，也无须夸大对方的弱点。岁月流逝，最终总是洗亮人们记忆中的一些亮点。有一次梁恒与某同学骑车外出，天热，同学的毛衣便夹在车座之后。偶然回头，发现毛衣不见了，便沿路找回去。一直找到天色渐晚，这位同学已失去了信心，说一件毛衣也就算了。梁恒却不罢休，见路边可疑的小孩，皆恶狠狠揪住其胸口，拷问毛衣的踪迹。若这一手不奏效，随即又绽开笑脸，掏出一元大钞，想诱出两个小良民来揭发藏衣的盗贼。他比毛衣的主人更顽强更勇猛更不要脸，最后几乎把沿街的房门一一敲遍，误了自己的事，还是没诈出毛衣的下落。

梁恒没有对我们谈过他的童年和家庭。直到他出国以后，我才从他母亲那儿了解到一些情况。他父亲原是报纸编辑，曾被打成右派，后来离婚，下放，身残，全家有一段辛酸的日子。父亲去劳改时，梁恒还在幼儿园，节假日小朋友被父母领回去了，只有他孤零零留在空旷的幼儿园内，同一位守园的老阿姨一起，度过昏灯下的长夜。他还不知道母亲已经离婚远走了。读小学的时候，班上的同学都戴上了红领巾，只有他因父亲的政治问题被排斥在少先队之外。他哭过，冲着父亲吵闹过，后来想了个办法，谎称自己有大篮球，使中队长羡慕不已，网开一面让他入队——他说他这是第一次学会"开后门"。

梁恒夫妇合著的《革命之子》一书，成了美国最早描述中国"文革"的热销读物。书中谈到了他的初恋：女朋友的父母权势赫赫，看不起狗崽子梁恒，禁止这门婚事，把女儿打得全身青一块紫一块。女朋友偷偷溜出家，最后一次去看他。两人抱头痛哭了一场。梁恒跪下去，把对方手上膝上的一块块伤痕全部吻遍。在那一刻，他知道自己是永远无法得救的贱民，只能用冰凉的吻，为自己的卑微为对方父母的凶狠为不公平的社会现实，向姑娘赎罪——这种情节相信让美国女人哭湿了太多的纸巾。

195

美籍教师夏竹丽在学院的晚会上跳过几回昆虫舞之后，梁恒就常常夹着外语书往专家楼去了。学校领导对这个爱情事件大皱眉头，不批准他们结婚。他们就写信给邓小平，几经曲折，最终获得了邓小平的支持，得到了校领导的登门祝贺。这件事闹得满城风雨的时候，出入专家楼的梁恒已不常和我见面了。

一九八〇年秋，选举区人民代表一事引起风波。刚从美国探亲回来的梁恒，成了学潮头头之一，领导静坐、绝食、游行示威，免不了还发生阻塞交通和冲击机关的事故。我当时去过现场，发现梁恒与另一位学潮头头××有分歧。他感谢我站出来讲话，不赞成成立跨行业的组织，也深深担忧学潮的不断激进化前景。他一身尘灰壳子，从席地而坐的绝食者中钻出来，把我拉到一个墙角，扑通一声双腿就无力地跪在地上。他的嗓音已经嘶哑成气声，夹杂着浓重的胃气和橘子汁味，酸酸地灼在我脸上，盘踞在我鼻子两侧久久不散。"××是个流氓，流氓，骗子！他根本不是要民主！完全是胡闹！我要把同学带回去，带回去！"

我后来在凌晨发表演讲，成功劝返静坐和绝食的同学，应该说与梁恒的支持有关。

我在梁恒的另一本书《噩梦之后》中，发现他写到了当年，但写得十分简略，更没提到当时他与××的分歧。是他忘了吗？或者是不愿意伤害同学？但他记述了自己一九八五年初重返长沙时与××的会面，对××能够自由经商表示惊讶，认为中国的政策变化十分大。算起来，大概就是两位学潮首领重逢的前一天，我也去宾馆见了他。当时他比中国人穿着更朴素，去掉了长发，刚剪的头还露出一圈青青边沿，长长十指倒白皙得特别触目，像是异乡幽暗岁月里开放出来的一朵白菊，在我面前招展着神秘的含意。

我问他这些年在美国可还混得顺利。

他说好歹也算个中产阶级了。

我听说他初到美国时也很难，不怎么讲话，跟着洋老婆跑了好些院校，最后才在哥伦比亚大学取得学籍，边读书还必须边工作。他在中国读本科期间就不是老实学生，进考场常靠夹带术化险为夷。美国何尝就没有让人心烦的枯燥课程？但梁恒没说这些。

我问他回国来干什么。

他说打算写一本书，介绍中国的改革，促进美国对华的了解和投资。"我现在是共和党员。民主党对中美关系几乎没什么贡献。我愿意为中国做些事，与中共互敬互惠地合作。哦，你是共产党员吗？为什么不是？我看你应该入党。"那神气好像他倒是大洋彼岸的共产党书记了。

我提到他参与"中国之春"的事，不免有几分疑惑。

"过去的事情啦。"他笑着解释，"当时我刚从国内出去，火气很大。这两年经过痛苦的自我调整，才找到了现在的路。"

"同他们闹翻了？"

"也算不上闹翻。只是现在没有任何关系。我也不愿意评论他们。"

他和妻子没在长沙过春节，就去了湘西和贵州。《噩梦之后》一书就是这次重返中国的总结，充满了对国内改革的赞许和希望。书中用了很多中国现代俗语，对"内地人""高干子弟""万寿无疆"等都作音译，中国通的气派和材料的权威性，想必会使英语读者刮目相看。这本书连同更为畅销的《革命之子》，使梁恒在美国名声大振，他主办的刊物也得到几个大基金会的优厚赞助。

电话联系上以后，梁恒第二天来我的住处，请我吃饭，顺便带我去看他的办公室。这是临街一栋民居的地下室，窄阶窄门，不显山不显水的。三四间房子里成天开着灯，感觉不到昼夜的交替。有人正在用电锅做饭，另一个在沙发上睡觉的人见来了客，就进里屋去重新开铺。他们就是刚来美国的几位中国访问学者，暂时寄居在这里，省着饭钱和宿费。

梁恒很忙碌，话题从一个跳到另一个。一会儿说老兄你混得不错；一会儿说纽约比外地就是不一样连人走路的步伐频率都高得多；一会儿说他住在好社区但纽约太拥挤多数人没有汽车也没有院子；一会儿说他主持的基金会想在北京建立机构以促进中西文化交流；一会儿说香港的大众舆论太浅薄我们必须开辟美国与北京的直接资讯渠道；一会儿又说我的方针是"深研究广交游悲观进取"无论参众议员商人文士流氓我全交往……正说到这里，杨小凯来了，也是位湖南人。我们把梁恒的刊物讨论好一阵。

"你看，我实在太忙。"他似乎很乐意让我和杨小凯参观他的忙碌，又是打电话又是签字又是向手下人交代什么又是向几拨客人分别交换几句中文或英文的闲聊——包括指导刚来美国的同胞正确使用 she 和 he。

"夏竹丽呢？当妈妈了吗？"我问。

"没有，我们目前根本不打算要小孩。"

"为什么？"

"business（事业）嘛。"

梁恒的 business 已经受到很多中国留学生的羡慕。一个幼儿园里曾经无人领回家去的孩子，一个被排斥在少先队之外的学生，一头闯进美国，当新闻人物，当文化活动家等，同各类人物都沾得上又全都分得手，终于有了地位、名声、钱——他请我在一家著名中国餐馆吃晚饭的时候，特地让我看看他的信用卡，据说是有种种特权的那种金卡。

他请我在金碧辉煌的餐馆里吃饭，重复社交场上千篇一律的看菜谱、碰杯以及餐后剔牙。但除了吃饭，我们还能做什么？还应该做什么呢？就像我以往见到一些久别的同学或朋友，在肃穆的办公楼，在偏僻的小镇上，在充满着药水味的病床边。我常常感到一种不知所措和不知所言的窘迫。面对着阻隔于昨天与今天之间的漫长岁月，我好像是来寻找什么的，见面了，却又发现找不到。我该叙旧吗？我该打听吗？我该重演往日的亲热和玩笑吗？……我知道能做出来的都不是我要做的，能说出来的都不是我要说的——不是。我希望能找到的，我没法表达。

我只能吃饭。我看了梁恒一眼，注意到他也看了我一眼。尽管谈笑风生左右应酬，他眼中似乎也偶尔掠过一丝茫然。

我们都不是伟大和优秀的人，都清楚知道各自的弱点，但我们既然有过一段共同的经历，心里就埋藏下了一种让我们永远寻找的东西，也是永远也找不到的东西。即便在最平庸的人们心中，这种东西也在——它在不可名状的缄默中逐渐死去。

我们只有无奈。

纽约人用过了什么就扔，包括友人的重逢。我与他在纽约车水马龙的街头匆匆握别，期许将来的再聚，差不多就是期许将来的再一次吃喝，再一轮言不及义的交际化深刻或交际化潇洒。我很明白这一点。

我回到了中国，见到了梁恒的妈妈——一位退休居家的老太婆。看见这位头发斑白的母亲时，我想起了梁恒在《噩梦之后》中，描写了一段生父与生母离婚多年后的重逢。那也是一次重逢。试译如下：

> 父亲慢慢洗着澡，总算洗完了。我搀扶着他走向一辆出租车。这时我一眼瞥见妈妈走进了宾馆大门。一种解释不清的冲动，使我突然发现自己很想让他们互相见见面。"爸爸，妈妈在那边！"我激动地说，指着那位身穿暗绿色上衣的微胖的妇人。爸爸盯着我没能理解，仿佛迷失在梦中。"我的妈妈，"我急急地重复，"你不想同她说两句话？"

没有时间容他思忖,他不由自主地顺从地点了点头。我飞快地跑向妈妈说了这件事。她看来极为惊愕和尴尬。她何曾料想过这样的会见?她脸突然红了,理了理一头短短的灰发和厚厚的上衣,说:"穿一件这样邋遢的旧衣,怎么好见人?"

经我催促,她慢慢走向停在那里的出租车,弯下腰,朝打开了的车窗探过头去。"老梁,"她踌躇说,"你好。"

父亲看看她,嘴张着却没有说出一个字,只是攥紧久经磨损的拐杖。在我看来,这一刻似有无限漫长。

虽然妈妈已知道他的肢瘫,但爸爸的残疾状态必定深深地震惊了她。"老梁,"她声音哽咽着,"你多多保重。"泪珠从她脸上流下来,她转过头去,无法往下说了。她快步走上斜坡进了宾馆,我也没有劝止她。我钻入出租车,坐在爸爸身旁,抓住他的手。

我们上了街,爸爸脸上是一片从所未见的茫然。"她的眼睛,"他最后说,"似乎不像以前那么亮了。"

"爸爸,"我失声叫起来,泪水阻在我的喉头,"整整二十五年哇!"

"对不起。"爸爸低声说了一句。

在驶往他家的余下时间里,他一直沉默。

梁恒的生母眼下就在我面前,拿着较低的退休金,却总不愿向出洋的儿子要点什么。前不久她还嘀咕着希望儿子与儿媳生一个小孩送给她来带养。我常常看见她麻灰色的短发,看见她挎着菜篮子在菜市场停停走走,在我的早晨和黄昏中一天天苍老下去,于人世间留下那朵幽暗岁月里伸展出来的白菊——远方儿子白皙的手。这位母亲给儿子捎去的布鞋,我在美国商店也看到不少,从中国进口的,极为便宜,根本用不着从国内捎去。老人家大概不知道这一点。

但愿梁恒不会对妈妈说:纽约的布鞋也很好,也便宜。

我想他不会说的。

一九八七年十二月

○ 原题《老同学梁恒》,最初发表于一九八八年《湖南文学》杂志。

仍有人仰望星空

也许中国历史太悠长，人们便不愿意回忆，这有一次次捣毁文物和焚烧典籍的运动为证。也许美国历史太短暂，人们便太愿意回忆，这有遍布美国的繁多纪念雕像为证——有的雕像甚至只是纪念中国人常常看不上眼的某次小战斗或者某位小兽医。

"文革"二十周年的纪念，在国内一片关于物价和走后门的嗡嗡议论声中，几乎静悄悄地过去了。在美国，却有众多的报告会、讨论会、书展、电影周海报——有我们熟悉的《毛主席接见红卫兵》《决裂》《红旗渠》等。

红卫兵在美国鼎鼎有名。有几次讨论会中，我向洋人谈起鲁迅、巴金、沈从文，面对着一脸茫然，我不得不赶紧插入有关注解。但谈起红卫兵，Red Guard 这个词他们都懂。我还察觉到，当我提到自己曾经当过红卫兵，他们眼里都闪示惊讶，暗暗吞下某种疑惧。

五光十色的美国电视中常常出现一个串场的胖大家伙，箍一套窄小的草绿色军服，臂佩红袖章，腰束宽皮带，动不动就傻乎乎地拳打脚踢或蛇行鼠窜，袖章上就有汉字"红卫兵"。我到达爱荷华那天，一位台湾留学生开车来机场接我，当他听说我曾是红卫兵，立刻眼露惊悸，停下车招呼他的同伴："来来，我们把这个家伙丢下车去！"

我明白了，在很多海外人的眼中，中国红卫兵就是土匪，是纳粹冲锋队。一代人在那个年代流逝的青春不过是几缕脏水。而这种看法，已不可更改地载入了全人类的思维辞典将直至永远。

我说还是不说呢？我得费很大的劲才能向他们说清楚，历史远不是那么简单，比如说，不像一些"伤痕"影片反映的那么简单。我得说明红卫兵复杂的组织成分和复杂的分化过程，说明红卫兵在何处迷失和在何处觉醒，再说到"四五"天安门运动以后的改革开放进程……但我发现，他们总是似懂非懂地点点头，随即去切牛排或开啤酒，看来没有听下去或问下去的兴趣。灯红酒绿，室温融融，也许这个问题是不能在异国的餐桌上谈清楚的。

谈清楚了又如何？种种伤痛与他们没有关系。我对他们在餐桌上是否有更多的谈资和笑声得那么负责吗？

奇怪的是，在红卫兵千夫所指的美国，居然还有红卫兵公开活动。这是在旧金山，夜已经很深了，我与另一位朋友好容易找到一家偏僻的电影院，看一部正在获得好评的电影《长城》。这部影片表现一个美籍华人带着白人老婆及子女回北京探亲的前前后后，展示中美文化的异和同。观众不时大笑。据说此片后来在国内演过，却没有引起多少笑声，自然是因为观众对美国社会缺乏了解，不能会心于影片的幽默。

我们看完影片，在影院大门口碰到一位正在分发传单的姑娘。传单上不是通常那种食品广告，而是毛泽东像和《白毛女》剧照：喜儿劈腿大跳把来福枪高高举起。然后有黑体大字：无产阶级文化大革命二十周年纪念委员会。

我发现这位姑娘金发碧眼，身体清瘦，薄裙下面两条裸露的腿在深夜寒风中微微哆嗦，手臂还拢着一大堆沉重的传单。

"能知道你的名字吗？"

"弗兰姬。"

"你到过中国吗？"

"没有。"

"你为什么赞成'文化大革命'呢？"

"'文化大革命'是无产阶级的希望。没有革命，这个社会怎么能够改造？"

"我是中国大陆来的，我可以告诉你，就是在这些照片拍下来的时候（我指了指传单），在中国，成千上万的人受到迫害，包括我的老师，包括我的父亲。还有很多红卫兵，因为一封信或一篇文章，就被拘押，甚至枪毙……"

"人民在那个时候有大字报，有管理社会的权利。"

"不，最重要的权利，是被利用的权利。你懂不懂'效忠'？懂不懂'牛棚'？……"

她认真倾听着，没有表示附和，只有怯怯的微笑。

我们友好地交换了地址，我答应寄一些材料给她。到这个时候，我才知道她原是英国人，正在美国从事职业革命。她和一些同志在旧金山合租了一处房子，靠打零工为生。

又有几家商店熄灯了。天地俱寂，偶有一丝轿车的沙沙声碾过大街，也划不破旧金山的静夜。弗兰姬扬扬手，送来最后一朵苍白的微笑，抱着传单横过大街——大街空阔得似乎永远也走不过，永远也走不完。

回到旅馆，我细看了一些传单的内容：

> 从一九六六到一九七六，中国亿万人民在毛泽东领导下投入了工人阶级彻底改造社会的斗争，特别是推翻了中国共

产党内的走资本主义道路当权派。工人、农民、青年学生和其他劳动人民从下至上,创造了很多社会主义新生事物。还记得赤脚医生吗?造反学生首创性地走下农村向农民学习并同时传播造反精神;工人农民和科学家一起把科学研究从象牙塔中解放出来;小说、戏剧、绘画、电影、芭蕾等把工农兵推上舞台,成为主宰社会的英雄;工人举行政治辩论并在工厂张贴大字报。这些地震般的事件激动了全球每个角落的亿万人民……

对于八十年代的中国人来说,这些久违的语言当然有一种滑稽味道。但我笑不起来。也许任何深夜寒风中哆嗦着的理想,都是不应该嘲笑的——即便它们太值得嘲笑。

我想起了另外一些洋人。一位住在芝加哥的股票经纪商,有一次为了纪念先父的诞辰,在某大学以他父亲赫赫大名设置了一项奖学金,仅此一项就随意花掉了八十多万美金。他鹤发童颜,脸上渗出粉红色的微笑和富足感,把我迎进了他绿林深处的别墅,自称是共产党要消灭的资本家。在几乎是押着我细细观赏了他的厨房、餐厅、客厅及灯光设备以后,他抓拿着怀中一只大白猫笑了:"在中国有多少幢这样的住宅?……十幢?五幢?"然后用一阵哈哈大笑自己作了回答。

我还想起了另一对芝加哥夫妇。两人早出晚归出门挣钱,斗志昂扬地把一天天生命变换成分期付款单上的购物,以致周末妻子也常常在家接待生意人而无暇探望父母。妻子又怀孕了,那天小儿子猛踢妈妈的大肚皮。父亲惊讶地问:"你踢妈妈干什么?"小崽子恨恨地说:"我不是踢妈妈,我是踢弟弟。我要让他现在就知道,我是他的老板!"

这些也是美国人。那么我能接受哪一种人的美国呢?是深夜街头的弗兰姬，是押着我羡慕他家客厅的股票经纪商，还是立志要用脚尖来奴役弟弟的小老板？

后来，我才得知，像弗兰姬这样的左派、极"左"派在美国还有一些。我收到另一张传单，标题是《我们是俄国十月革命党》。当时我正在加州柏克莱大学学生会大楼前的广场中啃土豆条，肩头扛着阳光的光热。很多学生夹着书本，端着纸杯热咖啡，熙熙攘攘在广场中听政治演讲。更多的学生匆匆而过对劳什子演讲无暇一顾。高台上有十来位男女举着标语牌："巴解组织加油！""以色列杀人犯！""我爱卡扎菲"——其中"爱"字照例以一颗红心替代。有人在话筒前张合着嘴巴，听不清楚。台下闹哄哄地发出咒骂和升起很多拳头，喷散着酒气和奶酪味，用以干扰演讲和保卫以色列。一位肥胖的大胡子冲着台上怪叫了一声，引起了哄然大笑。人更多了，散发传单和推销可口可乐的人也就更加有所作为。明信片销售摊上有总统夫人南希的头移植到电影演员史泰龙的身上，赤膊上阵，手持卡宾枪——唯胸前添加了一抹乳罩，雌雄难辨。

警察们走来。他们肥大的屁股后头挂着电棒、手铐、步话机以及左轮手枪，一应俱全晃晃荡荡。他们抄着毛茸茸的手臂，在人群中游来转去，帽檐下泄出冷冷的目光静观阵势。青年们也不怕他们，有时就在某位警官的鼻子尖下互相唾沫横飞大吵大闹，似乎越有警察越来劲。

也许这有点像英国的海德公园。据说每天中午都有集会辩论，各种言论都受到一七九一年《第一修正案》的保护——好几届总统都想取消但都未能取消的言论自由之法。于是警察只能临场监视，管手不管口，手铐为武斗者时刻准备着。

美国国会则是朝中的海德公园了。走进那座略显阴暗和笨重的建筑，你可以看见一排排空座椅，那些不断生长出选票和议案的座椅。会场周围的走廊上，耸立着一尊尊著名政治家的雕像，默默注视着后来人。这里有共和主义者，有废奴运动领袖，有工业财团的喉舌，有奴隶主，有激进革命党，有基督徒，有小农利益的忠实卫士——当然也包括尼克松，这位因促进中美邦交而得到中国人好感的朋友，又因为"水门丑闻"而被美国人诅咒的魔鬼。

我的一位同行者问："南方奴隶主不是很反动吗？怎么把他们的代表也供奉在这里？"

美方主人笑了笑："不，很多美国人认为这些反动派也很伟大。"

类似的问题出现在一片古战场。一位青铜铸成的南军将领罗伯特·李，金戈铁马，挺立在高台上收缰远眺，静观着明净的蓝天和白云。几位台湾留学生正在与美国人讨论废奴运动和南北战争。

"在你们美国人看来，究竟北军代表正义，还是南军代表正义呢？"

美国讲解员似乎有理由对这种中国式的问题表示微笑："在很多美国人看来，南军不完全是代表奴隶主，重要的是代表南方自治权利，反对联邦政府干涉和中央集权，因此南军是在维护联邦制和宪法。南方有南方的正义。"

"那么怎样评价林肯？怎样评价北军？有没有一种比较权威的公论？"

"没有。很多问题，在美国不会有公论。"

中国人对这种回答多半感到一头雾水。

讲解员的话中当然有某种真实。直到现在，美国确实没有绝对统一的意识形态。这里甚至没有统一的时间标准，各个时区的钟表自行其是，并不遵循首都时间，你旅行必须时刻注意调拨自己的手表。这里也没有统一的邦州法律，你在马里兰州的餐馆里可以吞云吐雾,在纽约市的公共场所抽烟就可能被罚款。这里也没有那种遍及东西南北中的住房标准化,沿着大街看去,高楼大厦各具姿态绝少雷同。在这样的街区里穿行,一孔车窗扫描着无穷无尽的个性展露,如果这时有一个人在身旁告诉你,在美国找不到统一的工资系列,统一的艺术方针,统一的生活方式,统一的新闻口径,统一的政府机构模式乃至统一的英语发音标准,你也许不会觉得有什么不自然,没什么不可理解。

没有哪一种文化可以单独地代表美国,这是美国的一大特征。很多城市都有唐人街,也有日本街、意大利街、墨西哥街。操西班牙语的黑发果农,操挪威语的黄发麦农,专门种植蔬菜的意大利大汉,祖籍在波兰的采煤青年,纽约市哈勒姆区晒着太阳的黑人老太,还有中国农历年时舞龙跳狮的男女店主——这全是美国。十九世纪以来,络绎不绝的移民继续漂洋过海拥入新大陆,各种文化随着吱吱呀呀的车辙碾过阿巴拉契亚山脉,植入密西西比河流域和大平原或者越过落基山直抵太平洋沿岸。它们共同组成了美国故事。在纽约市自由女神足下的地下室里,有一个大陈列馆,一个查阅家谱的电脑中心。如果你是美国公民,你按照父母姓名字母顺序,便可以从电脑里敲出他们的生平家世及照片,甚至可能敲出他们各自的上一代,上两代,上三代……那些与你血缘相连的陌生面孔和陌生名字。荧屏几乎纷纷展示着全世界每个民族的服饰、容貌和文字。

我突然明白了,世界上没有纯粹的美国人,而美国只有复杂的世界人。

那么,一个国家的政体,常常就是切合其文化背景的自然选择或最优选择吗?

美国也有过战争,像南北之战。也有过政治运动,像麦卡锡主义浪潮。但这个国家终究不曾出现单质的大一统,如中国汉朝以后的"独尊儒术"直至"一个主义，一个政党，一个领袖"。各种文化圈谁也吃不下谁。因此一位美国人在回答中美差别这个问题时，曾经说："你们中国人相信，真理只有一个。在我们美国，真理有很多个。"

我们可以不同意这种概括，可以与他争论。在正常的情况下，美国人似乎并不把争论、攻击以及帽子棍子之类看得很可怕。他们挑剔调侃之时，心里可能是赞同你的；他们频频点头淡淡微笑之时，心里可能是反对你的。

美国的自由当然还包括曼哈顿四十二街红灯区，那里有性影院、性商店、性杂志、性表演，比比皆是。脱衣舞厅总是撩门帘半边，让别人瞥见里面疯野的观众和聚光灯下扭腰撅臀的身影。书摊上的无聊杂志，翻得翘角卷边乱糟糟的，散发出一种污浊油腻的气味。也许得问问，杂志封面上的那些脱衣女，是否也向往过尊严，向往过男人真正的关心和爱护，向往过温暖的家庭和儿女对自己的亲近？谁能走近她们，在那些花了几个钱来狂呼乱叫的醉汉面前，给她们轻轻披上衣服，把她们送回家去？

美国确实有很多自由，但也有脱衣女出卖肉体的自由，有醉醺醺的色鬼们来凌辱女性的自由，有奸商们利用人类的堕落来大发横财并且比众多诚实的劳动者和创造者活得更神气活现的自由。为了争取自由，曾经有过法国大革命、美国独立战争等一次次浴血抗争，千万人头落地，那时候西方人的命并不比中国人的命值钱。那么，当年慷慨赴死的先辈，是否愿意看到他们的儿辈或孙辈，如今正在享受着自由卖身的权利？是否知道她们的顾客，正在自由地吸毒，自由地豪赌，自由地醉生梦死，自由地视前辈献身精神为狗屎不如的"傻帽"？

自由也是能被人类污染的。连英国学者赫胥黎都说过：人就是要满足自己的欲望，如果不能满足，这个世界就会从外部毁灭；

如果满足，这个世界就会从内部毁灭。

有更加美妙的人性吗？

有更多欢乐更为合理的社会吗？

我走进纽约一条清冷的小街，这里没有什么车辆和行人，路边多见纸屑，龟裂的水泥块，还有几辆未回收的破汽车瞎眼塌鼻的。墙上被喷漆涂画得乱糟糟，脏话、漫画和标语交错，七嘴八舌互相嘀咕着永不完结的人生苦恼。这些字多数难以辨认，但有一条歪斜的标语赫然醒目：

我们全在阴沟里，但仍有人仰望星空。

谁涂上去的呢？

我想是我自己。如果我碰巧投生在美国，当上一名汽车修理工什么的，也许会在某种衰老了的教堂钟声中，涂上这句话，让后来一位来自中国的人觉得眼熟，驻足良久。我是为他而写的。

一九八七年三月

最初发表于一九八七年《新创作》杂志。

访法散记

旧梦巴黎

抵达巴黎的当天,主人引我们登上蒙巴拉斯最高的摩天大厦,俯瞰巴黎全景。此楼约七十层,在法国算是第一高楼。

脚下的巴黎,灰蒙蒙一片,多少显得有些老旧和拥挤。若除去卫星城,真正的巴黎并不算大,至多相当于北京二环线以内的老城区,汽车用二十来分钟可以穿城而过。绝大多数楼房高约四五层,保留着十八、十九世纪的建筑风格,窄门窄窗,厚壁厚墙。砖铺的小街,圆拱顶的门窗,带黑铁雕栏的小阳台,都使人想起高老头之类人物的活动背景,也疑心雨果笔下的卡西莫多不知什么时候会从某个教堂里冲将过来。

巴黎之小,还体现在此地人爱用小桌、小椅、小楼道、小房间、小电梯,等等。餐桌小若棋盘,咖啡杯小若酒盅,而我所住那个旅馆的电梯间,如容两人就有四壁的紧紧压迫,最后必定模压出我们对巴黎电梯古典美的深深恐惧。但法国主人洋洋得意地问我们对旅馆感觉如何:"这可是巴黎的老旅馆之一,我们精心为你们选定的!"

法国人有灿烂的昨天可以骄傲,常常看不起大模大样的美国建筑。蒙巴拉斯摩天大厦全是黑色玻璃墙面,颇具现代风采和美国味,但很多法国人一直对其十分愤怒,认为这个怪物破坏市容,非炸掉不可,誓欲除之而后快。

埃菲尔铁塔也有类似的故事。当初铁塔是为一个博览会而临时搭建起来的,待博览会结束,本该撤除。但有人觉得这傻大黑粗的铁塔也别有风味,留下来作巴黎景观之一如何?这个建议立刻引起舆论大哗,很多市民投书报纸,认为巴黎乃著名高雅文化之都会,正人君子岂能与此等丑物共处共存?如若铁塔不除,他们就永远迁出巴黎移居别处,决不苟且偷生!这场争吵热热闹闹好些年,吵累了也就算了,铁塔总算还是保留下来,赚了不少游客的钱。

如今,巴黎市政府还规定,以后的现代摩天大厦均只能建在郊区指定的地域,不得随便挤入老城区。他们没法把可口可乐、摇滚乐、牛仔裤等"文化入侵"挡在城外,至少还能守住建筑,以维护法兰西传统的尊严。

巴黎人愿意生活在一只旧梦里,并不断清洗和修补这只旧梦。生活在旧梦中的人通常是老人,他们怀旧;通常是女人,她们喜欢幻梦。巴黎是适于老人和女人待的城市。这是我最初的印象。

大排档

在法国最痛苦不堪的事,就是与有些洋人共进晚餐。以我口味之偏狭和顽固,我实在尝不出那些生白菜和生鱼片有多好,怎值得在餐馆里从晚上八点坐到深夜一点?有时身旁被主人安插着既不懂中文也不能说英语的粮食商或中学教师,大家吃一吃又等一等,等一等又吃一吃,努力奉献出微笑、手势和礼貌的点头,实在太累。到后来,我总是上身尽量后倾,让左右两边的洋人能越过我大说法语,算是与人方便。

巴黎人又特别喜聚和惜别:尤其是在晚上,尤其是出席家宴,法国客人起身告别,中国人千万不要傻乎乎地以为人家就会走——离出门时间还早着呢。即使已筋疲力尽哈欠滚滚,主客双方还得忍着,还得继续说呵说,包括站在门口说上好一阵。在很多巴黎人看来,没有这种马拉松式的一别再别,友情就得不到文明的证明。

有一天我终于忍无可忍地宣布:从明天起我一定要独自吃晚饭。

大多法国人天性闲散,不把时间太当钱,尤其是晚上泡餐馆,吃当然在其次,主要是如北京人那般神"侃"。按他们餐馆的规矩,坐客比站客要多付钱,坐在外面要比坐在里面多付钱。坐在外面就像坐在海南的大排档了。一到下班时分,巴黎街头的大排档总是座无虚席,人满为患。

巴黎的天气一日三变多阴多雨,人们难得在太阳光下坐一坐,这大概是大排档盛行的根据之一吧?不过没有太阳的时候,人们也喜欢一排排坐着看街,那大概就别有原因了。我曾怀疑那里的离婚率太高,旷男怨女鳏夫寡妇无处消闲,便来饱览街头风景,也算热闹一番以解心中的清寂?或者是闲适之姿已成了法国时尚,已成法国人某种精神图腾仪式,不这样就不能证明自己身上的贵族遗风以及高雅趣味?

鲁迅先生说小说产生于闲逸,闲逸才会传说故事。也许法国几个世纪的文学繁荣,倒得益于这种大排档。试想每天有数以万计的"侃"爷来侃上半夜,能不"侃"出些巴尔扎克和萨特来?据说很多法国青年不愿意当老板,情愿进入工薪族,原因之一就是不想让自己太忙碌太有铜臭味,一定得腾出更多时间来容纳休闲和艺术。这与美国或德国的主导信念真是大异其趣。很多法国女人更蔑视功利和贪欲，女子忧道不忧贫，天生丽质命系文艺，以天下文艺为己任，以至研究和翻译外国文学的专家绝大多数为女性，开一个文学会，常常就像是开妇联会。有留学生告诉我：一些研究文学的女子吃少睡少，也没什么正式职业，不知道她们是怎么活的。我也见到一位攻汉学的女大学生，发现她装了一肚子关于吕洞宾的真真假假传说并自鸣得意。却不知这吕洞宾将来能否换来饭钱——据说她给人家看护小孩的临时职业就快没有了。

闲逸之风自然无助于工商，这与中国的情况相仿。法国人约会，迟到十分钟乃至半小时的现象十分常见。以此悠悠斗美国或德国人之碌碌，自然经济上要矮去一截。我到《世界报》印刷厂去参观，车间设备多数陈旧，油墨纸张的世界里居然还有好些人随意抽烟，委实把我吓了一跳。经理也没把这当回事，跟着员工们三两相聚，胡吹海侃，大概同样把车间视为大排档了——这样的企业，拿到中国来也是该整顿和改革的吧？

大排档是巴黎生活的一部分，是废话生产之地也是妙语生产之地，甚至是很多孤独法国人的精神家园。

艺术压迫

假如说七十年代的北京像个大政府，八十年代的香港像个大百货公司，那么巴黎无论什么时候都像个大博物馆。数以万计的人杰才俊进入这个世界艺术之都，成天胡思乱想争奇斗艳不让巴黎安宁。数以千计的博物馆和画廊也藏龙卧虎，足令外来游客看累、看蠢以及看疯——据说有位诗人就是在凡·高自画像面前发作神经病的。

从名扬四海的卢浮宫、凡尔赛宫到默默无闻的某个小酒吧，经法国人艺术眼光几个世纪来的精细雕琢，都勃勃辐射出美的热能，烤灼观赏后的感叹。法国人很在乎自己与别人活得不一样。哪怕在一个小酒吧里，一堵没有粉刷的土墙，两个粗糙的啤酒桶，几把代替壁灯罩的草扇，也总要被处置得别出心裁不同凡俗，使你深深欣悦于法国人的创造性，感受到一个民族的艺术富有和艺术挥霍，乃至一种艺术无微不至和无处不在以后的压迫，几乎透不过气来。

法国人玩生活。富有富玩，穷有穷玩。有一个破旧的电话机商店，橱窗里是用老式电话机和旧电线旧零件拼成的图案，也别有趣味。另一个商店专营石头，主人把各种色彩和各种形状的石头取来稍作加工，也就成了抽象艺术，成了或悲寂或幽默或热烈的精魂，可为主人卖得银钱。

最无用的地铁废票也被他们玩着。像中国一些民间艺人编织草虫草鸟，常有法国人在地铁站收集废票，随手编成飞禽或人脸什么的，编好了，插在什么地方就走了。你没法找到这些不求报酬的匿名艺术家。

法国政府力图充当艺术爱好者。与很多西方国家不一样，法国设有文化部，而且是内阁第一大部，地位在国防部、外交部之前。尽管移民压力沉重，管理当局仍然十分风雅地特许外籍艺术家滞留法国，优惠提供长期签证，比其他西方国家要慷慨得多。又建造外籍艺术家大楼，免费或低价供一些疯男女吃住，夸示其大庇天下寒士之雄心。巴黎的公共厕所收费，公园和某些博物馆倒是免费，显然需要政府狠狠心拿出钱来补贴。

卢浮宫的古典艺术肥厚得几乎腻人，任何游客都没法将其完全消化。据说第二次世界大战期间，为了抗德，法国人把卢浮宫的珍贵展品全搬上火车，依托铁路与敌人躲迷藏，一直到战争结束才驶回巴黎。所有展品的包装搬运都是由法国男女义务干的。

更重要的是，经战争劫难，护卫展品的不少人死了，而展品一件未损一件不少，也未被谁塞一点到腰包里去。这真是一个奇迹。

还有一种说法：当时法国人就是为了保护巴黎的建筑艺术免遭轰炸，向德国侵略者不设防地敞开了城门，不惜俯首称臣。艺术与气节在轰炸机下不可两全的时刻，法国人能做怎样的选择呢？

很多法国人没有选择气节。问题是，如果因艺术而放弃气节，那么这种艺术是否比一片抗击强暴的废墟更让我们感动？

诺曼底祭日

诺曼底海滩举世闻名，因为它是第二次世界大战期间英美联军大举反攻时的登陆点。当地电台记者问我们访问此地的目的，我开了句玩笑："让中国新文学也在诺曼底登陆。"说得记者也笑了。

海滩靠近刚城。该城在战火中被炸毁大半，仅有几个古旧城堡和教堂得以幸存。游客们现在还能看到一些大块弹片在绿茵草地上兀然冒出，被人们小心保存下来，成为一座座纪念雕塑，成为战争钉入今日的黑色记忆。

刚城十二万人口，整洁而宁静，先辈大多葬身战火，但不是遭纳粹杀害而是死于美军轰炸机之下。故刚城人民虽仇恨希特勒，但提起诺曼底之役另有复杂情感。战争就是战争。战争是否正义，是生者讨论的问题，对死者来说没有意义。只有深深厌恶战争的人，才有资格代表正义。在这个意义上来说，即便是正义战争的胜利似乎也不值得庆祝，不应该庆祝——这种胜利应充满着沉痛和哀伤，充其量只是一种非失败的失败。

但胜利者是热衷于回忆和庆典的。时值诺曼底战役四十四周年，很多英美老兵胸前挂满缤纷勋章，来这里旧地重游，在街上挺着大肚子壮怀激烈牛气得很。我向他们鼓掌，但也担心他们会招来某些窗口射来的恨恨目光。

不少死者的后人居然也热衷庆典——把庆典当作活跃当地经济的发财机会。这几天，刚城商贾们兴高采烈，争相倾售战时的破钢盔旧军旗以及各种纪念品，搜刮旅游者的腰包。他们不需要为死人活着，不需要向那些当年投来炸弹的美国老兵和德国老兵保持仇怨或同情，只是兴奋地点着钞票。

六月六日，登陆战役纪念馆落成庆典隆重举行，市长给我们送来请束。儿童们在主席台前升起了所有战胜国和战败国的国旗，各国军乐团依次入场。显得颇不正经的爵士乐如旋风卷来，给盛典注一剂牛仔风味，令全场嘻嘻哈哈地活跃，一听便知道是美国佬入场了。苏联乐团则奏响激烈而严峻的《马刀舞曲》，似乎不苟言笑，仍有苏维埃的声威。东德和西德均有乐团参与，受到全场热烈的鼓掌和欢呼——此时已不计胜败敌我，掌声成了大家共同的语言，无须翻译的世界语言，炫示着人类的宽厚、大度以及健忘。最后，有法国军乐团压轴，高奏《马赛曲》，于是观众席上很多白发老兵立刻自动地肃立举刀，刀尖在阳光下爆出刺目的光芒。

密特朗总统和总理也来了，从巴黎坐直升机直抵会场，徐徐降落。大概是智者千虑必有一失，工作人员布置会场时，竟忘了给土坪大量洒水，结果哒哒哒的机翼卷起满天黄尘，使恭候在停机坪的一大帮衣冠楚楚者，市长、将军、大使以及其他达官显贵什么的，全被尘浪扑打得尘垢满身，狼狈不堪。

总统只好装着全然不知道，抓住那些脏手照例握起来再说。

此时，一大片白色海鸥从海滩那边铺天盖地飞来，十分优美和壮观。我不知道，这是不是当年诺曼底的四万亡灵，在向灰头土脸的故人们送来倾诉和绝望——于哑默无声的飞翔之中。

外省人

乘火车去圣·纳赛尔市，法国西海的一个边远小城。独自远行，倒也没什么不方便，看各种告示牌，以英文度之也可猜出个七八成。很多法文词与英文词同源而近形。

列车十分整洁和舒适，整个车站似无人管理，自动订票，自动检票，人人都低声说话，或各自看书报。尤其是头等车厢里集纳着人们的尊严，谁都不苟言笑，一脸上流人物的傲慢持重，绝不轻易开口向邻座搭腔。这与小酒吧里的情形迥异——小酒吧是脱去一切尊严感之后的男性精神浴室，谁都可以拍别人的肩膀，大讲粗话，猛说隐私，哈哈大笑。

到车站来接的是C。法国人初识时须称对方的姓，熟了才可以呼名。C即是名。他胡子未修理，衣装乱而旧，爱喝酒，英语有点烂，如Place总是发言为base。你须张耳细听，才可慢慢猜出他的意思。为了让他听懂我的话，我常常不得不按照他的习惯也把音发错，真是冤枉。看来这里能说英语的人，比巴黎少多了。

不能多说，只好多喝。C领着我一家家酒吧串过去，进去就座，坐下就喝，弄得我有些紧张而且晕头，头重脚轻地跟跟跄跄。小地方的人通常比较热情。电影院给我免费入场证，汽车公司给我免费搭乘证，我醉醺醺地一一笑纳。

圣·纳赛尔只有七万人口，街市总是很清静。第二天，C来看我，能说出我与他分手之后独自干了些什么，去了哪些地方，令我大吃一惊。他说他是早上坐咖啡馆时听来的，似乎各咖啡馆里都在议论这个新来的中国人，全城人都在交换和总结着有关我的情况——我暗自庆幸还不曾去过下流场所也不曾干坏事。C又介绍我去认识一个个既不懂英语更不懂中文的警察、酒店老板、卡车司机，敲定一个个吃饭的计划。我苦于酒量有限，对这种热情的"吃喝风"颇为恐惧，只能把"NO"字一个比一个说得更坚定，使C不免有些扫兴。

后来，他还是让我见识了他的几位文学朋友。一位是右脚有点跛的阿根廷老头，教授拉美历史，写过不少小说，只是总要在厕所里耗去很长时间，大概是腿不灵便的缘故。但他的眼光极亮，温和而善良，一看就是那种善解人意的好老头。还有位女记者叫安娜，总是在义务性张罗各种文化活动。据说她与朋友们筹资出版一些文学作品，但大半是赔本，因此得花百分之八十的时间来讨钱，拉赞助。

C醉了，说的英语更不可解了。他又说了很多，我只能木然。我调侃他："你别跟我说法语，别跟我说意大利语！"他哈哈大笑："你不懂法语是好事，不知道人家在说什么，可能觉得人家很聪明。要是听懂了，你就会发现法国人说很多蠢话和废话。"——他说自己在南美洲旅游时，就有过这种类似的经验。

他说这些话倒是很聪明，而且让我听得懂。

他说他更愿意住在小城市，不愿意长久待在巴黎。巴黎人有什么呢？与你分手时常常热情洋溢，约定再见，就是不约定具体时间和地点。你对这种模糊空洞的约定切切不可太认真——他一再瞪大眼睛警告我。

C还多次在我面前表示，他的生活中至少有八位女人。但他瞧不起妇女，抱怨现在每一天都似乎成了妇女节，抱怨巴黎那些解放妇女简直同男的一样，无论遇到什么事都要占个强，那叫男人还活不活呵？话头一转，他吹嘘自己在家里什么活也不干，可后来我到他家里去时，发现他酒醒之后其实什么都干，包括做饭和刷碗，包括给妻子点火抽烟，包括为妻子拿鞋子寻袜子拍灰什么的，对妻子的每一文学观点都热烈拥护并加以深入论证。他实在不愿赞同妻子的共产主义信念，但也不敢怎么争辩。

他妻子D是本地人，幼儿园的教师，曾开车带我去看她的娘家，访问小河边的一个村庄。我们在小河里撑船，看周围的沼泽地、芦苇荡以及野鸭子。她惊讶我居然会撑船，我说这没什么奇怪，我下乡六年，是个乡下人。

她总是提心吊胆注意着远处一匹马，担心那匹马突然冲过来。我这才发现，这里有很多野马，威严挺立，昂首四顾，守护着西海岸的宁静。

男人的风度

不记得是哪一张报纸载文称，从整体上说，法国男人的风度在世界上该算首屈一指。与这些高卢人的后裔相比，美国人太过粗放，英国人略嫌拘谨，德国人的目光有些冷漠，日本人和中国人则难掩浮躁。

法国男人出门前总要刮脸梳头，即便是巴黎的乞丐，也常有衣着光鲜风度翩翩者。法国的男人尤爱展示自己对女性的宽容体谅。他们开车，有偶尔违反一下交通法规的癖好，自娱自乐于自由不羁的国民性，但只要见女士横过马路，便远远地减速、停车，无论豪华奔驰或破烂卡车一律如此。排队买电影票，从未见过男士插队，"夹塞子"的只会是女流。她们也从不会招致男士的指责。从队列中发出不满嘘声的，只会是女子。如果这些心怀不满的女子旁边恰好有男伴，那男伴必定将她搂近身旁，温存地哄着，直到前面那女"塞子"买到票离去为止。

好男不与女人斗，好男不计女人过，这种对女人的优宠是否也隐含着一种居高临下的照顾甚至蔑视？某些激进的女权主义者正是这样提出疑问的。"女士优先"之类常常宠出她们的恼怒。她们甚至还指责现存语言是男人的语言,因此她们很难用言语来真正表达她们的感受和主张。

法国男人对这种指责仍然微笑以待,表示充分的理解和支持。想想看,男人当到了这分上,还要怎么办?

他们立如柱,坐如钟,时时不辱"男士"这一个词——英语中,"男士"与"绅士"同为gentleman,其词义源于优雅、高贵、温和、耐心等。法国男人大概算得上欧洲这一文化传统最精致的体现。

报纸上还说了一件事:前不久,一个黑大汉喝醉了,在某地铁站无故打人,从这个车厢闹到那个车厢,连劝解者也挨了几记乱拳。几个车厢的法国男人皆立如柱坐如钟,似乎没看见,继续关心着自己手中书报的艺术或哲学。唯一北欧男子路见不平,去与黑大汉论理,结果被对方打得头破血流。眼看着司机也不敢管,最后还是一些妇女忍无可忍,组成人墙,保护了那位北欧人,把事情了结。比起某些法兰西先生们来,那位北欧人知其不可而为之,劳而无功,鼻青脸肿,狼狈不堪,在脂粉们的救护下一跛一跛离去,自然是十分缺乏风度的。

我当然喜爱那些法国男人的风度——在没有醉鬼向我暴力攻击的时候;正如我激赏中国士大夫传统的闲适、飘逸、超脱和虚净——在没有外敌横行和暴政肆虐的时候,没有人血横流的时候。美一不留神就成了丑。美不可凝固为一种仪态和一种时尚,人们是否明白这个道理?

我相信法国男人们也明白这个道理——那些创造了《马赛曲》和《国际歌》的男人,在革命和战争中流汗流血的男人。他们可能有种种女人不能原谅的毛病,但如果出现在这一天的地铁站,至少不会在暴行面前优雅地袖手。

发财之道

有一天,我同一位朋友到唐人街吃饭。饭后付款,餐馆女老板面带愧色,合掌鞠躬,连声说对不起对不起,今天收了你们的钱。我有些奇怪。吃饭埋单,天经地义,她何出此言?

朋友出门后告诉我:这位女老板是被国内来的一些民主派吃怕了。那些人领了法国政府的生活费,但今天在这个餐馆开民主讨论会,明天在那个餐馆开民主研究会,统统吃饭不给钱,好像是从浴血奋战的前线归来——老子吃你几餐鸟饭还要给钱?

原来如此。这使我想起自己当年在某林业局挂职副局长,常跟着书记或局长到下面去开会,白吃白喝不算,饭后每人还白拿一条烟。你如果想洁身自好又不得罪同行,不拿烟可以,但千万别拒绝,最好是含含糊糊去上厕所,等他们把烟塞进皮包后再返回来装聋作哑。老百姓把这种会叫做"现场(尝)会""常(尝)委会"。有意思的是,执政党中有人热衷此道,反对派中也有人"会"术高超,只是把会名稍改,开到外国的唐人街来了。

我这位朋友旅法多年,也算是一个民主派,每每对许多同志的表现痛心疾首。他又说起一件事。前不久闹了一场"民主广播船"的风波。其实,台湾当局早就通过很多渠道,表示不容许这条船去台湾近海对大陆广播,不愿意因此添麻烦。旅法的很多中国人都知道这一点,但一直瞒着洋人们,仍然到处慷慨激昂,准备勇敢献身,一种壮士一去不复返的模样,骗得洋人们纷纷掏钱赞助。结果,少数人把洋钱赚足了,但隆重的起航誓师大会上,只有傻乎乎的外国各界要员前来致辞欢送,只有一些受雇的洋水手登船出发,但汽笛一拉响,船上清一色的洋面孔,连一个中国猛士也没有。

船至非洲某港口，有一位台湾记者登船采访，算是船上唯一的中国种。

这条二手船跟跟跄跄，一路上又是轮机有毛病，又是冰箱不制冷，走得十分艰难。好容易到了中国海域，船上人才知台湾方面早有禁令，不免大呼上当。回头看去，当时慷慨激昂的中国人裹胁赞助款，早已无影无踪。

"唉，"我这位朋友叹气，"外国人幼稚得像中学生，哪是中国人的对手？"

在他看来，很多外国人确实显得幼稚、简单、书生气、一根筋，即使叛逆得吸大麻或裸体上街，仍不失欧洲人的种性，比方说，他们经常会认真地对待宣言口号。其实，时代渐入世纪末严冬，信念越来越多地成为利欲的面具。在好些人那里，钱就像数学中的零：零乘以任何数都等于零，那么钱乘以任何宣言口号都等于钱——这是隐藏在一切政治演算之后的基本公式。故专制能发财，民主亦能发财。不懂得这一点的人，实在没有资格来谈论宣言口号，尤其没有资格与某些中国政客打交道。

我们多少懂得这一点，但这种国产世故是值得我们深感荣耀还是深感耻辱？

我与朋友坐在卢森堡公园里，不知道该干点什么好。落叶飘零，石头椅子很冷，很冷。巴黎正一寸寸融入金色的夕阳。

我心归去

我在圣·纳塞尔市为时一个月的"家"，是一幢雅静的别墅。两层楼的六间房子四张床三个厕所全属于我，怎么也用不过来。房子前面是蓝海，旁边是绿公园。很少看见人——除了偶尔隔着玻璃窗向我叽哩哇啦说些法语的公园游客。他们无一例外是来找公共厕所的,这幢公园边孤零零的房子,只可能被他们误认为厕所。

我向这个友好的民族一次次声明:这里不是厕所。

最初几天的约会和采访热潮已经过去,任何外来者都会突然陷入难耐的冷清,恐怕连流亡的总统或国王也概莫能外。这个城市不属于你,除了所有的服务都要你付钱,这里的一切声响都弃你而去,奔赴它们既定的目标,与你没有什么关系。你拿起电话不知道要打向哪里,你拿着门钥匙不知道出门后要去向何方。电视广播以及行人的谈话全是法语法语法语,把你因禁在一座法语的监狱无处逃遁。从巴黎带来的华文报纸和英文书看完了,这成了最严重的事态,因为在下一个钟头,下一刻钟,下一分钟,你就不知道该干什么。你到了悬崖的边缘,前面是寂静的深谷——不,连深谷也不是。深谷还可以使你粉身碎骨,使你头破血流,使你感触到实在。那里不是深谷,那里什么也没有,因此你跳下去不会有任何声音和光影,只有虚空。

你把吊灯作第六次或第六十次研究,这时候你就可以知道,你差不多开始发疯了。移民的日子是能让人发疯的。

我不想移民,好像是缺乏勇气也缺乏兴趣。C曾问我想不想留在法国,他的市长可以办成这件事,他父亲与法国总理也是好朋友。我说我非常热爱和羡慕法国,但我在这里能干什么?守仓库或卖家具?当文化盲流变着法了讨饭?即使能活得好,我就那么在乎法国的面包和雷诺牌汽车?

很想念家里——似乎是有点没出息。倒不是特别害怕孤寂,而是惦念亲人。我知道我对她们来说是多么重要,我是她们的愉快和安定感。我坐在柔和的灯雾里,听窗外的海涛和海鸥的鸣叫,想象母亲、妻子、女儿现在熟睡的模样,隔着万里守候她们睡到天明。电话就在身边,随时可以通话。市长说政府可以为我付费。

当然，电话太多会对不起法国的纳税人，隔着大洋谈谈怎么做面条的事，她们听了也会觉得滑稽和奢侈。我要女儿从电话里爬过来看看大西洋，她说我没有那么小，怎能从电话线里爬过来？

爱国主义有时成为政客的骗术。是爱国土（country），是爱国族（nation），还是爱国府（state）？中国的"国"字多义，常常含糊以用。而且从逻辑上说，如果爱国主义是成立的话，那么下延爱省主义乃至爱县主义，上延爱洲主义乃至爱球主义，也是可以成立的。没有道理不让人爱它县、它省、它国的土地，比方说爱一把日内瓦或亚马逊河。但我相信，即便欧洲的"祖国"这个词几乎成了纳粹"光头党"的标志，即便有人因此而特别反感这个词，但他或她也没法不时常感怀身后远远的一片热土——因为那里有他的亲友，至少也有他的过去。

时光总是把过去的日子冲洗得熠熠闪光，引人回望。

我这才明白，为什么各种异国的旅游景区都不能像故乡一样使我感到亲切和激动。我的故乡没有繁华酥骨的都会，没有静谧侵肌的湖泊，没有悲剧般幽深奇诡的城堡，没有绿得能融化你所有思绪的大森林。故乡甚至是贫瘠而脏乱的。但假若你在旅途的夕阳中听到舒伯特的某支独唱曲，使你热泪突然涌流的想象，常常是故乡的小径，故乡的月夜。月夜下的草坡泛着银色的光泽，一只小羊还未归家，或者一只犁头还插在地边等待明天。这哪里对呀？也许舒伯特在歌颂宫廷或爱情，但我相信所有雄浑的男声独唱都应该是献给故乡的。就像我相信所有的中国二胡都只能演奏悲怆，即便是赛马曲与赶集调，那也是带泪的笑。

故乡存留了我们的童年，或者还有青年和壮年，也就成了我们生命的一部分，成了我们自己。它不是商品，不是旅游的去处，不是按照一定价格可以向任何顾客出售的往返车票和周末消遣节目。故乡比任何旅游景区多了一些东西：你的血、泪，还有汗水。

故乡的美中含悲。而美的从来就是悲的。中国的"悲"含有眷顾之义，美使人悲，使人痛，使人怜，这已把美学的真理揭示无余。在这个意义上来说，任何旅游景区的美都多少有点不够格，只是失血的矫饰。

我已来过法国三次，我得心虚地供认，这个风雅富贵之邦，无论我这样来多少次，我也只是一名来付钱的观赏者。我与这里的主人碰杯、唱歌、说笑、合影、拍肩膀，我的心却在一次次偷偷归去。我当然知道，我将会对故乡浮粪四溢的墟场失望，会对故乡拥挤不堪的车厢失望，会对故乡阴沉连日的雨季失望，会对故乡办公室里的阴谋和新闻广播中的虚假失望。但那种失望不同于对旅泊之地的失望，那种失望能滴血。血沃之地将真正生长出金麦穗和赶车谣。

故乡意味着我们的付出——它与出生地不是一回事。只有艰辛劳动过奉献过的人，才真正拥有故乡，才真正懂得古人"游子悲故乡"的情怀——无论这个故乡烙印在一处还是多处，在祖国还是在异邦。没有故乡的人身后一无所有。而萍漂四方的游子无论怎样贫困潦倒，他们听到某支独唱曲时突然涌出热泪，便是他们心有所归的无量幸福。

一九八九年至一九九二年

最初发表于一九九二年至一九九六年《海南日报》。

世 界

一

很多年前,我在湖南的汨罗江边插队,常听当地一些农民聊天。在我那个村子的附近,山头还有抗日战争时留下的战壕,偶尔还能在草丛或荒土里找到一颗锈垢缠裹的颗粒,磨一磨就亮出铜泽——是子弹。子弹证实了史料上的记载,那里曾经发生政府军截断长岳公路的阻击战。

农民把兵称为粮子。农民说日本粮子好可怕,说那时候一个受伤的日本粮子进了村,可以吓得全村的男女老少跑个精光。

对付这个兵,还是个掉队的伤兵,上百号男女没有人想到还有另外一种方式。

我对这种说法大为吃惊。我从农民的笑谈中洞见了另一种真实,一种耻辱感挥之不去的真实。我很不情愿地明白,这个民族自清末以来一次次成为失败者,除了缺少工业,还缺少另外一些东西。

二

多少年后,一九八九年的法国巴黎曾经有一个酒会。主人是来自台湾的一位文化高官,主宾则是大陆一些有名气的文化人,还有少数几个法国朋友应邀作陪。主人明明可以说一口漂亮的国语,也明明知道他的主宾们听不懂英语,但更愿意用英语致词。译员当然是有的,但只把英语翻成法语,把面面相觑的一大堆中国人晾在一边。

一个中国留学生觉得不对劲,准备提请主人注意到这一点。居然有一位作家拉住了他的衣袖:"不要非礼,这可能是人家的习惯。"

一种奇怪的形势就这样持续下去。主人对主宾们致词,压根不在乎对方能否听懂。这种绝非疏忽的轻慢,竟然有受辱者毕恭毕敬地容忍,而且不准别人代为反抗。

中文是世界上四分之一的人口所使用的语言,包容了几千年浩瀚典籍的语言,曾经被屈原、司马迁、李白、苏东坡、曹雪芹、鲁迅推向美的高峰和胜境的语言,现在却被中国人忙不迭视为下等人的标记,避之不及。

沉默的一群仍然听不懂,但没有人退场,也没有一个人站起来,用这种双方都听得懂的语言说一句:"先生,请你说中文。"

三

听说以上情景的那一刻,我猜想一个民族的衰亡,首先是从文化开始的,从语言开始的。侵略者从来明白,攻城莫若攻心,而一个人的心里只有语言,精神唯语言可以建筑和守护。

法国作家都德的小说《最后一课》，已经描述过向侵略者缴出语言的痛苦。满清王族最终没能征服中国，也是被中文的汪洋大海淹没，退出紫禁城则只是迟早的问题。走出十九世纪的撒哈拉沙漠以南非洲，身上最深的伤痕，也许不是来自帝国的入侵和掠夺——外来的实业家固然心狠，但有时候留下一点科学技术的扩散，留下一些大楼或公路，对殖民地的经济多少有一点刺激。比较起来，帝国最大的罪恶，影响最为深远的罪恶，莫过于语言殖民化所带来的文化残疾。文化消解了，就像灵魂熄灭了，一个民族即便有再强健的体魄，也只能任人宰割，形如散沙，没法凝聚出坚定的行动和旺盛的生命。陷入经济上的长久困局，也在所难免。

美国长篇小说《根》里面有一段情节：主人公一次次逃亡，宁愿被抓回来皮开肉绽地遭受毒打，不惜冒着被吊死的危险，绝不接受白人奴隶主给他的英文名字，而坚持用非洲母语称呼自己：昆塔。

可惜，只剩下这样一个血淋淋的名字，一代代秘密流传下去，也只具有象征意义。作为昆塔的第七代后裔，小说作者只能用英文深情地回望和寻找非洲。白人强加给他所有同胞的基督福音，无法解决那一片大陆上累积的问题：债务、战乱、艾滋病，还有环境破败和技术落后。

中国的很多字也有血迹，只是已经褪色，已经被人淡忘而已。海峡两岸的这些高官和文豪，在这一天的酒会上主动和自愿地背弃了中文。事情很明白，这些聪明人感觉到中文没有足够的含金量，至于还含注多少尊严，多少热诚，多少创造的智慧，也并非不成为问题。他们为了显示与自己领带和皮鞋相称的教养，没有必要对这种下等的语言亲近。

四

文明是一条长长的河,不断地有细流的渗去和汇入。生的就生了,死的就死了,命运严酷无情。没有充分理由断定,某种文化将长盛不衰万世永存。南美洲的丛林里,玛雅文化只有废墟残存供后人凭吊和猜测。当年不会比汉语覆盖面小的古希腊和古埃及文明,在基督教和伊斯兰教兴起之后,也呼啦啦崩溃。

辽阔的中国,期待着一个奇迹般的再生。从"五四"运动或更早的时候开始,一场文化再造的百年苦斗,从西来的民主和科学中获取热能,历经外部的封杀和内部的自戕,把数以亿计的人导出了腐朽王朝的暗影。但是压力和危机尚存。我们还没有今天的孔子和庄子,今天的《离骚》和《坛经》。我们有世界上人数最多的大学群落,但还没有自然科学里的爱因斯坦、海森堡,没有哲学里的康德、马克思、海德格尔,没有历史学里的汤因比,没有经济学里的亚当·斯密、凯因斯,没有文学里的托尔斯泰、卡夫卡,没有艺术里的毕加索、贝多芬……一句话,从总体上看,我们毕竟还少有影响和推动世界潮流的当代文化巨人。描述一个文化上的东方强国,还只能含糊其辞。

我们不得不一次次地承认自己的学生地位。严格地说,我们的很多学科,至今还在靠西方的输血而生存。我们不少学贯中西的大学者,因其种种无法摆脱的历史限制,更像一些介绍家、鉴赏家、综述家、资料整理家,而不是创造家。他们即便干得很不错的时候,也只是称职的导游员或节目主持人,对各种节目融会于心,但没有自己的节目,或者自己的节目不够精彩。他们被尊为区域性名人,但还无法被纳入全球性的文化视野——即使把有些人对东方的歧视因素排除出去。现代中文的价值含量,还没有使中文达到人家必须尊重，必须使用，必须广设课程加以学习的程度——虽然近来的情况稍好了一些。

对一个人，对一个民族的语言出产，希望有更多独特性的创造，这永远不是什么苛求。

五

相反，一百多年后，目下正大举炒入西方市场、正在被某些西方人争相喝彩的，却是另一类中国文字。有几部志在票房的电影，有几本通俗的自传性小说，作者可以在艺术上平庸得一塌糊涂，唯独在一点上却绝对精明和清醒：那就是要挤眼泪，揪鼻涕，全力展示中国的乖戾、残酷、可笑，暗无天日，不近人情，不可救药，其文化背景该遭天谴，以满足某些西方人的怜悯欲和种族优越感。他们像一些职业乞丐，进入都市之后，被财富和做派吓得两眼发直，大气都不敢出，于是选择最省力气的角色：衣服一定破烂，头上一定要有脓疮，最好还能在街头亮出血糊糊的伤口和畸形的断臂残足，以便招来好奇的围观，让路人施舍小钱。

为了使乞讨有一个神圣的名义，他们学会了下注政治。也是在法国，一个装满深刻表情的演讲厅里，优质音响设备正在传出哪怕最微弱的咝咝气声。一位记者提问："在现在的中国，还有没有人因为写小说而坐牢？"我身旁一位女作家犹豫了片刻，斟酌着说："我见到过一个囚犯，他说，他写过小说。"

回答当然很精明。把"因为写小说而坐牢"偷换成"囚犯写过小说"，含混之际，既满足了记者对答案的预期，又不违背事实。既以貌似大胆的言论在外面出彩，又没有超出底线，不至于因言论失实受到国内的追究。让记者高兴是重要的，舆论意味着自己的知名度、出版机会、访问邀请和美元。暂时不得罪中国官方也是重要的——假如自己还打算回国或者出任什么委员，还打算踏上通向权力高层的红地毯。

镁光灯闪亮，这位作家后来果然被记者们热烈包围。

这样的成功，培养着西方人的知识胃口，这种胃口反过来要求更多的惯性刺激。于是一时之间，一批批国人前去就范，一面对洋人就嘴巴不听使唤，一个劲往话筒里喂入谎言。他们在西方混多了，懂得在诉苦之余还应加一点文化作料，比方穿戴上西方人爱看的佛珠，比方掏出一只偷偷从工艺商店买来的小脚绣花鞋，声称那是祖母的遗物，并为此当众流下眼泪。他们明白，不少西方人在吃饱牛排之后，要像看橄榄球或汽车赛一样来看绣花鞋——而且缺乏足够的中国经验来辨别真伪。

一九九四年春，我在国外的书店、影院以及交谈中，对这种汉奸文化的越来越多以至铺天盖地感到震惊。我不知道正派的西方人会如何看待这些。我一点也不想掩盖伤疤，不否认中国确有很多悲剧给这些乞讨者提供了理由和机会，那些悲剧制造者更应受到指责。我也不认为民族的面子有什么要紧，不觉得一见家丑外扬就需要恼怒。但我还是觉得下跪的姿态刺目。

不是一般的卑亢失度，或者糊涂。一切美奸、法奸、澳奸、日奸、德奸、俄奸以及汉奸的共同特征，就是势利。他们的每一句话，都可以使你清楚地感到目的所在：是一份优薪，一本洋护照，还是一顿午餐。他们从来不会站在学术良心或社会责任的立场，说一句没有利益回报的废话，连耍流氓也招招实惠，决没有胆量举起手来，纠正权势者某一个常识性的错误。

他们也从来没有幸福，从来不觉得身后也有幸福。他们不知道幸福其实是热情，是生命力的笑容，是在世界任何一个角落和任何时候都存在的上帝之光，辉照在正派人互相熟悉的眼神里——即便在"文革"时代命贱如草的穷乡僻壤，即使在法国大革命和美国独立战争血流成河的日子,幸福也依然存在。只有可怜虫才永远自怜,嘴里只能出产呻吟。他们即便享遍满世界的福,也还会怨气冲冲,只要一转眼见到更有钱的人,还会有下跪的习惯。

我也曾经被邀去演讲。看着台下一双双蓝色的眼睛,我揣测他们想听到什么。我本来打算谈父亲的自杀,谈自己亲历的枪战和监狱,谈中国一幕幕惨剧和笑剧……我知道那最能收获西方的兴奋。但我突然愤愤地改变主意,并自觉羞愧。这羞愧不在于我说什么,而在于我为什么要那样说。

这不意味着从此对中国的苦难缄口,只意味着开口不再取悦于人。

我不能与下贱的语言同流。

六

英语并不是从来血统高贵。十一世纪,说法语的诺曼集团侵占了英国之后,英语曾被视为一种下贱的语言。英语只与穷人的事物有关,而政界和都市则流行法语,读书人更习惯拉丁语。乡下穷人喂养的"猪"是英语,城里富人吃的"猪肉"是法语,这一类差别和混杂一直保留到今天。

在宗教改革家M·路德把《圣经》从希伯来文和希腊文翻译成德文之前,德文也曾被视为世俗的语言,不配用来谈论宗教和灵魂。他以"职业"的俗义来译注"天职",在教廷心目中简直是犯上和渎神。比他更早一点的捷克教士胡司,主张用方言作祈祷,把教义捷克语化,也构成异端罪之一。他付出了更高的代价——最后在广场上被活活烧死。

我要说的下贱语言则是另外一回事。不是指语种,而是指语

233

质。不是指弱势阶级或弱势民族的语言,而是指任何一种语言中都可能出现的品格退化。

这可能以貌似圣洁的形态出现,比如在中国的"文革"。假话大话空话套话,句句红光亮。禁欲主义的语言专制清除了所有描述人欲的词汇,使之进入无名状态的黑暗,结果带来生命的枯萎,带来幽默、轻松、温情、执拗等个性的绝育。人们即使在家信和日记里,也渐渐活出社论和革命公文的模样,活出整齐呆板的格式。今天的人只要翻一翻当时的印刷品,无不惊讶字号的奇大。其实当时人们已无话可说,大量语言找不到指陈对象,只得从人们的记忆中退出——到了这一步,一个大字号的国家必然出现。用增大字号的办法来充塞版面和空洞大脑,自然成了普遍的无奈。

但语言品格的退化眼下在更多地方表现为鄙俗化,表现为市井下流腔。同样是假话大话空话套话,同样是语言的暴力,但它排泄在流行歌曲和野鸡小报里,给人心强加种种卑污的时尚,诱发出油滑、浅白、混乱、人云亦云,还有媚从的语气和表情。它总是向心于金钱,只指涉利害,散发不出激情的血温和光彩,无法用来讨论崇高和意义。就像青楼小调只宜与瓜子、胭脂、麻将、酒肉相配合,无法用来演出正剧,无法用来歌唱母亲或女儿。

这种语言与官腔构成了下贱的两极。因此,让一个庸官改行为流氓,或者一个流氓改行成庸官,不会特别难,但让他谈一谈内心,谈一谈英雄,谈一谈境界和趣味,谈一谈对草原或海洋的感受,通常就有语言的空白和障碍。

官僚是经常标榜道德造型的,但很多官僚的阅读水准,只合适男盗女娼醉生梦死的恶俗读物,从不敢去碰鲁迅。同样道理,新派精英是憎恶"文革"的,但很多精英的口舌常常摆脱不了"文革"的流行词语和常用句式,每到哗众之时,对旧时代的做派、手势、歌曲等总是不自觉地一次次加以模仿,使之突然复活。

事情就是这样，有些对立是虚假的对立，一旦照照语言的镜子，就显示出深层的同构和同质。

语言是精神之相。一个民族如果出现了下贱的语言潮流，如果一个民族的大报小报都充斥着官腔和流氓腔的语言繁殖，那么必定已病相深重。

七

关于西藏，是一个我缺乏知识的话题。但比我更缺乏知识的很多西方人，比我也比西藏人还愿意谈西藏，正在一次次要求中国把它割让——他们说这话的时候，从来没有想到应该把美国还给印第安人，把南非还给黑人，把澳大利亚和新西兰还给原住民，也没打算要求英国放弃北爱尔兰。

在一九九四年的春天，也许我的结交范围有限，我发觉同行的好些中国人一碰到这个话题就吞吞吐吐，就左右旁顾，就盯着烟头做深思状做叹息状做理解状。也许，出于生计等方面的隐秘原因，他们必须出言谨慎，必须顾及当地主人的脸色。也许，在习惯了日常人与人之间的庸俗之后，他们已经找不到谈论这一类话题的语言，已经不知道如何描述历史和表达公道。在长长的旅程中，我居然只见到一个中国人敢于对此正色，敢于区分什么是正常的讨论，什么是居心可疑的讹诈。这个人平时不大言语，以致我一直对他没有什么印象，常常不觉得他在场。但他突然冒出来，突然用不大流畅的粤式中文说："不要上西方政客的当。"

他说："尊重西藏是一回事，分裂中国的阴谋是另一回事。如果今天是西藏，那么明天就是新疆，是东北，是台湾和香港。"

他又不说话了，直到离开餐厅，无声地没入夜色。

我后来才知道，这位先生算不上地道的中国人。他只是祖籍广东，自己为越南籍，然后是澳籍。在他逃离到澳洲之前，红色政权杀了他的父亲和好几位亲人，没收了他家几十公斤黄金。他乘一条渔船在公海和印尼荒岛上漂泊数月的情景，至今记忆犹新。

我还知道，他是个与巴黎的演讲厅和话筒无缘的穷人，眼下领着失业救济。这个世界很难听到他的声音。

八

我不是一个民族主义者，至少不是某些人理解中的民族主义者——虽然这个主义可以成为弱小者的精神盾牌。在我看来，这张盾牌也可以遮掩弱者的腐朽，强者的霸道，遮掩弱者还没有得手的霸道，强者已经初露端倪的腐朽。

谈主义很容易简单化，摆出一个民族主义的爱国英雄姿态，更是比下馆子还容易的事，尤其是大家口袋里有了些钱的时候。

我住在海南岛，这里总是满目皆绿，疯野和肥厚的绿色。偶有惊心之艳，是一树树紫荆憋不住了，溢出了遍地的落红。有时还有熟透的椰子在你鼻子前砰然坠地，让某个初上岛的人大惊失色。海南有一句戏谑，说一个椰子砸下来，足以打中三个总经理。这戏说了一种社会现状，一种市场经济的奇观。似乎一夜之间，公司如林，连少女和儿童的节日祝词也是"恭喜发财"。

大浪淘沙，几起几落，然后我看到有一批人，正在社会的底片上逐渐显影。他们大多年轻，手握巨资却不张扬，暗藏野心却老成和审慎。他们是名楼名车的买主，却已及时地风雅和朴素，比方对走路和家常小菜更有兴趣。他们的目光正在越出国界，进入了经济全球化更宽广的领域，比方染指金融或期货。因此他们往往比外交官更熟悉伦敦或芝加哥的时间，更为清楚英文或法文的各种名称缩写，虽潜行于人海的某一角落，却通过便携电话正追踪着美元的价位,日本财相的病情,海湾战争的进展,巴西的气象预报,波兰的就业率以及七国峰会半个小时前的争议……以便决策自己今天下单的时机和方向。多少年前革命领袖对红卫兵"胸怀世界"的号召,在今天这些人没有硝烟和流血的电脑屏幕上,喜剧般地得以实现。

有些西方政治家曾像高龄产妇一般,期待着这个阶层在中国的临盆和成长。奇怪的是,恰恰是这些人可能最让西方沮丧。他们不再是情绪化的大学生,凭几部进口电影来梦想异国,他们日益增长的财产更容易决定他们的逻辑和态度。崇洋一夜之间变为仇外,对于他们来说并不太难。如果他们正在出口皮鞋,当然会痛恨西方国家对中国的经济制裁。如果他们准备去西藏或香港办公司,当然会警惕"藏独"或"港独"的游说。他们巨大的购买力,买出了境外的中文热,比方说让香港售货员们争相学习普通话。

稍微敏感一点的人,都知道事情正在起变化。亨廷顿,哈佛的终身教授,当然也感到了热烘烘中文的压力,终于在一九九三年的《外交》季刊上披上了战袍,强调不同文明之间因差异而引起的冲突,把儒教文明和伊斯兰文明,视为美国在冷战之后最大的威胁。在同年十二月的哈佛大学一次讲座中,他更把话说白了,提出政治学必言霸权,美国应该联日,拉越,压俄,共同来"围困中国"。

我对亨廷顿没有什么惊奇。我只是惊奇某些国人的微妙反应。他们连忙去引经注典,向教授发出哀哀怨怨的表白。比方首先与阿拉伯坚决划清界线,称"西方文明与伊斯兰文明之间冲突的分析尚能站住脚";或者再打一个小报告,向亨廷顿举报俄国,断言只有"东正教文明会成为反西方文明的最主要挑战者"。这种无聊的乞讨和挑唆,竟成为好些精美期刊上的学术。

他们倒不如一些实业家,能一眼看穿亨廷顿,不过是从经济战车上飞来的一颗哲学炸弹。手里不是冲锋枪而是计算器,身上不是迷彩服而是上班装,桌上不是军事地图而是销售账表,前面不是铁丝网而是"进口限额""关税法案"之类所保护的市场纵深。一场民族之间的经济大战迟早要接火,或者说已经接火。在这场战争中,祖国常常是投资者们的必要掩体。

从精神上保卫一个民族,就义者总是有限。当民族变成利益符号和利益载体的时候,一切就差不多成了通俗故事,不难激起社会性狂热。不光是烽烟滚滚的波黑、中东、阿富汗、卢旺达正在重新高扬民族的战旗,连加拿大、印度、意大利、西班牙、德国、美国的夏威夷,也都有要求分治要求散伙的吵吵嚷嚷。"祖国"成了光头党的常用词。"本国优先"是竞选人拉票时不可少的激昂,是最时髦的政治流行色。百分之几的失业率或一块油气田,就可以使人们突然对肤色和母语的差异大惊小怪,突然觉得异族面孔不可容忍,必须恶语相加,拔刀相向。

国家解体同夫妇离婚一样频繁多见。国家数目在迅猛增加。有人预计,到下世纪初,这个数目可能增加到五百。到那时候,我们将比现在有多得多的边界,多得多的海关,多得多的总统班子和外交纠纷。既然上帝不再出现在裁判席,既然共产主义也不再是理想,那么还有什么可以充当民族的胶粘剂?于是,一个似乎没有任何主义的时代里,民族主义似乎正在成为最后的主义。

我对此感情复杂。

九

"民族"这个词使用得最多的今天,实际上是它的词义日渐空虚的时候。美国就很难说是一个民族。它包括唐人街、韩国城、小东京、犹太区、意大利街、墨西哥街,等等。操西班牙语的果农、操挪威语的麦农、祖籍在波兰的矿工、哈勒姆区的黑人老太，还有印第安保留区载歌载舞的男女……这全都是美国，也几乎是世界。在一九九〇年的调查中，美国人中每八个人就有一个人是异族混血的产物，牵连到至少两种以上的血统以及文化根源。这个越来越"杂种"的美国，只好用爱国主义来置换民族主义。

国界的意义也越来越引人生疑。苏联的核电站事故，污染了境外好几个国家。日本的酸雨，则可能来自中国和东南亚。废毒气体对地球臭氧层的侵蚀，受害者将不是哪一个国家或哪几个国家，而是整个星球。事情不仅仅如此。在今天，任何一个单独的民族，也无法解决信息电子化、跨国公司、国际毒品贸易等难题。正在延伸的航线和高速公路，网捕着任何一片僻地和宁静，把人们一批又一批抛上旅途，进入移民的身份和心理，进入文化的交融杂汇。世界越来越小，电视机使我们都成了世界的前排观众，时时直面地球的每一个角落。

在这种情况下，如果你不把这个世界当作一按键钮就挥之即去的东西，不过是在几十个频道间跳来跳去的东西，你就完全应当采用比"民族"更为宽广的视角。民族是昨天的长长留影。它特定的地貌，特定的面容、着装以及歌谣，一幅幅诗意图景正在远去和模糊。不管我们愿不愿意，现代移民们已经不再有旧时的山长水远，不再有牵动愁肠的驿路遥遥。电话和飞机票，正在使故土和故人随时可至，就像附近某个加油站或杂货店，无法积累和强化游子的激情。长别离既已不长，长相忆也就无所可忆。更重要的是，当工业文明覆盖全球，故乡与祖国便在我们身后悄悄变质。不管在什么地方，到处都在建水泥楼，到处都在跳恰恰舞，到处都在喝可口可乐，到处都在推销着日本或美国的汽车。照这样下去，所有的地貌模仿出同一的景观，你思念的故乡与别人的故乡差不多没有两样；你忠诚的祖国与别人的祖国也差不多没有两样。那么这种思念和忠诚还有多少意义？还如何着落？

近些年来，我每一次回到湖南老家，都加深了这样的感觉，不免有一些怅然。哪怕是在一个偏僻的山寨，我听到立体音响里轰轰扑来的，不是记忆中的唢呐和山歌，而是我在海南、在香港以及在美洲和欧洲都听到的电子流行音乐。这样的故乡，我的后代还能不能把它与其他旅游地给予区别？还能不能在其中寄寓特有的情感？

民族感已经在大量失去它的形象性，它的美学依据。

根系昨天的，唯有语言。是一种倔头倔脑的火辣辣方言，突然击中你的某一块记忆，使你禁不住在人流中回过头来，把陌生的说话者寻找。语言是如此的奇怪，保持着区位的恒定。有时候一个县，一个乡，特殊的方言在其他语言的团团包围之中，不管历经多少世纪，不管经历多少混血、教化、经济开发的冲击，仍然不会溃散和动摇。这真是神秘。当一切都行将被汹涌的主流文明无情地整容，当一切地貌、器具、习俗、制度、观念对现代化的抗拒都力不从心，唯有语言可以从历史的深处延伸而来，成为民族最后的指纹，最后的遗产。

民族似乎仅仅成了这样一种东西：可以被装入录音带，带上它，任何人都永远不会离乡背井。

欧洲一体化似乎胜利在望。海关、汇率、军事和政治之类的问题都是不难解决的，利益纷争也可望找到合适的安排。绕不过去的最后一道难关，看来只有语言，是各个民族绝不会轻易让出的语言权。在M·昆德拉的小说里，一群同去援助柬埔寨的白人激烈内讧，就是因为能听懂英文的法国人坚决不愿说英文，不愿服从英语霸权，情愿忍受太多的麻烦，坚持用多种语言来进行协商。这当然不是小说家的一个噱头。

近年来的左派文化运动，也把语言视为重要战线。反抗中心，挑战主流,保卫文化多元性,少数激进人士甚至拒读莎士比亚,发誓回归印第安民歌或阿拉伯神话。他们宁愿狭隘也绝不卑屈,宁愿孤立也绝不背弃。这个运动在美国叫"政治正确",其英文简称叫 PC,与个人电脑的代号同名。

但我想到它的时候,耳边总是响起另外两个更为响亮的音节"昆塔"。

血迹未干的昆塔。

我们回到了前面说过的那一个画面,昆塔宁可被抓回来皮开肉绽地遭受毒打,不惜冒着被吊死的危险,也不接受白人奴隶主给他的英文名字。他留下了一个永远的诘问:这样做值不值?用英文是否就丧失尊严?就不能活下去也不能得到幸福?如果答案是否定的,那么他的血是否完全白流?是否只是一种愚蠢一种狭隘一种可悲的自作自受?他因此而承受的所有鞭刑,只配受到后人嘲笑?

在未来的人们看来,他只是保卫一盒录音带的无谓代价?

十

有一种表达的困难。

我说完了。我知道这场演讲对于他们来说很乏味,让人失望。他们目光涣散,东张西望,甚至连连哈欠或者早就起身而去,留下冷冷的空座位。除了最后一排的西蒙——谢谢你一张孩子脸上遥远的笑容给我安慰。

他们敷衍地鼓了掌,没有提问的兴趣,也不会觉得有什么问题。好像总算熬过了不可忍耐的停电,现在光明大放,可以好好乐一乐了。他们向那个刚才谈女人内裤的作家微笑,向那个刚才谎称自己一直受迫害的作家请教,请那个出示绣花鞋并且当众流泪的作家去国家电视台接受采访。他们离开我，离开了一个失败者，一件滞销产品。他们希望有趣味的谈资，有印象的表演，有独特性的刺激，观众总是这样的。他们没有必要对乏味客人表示过多的关照和礼貌，更没必要费气力来探究什么方言。

有一个人甚至眼中透出讥嘲，对我刚才的违拗给予报复："你是湖南人，毛泽东也是湖南人，请问下一个最伟大的湖南人是谁？——不包括你。"

"好吧，我听说你也是A大学的毕业生，那么请问A大学下一个最伟大的人是谁？包括你可以，不包括你也可以。"

他克制地笑笑，把不甘罢休的目光暂时落入纸咖啡杯。

我必须这样回答，还击这一类无聊的挑衅——不管他是大报记者，还是学院院长、出版商、文学大奖的评委。这种来自东方的不恭，当然更令他们不快。

我再一次失败，这几乎在意料之中。我苦于缺少更多的故事和才情，至少缺少语言的机灵，来挽救败局。我得承认自己的平庸和笨拙。这没有什么。我宁可暴露自己的平庸和笨拙，也不愿意哗众表演，比方掏出一只可疑的绣花鞋。我甚至不会玩一次仇外的偏激，宣布自己就是国粹派，就是看不起他妈的西方，就是仇恨莎士比亚以及一切白人文学的霸权——那样也容易，至少是一种极致，一种风头，一种未必得到赞同但至少可引人注目的惊险节目。经验证明，很多西方人宁愿遭遇敌手，也不愿意承受乏味。

我不能这样说。因为这不符合事实。我是读过莎士比亚的，是喜欢欧洲文学的——从我在乡下的知青户开始。那时我和同学们在下乡前偷袭了学校图书馆，胡乱偷了一些书，来打发乡下阴暗的雨季。

那个美丽的语言世界让我永远怀念。

我终于明白，语言也是这样一种东西，它无论是莎士比亚还是别的什么，都承载和沉积着人的经验，人的思维和情感，推动了人脑的发育和进化，完成了人群的联系和组织，使人具有人性。作为先民的遗赠，语言守护着人类文化多样性的可能，也担当着人类文化共同性的可能，使人们得以在差异中融合，在交汇中殊行。

我们接受了过于复杂和零碎的地图，我们的肉体分泌出彼此相违的利欲，唯有真理的声音，一种高远澄明嘹亮的精神，可以跨过国境，穿越不同的肤色和发色，为全人类彼此相同的心灵所倾听——如果心灵和心灵都还醒着。

即使面对空空如也的座位，我也仍然这样说。

十一

地球并不算太大，是人类共同的家园。一个人走出县，走出省，当然也可走出国，可以爱其他的国家。正像我们不可想象黑人都留在非洲，白人都守住欧洲。我在国外的一些朋友，常常并不比国内的朋友离我更远——无论是地理的距离还是心理的距离，那么也就无须大惊小怪。

区别其实只有那么一点：你是否还有同情和热爱——在热爱远方的土地之前，你是否热爱脚下的土地？我们从脚下的土地开始了一切。我不得不一次次回望身后，一次次从陌生中寻找熟悉，让遥远的山脊在我的目光中放大成无限往事。人可以另外选择居地，但没法重新选择生命之源，即便这里有许多你无法忍受的东西，即便这块土地曾经被太多人口和太多灾难压榨得疲惫不堪气喘吁吁，如同一张磨损日久的黑白照片。你没法重新选择父辈，他们的脸上隐藏着你的容貌，身上散发出你熟悉的气息，就埋葬在这张黑白照片里。你没法重新选择童年或少年，一只口哨，一个铁环，一个打兔草的竹篮，或者一盏雨夜里瓜棚的孤灯，都先后遗失在这张黑白照片里——也许更重要的是，这里到处隐伏和流动着你的母语，你的心灵之血，如果你曾经用这种语言说过最动情的心事，最欢乐和最辛酸的体验，最聪明和最荒唐的见解，你就再也不可能与它分离。

这样的人，也是远方黑压压的那些你陌生的人。

一九九四年八月

最初发表于一九九四年《花城》杂志。

放下写作的那些年

我一九八八年初去了海南,在相当一段时间里很少写作,但有关经历对后来的写作可能不无影响。

当时交通十分紧张。我选择大年初一动身,是火车上乘客最少的日子。全家三口带上了行李和来自海南的商调函。原单位曾挽留我,一位省委宣传部副部长后来专程追过海峡。我让他看我家的行李,说我家房子转让了,家具也卖了,还回得去吗?他看到这种情况,只好叹了口气,放我一马。

海南当时处于建省前夕,即将成为中国最大的市场经济先行区。这让我们这些满脑子自由、民主、市场经济的人兴奋不已。当时的拟任省长还公开宣布,将全面放开民营出版,给人更多的想象——我几乎就是冲着这种想象去的。

不过,市场经济这东西有牙齿,六亲不认,专治不服,远不是那些知识沙龙里的高谈阔论,不是我们这种小文青的"诗和远方"。一到海南,我就发现那里的"单位"已变味,与内地很不一样,既不管住房,也不发煤气罐,让你办刊物什么的,就给一个光溜溜的执照,一分钱的皇粮也没有,连工资都得靠你们去"自我滚动"。几乎不到一个月,我就发现自家的全部积蓄——五千元存款,哗啦啦消失一大半,眼看就要见底。用自家的积蓄给自己发工资,摸摸脑袋,定了个每月两百,感觉也怪怪的。

起步时,我们只能给发行商打工。根据谈下来的合同,我们每编一期杂志,只得到两万元,开支稿费、工资、房租后就所剩无几。因为人家有资本,有市场经验和营销网络,我们就只能接受这种傍大款的身份。到后来,大款也傍不成了,因为人家要干预编辑,就像后来某些投资商干预拍电影一样,直接要你下哪个角色,上哪个角色,连张艺谋这种大导演也顶不住。我们当然不干,但谈来谈去,总是谈不拢,我和同事只好收拾满桌的稿件,塞进挎包,扬长而去。那一天我们携带一包稿件茫然地走在大街上,吃几碗汤面充饥,还真不知道自己下一步该如何活。

是否得灰溜溜地滚回去,乞求旧体制的收留?

这大概算是全国最早的一批"文化产业"试水。我们既不能走"拳头加枕头"的低俗路线,又要破除旧式的"大锅饭"和"铁饭碗",一开始就腹背受敌,两面应战——没有一个甜饼和鲜花的市场在等你。市场差不多只是有待拼争、格杀、创造的一种未知。为了活下去,我们这些书生只能放下架子,向商人学习,向工人、农民、官员等一切行动者学习。我们派人去书商那里跟班瞟学,甚至到火车站货场,找到那些待运的书刊货包,一五一十抄录人家的收货地址,好建立自己的客户关系。编辑们还曾被派到街上,一人守一个书摊,掐着手表计数,看哪些书刊卖得快,看顾客的目光停留在什么地方最多,看一本杂志在众多书刊密集排列时"能见区块"在哪里……这些细节都透出了市场的心跳和呼吸。

正是通过这种学习,通过各种鼻青脸肿的摸爬滚打,我们后来才逐步脱困,一本严肃的综合类文化杂志,终于扛住了低俗潮流,最好时居然能发行一百二十万册(这个数字说给外国同行听,总要惊得他们两眼圆瞪)。受制于当时落后的印刷技术,我们每期杂志甚至要找三个印刷厂同时开印,才能满足市场需要。那时钞票最大面额是十元,当有些客户用蛇皮袋提着现钞来订货,杂志社所有人都得停下手头工作,一起来数钞票。更有趣的是,一位出纳员去海口市某税务分局缴税,回头高兴地给我打电话,说税务局说从未听过这种税,账上没这个科目,要她把钱拿回来。我在电话里一时同她说不清,没工夫掰扯偷税就会有内伤、隐患、定时炸弹一类大道理,只是说:你理解要执行,不理解也要执行,哭着喊着也要把税缴进去再说——那一次我们强行缴税二十多万。

税务部门中当然也有乱来的。有一次,在另一地,某官员要求我们缴税七八万,把我们的财务人员也唬住了。我几乎一夜未眠,一条条仔细研究税法,最后据理力争,硬是把重复的缴税给抠了回来。

靠这种死抠,我们把一本杂志、一张周报、一个函授学院,统统办成了赢利大户,又活生生进一步办成了公益事业。杂志社曾给海口市福利院等机构大笔捐款。函授学院也按百分之三十的大比例奖励优秀学员,几乎是只要认真做了作业的,就能获得奖学金三百元至一千元不等,并登上《中国青年报》的表彰公告——而他们缴的全部学费只有每人两百。

其实,穷日子不好过,后来的富日子更不好过。一个成功团队总是免不了外部压力剧增,须应对剽窃、举报、揩油、敲诈、圈套、稽查、恐吓信等十面埋伏,而且几乎必然滋生涣散和腐败的冲动。按经济特区当时的体制和风气,我们事业单位企业化管理,从无任何国家投入,因此收益就给人某种模糊的想象空间。有一天,头头们在一个大学的操场开会至深夜两点。无非是有人提出"改制",其实就是后来经济学家们说的MBO,即管理层收购，实现私有化的一条便道——只是当时还没有这些词。我大体听明白了以后，明确表示反对，理由是：其一，这违反了我们最初制定的全员"公约"，突然在内部分出三六九等，很像领导下手摘桃子。其二，这扭曲了利润产生的实际情况，因为我们并非资本密集型企业，现在也根本不缺钱，由管理层"出资"，实属多此一举，不过是掩盖靠智能和劳动产生效益的过程真相。如果连"出资"这种合法化的假动作也没有，那就更不像话。

争到最后，双方有点僵，直到对方不愿看到我辞职退出，才算了。某些当事人的心结当然并未完全解开。在海南以及全国当时那种"转型"热潮中，他们肯定觉得自己更代表市场和资本的逻辑，更代表所谓改革的方向。自那以后，团队内部的消极、懈怠、团团伙伙、过分享乐等现象日增，根子就在这里。

难道我错了吗？为此我查过资料，发现瑞典式的"社会主义"收入高低差距大约是七比一，而我们的差距接近三比一，包括住房、医疗、保险、住宅电话等福利，都是按需分配结合按劳分配来处理。这在早期的市场化潮流中确实显得另类，似乎不合时宜。但由我设计的一种员工持股的"劳动股份制"，有点像我当知青时在乡下见过的工分制，还有历史上晋商在"银股"制之外的"身股"制，既讲股权这种资本主义的元素，也讲劳动这种社会主义的元素，确有点不伦不类，却也大体管用。比如，凡是同我们接触过的人，那些做印刷、运输、批发零售什么的，都曾以为我们这一群人是个体户，说没见过哪个公家单位的人会这样卖命干。既如此，有什么不好呢？

让人不易明白的是，难道把团队财富都变成了领导的私产和私股，员工们就会干得更加心花怒放和热火朝天？

多年后我在美国见到一位经济学家，他倒是对我们当年的制度设计特别感兴趣，对这个区别于资本股份制的"劳动股份制"

特别有想法,一再要求我把相关资料复印给他,好像要做什么研究。

我很抱歉,这个不伦不类的新制度伤了某些人的心。根据内部公约,作为一把手,我在每个议题上顶多只有两次否决权,并不可随心所欲。但就靠这一条,也靠一些同道者支持,我多少阻止了一些短视的民主,比如,有人主张的MBO,比如,更多人不时嚷嚷的吃光分光——那意味着放眼于长远的设备投资根本不能搞,社会公益事业更不能做,国家税收能偷就偷,如此等等。我这样说,并不妨碍我肯定民主的各种正面功能,比如,遏制腐败、集思广益、大家参与感强等。在这一方面,民主其实是越多越好。

上世纪九十年代后期,海南的法规空间逐渐收紧和明晰,我参与省作协、省文联的管理,与此前的企业化管理相比,单位的性质已变化,"劳动股份制"是用不上了,但定期民主测评一类老办法还可延续,且效果不错。包括我自己,因有一段时间写作,好像是写《马桥词典》那阵,去单位上班少些,出"勤"得分就刷刷地往下掉——群众的眼光好尖啊,下手够狠,一心要修理我,根本不管我委不委屈。

这些故事大多没有进入过我的写作,但我日后在一篇文章里,写到"真理一分钟不与利益结合,民众就可能一哄而散"。这句话后面是有故事的。我在《革命后记》中写到"乌托邦的有效期",写到纯粹靠情怀支撑的群体运动,包括巴黎公社那种绝对平均主义的理想化模式,其有效期大概只有"半年左右"。这句话后面也是有故事的。九十年代晚期,我参与《天涯》杂志的编辑,收到温铁军先生一篇长稿,标题大约是《现代化札记》。同作者沟通以后,我建议改题为《中国的和人民的现代化》。之所以突出和强调"人民的",这后面同样是有故事的,有无限感慨的。

往事风吹云散,会不会进入我以后的写作,我不知道。其实,它们是否早已潜入笔下的字里行间，自己也不大清楚。

二〇一八年九月

○
最初发表于二〇一八年《三联生活周刊》杂志，为"中国改革开放四十周年"纪念特刊约写稿。

阳台上的遗憾

南方人指路，总是说前后左右。北方人指路，总是说东西南北。前后左右，以人为转移，是一种主观方位；东西南北，以物为坐标，是一种客观方位。这样说起来，似乎南人较为崇尚主观意志，北人较为遵从客观实际。

指路方式的不同，当然还可能有更多的原因。比方说，南方降雨量偏多，云雨当头时四野茫茫，如果行人没有随身携带指南针，就很难像在北方多见的晴空之下，瞥一眼日头，轻易辨出东西南北。

又比方说，北方平原地较多，建房不常受到地形限制，可以建得四向方正，多以皇宫或神庙为中心，次第森严秩序井然组成棋盘式格局。在那个棋盘里，东西南北已被纵横街道刻入人心，很难有南方的一份模糊和混乱。

从某种意义上说，建筑是人心的外化和物化。南方在古代为蛮，化外之地，建筑也就多有蛮风留影。尤其到海口市一看，这里尽管地势平坦，并无什么山峦起伏，但前人留下的老街少有直的和正的。这些随意和即兴的作品，呈礼崩乐坏纲纪不存之象。种种偏门和曲道很合适隐藏神话、巫术以及反叛，要展示天子威仪和官府阵仗，却不那么方便。留存在这些破壁残阶上的,是一种天高皇帝远的自由和活泼,是一种帝国文化道统的稀薄和涣散。虽然免不了给人一种混乱之虞,却也生机勃勃。它们不像北方四合院,俨然规规矩矩的顺民和良仆,一栋一梁的定向都不越雷池,严格遵循天理与祖制。

当然,南北文化一直在悄悄融合。建筑外观上的南北之异,并不妨碍南方某些宅院与北方四合院一样,也是很见等级的,比方有一些耳房和偏间,可供主人安置男仆和女佣。这些宅院也是很讲究家族合和的,有东西两厢,有前后几进,可供主人安置庞大宗亲体系,包容儿孙满堂笑语喧哗的大团圆。在那大堂里正襟入座,上下分明,主次分明,三纲五常的感觉油然而生。倘若在院中春日观花,夏日听蝉,箫吹秋月,酒饮冬霜,也就免不了一种陶潜式的冲淡和曹雪芹式的伤感——汉文化一直在这样的宅院里咳血和低吟。

这一类宅院,在现代化的潮流面前一一倾颓,当然是无可避免的结局。金钱成了比血缘更强有力的社会纽带,个人成了比家族更重要的社会单元。大家族开始向小家庭解体,小家庭又被独身风气蚕食。加上都市人口的节育化和一胎化,旧式宅院的两厢三进之类已十分多余。要是多家合住一院,又不大方便保护现代人的隐私:谁愿意起居出入喜怒哀乐都在邻居的众目睽睽之下?

更为重要的是,都市化使地价狂升,节约用地成了绕不过去的硬道理。中国十多亿人都要住好房子,岂能容忍旧式宅院那样奢侈的建筑容积率?稍微明了国情的人,就不难理解古建筑风格诚然需要保护,某些老街和古镇诚然值得珍惜,但今人不是为古人活着的,高楼大厦就在很多时候只能是我们唯一现实的选择。看到某些人对四合院一类津津乐道,不分青红皂白地怀古和恋旧,我们不必过分地凑热闹。

这种高楼大厦正显现新的社会结构,展拓新的心理空间,但一般来说较为缺少个性,以其水泥和玻璃,正统一着所有城市的面容和表情，正不分东西南北地制定出彼此相似的生活图景。人们走入同样的电梯，推开同样的窗户，坐上同样的马桶，在同一时刻关闭电视并在同一时刻打出哈欠。长此下去，环境也可以反过来侵染人心，会不会使它的居民们产生同样的流行话题、同样的购物计划、同样的恋爱经历，甚至同样的怀旧情结？以前有一些人说，儒家造成文化的大一统。其实，现代工业对文化趋同的推动作用，来得更加猛烈和广泛，行将把世界上任何一个天涯海角都制作成建筑的仿纽约，服装的假巴黎，家用电器的赝品东京——所有的城市越来越成为一个城市。

这种高楼大厦拔地升天，正把天空挤压和分割得十分零碎，使四季在隔热玻璃外变得暧昧不清，使田野和鸟语变得十分稀罕和遥远。清代文士张潮在《幽梦三影》里说："因雪想高士，因花想美人，因酒想侠客，因月想好友，因山水想得意诗文。"如此清心雅趣，连同它所根植的旧式宅院，似乎已被高楼大厦永远埋葬在地基下面了。全球的高楼居民和大厦房客，相当多数如今已习惯于一边吃着快餐食品，一边因雪想堵车，因花想开业，因酒想公关，因月想星球大战，因山水想旅游开发区批文。当然，在某一天，我们也可步入阳台，在铁笼般的防盗网里，在汽车急驰而过的沙沙声里，一如既往地观花或听蝉，月下吹箫或霜中饮酒。但那毕竟有点像勉勉强强的代用品，有点像用二胡拉贝多芬，或者是在泳池里远航，少了一些真趣。

这不能不使人遗憾。

遗憾是历史进步身后寂寞的影子。

一九九五年五月

最初发表于一九九五年《海南日报》。

四月二十九日

四月二十九日，我的女儿平安无事，上学没有遇到车祸，玩耍没有摔断胳膊，也没有什么男同学欺侮她，用一块石头或铅笔盒把她砸得头破血流。报纸上说，有一个孩子这一天里被黑帮绑票，黑帮拿了赎金之后还是撕了票。警察发现的孩子，是水缸里已经腐臭的碎尸。我在夕阳中听到女儿的声音，是她放学归家时的歌声，从远远的楼下传上来，我这才确认死者是一个四川老板的孩子，不是我的女儿。

四月二十九日，我的母亲活得很平静，没有吐血，没有昏迷，没有大病之中的那种幻觉，从床上跳起来硬说门后藏着一个姓王的仇人，让我对着空空的门后感到毛发倒竖。她也没有乘人不备跑到街上去，然后让我们全家满街去寻找。她也没有自虐式地穿最破的衣，最破的鞋，对桌上的好菜视而不见，只是用一杯开水下饭，或者干脆什么也不吃。她在这一天的风铃声里，是一个健康而和善的母亲，在窗子那边埋头做针线。看我来了，同我谈谈天气，谈谈阳台上跳动的风铃声和花草。

四月二十九日，我依然活着，依然吃了早饭，依然吃了早饭还吃中饭,吃了中饭还吃晚饭。我没有被官员敲诈,没有为了乞求盖上一个图章而对官员满脸谄笑,并塞给对方一个红包。我没有被小贩坑害,没有吃下买来的伪劣食品之后冷汗大冒腹内绞痛,被送进医院后动手术看到输血管里红红的液体翻着气泡。四月二十九日,我在这晴天少云的一天里没有听到警报,没有在四散奔逃的人潮中挨炸弹,被一具无腿的尸体绊倒在地并发出绝望的喊叫。我的四月二十九日里没有地震,没有癌症,没有空难,没有解聘的通知,没有小报记者们的诽谤浪潮。我的四月二十九日只是书房里慵懒的哈欠,还有几个友人不太重要的电话。有一个电话是天津作家蒋子龙打来的,他说尽管那边有一个副主席踢烂了一张门,他还是打算来参加海岛上的笔会,过两天就能与我高兴地见面。

我也给几位亲人或朋友打了电话,发现他们都还活着,声音都很丰满,是一种来自啤酒和海鲜席的声音。

四月二十九日,我在漫长历史中喝了茶,在浩阔的宇宙里洗了一个头。我在秦始皇修长城之后修剪自己的指甲,在波黑的大炮声中唱着《美丽的西班牙姑娘》。我听见时间在钟表上流逝,在初春的树枝上生长,在远处工地上的起重机上尖啸,在我的大脑里一层层累积。我摸着自己的头发,好像感触到了自己是一个自己。

四月二十九日是幸福的一连串突然。

一九九四年四月

最初以法文发表于一九九五年法国《观察家》。

海　念

　　满目波涛接天而下，扑来潮湿的风和钢蓝色的海腥味；海鸥的哇哇声从梦里惊逃而出，一道道弧音终没入寂静。老海满身皱纹，默想往日的灾难和织网女人，它的身上已长出木耳那倾听着千年沉默的巨耳——几片咬住水平线的白帆。

　　涨潮啦，千万匹阳光前仆后继地登陆，用粉身碎骨欢庆岸的夜深。

　　大海老是及时地来看你。

　　大海能使人变得简单。在这里，所有的堕落之举一无所用。只要你把大海静静看上几分钟，一切功名也立刻无谓和多余。海的蓝色漠视你的楚楚衣冠，漠视你的名片和深奥格言。永远的沙岸让你脱去身外之物，把你还原成一个或胖或瘦或笨或巧的肢体，还原成来自父母的赤子，一个原始的人。

　　还有蓝色的大心。

　　传说人是从鱼变来的，鱼是从海里爬上岸的。亿万年过去，人远远地离开了大海，把自己关进了城市和履历表，听很多奇怪的人语。比方说："羊毛出在狗身上。"

这是我一位同行者说的。这样说，无非是为了钱，为了获得变节的理由，为了获得他一直所痛恶的贪污特权。他昨天还充当沙龙里的演员和票友，玩玩血性的民主和自由，今天却为了钱向他最蔑视的庸官下跪。当然也没什么，他不会比满世界那么多体面人干得更多，干得更漂亮。

你的拒绝使你陷入了谣言的重围。谣言使友情业兴盛，是这些业主的享乐。你的所有辩白都是徒劳，都是没收他人享乐的无理要求。他们肮脏或正在筹划肮脏，所以不能让你这么清白地开溜，这不公平。他们擅长安慰甚至拉你去喝酒，时而皱着眉头聆听，时而与服务员逗趣说笑，没有义务一直奉陪你愤怒。或者他们愤怒的对象总是模糊，似乎是酒或者天气，也可能是谣言，使你在失望的同时继续保持着希望。他们终于成了居高临下的仲裁者和救助者，很愿意笑纳你的希望，为了笑纳得更多便当然不能很快地相信一加一等于二。

你期待民众的公道，期待他们会为他们自己的卫士包扎伤口。不，他们是小人物，惹不起恶棍甚至还企盼着被侥幸地收买。真理一分钟没有与金钱结合，他们便一哄而散。他们不愿掺和矛盾，不想知道得更多而且一再恐惧得直哆嗦。他们突然减少了对你的眼光和电话甚至不再摸你孩子的头发，退得远远的，退到远远的安全地带，看诽谤与权谋从眼前飞过，将你活活射杀在地，看你鲜血冒涌。他们最终会鼓动你爬起来，重返岗位去捍卫他们的几个小钱——你怎能撒手丢下他们不管？你怎么这样不负责任呢？

事情就是如此。你为他们战斗，就得为他们牺牲，包括理解和成全他们一次次的苟且以及被收买的希望。

你是不是很生气？

现在想来有点不好意思。你真生气了，当了几天气急败坏可怜巴巴的乞丐，居然忘记了理想者从来没有贵宾席，没有回报——回报只会使一切沦为交易,心贬值为臭大粪。

决心总是指向寒冬。就像驶向大海的一代代男人,远去的背影不再回来,毫不在乎岸边那些没有尸骨的空墓,刻满了文字的残碑。多少年后,一块陌生的腐烂舷木漂到了岸边,供海鸟东张西望地停栖,供夕阳下的孩子们坐在上面敲敲打打,唱一支关于老狗的歌。回家啰——他们看见了椰林里的炊烟。

人是从海里爬上岸的鱼,迟早应该回到海里去。因为海是一切故事最安全的故乡。不再归来的出海人,明白这个道理。

你也终归要消失于海。作为一条爬上陆岸的鱼,你没有在人世的永久居留权,只有一次性出入境签证和限期往返的旅行车票。归期在一天天迫近,你还有什么事踌躇不决?你又傻又笨连领带也打不好,但如果你的身后有亲情的月色,有友谊的溪流,有辛勤求知和拍案而起,你已经不虚此行。你在遥远山乡的一盏油灯下决定站起来,剩下的事情就很好办。即使所有的人都在权势面前腿软,都认定下跪是时髦的健身操,你也可以站立,这并不特别困难。

同行者纷纷慌不择路。这些太聪明的体面人,把旅行变成了银行里碌碌的炒汇,商店里大汗淋漓的计较,旅行团里鸡眼相斗怒气冲冲的座位争夺。他们返程的时候,除了沉甸甸的钱以外什么也不曾看到,他们是否觉得生命之旅白白错过?上帝可怜他们。他们也有过梦,但这么早就没有能力正视自己儿时的梦,只得用大叠大叠的钱来裹藏自己的恐惧,只得不断变换名牌衬衫并且对一切人假笑。

你穿不起名牌,但能辨别什么是用钱胳肢出来的假笑,什么是由衷而自信的笑——这圣战者唯一高贵的勋章,上帝唯一的承诺。

你背负着火辣辣的夏天,用肩头撞开海面,扑向千万匹奔腾而来的阳光。你吐了一口咸水,吐出了不知今夕何夕的蓝色。有一些小鱼偷偷叮咬你的双腿。

这是一个宁静的夏日。海滩上并非只有你一个人。还有人，一个黑影，在小树林里不远不近地监视着你。终于看清了，是一位瘦小干瘪的老太婆，正盯着你的饮料罐头盒耐心等待。旅游者留下的食品或包装，都能成为穷人有用的东西。

你有点耻辱感地把易拉罐施舍了她。她抽燃一个捡来的烟头，笑了笑："火巴。"

你听不懂本地人的话。她在说什么？是不是在说"火"？什么地方有火？她是在忧虑还是在高兴火？这是一句让人费解的谶言。

她指着那边的海滩又说了一些什么。是说那边有鲨鱼，是说那边发生过劫案，还是请你到那边去看椰子？你还是没法明白。

但你看到她笑得天真。大海旁边的一切都应该天真。

你将走回你的履历表沉默，好像什么也不曾发生。什么也不用说。你拣了几片好看的贝壳，准备回去藏在布狗熊总是变出糖果的衣袋里，让女儿吃一惊。你得骑车去看望一位中学时代的朋友，你忙碌得在他倒霉的时候也不曾去与他聊聊天。你还得去逛逛书店，扫扫楼道，修理一下家里的水龙头——你恼人地没看懂混沌学也没有赢棋甚至摇不动呼啦圈，难道也修整不好水龙头？你不能罢休。

你总是在海边勃发对水龙头之类的雄心。你相信在海边所有的念头都不是无缘无故产生的，一定都是海的馈赠，是海的深隐之念。

大海比我们聪明。

大海蕴藏着对一切谶言的解释，能使我们互相恍然大悟地笑起来。

一九九一年九月

最初发表于一九九三年散文集《海念》。

母亲的看

母亲性格有点孤僻,不爱与外人交道,从不掺和邻居们的麻将或气功。不得已要有对外活动时,比如购物或上医院,也总是怀有深深疑惧。她每次住院留医,必然如坐针毡,又哭又赖又闹地要回家。不管是多么友善的大夫还是多么温和的护士,一律被她当成驴肝肺:"这些人吗,我算是看透了,骗钱!"

她这一性格是不是源于一九六六年,我不知道。那一年,我的父亲正是被很多曾经友善温和的面孔用大字报揭发,最后终于自杀。

母亲不愿出门,日子免不了有点过得寂寞。幸好现在有了电视,她可以很安全地藏在家里,通过那一方小小的荧屏偷偷窥视世界。她看电视时,常有一些现场即兴评议,比如,惊叹眼下天气这么冷了,电视里的人竟然还光着大膀子,造孽呵;或者愤愤地检举某个电视剧里的角色其实是有老婆的,今天又在同别的女人轧姘头,真是无聊。在这时候,你要向她解释清楚电视是怎么回事,实在是难。

她年轻时是修过西洋画和当过教师的人,眼下居然就难以理解明明白白的风雪，为何冷不了电视里的大膀子；也很难理解上一个电视剧里的婚姻，为何不能妨碍演员在这一个电视剧里另享新欢。

给她推荐一个新的电视剧，她很可能不以为然地冷目："新什么？都看过好几遍啦。"但她很可能把某个老掉牙的片子看得津津有味，一口咬定那是新品出产。她所有新片中最新的又数《武松》。她承认这个片子以前就有，但坚信现在每一次看的都是新编。她争辩说，你去看看武松，你看嘛，这么多年了，他都老多了，有皱纹啦。

她这些话当然也没怎么错，而且有点老庄和后现代的味道。尤其影视业一些混子们瞎编乱造的艺什么术，我有时候细细看去，还真觉得新旧难辨，不得不佩服母亲的高明。

武松算是我母亲心目中第一偶像。此外的电视偶像还有毛泽东、费翔、钱其琛等，拼起来真是麻将牌的十三不搭，不知哪儿跟哪儿。这些偶像当然都是男性，只可能是男性，是一个妇人眼中的盖世英雄。我觉得她喜爱毛泽东的雄武和费翔的英俊还不难理解，对在任外交部长的了解和信赖倒有点出人意料。她一见到钱部长出镜，就满心喜悦念出他的名字，见到他会见外宾就有些着急，说这么多人又来搞他的名堂，他一个人对付好不容易呵，好不容易啊！

她突然问我：那个贩毛笔样的人是谁？是美国的总统吧？我一看他就不像个好东西。今天一个主意，明天又是一个主意。就他的鬼主意多。

我颇有外交风度地说，人家当总统，当然得有他的主意嘛。

她撇撇嘴，恨恨地哼一声，没法对那个"贩毛笔的"缓解仇恨。一揪鼻涕上厕所去了以示退场抗议，好几次都是这样。

大约从去年起，她的身体越来越病弱，眼睛里的白内障也在扩张，靠国外买来的药维持着越来越昏花的视力。看电视更多地成了一种有名无实的习惯——其实她经常只是在电视机前蜷曲着身子垂着脑袋昏睡。我们劝她上床去睡。她不。她执拗地不。她要打起精神再看看这个世界，哪怕挺住一个看的姿态。但我知道她已经看不到什么了，黑暗正在她面前越来越浓重，将要落下人生的大幕。她尽力投出去的目光，正消散在前方荒漠的空白里。

有一天她说："那只猪在搞什么鬼？"

其实屏幕里不是猪，是一块巧克力，一个放大的广告细节。

在这时候，我感到有些难受。

我默默地坐到她身边。我知道她已经看不清什么了，也看不清我了——她的儿子，一个长得这么大的儿子。

一九九五年三月

最初发表于一九九六年《家庭》杂志。

笑的遗产

我女儿数她的亲人，总要数到游，一位曾经带养她的保姆。

人与人相识是缘分。那一年我家搬迁河西，妈妈体弱，我和妻都要上学或上班，孩子需要托一位保姆白天带养。经熟人介绍，我们认识了游。她就住在我们附近，两家相距约五六十米，门前的树荫相接，蝉鸣相应。

游其实还没到湖南人可称嫫婚（奶奶）的年龄，五十岁左右，只是看着儿子打临工挑土太辛苦，为了让他顶职进厂，自己就设法在工厂提前退休。她心直口快，心宽体胖，笑的时候脸上皮肉隆起两个半球，挤得眼睛都不见了，发过酵一般的肥胖肉身上波动着笑浪。她的哈哈大笑是这个居民区的公共健身资源，你茶余饭后，常常可听到这熟悉的笑声远远传来，碎碎地跳入窗口，息落在杜鹃的花瓣上或者你展开的报纸上，增添你心境的亮色。

孩子开始畏生，哭着不要她。不过没有多久孩子就平静下来，喜欢她的笑声了，试着用手去抓拿她的胖脸以及肥大的乳房。她乐呵呵笑得嘴巴更为阔大。把脸避过去，又突然"呷"一声，还一个鬼脸，让孩子觉得刺激和有趣。她可以把这个简单的游戏，认真地重复无数次，无数次与孩子笑成一团。

孩子从此多了一位奶奶。当孩子可以咿呀学语的时候，孩子便不时结结巴巴报道她在游家的业绩。比方拉了屎，撒了尿，打翻了茶杯，屁颠屁颠地跟着奶奶去买菜，每次都得到一个油饼，有时还得到一条小活鱼。

游奶奶常对孩子说："你不姓韩，姓游。"

孩子说："我姓韩，也姓游。"

游奶奶说："你长大了赚了钱，给不给我用？"

孩子说："我给游奶奶买油饼。"

游便喜得一把搂住她，老幼两张脸紧贴，紧得自己浑身一阵颤抖。"我的好孙子，我的好孙子咧！"

游的丈夫也是个退休工人，擅长白案厨艺，做面点首屈一指，常被这个那个饮食店请去帮忙，一去几个月不回家。两个儿子在工厂上班，一个迷钓鱼，一个好小提琴，工资都不太高，又都在恋爱阶段，自然缺钱花，在家里混吃混喝不算，有时还找母亲要补贴，要是抢白上了，就声粗脸黑的。游奶奶常常红着眼圈来说："我那两个化生子还不如我韩寒，我哪有多少钱呢？还是我韩寒心痛奶奶，我一哭，她也哭，还给我抹眼泪，要我吃油饼。"说着又落下一串泪来。

韩寒便是我女儿。

游还偷偷地告诉我母亲，她月子里落下了病，在"文革"中又被打伤了腰，还有血压高和血糖高，她是为了多给儿子挣几个结婚钱，才答应当保姆的。但她男人不心疼她，还有点老不正经的毛病，丧德的家伙呵……每次说到这里，她便哭自己命苦，我母亲也跟着抹眼泪揪鼻子。

游满心欢喜的事是二儿子找了个漂亮对象，只是那妹仔脾气大，有次碰上小两口吵嘴，竟给了未来丈夫一耳光。游奶奶报告这一治安事件时惊惧失色：我当娘的都舍不得打他——如今的女子都这样凶神恶煞吗？

南方的夏天很热。到深夜了，屋里还如烤箱，一切家具仍热烘烘地扎手，把凉水抹上去，暗色水渍飞快地被分割，然后一块块竞相缩小，蒸发至无。人热得大口大口出粗气，都怀疑自己浑身有熟肉气息。连蚊子在这种夜晚也少多了，大概已被烤灼得气息奄奄锐气顿失。孩子在这样的夜晚当然睡不安，刚闭眼一会儿又哇哇燥醒。不知什么时候，我们听到楼下有人叫唤，到阳台上细细辨听，才知有人在叫孩子的名字，是游奶奶来到了阳台下的暗夜里。她驮着沉沉一身肉，气喘吁吁爬上楼道，被我们迎进家门。她说在家里就听到远远的哭声，怎么也睡不着。她听得出是韩寒在哭，可怜可怜，这鬼天也太热了，你们也太累了，她说什么也要把孩子抱到她那儿去。

她并没有特别的降温妙方，只可能是彻夜给孩子打扇，或者抱着孩子出门夜游不止，寻找有风的去处。我们依稀听出，孩子到那边就不哭了。

整个夏天，她家最凉爽的竹床，最通风的位置，都属于我家孩子。太阳总是落入运输公司那边的高墙，夜色纷纷从下班工人们的提包里掏出来。游奶奶早早往门前的地坪喷水清暑，把竹床放置梧桐树下，至少水洗两遍，准备我女儿晚上的快乐。她儿子不小心坐了竹床，她立刻大声呵斥："这是给你坐的吗？你们后生子好足的火气，一个热屁股，坐什么热什么。走走走，没有你的份！"

儿子只好嘟嘟囔囔地去另找椅子，坐着给我女儿折纸船。

日托差不多成了全托。我们要给她加工钱。她惊吓得坚决不收，推来推去像要同你打架。最后好不容易收下了。但从此不但为孩子买油饼，还买雪糕或甜话梅什么的，几乎每天都买，加倍偿还在孩子身上。

游奶奶的身体渐不如从前，医生说她心脏有毛病。正好这时候孩子也大了，该上幼儿园了，我们便把她送往外婆家——那里有一个不错的幼儿园。那儿离我家比较远，孩子每个星期只能在周末回来探家。

孩子刚去的那几天，游奶奶失魂落魄，不时来我家打听孩子近况。听说她开始有些不习惯幼儿园，每天早上哭着闹着不愿去，游便眼泪哗哗流。"造孽，造孽呵，这么小的人，怎么能离开家呢？我去，我马上就去，把她抱回来。你们不要管我。以后就归我带着她。你们也不要给工钱。我们一家子还少了她一口饭？"她横蛮不讲理地抹着眼泪鼻涕回去，请邻居帮她看住家，自己带上雨伞，摇摇摆摆准备出门远征。

我们劝止她，也不告诉她那个幼儿园的地址。她后来还是瞒着我们去了，先是找错了地方，周折了大半天才找到幼儿园。门卫不认识她，不让她接孩子甚至不让她进大门看一眼，规矩得有点刻板。她在大门外朝内瞄了几眼，没有看见什么，断断续续听见了我女儿的声音，又哭湿了衣袖。

她提去的一袋苹果只得提了回来。

我后来才知道，她还瞒着我们干过好些事。我女儿喜欢兔子，一言说出，游奶奶便去乡下寻购小兔，命令儿子做兔笼和割兔草。有一次，附近很多妇女鬼鬼祟祟成群结伙，去远郊一个地方朝拜菩萨。游奶奶听说那菩萨很灵，也去为我女儿烧香许愿。她回来后有点不好意思，偷偷地说："我是居委会干部，又是共产党员，是不能搞那号事的。管它咧，人家都说信则有不信则无。"说完忍不住红着脸哈哈大笑。

我女儿从幼儿园到学校，一天天长高了。每个星期六回家，离家还老远，她就要从我肩头跳下地，疯一样朝游家跑去，直到扑向游奶奶肥软的怀抱，一扎进去就拔不出来。游家总是有很多邻居的孩子，游家常有些乡下来的亲戚，用拖拉机运来藤椅、砧板、鸟笼以及瓜果在游家门前就近推销，也推销着乡音和乡野阳光的气息。孩子们疯疯地赖在那里看热闹，久久还不愿回家。我们用雪糕或图书引诱女儿归来，总是被她还一个白眼。她甚至经常要求在游家睡觉过夜，弄得我妻和我母亲都有点空空的失落感。

母亲说："这孩子真姓游呵？"

一九八八年我家迁居海南岛。女儿每吃到一种新奇的热带水果，就会说，游奶奶来了，要让她尝尝这个。游泳在一个美丽的海滩，她就会说，游奶奶来了，我要带她来这里玩。我摄下一沓彩色照片，她总是挑出她最好的几张，说要寄给游奶奶和妹妹——这是指游家近来所得的一个孙女。

她给游奶奶写过一些信。游不识多少字，回信大多是请人代笔的，自己附几句在纸上，歪歪斜斜的字迹像小孩子所写。她的每封回信内容大致相似，都是惭愧自己没文化，没法写很多信，然后惊叹我女儿的信能写这么长，学问真是越来越大了，真是了不得，这样大的学问真是了不得！

她托人捎来丈夫做的一些糕点，可惜路途遥远，糕点到海南时都馊了，没法吃。她来信说，她秋后准备腊鱼和腌辣椒，等我出差去湖南时取回，但我一直没找到机会。

我担心她的心脏病。我曾想象在某一个深夜，她的心脏病发作了，丈夫不在家，儿子也不在家，她爬下床想叫醒邻居，但终于未能坚持爬到大门口。她不是一直担心这样的事情发生吗？在我离开她时，她还捉住我的手说得满脸惧色泪花闪闪。我知道，我的女儿可以陪她，可以帮助她，但我还是一天也没耽搁地拉着女儿走了。在她最需要帮助的那个深夜，我的女儿竟不在她身旁而远在千里之外，我们也不在她身旁而在千里之外，对此我能说什么呢?……

我没有把这样的想象告诉女儿,怕她接受不了一个没有游奶奶的世界。吃到一种新奇的热带水果,她还会说,游奶奶来了,要让她尝尝这个。

她还是常给游奶奶写信,也常收到游奶奶的回信,捧着信纸一次次仰天大笑。我有点吃惊的是,她怎么一笑就特别像游奶奶的神气?她的脸,上半截像我,下半截像她妈,但她的笑毫无疑问来自游家:笑得那样毫无保留,毫无顾忌,尽情而忘形,笑出了一种很醉、很劲、很疯,甚至很傻的劲头——也许人快活至极的时候,都有这种疯头傻脑的冲动?

我记得经常在游家出入的那群邻居小孩,一个个都有这种笑,习性相传,音容相染,游家笑遗传给他们,完全是相同的规格相同的品种。

游奶奶不论面临多少疾病也不会离开人世的。这不在于她会留下存折上五位或六位的数字,会留下新闻报道里的官阶或学衔。不,她那些破旧家具、包括那个老式木烘笼也终会被后人们扔掉的,但她在孩子们的脸上留下了欢乐,一朵朵四处绽放。

秋雨连绵,又是秋雨连绵。我即便远在千里之外,也会以空空信箱等候她远来的笑声。

一九九一年十月

最初发表于一九九二年《中国作家》,获同年《中国作家》散文奖,已译成法文。

母语纪事

八十年代中期的一天，我兴冲冲地乘机从美国直飞中国香港，心想就要到中国人的地盘了，总算可以把中文大讲特讲了，也就是说口腔可以不再惨遭英语折磨了——我的蹩脚英语确实与口腔刑具无异，常常一个单词卡住，就把我卡得满头大汗两眼发直。

傍晚时分，飞机在九龙启德机场降落。我从舷窗里已经看到机场周围诸多广告牌上久违的中文字：香烟、旅店、西洋参，等等，一个个字都让我激动万分，似亲人在列队迎候我远游归来。

万万没有想到的是，我一出机场就傻眼了，不，准确地说应该是傻耳了。无论是的士司机，还是小店老板，还是路上行人，都说着我完全听不懂的话。而且只要我说国语，他们大多给我一种茫然或厌恶的脸色，像对待一个叫花子。一辆黑色汽车开到我的面前，怪叫一声，突然刹住，上面跳出几位黑衣港警将我团团包围，还是哇啦哇啦地塞来我不懂的话。直到我情急之下冒出一句：What it's happened? 他们才重新打量了我一眼，客气了许多，说这个这个，他们是公事公办检查证件，看我一个大陆人的模样，看我深夜独行还提一个旅行包，颇像案犯携带作案工具，所以不得不生出几分疑心。

他们对此表示缩锐（对不起啦）。

一场虚惊对于我来说倒也没什么。看港警们的风驰电掣动作神速，也让我亲历了一下警匪片的气氛，算是免费娱乐吧。我大为不快的只是，这些黑发黄肤的同胞居然对国语疾言厉色，对英语恭敬有礼，把香港当什么地方啦？英语不就是一种语言吗？凭什么在全世界畅通无阻而且到了中国的地盘还可充当高等人士的通行证？英语不就是擂的死（女士）和煎特焖（先生）吗？不就是花生屯（华盛顿）、牛妖（纽约）、我太花（渥太华）、没得本（墨尔本）吗？不就是年轻人的狗粪（女朋友）和爱老虎油（我爱你）吗？不就是华尔街两眼红红的逼得你死（生意）和好莱坞那些酸的馒头（多愁善感）吗？……为什么我到了珠江流域还要受这种鸟语压迫？还不能自由呼吸中国人的母语？

我怒气冲冲，在心里把国语大大地自我优越了一把，这才在警车消失的大街上吞下一口恶气。

这是我第一次到香港。自那以后，我每次到香港，都发现中文的地位居然节节升高。先是机场有了亲切的国语广播，接着很多商店的招聘广告都申明会国语者优先。最后，接近一九九七年，我到香港已经不容易见到我的几位内地朋友了。他们忙啊，忙着各种各样的国语业务，常常是约我餐馆吃一顿饭，还没说上几句话，就急匆匆告别，要到培训班或者某人家去当国语先生，据说不少高官和巨商都是他们的学生。这使我十分开心，情不自禁地在大街上把国语说得理直气壮威风八面，似乎我是香港人民不请自来的免费语言教练，甚至我就是刚吃完牛腩粉的中国主权，已经提前来接管香港了。我自知这有点可笑，因为国家外交部并没有派我来充当语言先遣队,而香港流行英语这事,其实也不算什么缺点,相反倒是这个城市较为国际化的特征之一。我只是高兴没有人再来找我一口国语的麻烦。

一位西方语言学家曾说过:一种语言的地位指数,取决于使用这种语言的人口的数量(这一点中文比较牛皮);取决于这种语言所承载的文化经典数量(这一点上中文的表现曾经还不错);还取决于这种语言使用者所拥有物质财富总和的多寡(这一点上中文的排名可惜至今仍然靠后)。从这一公式来看,中文耻辱地位的结束,并不仅仅因为中国轰隆隆的驻军车队即将开进香港这个城市,而更重要的,是因为罗湖桥海关那边的百年巨变,特别是八十年代以来轰轰烈烈的经济和文化建设,正在全球的文明舞台上变得越来越举足轻重。香港人不可能不感受到这一点。

五星红旗在港府大楼前升起的时候,我有再多的汉语也没使上什么劲,只能在家看看电视。其时我的书桌上多是英文资料,因为我正在翻译一本书。我得坦白地说,尽管我觉得英文有很多毛病,但它还是一种很丰富、很漂亮、很了不得的语言,不会比中文更高级也不会比中文更低级。要说低级,只有那些一句外语也没嚼烂、却操着一张国产嘴巴对西方世界一个劲地全盘崇拜或者全盘说不的人,才一定是低级——其发言资格起码就殊可怀疑。你先把人家的字母表整明白了,再来"全盘""全盘"地指点江山行不行呢?要爱,要恨,悉听尊便,但你首先多一点对西方的深度了解行不行呢?

我拿起电话与一个在香港的朋友通话,听他说说香港的大雨、回归庆典以及股市上的回归概念大行情,然后我顺便鼓励这位老知青别光顾着发爱国财。从长远来看,咱们还是要把外文学好,至少要把英文学好:

英哥丽媳（英语）万得福（好得很）啊。

一九九六年六月

○ 最初发表于一九九七年《海南日报》。

背影（六题）

然　后

　　朋友莫应丰患癌症住进医院时，我曾赴长沙看他。当时他身体肿胀，已脱原形，脑门上还有医院用来标记放疗位置的几处紫红色线痕，森然割裂了他的笑容——更显得陌生。他已不能说话。往事历历与感慨种种，竟只能在哑默的目光对视中流逝，在我们相互握紧的双手中抚碾成虚无。

　　他一直拒绝承认自己身患癌症，实际上已病入膏肓，大限逼近。他的妻子告诉我们，他脑子已有障碍，被人搀扶着走路，总是不自觉并执拗地连连向左转去，似乎寻找遗落在左方的什么东西。而另一异兆是，他常昏昏然目注上空，喃喃自语，好几次冒出一句疑问："然后呢……然后呢……"

　　然后什么？

　　逝者如川，然而有后，万物皆有盈虚，唯时间永无穷尽，莫应丰是在惊恐于此吗？岁月茫茫，众多"然后"哪堪清理，他在搜寻什么？在疑问什么？一生中最后的目光停落在记忆中的哪一年哪一日？

当年以"地下文学"抗争极"左"弊政，终于获大奖步高位好评如潮从者如簇的莫应丰，声洪气旺，挺胸昂首，固一世之雄也。如今困锁病床，变在瞬息，恐怕也是他及朋友们都未曾料及的。他患病的消息传到海南时，我在省政府大门口遇到张新奇、贺梦凡等，无不闻讯而失色，久久掩面泣于街市。其时初建大特区熙熙谋官攘攘赴利之人海中，朋友们多为生计而奔忙，匆匆的日子里终究还有泪的珠光，总算使人还感到人世的温润。

莫应丰与我初识时，骑一辆破旧脚踏车，常常在年轻得多的朋友中混。他好聊天，有时聊得太晚，年轻人都感到精力不支，他身为大哥却毫无倦容，常常忍无可忍地揪耳朵，把瞌睡者一一揪醒，责令大家陪着他继续聊。作为犒劳，他会翻找出一些残菜剩酒，亲自把炊，为朋友们服务，并领受关于他饮食趣味低俗不堪的指责。

青年作家们爱与他接近，重要的原因是他热心助人，从不忌才。谁有了创作构想，他会真诚地为你参谋，完善布局，修改词句，推荐发表。兄长式的全套服务还包括他对疏懒者不断地警训和号召。至于对他的创作，年轻人也可以随心所欲地批判和嘲讽。初识他的何立伟，曾将他自鸣得意的一篇论文指教得一塌糊涂，让旁人暗暗捏了一把冷汗，没想到莫应丰仍然笑呵呵，仍然频频点头，不觉得自己受到了冒犯。在那一刻，即便朋友骑到他头上去，人们肯定也可从他那气出丹田的朗朗大笑中，感受到一种坦荡和淳厚，一种信任，一种安全。

他写得很多很快，像很多新时期作家一样，大多文章是为改革开放的急务而作，而他们的抱负，也一直未局限在文章之内。很自然，由文学而仕宦，中国文士的传统人生轨迹，轻易限定了莫应丰后来的日子。我们可能遗憾他没有像闻一多、朱自清、钱锺书等那样终身与书册为伍——但那不仅需要淡泊的生活趣味，需要丰厚的学识蕴积，还需要种种具体生存条件，其活法并非一般文人所能随便选择的。仕与不仕，隐与不隐，其实都只能因人而异，因环境而异。

莫应丰后来当官了。到职的前夕，他在一位朋友狭小的房间里踌躇满志，并郑重拜托大家：将来如果我僵化了、腐败了，你们一定要不客气地骂我，不要丢下我不管啊。

我们也很高兴。我们似乎也相信，某种旧体制乃至人类的全部弱点，是不难被三两改革家征服的，是不难被一两次政治手术摘除的。

他就这样离我远去。

然后呢？一晃几年，他领导的机关似没有多少令人欢欣鼓舞的事。有人说他官做得很好，有人说他的官做得很不好。很确切的一点是，他被众多的会议苦恼着，有时迟到，有时早退，有时在首长眼皮下瞌睡，甚至呼呼喷出酒气。

而时光，一晃就几年过去了。

他越来越嗜酒，旅行包里总有装备齐全的酒具，入夜总是四处寻捕酒友。据说有一次实在没找到，便站在家门口向路上的某陌生汉子使劲招手，请对方入家来喝酒，弄得对方疑疑惑惑的。

他有太多的苦恼需要用酒来浇洗吗？他难道不知道，对于一颗总想特立独行的心灵来说，为官就是拘束、就是苦恼，而且从来如此于今为甚吗？其实，岂止是为官，就是发财、出洋、归隐、恋爱、堕落、行善等，这些活计干长久了，要干得滋味无穷都颇不容易。倘若不把过程看得比目的更重要，倘若没有在过程中感受到辛劳的愉悦，那么，欲望满足了便会乏味，目标达到了便会茫然，任何成功者都难免在通向未来一片空白的"然后"二字前骇然心惊。

莫应丰终究是位猛汉，再次向命运发起挑战。他说他不准备再当官了，要回到平民的生活了，要同往日的迷惘和天真告别了。这样，一九八八年春，我迁居海南后，他也来海南筹办农场。不再有香车宝马和前呼后拥，他十分非"厅级"地自己买票登车，在火车上没有卧铺乃至座位，就挤在汗臭浓烈的民工堆中从长沙一直站到广州。到广州后感冒发烧，他在招待所里形单影只，便买来两斤绿豆熬成稀粥度日。

他戒了烟，也基本上戒了酒，到朋友家吃饭，面对满满一桌菜他什么也不尝，只想喝点稀饭。他又说他开始天天写日记，要重新做人了。他说他在海南定居以后，要把老爹从乡下接到长沙去住新房子。假如我们去长沙时他不在，只要我们去敲门，叫声"莫爹，我们是应丰的朋友"，莫爹就会照顾我们食宿，一切都无问题。

他刚刚为一件什么事被朋友叶蔚林训了一通，但他嘱咐我们："老叶年纪比你们大，要是你们有了钱，要分一些给他用呵。你们就在这里，要好好照顾他。"

他办事不再张扬，甚至不多话，绝不麻烦别人，成天骑一辆旧脚踏车独自在烈日下奔波，回来就在简陋的单位食堂里默默就餐。而就在这个时候，我们谁也没有料到的是，癌细胞正在他的身体内部静悄悄生长，一串串丰饶艳丽地渐渐成熟。

一位朋友去找他，敲门无人应。第二天再去，仍是如此。直到服务员来开门打扫卫生，才发现他病卧床上已有三天，唇白，面黑，毯子滑落在地上。他事后说，他听见了敲门声的，也明白是谁来了，只是无力答应罢了。

他就这样匆匆开始并匆匆结束了他的农场梦。命运是如此残酷，在他以放弃全部权势和舒适为代价，准备重新生活的时刻，竟轻易地将他逐出了人生赛场。

就不能再给他一次机会吗？——不过是如此普通而廉价的机会？

命运也是如此仁慈，竟在他生命的最后一程，仍赐给他勇气和纯真的理想，给了他男子汉的证明。使他一生的句点，不是风烛残年，不是脑满肠肥和耳聩目昏，而是起跑线上的雄姿英发，爆出最后的辉煌。

夜雨对床应有时

这是莫应丰在病房托人捎给我们几位朋友的苏诗摘句，算是他最后的叮嘱。是的，他还应该有机会与我们对床长谈的，也许在他创办的农场里，在某间茅舍中，听芭蕉夜雨，听椰涛呼啸……他爱喝的酒，我们准备着。

我刚认识他的时候，是他请我这个小青年喝过茅台，那时这种酒还昂贵而稀罕。他最后离开海南之前，我拿出一瓶藏珍很久的茅台酒请他喝。我家里很少有酒，那也是第一次有茅台待客。我有一种莫名的惶惧：难道冥冥之间上天已暗示了他的归期，着意让我以一瓶茅台来还清一切、了结一切吗？

不，不要这样，不能这样。

生者仍在忙碌，仍在走向一个又一个无可逃避的"然后"，而应丰兄已经去了，一去已逾两年。

一怀愁绪，几年离索。

莫，莫，莫。

一九九〇年十二月

忆康濯先生

初见康濯先生时,他鬓白,干瘦,因个子高而背略驼,撑起的衣架子内有点空空荡荡,在我的印象中完全是一个老人的形象。

其实他当时还只有五十多岁,不过是在少年的眼光中提前成为一张老照片。他投身学潮的故事,奔赴延安的故事,在晋察冀边区出生入死的故事……在后辈看来都足够遥远,无疑增加了这张老照片的模糊度和沧桑感。

从老照片中走出来的他,却有活跃而灵敏的清晰风貌,甚至不无几分天真。据说他饭量小,睡眠也少,却能精神抖擞地连轴转,几乎是一种筋骨型的高能物质。他能准确叫得出来自各地业余作者的名字,说出他们作品中的人物和细节,记忆力堪称惊人。作为湖南省文联的资深主席,他同这些工人、农民、教师、小职员熟如老友,打成一片,时不时开个玩笑,有时说得兴起还会一屁股坐到办公桌上,虽戒了烟,却索要一支烟拿来嗅一嗅,大概是要延续自己烟友的身份,拉近与老友们的距离。

上世纪七十年代末,正值新时期文学的破冰时期。想必是湖南省"第一大黑鬼"的受害经历,给他留下了对十年动乱的切肤之痛,他在随后的思想解放运动中挺身而出,勇倡改革和开放,常有惊人之议,成为老干部群体中的少数异类之一,因此也获得大批新锐中青年作家的尊敬和拥戴。我的短篇小说《月兰》在《人民文学》杂志发表,获得主编李季及编辑团队的全力支持,但因是一篇表现乡村生活的悲剧故事,被中国台湾和苏联的媒体转载,引起了舆论界激烈的争议。先生对此事似乎比我还着急。据说他在好几次会议上为这一作品辩护,又私下约我商议对策,还不把自己当外人,主动给我续写了上千字,加上一个"光明的尾巴",以免我横遭可能的批判。

我不大理解他的政治经验,不觉得这个"光明的尾巴"有多好,而且随着时过境迁,管制尺度进一步宽松,这种文字防身术也逐渐变得多余。但他当年心急如焚"护犊子",不把自己当外人的代笔疾书那一幕,仍是我心中恒久的温暖。

在他的力推之下,这篇作品获得省里一项重奖,算是对它在全国评奖中呼声甚高、却最终因争议而落选的一种弥补。

我后来才知道,他原名毛季常,祖籍为原湘阴县(后划入汨罗市)的毛家河,与我知青时代的务农之地同属一县,甚至相距不过数里。这使我后来读他的《水滴石穿》《我的两家房东》等作品时就多了几分亲切感,多了不少有关气味和声音的想象。我与他一同去北京参加会议,同住一室(当时大家都习惯于这种多人合住的节俭制度)时,还聊过不少汨罗江边的趣事。他说到家乡的姜盐茶,说到家乡的红薯粉,说到家乡的农民作家甘征文,一句句都扰动了我的青春记忆。他还说到家乡人为什么把上厕所说成"解手"——这是因为以前湘楚之地战乱频繁,战俘和囚犯多,上路迁移总是被严加捆绑,以一长绳连成串,其中缚两只胳膊为"大绑",缚一只胳膊为"小绑",只有到上厕所时他们才得以松绑,谓之"解手"。他的这一解释让我颇长见识,在我看来也是最富有历史感和逻辑性的说法。

聊得多了,见我兴奋不已,他不免冒出几分得意,说我们这些老东西肚子里还是有些货的,是不是?你们不要小看人咧,别以为只有你们年轻人玩什么"现代派""寻根派",我们当年……嘿嘿,那才学也是不得了的啊!

这一刻,眼前分明是有趣顽童一个,哪是什么老人!

再往下说,他是不是还要同我比试一下诗词格律或者英语格言?

我与他曾相约找机会一同回汨罗看看，还说要把省内的中青年作家都约上。不料我迁调海南后不久，就听到他不幸病逝于北京的噩耗。一诺终成梦，生死竟两隔。一位饱经世纪风雨的文学"老延安"，一个在任何时候都不把自己当外人的瘦老汉，一脸不无孩子气的嘿嘿微笑，竟这样匆匆远去了。

二〇〇〇年，我时隔二十多年后又回到湖南，回到汨罗，在山南水北之地筑庐而居，阶段性地晴耕雨读。当汽车沿着一江碧水向前飞奔，我常常会忍不住朝毛家河的方向看一眼，看看那里的山林、牛群、炊烟，看那里的依稀人影。我的目光在奔赴一个久远的约定。

二〇一五年十一月

陆苏州

提起陆文夫，眼前便是一介江南秀士，于瓜棚下和短篱旁、独坐品茶闲呓一杯明月的形象。我曾同他一起出访，每到热闹的去处便很少听到他言语，常使人感觉不到他的存在，唯清点人头时，方察觉他那整洁但掩藏太多空虚的西装，居然一直影随在我们身旁。若再细看，那清瘦的一条黑脸上，眼睛亮得刺人，默默泄露出他藏蓄心中的练达和智慧，必使你暗暗一惊。

前些年听说他照看病重的女儿，较少写作，朋友均替他着急。他却不认为小说轰动一类虚荣比骨肉之情更重要，曾有一信与我："人生就是一本大书，其中有些是字，有些是事。"这至理名言让我难忘。

他身为中国作协副主席，从不爱热闹，很少去京城，甚至不愿待在省城，一直守着他的苏州小院。我这一辈子不知是第几次极稀罕地见到他，是他在北京京西宾馆主持作协理事会，宣布发言都不能超过十分钟。他的一位老朋友刘先生发言超时了，他敲敲茶杯照例警告，一点也不讲情面。不管发言者最终如何生气地拂袖而去，也不管台下有什么人吵吵闹闹抗议他的刻板苛政，他脸上没有任何表情，低头品茶如常。

这次见面，他依然是谈女儿，谈家常，谈茶，其关切和友善，恰如香茗慢慢暖入你的肠胃。知道我迁居海南，他便问问我是否认识某编辑、某警察，都是些小地方的平头百姓，不知何时都成了他念念不忘的朋友。这绝不像某些文人，见面先来一番客套恭维，或来一套如何痛苦如何孤独的抱怨，然后满嘴大人物的名谓，一心用人家的官职吓唬眼前来客。

他的《美食家》等已译成法文，其美食观也引起法国朋友的兴趣，曾邀请他去法国参加一次关于烹调的研讨会。据他说，粗茶淡饭是第一境界，贫境也；大鱼大肉是第二境界，俗境也；真正的美食家往往又回到粗茶淡饭，此乃第三境界，真正的美食雅境。谢天谢地，我也是素食爱好者，自然觉得他的说法大得我心。

法国人常常自豪于他们的饮食文化传统，至少是看不起美国的麦当劳快餐。有次我走进这种快餐店，法国陪员惊惧万分拉着我往外走，说"怎么能在这里吃？这里只有狗吃的东西！"其诅咒不可谓不恶毒。但法国美食怎么样也没法征服陆苏州。他每到用餐时，便要寻找中国餐馆，尤其是寻找豆腐。饭前也必是清茶一杯，而断断乎不能上花花哨哨的洋饮料。法国旅店一般都没有开水可供沏茶，这实在是对陆副主席最大的身心迫害。后来有人借得一个电热壶，陆先生一见大喜，立即放下手头一切事情，摩拳擦掌，喜上眉梢，先沏了茶再说。他一连烧开好几壶水，一一问我们同行者是否需要——那一刻的笑容极幸福极温暖。

后来的几天，我一回到旅店，前台小姐递来房门钥匙时总是同时提供一壶开水。我开始不解其意,后来才明白,一定是她们从陆先生那里得到印象,以为中国人个个都要开水,不沏茶就没法活的。

东坡先生说:不可居无竹。文夫先生则是不可食无茶。若与他闲坐品茗一夕,心态自然清静,至少可除尘念之虚火少许。我年轻时在乡下一个茶场干过三年,居然没有培养出对茶的感情。倒是现在越来越喜欢饮茶了,这恐怕与文夫先生也不无关系。

一九九〇年十月

聂子其人

世上有孔子、墨子、庄子、荀子……还有聂子。照我们乡下的称谓法,凡男人都可以简称为某"子",因此聂鑫森是合理合法的聂子。

据说聂子生来胆小,住工厂宿舍的时候,晚上去上公共厕所,怕一路上的黑暗,怕附近农民的狗,怕草丛里的蛇蝎,必由夫人或孩子陪着壮胆。这些说法不知是否属实,但作为笑料一直在朋友圈里流传。不过,在北京读书的那年头,有一次他听到某些人闲言碎语攻击一位作家,他与被攻击者其实非亲非故,只是觉得攻击过于离谱和下流,不惜翻然作色拍案而起,同攻击者们始而争辩,继而恶吵,还差一点动起手脚。这样看来,他眼里揉不得沙子,好打抱天下之不平,关键时刻不惜以寡敌众,在习惯于和光同尘的国人中倒是胆气冲天。

聂子在传说中十分守旧,写信要用毛笔,每日躬亲洒扫,会女宾必邀第三者,大概切肉片还务求方正,一切都谨循古制;更遑论孝父母必定期叩拜问安,亲手足必多方资援力助,只是礼数不可或缺——有时候长兄架子是要摆一摆的，弟弟们上门来，见面礼不论厚薄是要的，否则脸上顿见不悦，还要严词训导。

不过，这样一个出土文物式的夫子在文学上倒不失新锐。他早期诗歌就很新潮，颇有惠特曼和马雅可夫斯基的风采，后来改写小说与散文也频频变体，谈卡夫卡、马尔克斯、博尔赫斯、福楼拜、福克纳等也历历如数家珍，对绘画、雕塑、书法、建筑、摄影等领域里的各种成功的离经叛道之作，无不津津乐道逢人便告，足令很多新派后生自愧不及。"一踢一撕得梦因得死改（It is the moon in the sky）……"他甚至用乡土味十足的英语背诵过诗，只差没有把《论语》唱成蓝调，没把后现代文学打成天津快板。

聂子也是一个不轻易合群从众的人。文坛的这派那派，他哪派都不沾。文坛的这热闹那热闹，他哪里都不去凑。很多作家朋友曾邀他下海搭伙经商，邀他结伴迁调沿海发达城市，还曾推荐他到省城出任作协要职……但这些美意，在他看来都如嫁祸于人，吓得他连连摆手，语无伦次，一脸苦相。他情愿龟缩在株洲那座老城，紧守住他在报社的那张陈旧办公桌，天天窜行于他那几十年也没走厌的长街小巷，铁了心要辜负友人的期待和重托，做一个居委会也能领导和指挥的革命群众，一个无声无息的独行人。

只是他的独行并非孤傲，退避并非冷漠，半睡半醒地嘿嘿一笑并非世故。只要把时间拉长，他一份恒温、恒压、恒产的友情就让很多人惊讶——不管你与他过从密还是来往疏，也不论你在后来的日子里是发达还是落泊，每逢新年你不会收到他的电话或电子邮件，但很可能接到一方别致的手工贺卡：书是聂书，画是聂画、印是聂印，甚至诗是聂诗，其诗、书、画、印四美俱而情意深，透出你熟悉的某种气息，某种遥远的可靠性和安全感。

有一次，他还给我附寄小楷抄书一册，清代张潮的《幽梦三影》——不过是我有一次偶然提到这本书难找，他就悄悄记在心上，未能在书店里替我买到，事后竟帮我厚厚地抄录一本！

这就是聂子鑫森。

一个瘦瘦的黑面人，一个奇异的性格多面体，一个你无须记住但困难时、孤独时就会悄然入心的身影。

聂子出道极早，在我还刚开始阅读报刊的时候，就已熟悉他的铅印名字。当很多人文学领域里短线炒股速进速出之后，他仍有旺盛活力和顽强耐力，仍有稳定的创作产量和质量，更有稳定的乐世心态，成为一棵文学的常青树。只要有好茶一杯，香烟一盒，他就可以与老友们海阔天空彻夜谈：从名人巨著谈到新手习作，为任何人的成就而高兴，为任何巨大或微小的新知而兴奋。他简直是一个体力无限让人生畏的文学马拉松长跑选手，既不关心前面是否有人拿奖，也不关心后面是否有人退出，甚至不关心眼下是否有观众、裁判以及其他参赛者，只是永动机一般地不断迈出两腿，以不紧不慢的巡航速度翻山越岭，穿越朝霞和夕阳，跑着自己的笔墨人生。

如果他没有成为孔子、墨子、庄子、荀子……但化用鲁迅先生一句话：他和他的同道至少是文学征途上永不言弃的同袍赤子。

子曰：活力我所欲也，定力亦我所欲也。

子曰：人生苦短，学海无边，众不堪其忧，唯贤者不改其乐。

子曰：有往事可缅怀，不亦乐乎？有音容可思念，不亦乐乎？

……

我忘了这些话是出自孔子还是聂子，抑或是出自我想象中的另一些子，我想象中无数的往者和来者。

二〇〇七年九月

安妮之道

安妮·居里安翻译过我的一些小说,是法国汉学家中译笔最佳之一——很多法国读者这样告诉我。她还翻译和研究过沈从文、陆文夫、汪曾祺、史铁生、杨炼等。如果说翻译也是创作,那么法国人心目中的这些中国作家已非真品,其实有一半是她的血脉和容颜。

最初见到她是在一九八八年的巴黎。她套着一件深蓝色的肥大布袄,驾一辆半客半货的灰色皮卡,从弥漫着光流香雾的香榭丽舍大街上匆匆驶过,奔赴某个书店或某个讲演厅。三年后我在戴高乐机场再次遇到她,她还是穿这件衣,还是驾这辆车,依旧与脂粉无缘。这使人难以知悉——其实也使人容易知悉,她出身于巴黎望族,亲属中有一串让法国小民惊羡的科学院院士、内阁部长等。而她本人也是最高学术机关——法国科学院的研究员。这种人不是最有朴素的权利吗?

一九六八年是人类理想主义的大年和热季,红色成了法国的流行色。学子们向资产阶级的政府大厦挥舞着拳头,高诵毛泽东的语录,声援中国与越南,打起背包走向工人农民的贫困区……安妮的丈夫皮埃尔向我比画着讲述他们当年的狂热。我怀疑安妮的中文学习,就是从毛泽东的小红书开始。

但她不喜欢中国的一些常用语,比方说"牺牲"。

她说,牺牲是什么?为谁牺牲?谁是享用牺牲的圣主?现代西方人不、牺、牲。她倒是更能接受中国的另一些话,比如"道可道非常道",比如"三个和尚没水喝"。于是,我看出法国当年的红色,在"牺牲"这片透镜下,呈示出与中国红色不同的光谱。

她像不少法国人一样,有时谈论美国,就像谈论乡下的暴发户——虽然她如此诋毁友邦后总是礼貌地补偿一些对美国的赞词，但她谈论中国的古典哲学、中国的当代作家、中国的寺庙和书法、中国山民的耕耘和图腾仪式，眼里总是闪耀着非礼貌亦非职业兴趣的由衷欣喜，一次次朗笑之后，抿嘴低下头去，会心笑意仍开放于嘴角良久——这种侧面最能焦聚一个她的美丽。

有一次，她还愿意学做中国菜，切了点辣椒，切了点蒜，在同西红柿斗争的时候差点切了自己的手指，紧张得脸一直红到耳根。她把这些东西煮成一锅，非中非西糊糊涂涂，如同比较文化热中一些时髦论著。最后我按捺不住，说还是我来做算了，免得朋友们一等再等地饿晕。

她的英文也很好，几度在美国访学。但密布美国的卡拉OK令她好笑，美国富人雇用花工上门剪草浇花（此现象在法国大概也渐渐增多），让她不可接受。在她看来，自己动手是一种自尊，一种光荣和乐趣。她和丈夫忙碌家务的时候，你可以感觉到，他们修整着绿茵小院，其实是清扫某种精神净土。很自然，她在中国最感不快的经验，是作为洋人处处受到的优宠，比方住特别的宾馆，在特别的窗口买车票，得到政府官员特别多的笑脸……这不啻对她的侵凌和侮辱。她情愿自己扛大箱也不让侍者来代劳，情愿两腿酸乏地排队也不去外宾窗口优先。她说，有一次在黄山，她执意要住中国人住的旅店，与普通中国人接触，结果竟被警察反复盘查，大概认为她有敌特之嫌，图谋窃取有关黄山的情报。

这次，她来武汉参加一个学术会议，又与我见面了。大家同游长江三峡，东道主安排外宾坐一辆有空调的豪华中巴，内宾则坐普通大巴。安妮没表示抗议，克制了巴黎人喜怒均形于色的坏脾气，但说什么也要钻到大巴上来，而且很不巧，坐在震动最剧烈的后排座。车一出城，黄尘一浪浪扑入窗内，连中国人也啧啧烦言地捂鼻子抹脖子。但她不顾主人一次次规劝，坚持不回到豪华的凉爽和洁净中去。她在车壳子乒乒乓乓震耳噪声中，在烦人的尘浪中，兴致勃勃地扯大嗓门，与邻座的黑发黄肤者谈长江、谈法国，甚至耐心地为某英语爱好者当口语陪练。满车男女都喜欢上她了。"这个法国妞，除了鼻子高一些，与中国人没什么两样呵。"有一老头这么说。

"为什么只注意我的鼻子？我的眼睛也同中国人的眼睛不一样，是不是？"她滋滋喜悦之余却有些不解。

船入小三峡，船重水浅，内宾们须上岸跋涉一段，安妮自然拒绝留在船上的优待。我知道，这并非她有行走癖，也不是有意克己矫俗——她是完全不赞成"牺牲"的。她只是把对社会等级的蔑视，对普通人的亲近，化作了自己的享乐。

她的道与利欲已融为一体。道不能止于理智。理智之道是一种自我强制，是一种伪善者的勉强和造作，常伴有委屈感以及悲苦神貌，一有不慎，就会在利欲的爆发中灰飞烟灭。而真正的道是渗透骨血的。得道者们不觉得自己应该"做"什么好事，不以为自己做过什么"好事"，他们欣悦的目光遍及每一个人、每一只鸟、每一棵树，纯属性情的自然。这种人出现在你面前，不用开口，也不用行动，他们的眼睛时时向周围播染着愉悦、友善、充实和生活的自信，使你沐浴着无善无恶的大心之光。人们可以在一大群人中，毫不困难地把他或她辨认出来。

安妮用这样的目光，凝视着三峡群峰，眺望山那边的山，云那边的云。她说得对，她的眼睛是天宇的色彩，与中国人不一样。

这一次，她送给我她女儿朱丽的一张画，中文题目是"中国女儿"。画中人像朱丽自己，也像她母亲，有蓝色的眼眸。

一九九三年十二月

那一夜遥不可及

新年第一天,也是我的生日。假日的阳光在海岛上泼洒和沉淀,时间在那边的窗帘上飘动。没有客人也没有出门的打算,甚至不想接电话。为了一些我不愿意忘记的人,我常愿意这样独处,把节庆变成一个人的时候,变成一些想象中的私约相会。

他曾经提着一个买啤酒用的塑料壶,在北京和平里的夜空下与我并肩缓行。他说国事,说经历,说他的宝贝女儿。他当时是一普通编辑,一个沉静的人,面容清瘦,且言语常有迟钝。我怀疑这种迟钝来自他多年的校对,还有填报稿笺时的推敲,于是口语也成了断断续续的审慎与精确。

他把我这个陌生大学生引入这种审慎和精确,引入他狭小的家,用啤酒、凉菜、行军床,接待我在文学上的开始。他的名字在偌大的中国文坛几乎无足轻重,在今后岁月里想必更是了无痕迹。

他叫王朝垠。

七十年代末,是心灵与心灵久别重逢之时。那时候的文学界没有星级宾馆和豪宴,没有轿车和电脑,没有职称和奖金。每个编辑部也都一贫如洗,还缺少定量配给的粮票,因此基本上不具备对作者留食、留宿的能力。接待作者通常只能由编辑们"公事私办"。但素无交往的双方可一见如故,为任何幼稚的创意而共同激动,绝无后来人与人之间日渐多见的匆忙和搪塞。一句有关敏感时局的掏心窝子话,甚至一个会意表情,就可以使人们立刻找到自己的同道。一处闲笔或一个结尾的修改,也可以使编辑和作者彻夜切磋。

我没有保留《月兰》的原稿,无法指证朝垠兄在这个作品里注入的心血。这个短篇小说原名《最后四只鸡》，是我屡遭退稿差一点完全放弃的一篇，迟迟才出现在他的桌上。我后来才知道，他读后兴奋不已，逢人便告，鼓动所有编辑放下手头工作来传阅——据说有位女编辑居然还读得当下狠哭了一把。事实上，如果没有他上上下下的游说力荐，没有当时《人民文学》主编李季先生的开明和担当，这篇小说不可能面世。时值第二次全国"农业学大寨"会议隆重召开之前，这一表现农村现状的悲剧故事，无疑过于出格和犯忌，让明眼人一个个都悬着心。

在"文革"错误被最高层正式结论定调的后来，这一类抗争之言逐渐变得寻常，不再与风险有关。有关这篇小说的各种风风雨雨也已成为过去，不再值得提起。但我要说的是，他为这件也许不值一提的小事拼争过，奔波过，焦急过，欢喜过，包括为我赴京改稿免费提供他的蜗居，权当作者的旅舍和餐馆；也包括他给我多次写信，其中最长的一封竟有上十页，纸上密密麻麻不下四千字。

这样的长信，足使我对自己后来所有的编辑经历而汗颜。

他发现和推出过一个个像我这样的文坛新人，却总是隐身在这些新作品的后面，既与稿酬无关，也与荣耀无关。当我不再年轻，当我后来也人模人样地登台领奖和出国讲学，他仍在北京和平里往返东四十二条的路线上，在每天上下班的人流里，戴近视眼镜，提一包沉甸甸的稿子，带着病容步行。直到他病逝之时，据说他家的存折上才几百块钱，而他的妻子还只是一个临时工，面对着两个孩子长大成人的漫漫时光。

在那一刻，我突然发现他已离我很远很远。我在天涯海角回过头来，向北方举目遥望，却无法让时间回到从前。我甚至无法记起我与他最后一次见面是在什么地方，在什么时候。他是我众多的编辑朋友之一，后来见面的机会不多，且见面多在大会场或宴会厅，常常只能隔着川流的人影，远远地相视一笑。他似乎有心把时间让给我，让给我难免的其他应酬——那些应酬多么华丽也多么空洞。我们的啤酒、凉菜、行军床，我们那个和平里的林荫道之夜，在这种无奈的微笑里早已遥不可及。

但愿他的笑是一种谅解。

是的，他曾给我写过满满十页不下四千字的信。

而现在我只能写出一句话：朝垠老师，我想念你——连写下的这一句，我也不知道该向哪里投寄。

一九九七年一月

○ 以上六篇最初分别发表于一九九一年《湖南文学》杂志、二〇一五年《湖南平江县毛氏族谱新编》、一九九一年《海南日报》、二〇〇七年《时代文学》杂志、一九九三年《海南日报》、一九九七年《文学报》。

近观三录

题　解

　　见作家其实有些危险，因为世上很多东西宜远看而不宜近观，有些作家便是。我们读其作品，以时间与空间相隔，如远看皎洁明媚的月亮，或光明温暖的太阳，享受它们惠赐大地的昼夜之便和春秋之美。然而，一旦进入近距离观察，月球表面的坑坑洼洼乱石荒沙难免让人失望，太阳的猛烈焚烧则必定烧焦一切，包括接近者自尊或盲从，欢喜或怨恨——即便太阳的本意也许并非如此。

　　谁叫你贴得那么近呢？

　　一九九一年秋我去巴黎，认识了一些国外同行，又经历了一次近观的冒险。

班·哲伦

　　这位摩洛哥血统的作家曾获一九八七年法国最高文学奖——

龚古尔奖。我见到他完全是一种偶然。那天我与 A 从出版社出来，顶着塞纳河边的阳光，觉得有点饿也有点累。A 说这圣·米雪拉广场附近有一家老字号的咖啡馆，很时髦的，文人雅士都爱去光顾，你愿不愿意去看看？

这样我们就去了。

咖啡馆十分热闹，人满为患，座位皆狭小。我们把腿小心翼翼地依次插入难得的空隙之后，肩与背都差不多与邻座的陌生人发生摩擦挤压。A 突然站起来，朝我身后的某个地方打望，说她发现了一个人，是十多年没见的朋友。她朝那边挤过去，片刻后又从那边挤过来，身后就跟着这位哲伦大哥。

这位阿拉伯汉子个头魁伟，未刮胡子，麻色胡须便朝整个脸上猖狂蔓延开去。他身上是一件廉价的化纤羽绒衣，领口和袖口各有一圈黑色污垢，脏得有点出格，手中一份小报证明他此时的悠闲。他说话很沉缓，喉音很浑厚，眼光老是越过我们投向大门。我第二次在咖啡馆与他见面时，发现他仍保持着目注大门的习惯。也许，这位客居巴黎的作家是在等待什么人？在期待通向世界的大门口发生什么奇迹？

后来我在归途中读他的《神圣夜晚》，才理解了他的孤独。他也许就是自己笔下那个总是在暗夜里的孩子，把目光投向亲人们消失的大门。

他问了一些关于中国文学与出版的情况。在第二次见面时，他还送给我一本中文版的书，是台湾翻译出版的。他顺便说到台湾方面没给他稿酬，也不回他的信，而现在他没有职业，全靠稿酬为生啊。

那一刻，我颇为他抱不平，并分担着台湾出版者的羞愧。我立刻送上我的法文书，摩拳擦掌想为他做点什么，热情参谋他的访华规划以及在中国出版著作的打算。在海南一家杂志上发表他的短篇小说，也基本上有了定案和把握。

他笑了，拍拍我的肩膀，然后起身告辞。他把账单翻过来瞟了一眼，摸出几个硬币叮当扔在桌上——在三份咖啡中他只付了自己的一份钱。他毫不含糊，把你我他的责权利分得清清楚楚，根本不在乎上次见面时是我为他的饮食埋单。

我的暗中一闪念当然可笑。我只能把他的硬币，理解为他不再让别人埋单，到哪里都坚守一个穷作家的自尊。

艾特玛托夫

当我还是文学小青年的时候，对苏联作家艾特玛托夫崇拜得一塌糊涂。他的《查米莉亚》《包红头巾的小白杨》《白轮船》等作品烂熟我心，有些精彩段落我甚至可以背诵如流。后来我眼睁睁地看着他越活越伟大了，《断头台》等长篇新作在苏联推出简直隆重如节庆。有次我从报刊上读到，他居然把戈尔巴乔夫总统及国际上一帮思想文化界名流，邀请到他乡间别墅去，讨论新思潮、太空时代及全球和平，其胸怀和见识真是何等了得。

尽管我常觉得他的言论大而不当，也太时髦，但最终还是怀疑译者没有译好，不忍削弱我对他的崇拜。

他也来巴黎参加国际作家会议。主持人报过发言者姓名之后，我发现他已经显眼地就座在主席台边，浓眉大眼，虎背熊腰，至少占据了两个人的空间。他抢先发言，颇有点当仁不让的气派。但他穿着太考究，而且总是端着自己浑身的威严和深刻，如首长在接受部属的仰视。尽管大会安排了五种语言的同声翻译，他还是自备豪华待遇，带来了娇小漂亮的俄方女秘书和女译员，左随右从，前呼后拥——后来我才知道他是总统委员会成员，身兼驻西欧数国的大使，文而优则仕，故有非同一般的权势和排场。

他首先谈及他的日文译者最近在日本惨遭暗杀，却未说明原委。接着阐述苏联文学及他的作品在世界上遭受敌意的排斥，目光凶狠地环顾四周——这多少使我觉得有点夸张。他老艾出生于邻近新疆的吉尔吉斯，与中国诗人李白算是隔代老乡，想必也是嚼着羊肉泡馍长大的，本是一穷兮兮的乡村农技员，如今已活得这般风光，如何还做出受迫害的姿态？《查米莉亚》之类是否值得敌对势力以暗杀方式来予以排斥，也大可存疑。他论述着翻译的重要，历数苏联政府促进翻译方面的诸多数据，历数苏联政府热情接待外国作家的诸多事实，与会议议题沾不上边，其口气也完全不像一个作家，倒像一个政府发言人。把常识当创见，把大话当妙语，渐渐引起会场上一片嗡嗡嗡的议论声，失望情绪在听众的眼中涨涌。连他的女译员也觉得尴尬了，译得畏畏缩缩并越来越偷工减料。

　　但他竟无知觉，仍把工作报告作下去。他无视发言时间限制的自傲，最后使主持人忍无可忍，终于公开请他结束发言，闹了个大没趣，引起会场上一片笑声。

　　我出国前，作家王蒙曾请我向他转达问候，并就未能接受对方邀请出任苏联《世界文学》编委一事作些解释和表示歉意。会议休息期间，我好几次鼓足勇气，也未能去完成王蒙托付的事。对不起，我的脾气不好。我非常厌恶在苏联人连面包都吃不饱的日子里，去对某个挥霍公款排场十足的苏联官员主动献上笑脸，去说劳什子"你好"——我只是写了一个字条请别人转给他。

　　人们端着酒杯在三三两两聚谈。艾特玛托夫大使在角落里形单影只，没有什么人去搭理他。他可能再一次认为自己受到迫害了吧？

阿玛多

　　巴西作家乔治·阿玛多年过花甲，却很不服老地穿着牛仔裤和网球鞋，鹤发童颜，爱说爱笑，一头发白得晶莹雪亮，真是白得纯粹而高贵。他的太太据说是音乐家，给我们端来咖啡后，听说我是中国人，立刻自告奋勇要为我们唱一支中国"土改歌"。她唱的是"雄赳赳，气昂昂，跨过鸭绿江"，四十年前的歌词，仍被她唱得清楚准确。我愣了一下，只好将就将就："对，算是土改歌吧，是土改那时候的歌。"

他们对中国比较熟悉，据说一九五二年就来过中国，一九五七年第二次访华时，还结识了艾青、丁玲等中国作家。但离开北京时他们已经不能来送行了，后来他才知道，他们全成了"右派"，受到严厉的政治整肃。一九八七年，他们第三次到中国，在照相簿上留下他们与很多文化官员的合影，在中国很多地方的留影。他们的女儿原拟与肖三的儿子联姻，后来阴差阳错，那小伙子成了刘少奇的女婿——这算是他夫妇俩一大遗憾。

阿玛多喜欢中国，尤其喜欢昆明与西安，尤其是这些地方的小吃。据他说，他有一次甩掉陪同人员，晚上偷偷潜入西安的小街小巷，看市民们怎样做菜，怎样吃饭，十分有味道。他说他也想学着做羊肉泡馍，可惜没有学会。

谈到法国，他的核心话题还是吃。他说下次见我时要请我吃法国饭，一言为定，但千万不要去大饭店，要去小巷深处那种鸡毛饭和大排档，那里才有真正的法国饭。为了证明他所言不虚，他叽叽哇哇比画着说了一大堆菜名，实在难为了译员，使她一直在菜谱里挣扎奋斗，只差额头冒出汗来。老头看着她笑了笑，递给她纸巾，遗憾地说："……算了，反正是十分好吃的东西。"

他是巴西人，基本上定居法国。是法国的饭店吸引了他，还是巴黎的文化开放度使他更方便关注全世界的饭菜？小孩子通常好吃。一个好吃者也许就是童心犹在的人，是生活中的幸运儿。这一天我刚与法国某作家深刻了两小时，每一个手势都操练着哲学与文学，练得有点筋疲力尽。感谢同行者把我拉到这里来，与阿玛多老头谈吃，渐觉活络舒筋，怡然自得，身上有了几分活气。

几个月后，总统密特朗请作家们吃饭，我在爱丽舍宫再次见到阿玛多。他似乎完全忘记了请吃的许诺，只说他要送一本书给我，然后便去别人那里握手，谈香港和东南亚的什么旅游，再也没有回头。这个老油条还想把一餐饭赖掉吗？我暗自好笑，心想下一次老子专择个吃饭的时候去见他，看他怎么办！

他吃了中国那么多饭，我去吃回一餐又怎么啦？

我不知道，他是否还记得他的巴西，是否还记得巴西的贫民窟，就像床头灯下他那本《摊牌》里描写的，他的同胞们在殖民主义和专制暴政的压迫之下，如何屈辱、穷困以及疯狂，如何饥饿得一个个眼珠发绿，放射出绝望的光芒。

一九九一年十二月

> 最初发表于一九九五年《绿洲》杂志。

我与《天涯》

一九九五年底，海南省作家协会的前主席早已退休，在整个机关经过将近一年的无政府状态之后，我终于接受领导部门的劝说，同意出来当主席候选人。

说心里话，我对作协这一类机构是抱有怀疑的。由于体制及其他方面的种种原因，这一类文学衙门在进入九十年代以后已经活力渐失，更有少数在市场化的无情进程中败相层出，苟延残喘。有些在这类机构里混食的人与文学并没有什么关系，只不过是打着文学的旗号向政府和社会要点小钱然后把这点小钱不明不白地花掉。这类机构正当的前途，当然应该是业余化和民间化，但革命没法冒进，原因是现有人员得有个地方吃饭。这就是我也当不成改革英雄的处境。

我明白，我只能暂时接受这样一个体制，在这个体制下无法大破大立，充其量也只能上一点保守疗法，当一个还过得去的维持会长。"大局维持，小项得分"，这是我当时给自己暗暗设定的工作目标。而协会下属的《天涯》就是我决心投入精力的"小项"之一。在我看来，作协其实并没有太多正经事情可干，比如，作家从来不是什么作协培养出来的,开餐馆、拍广告等"以副养文"又有不务正业和自我糟践之嫌,算来算去,别把杂志社的编制和经费浪费了,也算是件事吧。

《天涯》是海南的一个老文学杂志,在八十年代曾经还不错,在九十年代的市场竞争中则人仰马翻丢盔弃甲。到后来,每期开印五百份,实际发行则只有赠寄作者的一百多份,但主管部门觉得你只要还出着就还行。因为卖刊号违规换钱,这个杂志已经吃过两次新闻出版局的黄牌,内部管理和债权债务也一团乱麻,每本定价四元的杂志光印刷成本就达到每本近十五元,杂志社的一桩凶多吉少的经济官司还正待开庭。

但这种困境并没有使我感到绝望,倒是使我暗暗满意和高兴。原因很简单:要办成一件事情关键是要带出一支队伍,而优越和富足的条件对锻炼队伍来说应该说利少弊多。几年前曾经有一个香港投资者以出资两百万为条件,动员我的一位朋友为他主编一本杂志,我一听就摇头,说这两百万纯粹是坑人,因为那些一听两百万就双眼发亮摩拳擦掌趋之若鹜的人,肯定都是一些想来坐进口车的人,来住高档房的人,来蹭吃蹭喝的人,我这位朋友能依靠这些消费分子编什么杂志?治国去之,乱国就之。这是庄子的教诲,也是我的处事逻辑。我和一些朋友在八十年代末曾经把一本《海南纪实》杂志办得发行超过百万份,靠的就是白手起家。以我狭隘的经验来看,白手起家就是背水作战,能迫使人们精打细算、齐心合力、广开思路、奋发图强,而这些团队素质的取得比几十万或者几百万投资其实重要得多。

正如我的所料,《天涯》的山穷水尽使某些趋利者失望而去,正好使杂志社的调整获得空间。这就是劣势中的优势。编辑部只剩下了几员女将:罗凌翩是我在《海南纪实》的老同事,虽然没有高学历文凭,却有丰富的编辑经验和博闻强记的本领,可以充当百科知识竞赛中的抢答高手。王雁翎,离校还不太久的硕士,虽然如多数女性一样喜好到花花商店里汲取精神营养,但办事诚恳、细致、随和以及不失公道,后来成了编辑部的内当家。蒋子丹当然更是一台难得的实干机器,小说和散文创作使她积累了成熟的文学经验,在《芙蓉》和《海南纪实》编辑部供职时挖稿和抢稿的战绩,还使她获得了当时全国编辑行里所谓"北周南蒋"的口碑。在我看来,她能否出任主编实是《天涯》能够起死回生的关键之一。正如她后来在一篇文章里写的,我没有估计错,她终于在我强词夺理的鼓动下同意伸出援手,暂时中断她的小说和散文的写作,接下这一个烂摊子。她在文章中是这样写的:

> 我从一九七六年开始在湖南人民出版社当编辑,前前后后已经办过好几本杂志。可以说深知其中甘苦,尤其在当今刊物数量膨胀,竞争激烈,许多纯文学杂志朝不保夕的情形下,接手这样一本地处边远省且毫无知名度的刊物,何尝不是一捧烫手的栗子?从另一方面说,本人的人生原则,向来是宁为凤尾不为鸡头,在此之前不久发表的一篇文学自传中,我还非常潇洒地写道,我这一辈子担任的最高职务是少先队中队长,而且肯定要在这方面不改初衷。可是当时我面临的情况,是要为一捧烫手的栗子改写人生。
>
> 不能否认,每个人都是有弱点的。我的一个显而易见的弱点,是不会对朋友说不。我曾经开玩笑说,幸好我的朋友中间没有不法之徒,要不然我将是最容易成为窝藏或窝赃犯的人选,这时要把这一捧烫手栗子塞给我的上司,恰是朋友韩少功。他对我说,你不觉得纳税人的钱浪费了太可惜吗?这句话击中了我的另一个弱点,那就是我对社会还残存了一分令某些现代人不屑的责任心和义务感。《天涯》那时每年享

受工资在外的十五万元财政补贴，每期却只印五百份，寄赠交换之后就放在仓库里，等着年底一次性处理，看着也的确让人觉得不太对劲。于是，考虑了几天之后，我答应"友情出演"，但条件是韩少功本人必须担任杂志社社长。

事情就这样开始了，我们召开了第一次编辑部会议。因为当时整个机关的房产都被穷急了眼的前领导层租给了一家公司，编辑部连一间办公室都没有，开会只能借用外单位的一间房子，简直像地下工作者的"飞行集会"。我在会上谈到了杂志改刊的想法，但是我发现我的同事们大多数眼里一片茫然，并没有我所期待的兴奋。我也与一位身为文学理论家的朋友在茶馆里深谈了很久，鼓动他来出任杂志社的兼职编辑或者兼职副主编，但他对此基本上没有兴趣，在以后的电话里可以与我东拉西扯问寒问暖但从来不谈到杂志。我知道，他的怀疑或冷淡并没有错，他没有理由和义务要把自己的精力搭进这个已经死到临头的《天涯》，并且对我的远景描绘信以为真。

产品改型

编杂志就是一种生产，需要有良好的管理和技术，需要产、供、销环环流畅。作为一本文学杂志，《天涯》首先面临着原料不足的障碍。进入九十年代的中国文学已经进入了一个黯淡低谷，不再有来自国外的文学观念刺激之后，很多作家突然都显得有点手足无措，六神无主；而商业大潮的冲击又使很多作家对爬格子的苦差很快打不起精神，他们中的相当一部分像当年投入土改或"文革"一样纷纷投入到各种生财的门道上去了，扎钱运动已经成为"跟上时代"的前卫和崇高之举。

在这种情况下，真正有意思的文学正在明显减产，即便还有一些好作家和好作品在冒出来，但供小于求，稀缺原料已被《收获》《钟山》《小说界》《花城》等老牌刊物瓜分一尽，其他刊物都面临着无米之炊的深重危机。显然，在这个时候的《天涯》若要活下去，绝不能再去参加各路编辑对稿件的白热化争夺，不能再去干那种四处埋单请客四处敲门赔笑然后等着一流作家恩赐三流稿件的蠢事。这就是说，虽然有史铁生等一些优秀作家的鼎力支持，但《天涯》仍是生不逢时，必须励精图变，必须另外获取资源和空间。一位个体户曾经对我说过："最有力的竞争，就是无人与你竞争。"这句话事隔多年后在我的脑子里冒了出来。

《民间语文》的栏目就是这样产生的。这个栏目使刊物的供稿者范围扩大到作家之外的所有的老百姓，让他们日常的语言作品，包括日记、书信、民谣等都登上大雅之堂，不仅记录民间的语言创造活动，而且也可使有心人从中读取各种社会和人生的信息，从而对当代中国有更深入的语言勘察。后来的事实证明，这个戏称为"严禁文人与狗入内"的栏目以其"亲历性""原生性""民间性"受到了读者广泛的欢迎，其中《患血癌少女日记》的艺术力量为很多著名小说所不及，曾使我和很多人读后久久不能平静；而《火灾受难打工妹家书》《下岗女工日记》《"文革"支左日记》等，对中国的"文革"和市场化进程提供了必要的深度披露，被很多社会科学家所重视。我在美国、法国、意大利等地访问时，一些汉学家即便与文学毫无关系，也会对《天涯》的这个栏目中的很多文本如数家珍赞不绝口。他们都注意到了编辑的特殊做法：比如，对原稿中的错字病句只标注但不更正，以保持各种资料的真实原貌。

《作家立场》的栏目也是这样产生的。这个栏目按照英文writer的含义来定义"作家"，即把一切动笔写作人都纳入"作家"的范围,当然就使很多学者都有了参与《天涯》或者说与文学会师《天涯》的机会,《天涯》也有可能从三流文学来稿中突围出来,得以开发和吸纳文学家之外的广阔文化资源。这就是"东方不亮西方亮""堤外损失堤内补""作家少了学者上"的策略。我和蒋子丹都预感到这个策略行之有效,因为八十年代的思想启蒙大潮渐退之后,经过国际冷战的结束和中国的市场化转型,社会新的矛盾正在浮现,人们对现实新的感受和新的思考正呼之欲出,九十年代初期关于"后现代主义"和"重振人文精神"的讨论已经呈现出一次新的再启蒙即将到来的征兆。相对于九十年代文学创作的疲惫和空洞,这一次轮到理论这只脚迈到前面来了,于是再启蒙首先是在思想界发动,理论而不是文学成了这个时候更为重要的文化生长点。

后来的事实也证明,这次再启蒙使这个九十年代的中国知识界再一次有了自己的眼光和头脑,完全改写了中国思想文化的版图,在很多方面刷新了中国思想文化的纪录。关于市场化问题、全球化问题、环境与生态问题、民主与宪政问题、大众文化问题、道德与人文精神问题、后殖民问题、女权问题、教育问题、传媒问题、腐败问题、农村与贫困问题、民族主义问题,等等,后来都逐一成为《天涯》的聚焦点。《天涯》参与或发动了这一系列问题的讨论,是这一再启蒙的推动者,也是这一再启蒙的受益者。一批作家化的学者和一批学者型的作家在我们的预期中走上了文化前台,释放了挑战感觉和思维定规的巨大能量。作为这一过程的另一面,这些写作也在一定程度上再生了中国古代文、史、哲三位一体的"杂文学"大传统,大大拓展了汉语写作的文体空间。

由于《天涯》所受到的市场压力,我不得不经常警告编辑们不要把刊物办成一般的学报,更不要搞成"概念空转"和"逻辑气功"。那些事情也许别有价值,但也不是我们应该做的。《天涯》

应该让思想尽量实践化和感性化,《特别报道》栏目就是根据这一要求进入设计。它应该是每期一盘的专题性信息大餐,雅事俗说,俗事雅说,较能接近一般读者的兴趣和理解力,相当于思想理论中的大众版本。严格地说,它与常见的所谓报告文学没有什么关系,它的作者不仅应就某一重大主题有思想理论上的全景观察,而且还应有翔实的事实例证和尽可能生动的表达。作为一九九七年这个栏目开办时抛砖引玉式的引导,第一篇特别报道以亚洲金融风暴为题,只好由我来试着偷偷炮制。整整一个星期,书房里满地剪报,我从几大堆搜寻来的境内外报刊当中提取了近两万字的精粹,力图给读者提供一个现代经济学的惊险故事和旅游地图。笔名"范闻彰"就是"(示)范文章"的意思,是一句办公室里的自夸戏言。有趣的是,这篇文章发表后竟被好几家报纸连载,国家财政部的官员还打来电话要找"范闻彰同志"切磋和探讨,吓得我让编辑赶紧回话称范同志已经"出国访学"以作遮掩。

我原来以为,有了这一口大大的砖,一块块宝玉跟上来大概不成问题,因为刊物发什么作者就跟着写什么,这是编辑工作中的常见现象。但这一次我们估计错了,并不是所有的人都愿意做信息大餐的。学者不热心叙事的絮叨,作家不习惯理论的艰深,而有些记者写来的稿件不是有质无文的"干",就是有事无理的"浅",这个栏目的理想作者队伍始终没有真正形成。好几次无米下锅之际,我们只好让后来调入的编辑张浩文、李少君也冲上前台直接出手,还拖出王雁翎的丈夫单正平来紧急"救球",逼着他又写又译,充当这个栏目的主打。好在他是一位模范家属,受点委屈也忍着。

《一图多议》则是一个列于卷首的小栏目,其功能相当于餐前的开胃酒或者小冷盘,调动读者往下读的胃口。它必须有一张富有视觉冲击力的照片,配以两三则观点相异甚至对立的短论,构成正反相攻、阴阳互补、见仁见智的思想张力和辩证视野。这些短论有的是特邀作者写来的,有的是从报刊文章中摘来的,实在没有合用的文字了,编辑们就一人分配一个观点也临时对练起来。事实上,编辑们在很多问题上常常观点各异,差不多每天都在多议甚至多吵,整个办公楼里就这间房子里的高声争吵最爆。

至于其他一些栏目如《文学》《艺术》《研究与批评》等,虽然都是大板块,却没有什么特别了,连栏目的名称也直白无奇。也许,一个刊物需要创意,需要变化,但其实并不需要处处特别,相反在很多方面倒更需要一些沉稳、笨重、木讷甚至保守,正像每个餐桌上都需要一些并不特别的面包或者米饭来充当主食。我曾经毫无道理地说过,中年人办刊物尤其应该这样。处处特别的要求只合适奇装异服,只合适挤眉弄眼,不是中年人心目中的文学。正是基于这一考虑,我们选定牛皮纸做封面,选定汉简隶书做刊名用字,选定五号正宋作为刊物的当家字体,是一副不合潮流的姿态,绝不使用消闲杂志或者青年杂志常用的那些花哨字体。一九九九年,蒋子丹兴高采烈地从自来稿中发现了新疆作家刘亮程的散文,这些散文中的沉静、忍耐、同情、奇思妙想、大大方方,就体现了《天涯》的文学理想,就是不适合用花哨字体印刷的。以致后来刘亮程的散文在另一张畅销大报中出现,被各种时文和一些花哨字体包围,我的第一感觉是:刘亮程这回算是"误入不正当场所"。

《天涯》的产品改型就这样渐渐有了一个轮廓,并且在大家努力之下日臻完善。这样的刊物有什么新鲜吗?细想一下,其实也没有什么新鲜。严格地说,在这个设计过程中,我们谈不上得到了什么,只不过是大体上知道了我们应该去掉一些什么,比如,要去掉一些势利、浮躁、俗艳、张狂、偏执、封闭,等等,而这是一本期刊应有之义,不是什么超常的奉献。因此,我们觉得没有什么可说的，连短短的改刊词也不要，就把新的一期稿件送进了印刷厂。

管理改制

蒋子丹为改版开始了全方位的劳碌。组稿是她的强项，一过晚上九点就是长途电话半费的时间了，她的电话打击点总是从中国最北边的地区开始，逐次南移，最后落向广州，使早睡的北方人和晚睡的南方人在睡前都能听到她的声音，完成有关约稿、改稿或者退稿的商议。

现在，排版设计也必须成为她的强项：在杂志社决定自己排版出片后，最初几期都是她守着电脑员折腾出来的，办公室的灯光总是亮到深夜，让两家来接人的丈夫都哈欠连天地一等再等。发行也必须成为她的强项：为了弥补订阅数量的不足，她开始习惯与全国数十家零售书店老板讨价还价，在一切经营圈套面前明攻暗守，有时打出几十个电话才能追回一笔小小的书款。到后来，她还必须开车，接送编辑们上下班，这是因为整个机关没有专职司机；她还必须看病，为大家充当医疗顾问，这是因为好几次医生的误诊都被她及时纠正。有人已经建议在她的办公桌上摆一个牌子：蒋半仙，门诊费每次十元。

《白银资本》一书的作者君特·弗兰克（G·Frank）老头访问海南，住了三天以后曾经说，蒋子丹是他在全世界所有见到的作家中最没有作家毛病的人。这当然是因为她的一些作家毛病在实干和行动中被大大地打磨掉了。行动是摘除性格毛病的伽马刀。行动者大概总是比旁观清议者少一些生成毛病的闲工夫，也总是容易比旁观清议者多一些理解他人和尊重团体的本能。

但蒋子丹一旦把团体赛当作个人赛来打，也显露出一个团体的机能失调。这并不是主编的光荣,更不是我这个社长的光荣。在后来的几年里,为了减缓压力充实力量,编辑部陆续增加了一些人手:郑国琳是最早加入进来的,一位小说家,已经戴上了老花眼镜却老是为自己的青春身材而自鸣得意,号称当过公司的经理却老是在计算页码和字数时一错再错,最大的长处就是善于自我批评从而人缘极好。张浩文也是一位小说家,是热心推广电脑和网络的"张工",其实调来前的身份是大学中文系的副教授,因此自从他调入,编辑部里多了好些盗版软件和现代主义教条,也多了好些关于语法和标点符号的争吵马拉松,让人先喜而后烦。李少君则是最年轻的一位,面若大学一年级新生,从而被蒋子丹取名"李大一"。他本职工作在报社,算是《天涯》的兼职编辑,后来成为刊物组稿和思想文化批评方面的快枪手,与新生代的作家和学者们有较广泛的交往,刚好弥补了编辑部在这一方面的不足。他身上还有一种眼下已经不太多见的急公好义,如郑国琳瞪大眼睛说的:碰上公家有事要联络,他拔出私人手机就给香港或者美国打电话,这种豪气你也有?

这些人都算得上我们在海南这地面上淘来的金子,但显而易见,他们刚来时都还较为缺乏刊物编辑的经验,每人一天得退上几个博士或者教授的稿件,作为审读者他们也还有学养的不足。编辑部订阅了《哈泼斯》《纽约时报书评》《批评探索》等数种英文期刊,但能够读懂外刊大要的编辑为数不多。我们只能面对现实。中国在报刊图书出版这一块到九十年代还是官营计划式的管理,刊物是不可以随便拿到什么地方去办的,也不是什么人都可以随便调来任职的,光是户口、住房、编制、职称等因素,就足以使远在边地的《天涯》无法自由和广泛地利用全国人才资源。这使《天涯》在承受产品销售市场化的压力的同时,还没有享受人才利用市场化的好处。

为了对这一点作出弥补，我们尝试着聘请编外客座编辑，其中有两名特聘编审：李陀和南帆。关于这两位，蒋子丹后来在一篇文章中曾有过描述：

> 李陀一直是文坛上公认的忙人，可是这次我见到他的时候，大约是他八十年代末出国之后第一次回来，正闲着，是一个真正的社会闲（贤）达。李陀这个人的最大特点也是优点，是对公益事务永远充满热情，并非以自己的利益为转移。听说我和韩少功又在张罗一本杂志，他的反应差不多到了兴高采烈的程度。出国之前李陀是《北京文学》的副主编，对办刊物有过一些想法却没有机会实现。那天下午我们在北京的三味书屋茶座里一直谈到天黑，还意犹未尽，又一块吃了晚饭才算完。跟李陀谈编辑业务，是一件让人愉快的事情。记得八十年代初，我在湖南文艺出版社的《芙蓉》杂志当编辑，每次进京组稿都会先到李陀那儿去报个到。毫不夸张地说，李陀是一个非常称职的组稿向导。他几乎知道每个活跃着的北京作家近来正在写什么，眼下在不在家。更要紧的是，他一直以优秀批评家的独到眼光关注着正如雨后春笋般一茬茬冒出来的文学新人，为他们的成果摇旗呐喊，促成文坛对他们的接纳，这个名单可以排出长长的一串，凡是那时候的文学圈里的人都会有印象。我曾跟他开玩笑说，他差不多是一个文学"星探"。
>
> 我突然想到，假如让李陀担任《天涯》特约编审，将是一个不错的人选，因为办这样一个刊物，太功利太实际的人，太以自己的遭际论事的人，太没热情太消沉的人，都是不合适的。于是分手的时候，我把我的想法告诉了李陀，他也欣然应邀。这是我接手主编以后第一次单独而且是即兴决定的

一件大事，但我觉得对此韩少功也肯定不会有异议。回到海口后，我把这事向韩少功汇报，他果然非常赞成。

杂志的另一个特邀编审是身居福州的评论家南帆。他是一个在当今文坛上很少能见到的朴实、诚恳，学问做得踏踏实实却不乏自己的见解，同时又从来不事张扬很具平常心的人。一九九五年底，韩少功到上海去开会，与南帆同住一室，几个晚上的谈话，让他对这个以前并不太熟识的同仁产生了极大的好感，随后便也产生了邀请他担任特约编审的想法。韩少功对我说，他感觉南帆不光读书读得很扎实、头脑清醒、悟性不错，是一个很有实力的作者，更重要的是他的为人与为文的心状非常健康，与文坛上那些到处拉帮结派，以评论作人际交易谋取虚荣实利的人相比，是《天涯》的一位难得的同道。

两位外援可以在业务上参与，但并不能取代编辑部这一母体的改造。在这一点上我提醒自己不能有书生气。我很明白，现行人事体制的积弊，主要是"铁饭碗"和"大锅饭"总是诱发人的隋性以及社会上常见的内部摩擦，即便是一群铁哥们或者大好人纠合在一起也总是难免其衰。一般的情况是这样：只要一个人没有严重的违法犯纪，是不可能被扫地出门的；而只要有一个人好吃懒做而不受到处罚，其他努力工作者的情绪就要大受挫伤，整个团体的向上风气就会掉头而下，到一定的时候，连好些初衷不算太坏的领导和群众都会有大势难违于是不如自己捞一把走人的恶念。一九九五年底我接手时的海南省作协就处在这种危机的边缘，坐轿子的比抬轿子的多，坐轿子的比抬轿子的更有权说三道四，于是大家都比着看谁更有本领不做事。

当然，我失望于这种体制的时候，对市场化或者自由化的另一种状况并没有浪漫幻想。我曾经目睹甚至亲历过一些所谓体制外的民营企业，那里既没有"大锅饭"也没有"铁饭碗"，竞争的压力确实使人们不敢懈怠。但那里的现实问题是太缺少刚性的体制约束，因此要么是"暴君"式的管理之下员工权益无法得到保障，剥削和压迫令人心寒；要么是"暴民"式的内讧之下频繁政变、连连休克，多数短命的企业最终都可能心肌梗死式地暴死。这就是说，如果说体制内多见腐败慢性病的话，那么体制外就多见腐败急性病，各有各的成本和代价。我曾经主持过的《海南纪实》杂志社是一个梁山聚义式的团伙，在海南建省之初的体制空白中，就遭遇过这种急性病。一旦发生危机，在体制外那个自由天地里，没有暴力的权力简直一钱不值，遏制腐败的权力往往软弱，依托腐败的权力往往强大。我听说好些民营企业竟然纷纷抢戴"国有"的红帽子，甚至顽强地申请成立企业"党委"，其中的原因之一：有些人是否也在无奈之下想回过头来借助一些体制遗产来维系企业的内部秩序呢？这种"城内的人想出去而城外的人想进来"的现象，使热热闹闹的体制改革中透出了怎样的尴尬？

不管是慢性病，还是急性病，《天涯》都须防疫在先，须兵马未动体改先行。这种改制是保守疗法中的激进，就是把企业民主这个往日革命化（书记专权）和当今市场化（老板专权）都遗弃了的东西，真正引入到日常生活中来。工资这一块不好动，就先从别的方面下手。整个机关以及《天涯》杂志社开始实行一种季度民主考评制，相当于每个季度来一次民选并且加上"生产队记工"。其内容是每个人的表现按"德、能、勤、绩"四个项目接受全体员工的无记名投票打分，然后每个人的得分结果与奖金发放和职务升降挂钩。当然，这个制度主体还有一些配套措施，比如，为了削弱个人关系和情绪的因素，每次统计平均分时都去掉最高分和最低分；为了体现对岗位责任的合理报酬，每个人的得分还辅以岗位系数，即重要岗位人员的得分自增百分之三十或百分之十五。还比如，为了照顾中国人十分要紧的脸面等，得分情况并不公示，但每个人都有查分的权利，以确保考评的公正和透明，等等。

我在事前的模拟测试中已经算出，根据这种新法，一个优秀的普通员工完全可以比一个慵懒的领导多拿到两倍多的奖金，可以有可靠的升迁机会。这种奖优惩劣的力度可能已经差不多了。

在《天涯》后来所有的制度实验里，这个考评制可能要算最重要的一部根本大法。可以想见，现在人人都有一票，所有员工都握有打分权，任何不良行为都暴露在群众的监督之下，都会直接带来自己利益的减损和体面的丧失。果然，少数坐惯了轿子的党员干部只经过了一两次打分，就灰头土脸混不下去了，最后自动提出要求调走或要求提早退休，再不就转过来要求抬轿子，为了得高分而争着抱群众这条大粗腿。这真是民主起义带来的意外收获：机构的减磅瘦身居然轻易实现，省了好些手脚，杂志社的周邻环境也大大改善。连我自己也好几次品尝了这种民主的沉重打击，只是因为我有时候窝在家里写东西，我在这些季度的出"勤"得分就敏感地刷刷往下掉。在这个时候，我一边不无委屈，一边又高兴大家真他娘的动了真格，连老韩的面子也不给了。

我想起了当年丘吉尔的求仁得仁。当议会根据他设计的规则用选票把他轰下台时，他闻讯从浴缸里跳了起来，说：这就是我们的民主呵！

好吧，我现在也只能挺着肚子尽力模仿着老丘的风度。

我们在选票上开始一步步学习运用民主和法制。我们逐渐发现，民主程序设计是必须悉心讲究的。比如，投票者是强势时，就必须制约投票者，只能实行有记名投票并公示有关情况，由评委们票决青年文学大奖就采用过这种办法。相反，投票者是弱势时，就必须保护投票者，应实行无记名投票，推举协会各位负责人等活动中则采用这种办法。二〇〇〇年，海南省作家协会再一次换届，新一届班子成员的候选人，也是按理事会民意测验时得票多少来择优确定的。根据现行体制的规定，这些候选人还须经省组织部门"考察"，但这些部门后来考察了几个月，觉得民选的候选人没有什么不好。他们觉得在文艺界各个协会中作协的换届最顺，没有什么人敢去说情要官。

这里也得说一说，民主这一帖药也非万能。比如，杂志社有了一些收入，这些收入可以用来投入社会公益事业，也可以分作员工奖金，那么在资金如何使用这个问题上能不能民主？可以想见，我们要花几万元召开一个重要的会议，或者要花几万元来从事一项社会公益活动，或者要花几万元投入编辑工作的电脑网络建设，只要说用投票来决策，虽然有些人不会计较自己的奖金损失，但肯定也有些人会神秘兮兮的，肥水不落外人田吗，不劳者不获食吗，吃光分光的主张最终很可能感染成革命群众的主流意见。你能让大家都像上帝一样都想到全人类和千秋万代？在这个时候，民主可能就会有点丑陋了，而"独裁"和"集权"势必就是遏制丑陋的权变之策。事实上，每碰到这种挠头的事，我就只好像个专横的恶霸，暂时充当民主的叛徒。我后来在一篇文章里谈到民主很可能助长而不是遏制极端民族主义狂热，就是基于这种日常经验。我还相信，真正成熟的民主体制一定要授权什么人，在群体利益形成对外侵害的时候，能够实行特殊议题上的一票否决。进一步说，民主不意味着民众崇拜，而需要理智的民主给自己装一个安全制动闸。

这一类民主"治内不治外""治近不治远"的折腾，走一步看一步，终于使《天涯》走出了危险期，元气多少得到了滋养。《天涯》后来在激烈的市场竞争和文化冲突中得以自强，我想都得益于这些安内然后攘外。《天涯》当然无意成为教会，磕磕碰碰的情况也不会少，但无论中外客人，凡是访问过《天涯》的都对编辑部的效率和气氛留下了深刻印象。有的编辑在家里深夜读稿或校对，让他老婆觉得太阳从西边出来了：现在还有这样为公家干活的？我也觉得一些同事好过了头：怎么少君半夜十二点还来电话说稿件？有一个客户甚至觉得《天涯》的员工都颇有个体户黑汗水流的劲头，曾迷惑不解地问过：你们到底是私营企业还是公家单位？也许在他看来，一个来自公家单位的人不要点回扣不拖拖拉拉实在是情理不容。

从这位个体户羡慕的目光里，我看出并不是私有制才意味着效率，私有化的宣扬者们在这一点上往往说过了头。其实我非常赞成把国家管不好的很多事情交给私有者们去办，对公有制度下的懒惰和贪婪深有感触，但同时也对那种"私有化一抓就灵"的简单化不以为然。我相信，那些"公有化"或"私有化"的崇拜者，从来都是身着吊带西裤在书斋里推算效率定律的，他们应该知道这个世界的丰富多样。

"新左派"及其他

"新左派"是《天涯》这些年被人贴上的最大一个标签。蒋子丹曾在文章里写道：

> 一九九八年五月，在北京风入松书店的座谈会上。北京大学哲学系的陈嘉映先生带我去，好心要让我认识更多学者，到了那儿一看，其实在座的大都与我有过联系，或者书信，或者电话，也有的以前就认识，其中有些人在《天涯》发过稿，有些人被《天涯》退过稿。当时《天涯》在北京读书界

已颇有些影响，这一点大家都不否认。不过，在交谈中我才得知，《天涯》已被指定为"新左派"的阵地，这是我始料未及的。以那时刊物登过的文章看，作者名单实在是分不出厚此薄彼的，直到二〇〇〇年六月，"新左"和"自由"两派爆发空前激烈的论战时，女作家方方问我，"自由派"到底是哪些人。我数了几个大名鼎鼎的代表人物，方方还奇怪地说，有没有搞错，这不都是《天涯》的作者吗？虽然事实如此，《天涯》在某些圈子里还是被判定为"新左大本营"。

其实，"新左派"这个标签至少有两代的历史。早一代，是出现于九十年代初北京文坛某些圈子里若隐若现的流言中，当时是指张承志、张炜以及我，当然还有别的一些作家和批评家。这些作家和批评家因为从各自角度对文化拜金大潮予以批评，被有些人视为"阻挡国际化和现代化"的人民公敌。当时的市场经济已经给部分都市（与大部分乡村关系不大）的部分阶层（与城市下岗群体等关系甚少）带来了繁荣，联结东京、汉城和新加坡的中国东南沿海发展带已经卷入了经济全球化的进程。于是在某些人看来，历史已经终结了，流行的作家形象似乎应该是这样了：男作家在麻将桌和三陪小姐那里开发幽默，女作家在名牌精品屋和阳刚老外面前操练感觉，市场时代的诗情应该在欧陆风情的酒吧里一个劲地孤独，市场时代的先锋应该动不动就要跑到西藏去原始一番或者要携个性伴侣撒野以示自己绝不向官僚政治屈服。据说有些人正在"解构一切宏大叙事"，但他们在清算革命时代的罪错之余却在精心纺织另一个更为宏大的叙事：全球资本主义的乌托邦。似乎山姆大叔都是雷锋，五星宾馆都是延安，只要有了大把港币和美元就成了高人一等的"红五类"。在一段时间之内，中国的文学对这种新意识形态的大军压境竟然无能作出有力反应，拜金专家们却被一些老作家赏识和追捧，被文学新人们央求作序，被刊物请去当策划主持，被报纸请去作专题采访。张承志是最先对这一切表现警觉和抵抗的作家。他从日本回国，"祖国的江山扑面而来"，这样的句子让我心动。他走访穷人，捍卫弱族，痛斥新一代权贵和"西崽"，其偏激处和不太偏激处都让很多人不快。见我还在四处乐呵呵地滥用宽容，他好几次批评我的思想"灰色"，似乎恨不得在我屁股上踢一脚从而让我冲到更前面一些。

这时候被指为"新左派"的人，其实还只是在道德层面表现出仓促的拒绝，多数人甚至与自己的论敌还是自家人，还共享着许多逻辑和想象，比如，大家都对市场和资本的扩张充满着乐观主义的情绪，都多多少少深藏着一个美国式的现代化梦想。这个梦想是八十年代的果实。从八十年代过来的读书人，都比较容易把"现代"等同"西方"再等同"市场"再等同"资本主义"再等同"美国幸福生活"，等等，剩下的事情似乎也很简单，那就是把"传统"等同"中国"再等同"国家"再等同"社会主义"再等同"'文革'灾难"，等等，所谓思想解放，所谓开放改革，无非就是把后一个等式链删除干净，如此而已。在很长一段时间内，我也是这样一种启蒙主义公式的操执者，是一个典型的右派。像很多同道一样，我们从当时各种触目惊心的极"左"恶行那里获得了自己叛逆的信心。

回想起来，是实际生活经验让我的头脑里多出了一些问号。我在一九八八年来到海南，亲历这个海岛市场发育和资本扩张的潮起潮落，从亲人、朋友、同事、邻居以及其他人那里积累印象和体会，寻找着思考的切入点。在我的身边，三陪女冒出来了，旅游化的假民俗冒出来了，这是"传统"还是"现代"？警察兼任了发廊的业主，老板与局长攀成了把兄弟，这是"国家"还是"市场"？准脱衣舞在官营剧团的《红色娘子军》乐曲里进行，

"文革"歌碟在个体商人那里违法盗录,还有为港台歌星"四大天王"发烧的大学生们齐刷刷地递交入党申请书,这是"革命文化"还是"消费文化"?……八十年代留下的上述一大堆二元对立,曾经是我们诊断生活的一个个随身量具,眼下都在我面前的复杂性面前完全失灵,至少是不够用了。在印度、越南、韩国、新加坡等周边国家之旅,更使我的一些启蒙公式出现了断裂。"私有制"似乎不再自动等于"市场经济"了,因为休克疗法以后的俄国正在以实物充工资,正在各自开荒种土豆,恰恰是退向自然经济。而"多党制"也似乎不再自动等于"廉洁政府"了,因为在世界上最大的民主国家印度,官员索贿之普遍连我这个中国人也得瞠目结舌。正是在这种情况下,当汪晖的长文《论当代中国的思想状况以及现代性问题》拿到编辑部来时,我觉得眼睛一亮,立即建议主编破例一次,不惜版面发表这篇长文。据说汪晖本人一直犹豫是否应该更晚一些在国内发表这篇文章,李陀也建议他暂时不要发表,他们对《天涯》的果断可能都有些感到意外。

就像很多人后来所知道的,正是这篇长文成了后来思想文化界长达数年一场大讨论的引爆点,引来了所谓"新左"对阵"新右"或"新自由主义"的风风雨雨经久不息。由于俄罗斯经济发展的严重受挫,由于亚洲金融风暴的发生,还由于从美国西雅图开始的抗议和骚乱,这场讨论又与全球性的反思大潮汇合,向下一个千年延伸而去。

这个时候的"新左派"可算是第二代,与九十年代初期那个文学"新左派"其实已经很不相同。比如,曾被指为"新左派"的很多人对汪晖的很多看法并不赞同,在很多问题上先左而后右,或者此左而彼右。作家李锐就是其中一个。李锐与我相识多年,被蒋子丹称为"热血中年",似乎是一种高温反应材料,不激动就不能出洞见,不激动就不能妙语连珠,在公众场合总是热血得让夫人蒋韵大惊失色并连连扯他的衣袖。他写小说在境内外都有盛名，而且所谓"马桥风波"的一场思想报复事件中，在我被打成"文坛窃贼"满身污水的时候，他愤而操笔，仗义执言，完全不顾及自己将要承受的压力和代价。

有很长一段时间，我们频繁地交换电子邮件，争论着由汪晖提出的一些话题。我赞成李锐对革命体制下种种悲剧的清算，但怀疑这种清算是否必须导向对西方市场化体制的全面拥抱。这种非此即彼的二元论会使我们产生哪些盲视？正如他在一篇关于知青的文章中说的，知青是复杂的，将其妖魔化是一种对历史的遮蔽。我接过他的思路往下说，己所不欲勿施于人，革命也是复杂的，将其妖魔化是否也是一种对历史的歪曲？我知道自己在很多方面不能完全说服他。

我们的争论一直延续到在法国和意大利的旅途中，同行的张炜和苏童也参加进来。当时《天涯》在欧洲已因"新左派"的名声远播而在很多圈子里被人们议论纷纷，以致很多旅外华人与我相见，都不谈我的小说而只问《天涯》，真使我为自己的小说家身份感到悲哀。我不得不一次次向好奇者解释，以我偏狭的理解，中国人在九十年代最忧心的倾向就是"权力与资本的结合"而不是这两者的对抗，老左派把守权力，新右派崇拜资本，而我们必须像李锐说的那样"左右开弓"，对权力和资本都保持一种批评性距离，以促成人民的市场和人民的民主，促成《中国的人民的现代化》——这是我为温铁军一篇好文章改拟的标题，以取代他的原题《现代化问题笔记》。如果硬说神圣的"资本"碰不得，一碰就是"新左派"，那我们就"新左派"一次吧，被人家派定一顶有点别扭的帽子，多大件事呢？

在另一方面，我也如实相告：我一直认为"新左派"里面鱼龙混杂，有的人不仅有问题，问题还大着哩。尤其是有些人再一次开出"阶级斗争""计划经济"等救世药方的时候,我为他们想象力的缺乏和生活经验的贫乏感到遗憾。当有些高调人士在强国逻辑之下把中国一九五七年、一九六六年等人权灾难当作"必要代价"时,我觉得这些红色英雄其实越来越像他们的对手:当年资本主义的十字军同样是在"必要代价"的逻辑下屠杀着印第安人和各国左翼反抗群体。左派接过右派的逻辑来批判右派,这种儿子不认老子的事情怎么想也荒唐。

正是基于这一担忧,《天涯》也发表过很多与"新左派"相异或相斥的稿件:萧功秦、汪丁丁、李泽厚、秦晖、钱永祥、冯克利等,都各有建设性的辩难。其中任剑涛的长文《解读新左派》至今是有关网站上的保留节目,是全面批评汪晖的重头文字之一。朱学勤、刘军宁的文字也被我们多次摘要转载。有一篇检讨和讽刺美国左派群体的妙文《地下室里的西西弗斯同志》,还是我从外刊上找来专门请人译出发表的。可惜这样的文章还太少,更多的来稿往往是在把对手漫画化和弱智化以后来一个武松打猫,虚报战功,构不成真正的交锋。我一直睁大眼睛,注意各种回应汪晖、王晓明、陈燕谷、戴锦华、温铁军、许宝强等"新左派"的文字,想多找几只真正的大老虎来跟他们练一练。在做这些事情的时候,我们并不想和一把稀泥处处当好人,更没有挑动文人斗文人从而招徕看客坐地收银的计谋,我们只是想让各种思潮都在所谓"破坏性检验"之下加快自己的成熟,形成真正高质量的争鸣。这是我在编辑部经常说的话。

我在编辑部里还说过,人的认识都是瞎子摸象,都不是绝对真理,因此无论左右都可能有肤浅之处;但只有一种肤浅的"一言堂"肯定更糟糕,而两种或多种肤浅之间形成的对抗,才有可能使大家往后都少一点肤浅。这就是为什么《天涯》的版面更多地提供给"新左派"的原因。看一看周围,在全国百分之九十以上的类似媒体都向资本主义体制暗送秋波或者热烈致敬的时候，《天涯》必须发出不同的声音，否则我们就可能只剩下一种肤浅，即最危险的肤浅。

我想我能够以此说服编辑部内的思想异己者。与很多局外人的想象相反，《天涯》编辑部里倾向"新左派"观点的人其实并不占多数。郑国琳几乎每每都要跳起来与主编争辩一番，防止刊物犯路线错误。这与国内外文化界的情况大致相仿。连诗人北岛在巴黎批评美国式的全球化和消费主义之后，也在会后差点受到围攻，人们不能容许朦胧诗居然有国际歌的气味。

当少数派并不是受勋得奖，但多数派的人多势众千部一腔更值得提防。我想象将来的某个时候，一旦全国百分之九十以上的文化媒体都活跃着"新左派"的时候，"新左派"的衰败和危机也可能就不远了。如果《天涯》那个时候还在，肯定又要发出另外一种声音。

我的幸运在于，我的想法得到蒋子丹及同事们的宽容和支持，包括他们毫不客气的挑剔和置疑，都尽可能迫使我兼听，打掉我的一些片面。蒋子丹以前并不太关心理论，有时被陈嘉映或者李陀关切出一颗理论雄心，大张旗鼓地搬几本理论去读，要么是无精打采地不了了之，要么是记住几个有趣的句子然后就心满意足，无异于断章取义见木不见林。她在学究们的理论面前打了一个哈欠之后，不大像是用思想来思想，而是用感觉来通达思想，是靠实践经验和生活感受之舟在思想的大海里航行。奇怪的是，她后来在理论判断和理论表达上也常有高招出手。对于她所熟悉的人，她有时似乎更愿意用对人的感觉来决定对这个人思想的好恶。她说南帆的思想很诚恳，这是因为南帆给她的印象很诚恳，比如，处处想着别人的难处，到海口来开会只要能省钱坐不上直飞班机也不要紧。她说黄平的理论很朴实，这是因为黄平给她的印象很朴实，比如，身为洋博士并且刚刚被美国财长约见，但马上像搬运工一样给编辑部从北京随身携来两大箱书，见会议缺了口译员便自动顶上一直译到喉干舌燥，绝不会在见过财长以后就绝不屈居译员身份更不能流臭汗。相反，一个盛气凌人指令编辑们"安排版面赶快发表"的"新左派"，和一个出过一趟国就此后数年里每文必称"我在巴黎时"的"新右派"，在她看来都是一路货色，其思想在她看来也差不多是一路货色，肯定都过不了她的终审。她多次狡辩道：主义是人的主义，她认人不认主义的做法没有什么不对，婆娘们就是这么搞的！

其实，细想一下，这也差不多是我这个非婆娘的原则。我也总是更愿意读出稿件后面的人。在几年前的一篇文章里，我还说过："我景仰美的敌手，厌恶平庸的同道，蔑视贫乏的正确，同情那些热情而天真的错误。"在同一篇文章里，我曾经对"左"如格瓦拉和"右"如吉拉斯等一些优秀的前人表示了赞美。这是汪晖不大赞同的。

他当时来海口参加一个长篇小说的讨论会，坐在角落里几乎始终一言不发，那是我与他的第一次见面。他看了我的文章以后淡淡地说："你似乎认为世界上只有好人而没有好的主义，这恐怕有问题。"

事隔很久以后，我才大致揣摩出他当时正在思考和筹划什么，并愿意有所理解。但我不会收回我的话，这大概是出于一种文学专业的顽症。从文学的角度来看，主义易改，本性难移。嚣张的左派和嚣张的右派都是嚣张，正直的保守和正直的激进都是正直，而且一个认为大款嫖娼是经济繁荣必要代价的人，当年很可能就是认为红卫兵暴殴是革命必要成本的人；一个当年见人家都戴绿军帽于是自己就非戴不可的人，很可能就是今天见人家都染红发于是自己就要非染不可的人。古今中外一切真理所反对的东西，其实是很简单的东西，甚至是同一种东西，比方说势利。古今中外一切真理所提倡的东西，其实也是很简单的东西，甚至是同一种东西，比方说同情心。

这一类本性不是天上掉下来的，而是人在社会日常实践中形成的各种性格特征和心理趋向，它创造或消解着主义，滋养或腐蚀着主义，它使各种主义最终沉淀成一种日常的神色面容，让我们喜好或者厌恶。

在这个意义上，《天涯》力求矜而不争，群而不党，不属于任何派。这个"派"字怎么听也有抱团打架或者穿制服喊万岁的味道，有大活人被压制成纸质标签的味道。

翻过一页页空白

《天涯》改版后五年了，应该做的很多事情还没有做，或者说没有能力做。我们一次次把深藏于心的想法移交明天。《天涯》甚至至今也还没有实现我最初的一个渺小目标：发行三万份。每年年底邮局报来的征订数字虽然略有增加，虽然已经令有些同行羡慕，但都让我们沮丧。想起当年办《海南纪实》每期都是三个大印刷厂同时开印，真是好汉不提当年勇了。

这是没有办法的事。

为了使发行量至少不低于亏损临界点，我们在开始那两年曾经费尽心机，斯文扫地，向公司经理和军队首长游说，向各大学文科院系发信，出国开会都背着样刊找书店，甚至厚着脸皮一次次给报纸写文章，文章中千方百计把《天涯》的名字捎带上。干这种事的时候真是来不得什么清高。南京的王干先生后来说我在文章中给《天涯》作广告，这个基本事实其实并没有错，他要讥讽要追究当然只能由他。至于他说有关《马桥词典》的评论也是我和《天涯》用"广告套路"鼓捣出来的，那是另外一回事，是恶意搅水的小伎俩，在每一次思想冲突中都不会少见。

《天涯》从来没有轻松过。用单正平的话来说：几乎把每期都当创刊号来编。用郑国琳的话来说：每天都是考试。这本杂志在今天虽然已经走出了最困难的阶段，但是在我的心目中还只是有了个开局。它的理论部分仍然不够活泼诱人，我们没办法苛求理论家们在对真理负责的同时还对我们的利润负责。它的文学部分也还很薄弱，艺术栏目更是一直没让我们找到感觉。在缺稿的时候幸好还有蒋子丹的一些朋友来帮着撑住：方方、张欣、蒋韵、迟子建、张洁、王安忆、范小青、林白、铁凝、王小妮、翟永明、陈染、徐晓斌、徐坤、张抗抗、毕淑敏，等等，但一代新的文学先锋仍在我们的等待之中。只有行内人才知道，书刊市场的竞争更趋惊心动魄，思想文化的旅程前面仍是山重水复。我已经感觉到自己的脑子不够用了。在我从事编辑工作近二十年以后，我觉得社长这个职位应该让给更年轻的人了。

当然，达到三万份的发行量又怎么样？发行三十万或者三百万又怎么样？以我有限的历史知识，我也知道人类有了几千年的灿烂文学之后，酷爱贝多芬的纳粹军官要杀人还是杀人，熟读苏东坡的政客要祸民还是祸民，二十世纪的坏事并不会比几百年前或几千年前更少。文学也好，思想也好，并不能阻止战争、专制、动乱等各种社会悲剧一再重演。那么一种杂志，无论发行量大还是小，质量高还是低，最终能于世何益？人类几千年来的文字生产出来，只不过是像一些石子投向湖面，虽然会激起大小不同的一些浪花，但很快就会消失无痕，人性和社会的浩瀚大海仍然会一次次证明它最终不可变易。《天涯》这颗小小的石子能溅起多大的浪花？

我十分害怕面对这样的冥想，特别害怕在夏夜的星空下来回答有关意义的难题。星空总是使我们哆嗦而且心境空茫。于是让我们还是回到阳光投照的办公室来吧。在我的面前，一篇等着要发的文稿终于在第八遍或者第九遍调整润色之后完成了编定，终于在我翻乱一大堆书之后完成了一段重要引文出处的校正。在这个时候，我只能认定这个大多数读者根本不会注意的出处本身就是价值，我的滚滚哈欠本身就是快乐。这篇文稿是《南山纪要：我们为什么要谈生态与环境?》，这是《天涯》在世纪之交一次重要笔会的产物。

各种主义在历史上的理论和实践都存在着生态环境方面的盲区，并且直接导致世纪末一些人口密集国家的触目灾难。因此生态与环境是一个向前走的话题，是一个思想可能创新的出发点。编辑部就是在这种想法下，于一九九九年底邀请境内外四十来位关心生态环境问题的老朋友来到海南各抒己见。很多人多年不见，面容已经悄悄走形。比如，几年前我在北京看到的格非还是个毛头小子，一晃就成了面色发暗的沧桑中年。我猜想他看见我的白发肯定也吃了一惊，只是不一定把这种吃惊残酷地向我通告。

那几天真是把会开疯了。除了正式的议程，人们意犹未尽，邀请阿里夫·德里克（A·Derrik）教授加开讲座，介绍美国思想学术最新成果，邀请黄平也加开讲座，介绍三峡工程和农村乡镇企业的现状，以致大会生出了无数自发性的小会，以致最后一天从三亚回到海口以后，有人见别人整理行装便着急："怎么就不开会了?"

入夜，他们在海滩上久久地散步。循着沙滩上一行行足迹看去，暗夜中不见他们的身影，只有说笑声在腥咸海风中远远地飘来。

我在一棵椰树下听着这些声音。

我想起不久前在美国哈佛大学李欧凡教授家里，看到一本英文杂志上面有英国著名学者佩利·安德森（P·Andson）谈他家庭以及谈他父亲的长文，使我感到亲切。因为安德森两年前访问海南岛时，是我陪着他去寻访他父亲的遗迹，在海口市面德胜沙老城区一带转悠，还因为开车误入单行道而被警察罚款。当时他无意中问起我现在的编辑工作，得知《天涯》讨论过的种种话题，表现出特别的惊讶。他说这些都是当前世界最重要的问题，他很想知道中国人在这些方面怎么感觉和思考。

他留下地址，希望我们可能的话以后给他邮寄刊物。但他并不懂中文，让我觉得他的要求有点奇怪也有点滑稽。

我想象他在离海南岛很远的地方打开一本《天涯》，翻过一页页他根本不认识的字。也许那正是一个象征，而且是一种最为正确的阅读方式：任何字与词都是过眼烟云，都是雪泥鸿爪，都是不怎么重要的。一个人只需要轻轻抚过这些空白的纸页，只需要在触抚中感受到来自远方的另一双手的体温。

那么，我和同事们五年来也只不过是编出了一本本空白无字的《天涯》，五年来向读者说了很多的同时又什么也没说。《天涯》将来还要一年年说下去，但同时一年年又什么也不会说。连绵无际的空白是一切努力的伪证：空白在法庭上从来不足为凭。

我们只是交出了我们的体温。

好了，同事们已经一致同意我辞去社长，把我的名字从杂志版权页社长名目下撤除。我祝他们下一步干得更好，而且留下一个私人茶杯在编辑部的办公室，说以后来串门时还可能用得着。

二〇〇〇年九月

○
最初发表于二〇〇一年《视界》杂志。

落花时节读旧笺

　　自有了信息电子化，电话、电邮等正日益取代信函，投书远方已成稀罕之事。不久前清理自家旧物，无意间从一抽屉里翻出旧笺若干，如掘出一堆出土文物，让我惊喜，也不免惊惶：这也许就是此生我收到的最后几许墨迹？

　　来信者多为同行故人。他们的墨迹有几分模糊，但字如其人，或朴或巧，或放或敛，仍能唤醒一幕幕往事，历历在目。感谢纸墨这些传统工具，虽无传输的效率优势，却能留下人们性格的千姿百态，亦无消磁、病毒、黑客、误操作之虞，为我长久保存了往事的生动印痕。也感谢一个时代的风云聚散，让我得以与这些来信者有缘相识，无论是擦肩而过，是同路一时，还是历久相随，他们终是我生命的一部分，是读书读人读世界的一部分，已悄悄潜入一个人的骨血。

　　于是一封封重新展开。

一

　　西西，一九八七年十二月三十一日来信称：

我刚从北京回来，看见莫言、李陀、史铁生、郑万隆和张承志，好极了。他们老说就欠少功一人。我临走时遇上北京大雪，美极了，可仍然比不上你们这些美丽的人。我想，做一个写好小说的人不太难，但难在做一个能写好小说的好人。

如果我到湖南，我当然不想成为"抓稿人"，只想跟你和有趣的朋友（是何立伟、彭见明他们吧）开心地聊聊，一如在北京那样。不过，目前我又非做抓稿人不可，真可怜。事情是这样，洪范书店再编三四册，我就想到你的《女女女》。如果你不反对，请循例签写同意书寄回就行。据说你有一篇新作《棋霸》，不知刊在哪里。

西西是香港作家，身居灯红酒绿之地，仍有几分艺术的高冷和狂野，《胡子有脸》《母鱼》《我城》等作品变化多端，现代主义前卫风格天马行空，相对于满城花哨的地摊书，堪称香港一大异数。内地开放之初，她是海峡两岸暨香港、澳门的文学交通中枢之一，将一大批内地作品引入繁体字，其规模和反响达一时之盛。但作品之外的她毫无先锋造型，既不会目光直勾勾，也不会烟酒无度、满口粗话、深夜海边暴走，倒是质朴如一村妇。第一次在酒店相见，她衣着低调，张罗茶点，引见和关照几个随行青年，在茶座的一端几乎没说什么话，似乎更愿意让她的学生们多说——文学班主任的服务十分体贴。

市场化经济大潮扑来，新时期文学迅速转入疲态和茫然，包括西西在内的很多人后来大多音讯寥落，相忘于江湖。二〇〇八年春，我在香港浸会大学待了两个多月，好几次打听她，不料教授也好，作家也好，青年读者也好，都说不出一二，甚至对这名字也不无陌生之感。我大吃一惊：这还是香港呵？

还好，总算有一位颇费周折找来了她的电话号码。我通话结果，是发现她竟然近在咫尺，与我同住在土瓜湾的一角。这个土瓜湾，靠近九龙城寨，即当年清政府嵌入殖民地的一处留守官署，亦即后来匪盗横行的一块法外真空，直到再后来才经陆港双方签约，将其改造成一个公园。我租房在此，常沿着港湾散步，看各类争奇斗异的市井食肆，看水面倒影中的灯火万家。我何曾想到，我可能早与她在此路遇多次，只是已互不相识。

她由家人陪伴，偶尔还靠家人搀扶，前来与我见面，看来身体已不是太好——这也可能是她多年来息交绝游的原因之一。

我终于见到她，重新握住了她瘦弱而清凉的手。

二

张贤亮，一九八八年六月二十三日来信称：

> 那天在侣松园门口，忙乱中还没来得及告别，待我拿到房号钥匙奔到门口，那辆破车已不见踪影。我想你还会跟我联系的，特地告诉了门房，但也没能再听到你的下落。
>
> 我试着写这封信，也不知你能否收到。
>
> 在北京待了两天，果然听到启立同志在人民日报的一次会上，根据那位巴黎中新社记者唐某打的"内参"，批评了我们的代表团。使我痛心的不是打小报告，而是领导人惯于听一面之词。干脆走他娘的，躲进小楼写小说。你年纪轻，望好自为之。我是觉得已经束手无策了。
>
> 可能的话，把《生命中不能承受之轻》寄本来让我拜读。

在很多人眼里，张贤亮是一位风度过人的文学男神，曾以《绿化树》《土牢情话》等小说折服包括我在内的大批读者。他后来转型为商界大亨，据说有钱便任性，曾以超长豪车接送朋友，路旁还有两列黑衣保镖一路随车小跑，其排场俨如帝王。他的放浪也大尺度，发出邀请时总是宣告："带情人来的我就报销头等舱机票，带老婆来的统统自费！"这一类话是玩笑，但也难免给他带来争议。

一位熟读和盛赞《资本论》的热血之士，一眨眼成了金光闪闪的资本家，这是当代中国故事中并非少见的个人命运轨迹。从信中看，他也有温存的另一面，竟为一次忙乱中寻常的不辞而去，驰函以图追补，周到得让我惭愧——他当时尚不知我的确切地址。至于信中提到的"内参"，是一九八八年中国作家代表团访法所引起的。那个代表团超大。其中有几位在巴黎痛责中国的体制和文化，得到大批听众激情的鼓掌，却与部分华裔人士暴发争议——包括他提到的"中新社记者唐某"。这场争执以"内参"或其他方式传到国内，后来也成为文化界思想纠扯的案底之一。

其实，据我当时了解的情况，争议双方首先有背景的错位，有语境的分裂，说的好像是一回事，但联想空间、意涵所指、听众预设等远不是一回事。刚出国门的中国人，满脑子还是官本位、大锅饭、铁饭碗、冤假错案，不发发牢骚，不冒点火气，好像也不可能。不过长期生活在外的不少华裔对这一切感觉较为模糊，恰恰相反，他们的切肤之痛是不时蒙受某些西方人的白眼，一身黄肤黑发没法改，最急的是没有自尊本钱，最愁的是没有自强后盾。好容易有了"两弹一星"什么的可供吹嘘；再说说《论语》《道德经》，或扎个狮子舞个龙，图的是在"多元化"中也挤进一席。他们如今听中国作家反这反那，连传统文化也要一股脑统统黑掉，那还不跟你急眼？

真正听懂对方的意思,其实是不容易的。

三

刘宾雁,一九八八年三月一日来信称:

  江苏的徐乃建寄来一本她译的,昆德拉的《为了告别的聚会》。几个外国人向我推荐过他的 The Joke(《玩笑》——引者注),那是八六年,读了,并不觉得像他们说的那么好。
  三月十六日,我要赴美,先在 UCLA 讲学二月,九月起去哈佛参加尼克森基金会的记者活动,到明年五月。
  对于讲学,我还全无准备,想得到你的帮助:一、想听听你对近几年中国文学创作的看法,哪怕简单几十个字。王蒙化名"阳雨"在《文艺报》发的文字:关于轰动效应之后(一月三十日)你看了吗?就此写几句看法给我也可。进一步的问题,告诉我你最喜欢、或认为较好的青年作家是谁,哪个中短篇小说较好。二、你自己的短篇里,你最满意的是哪个?三、你近几年谈文学或谈自己创作的文章,告诉我发表的刊物(记得前不久读过《上海文学》上的一篇)。若能在三月十五日前寄我最好。

刘宾雁比我年长一大截,对文青们有忠厚大叔范儿,又有包青天打抱天下之不平的沸腾声誉。我读过他的不少报告文学,发现他不论写到哪个地方,总是要写出改革和保守的两条路线、两个阵营、两个司令部……正邪相搏,圣魔对拼,煞是惊心动魄的精彩。但这种二元图景的弱点,是不容易与我的生活经验对接,似乎滤掉了太多复杂性,尖锐、痛快、正义凛然,却有失真度的偏高。碍于一份对长者的尊敬，我一直犹犹豫豫，未能向他表达过自己的意见。每次见到他疲惫不堪，一脸忧思沉重，据说被家门外排成长队的上访者轮番搅扰，被全国各地的冤情和苦水没日没夜地消耗，也有几分于心不忍。

一位作家偷偷说过，大叔对文学界太失望，说除了少数几个，其余的都在走歪门邪道。这也许他是恨铁不成钢，痛惜同志们写得不像炸弹和旗帜，"寻根"呵"先锋"呵什么的，远不解现实政治之渴。无疑，从《西望茅草地》到《爸爸爸》，我的笔下多了些古怪，在他眼里也肯定是一条堕落的下行线。

但他还是来信征询意见，不耻下问，尊重他者，一份温厚令我感动。我不记得自己是如何回复的，也不知他收到回复后是否对我更加疑惑了。一晃几十年过去，我一直没机会与他扯散了、掰细了深谈，直到他多年后客死他乡。

想想这事，让人揪心。

四

聂鑫森，一九八八年三月二十九日来信称：

> 自你们走后，我们每每谈及，常惘恻然，遥想你们顶严寒而去，人地生疏，为之悬悬，念念不已。那晚风雪飘飘，独坐室内，遥想友人离散，颇多感慨，便写一首五言诗：
>
> 少壮光阴迫，慨然走边陲。
> 楚地多俊杰，星石强争辉。
> 把酒论时势，举翼尽南飞。
> 冲开凛寒阵，何日再重归？

> 建构新文化，从此不低回。
> 椰林缘案牍，荔枝红书扉。
> 烈日炙眉宇，惊涛洗鬓灰。
> 嗟哉零落雁，敛羽难与随。
> 京华久滞留，世事每相违。
> 推窗风打雪，遥祝酒一杯。

聂鑫森一张长黑脸，最重朋友情义，以致湖南文学界流传一句话：谁要说聂哥坏话，那这家伙一定是坏人，轰出门去就是。

我与他分居两个城市，几乎每次相聚都是朋友们长谈竟夜。有一次我找不到清代张潮的《幽梦三影》，他听说后竟毛笔正楷抄来全本，厚厚一大叠，让我大吃一惊。"因雪想高士，因花想美人，因酒想侠客，因月想好友，因山水想得意诗文。"我差一点觉得这些句子的抄录者就是原作者本人。

我手上最多他的来信。这里挑出的一封，是写在我和一些朋友"南飞"之后。当时海南建省办特区，欢迎各地梦想者参与，力图在一个雨林浩瀚天高地远的边陲海岛，一张白纸随便画，迅速升起一片现代化奇观。他因就读"京华"且家事缠身，"敛羽难与随"，无法与我们疯疯地南窜。听说我们选在大年初一举家登车，顶风冒雪，绝尘而去，他一腔愁绪自是难免。

幸好他没来上车，否则也就没这些诗了。

五

李亚伟，一九八八年七月十一日来信称：

> 信收到。我刚哼哼呜呜准备出发呢，夏天的山山水水让

人站立不稳。

  这里还未开除我,高考还叫我监了考,之前上了几节音乐课,我使劲摇荡着身子教学生们唱流行歌曲来着。但显然我头顶的天空不够用,这些日子我不停地写着海,我的句子成群结队要往岛上爬。

  我强烈要求招聘!

  但如果你那儿不太顺利,我就使劲等些日子。我走来走去地等,抽烟,吹口哨。我不在乎招聘或是调动,只要能来,我极不喜欢这儿的环境。几年了,这儿的很多东西都在围歼我,想干掉我。我曾几次离职,都因没找到工作,饿,最后高举双手回单位投了降。

  海南建省初期的条件十分艰苦。我租住的平房外,野火鸡不时出没,野香蕉随手可摘,完全是一片荒野景象。因停电和煤气断供,三家人只能合伙用树枝或煤油做饭。有一天,我姐想好好犒劳一下家人,好容易做出一个大菜:葱爆猪肚。没料到突然冒出几位不速之客,见一盘大菜上桌,手也不洗,也不要筷子,甚至未经主人同意,便乐滋滋争相下手,三下五除二吃了个盆底朝天,吓得几个孩子躲得远远的。

  我姐气不打一处来,偷偷问:"哪来的这些王八蛋?"后来才知道来者都是诗人——呵,诗人。她好一阵恍惚,把来客留下的两册油印诗读到半夜,才渐渐消了气,第二天早上说:"确实写得好。"

  算是认可了一桌饭菜的被迫捐赠。

  这一诗界闹事团伙中就有来信的李亚伟,一个四川小伙。他曾以"莽汉主义诗派"闻名,其语言的粗野、狂放、草根性、嬉皮风,可视为后来小说贫嘴化和网络恶搞化之先声。"夏天的山山水水让人站立不稳","我头顶的天空不够用","我的句子成群结队要往岛上爬"……这一类野生词语在他笔下信手拈来，蛮横无理，爆破力强大，足以搅得文学礼崩乐坏。

我最终没有能力招聘他入职。这一群爷在海南打过架，名声远播后，其他机构想必也只能敬而远之。

他后来招聘了自己，据说不久便成了一大富商。

六

陈映真，一九八八年十月二十二日来信称：

> 海南是一个处女地，在"现代化"的政策下，她即将付出惨烈的人的代价、大自然的代价和文化的代价。依台湾的经验，少数民族的沦落和社会的解体，女性的娼妓化，男性沦入底层劳动者。民族文化的解体，民族主体性的解体……如果中国共产党和大陆知识分子容忍甚至鼓励这种发展，对我是痛彻心扉的失望与绝望。
>
> 请 STEVEN 带去《人间》杂志十册，表示我的友情与敬意。《人间》是站在"弱者"——民众的立场去看人、生命、生活、自然和社会，特别要追究"发展""现代化"所付出的不必付出的代价。大陆知识分子对西方讴歌太浅薄，太轻佻，对西方资本主义太无知，对中国开放改革的世界背景，即体系化的世界资本主义所加以的限制太无知，对中国社会主义革命的评价太低，对马克思主义的批评太轻率。我们理解这是"文革"的反动，但反动与感情用事不是对待真理的态度。

他一九九四年八月四日又有一信称：

接获来信及影印页，何其高兴。那封信能刊在书上，说明大陆上言论也自由。这样说，也觉得有一股辛酸的讽刺味。在共产党支配的社会，左派意见反而难出头，不一定官方要压，反倒是一般知识分子会嘲笑——都什么时候了，还要这样提问题？此所以那封信多年后刊出，竟使我惶惑惊讶不已！

　　少功兄，这个时代还需要作家写出时代巨大变化下的人和生活，接续三十年代、四十年代民众文学与民族文学的大传统，兄其勉哉！

对于"现代化"名义下的资本主义全球化，陈映真也许是两岸知识界中最早的质疑者和批评者，相对于九十年代中后期大陆迟到的相关讨论，差不多早了十多年。这当然得益于市场和资本在台湾先行一步，也离不开一个左翼作家的思想定力，还有某种基督教背景下的济世情怀（台湾学者赵刚语）。他提到的"三十年代、四十年代"文学大传统，放到百年乃至千年历史大框架里看，还真是一件事："空前"已无疑，是否还要"绝后"？

可惜他的《人间》杂志未能坚持多久，其他努力也屡遭挫折，号召力在台湾日渐微弱，似乎被他所殷殷关切的"弱者"和"民众"所无情叛离。取而代之的，却是后来奶油散文、八卦故事、狗血写作的呼风唤雨横行天下。对于很多人来说，这当然是一种讽刺，也是一种尖锐逼问：说好的民众呢，在哪里？

换句话说，民众是什么？民众如何区别于民粹杂群？民众需要关切，是否也需要再造？如果这后一个问题没法借助更多手段来加以解决，那么前一个热血版的精英问题是否还有意义？

这些事一想就要头大。

感谢陈映真，能让我们的脑神经无法懈怠。

七

邓友梅,一九九〇年十月八日来信称:

前一段在深圳,听说你参加《花城》的笔会,我尽力打听你的地址,可是怎么也打听不到。似乎在保密,一会说在宝山,一会说在小梅沙,到底也没找到,只好作罢。

法国的事我知道。办手续最好是由海南直接办,不要通过作协,通过作协要麻烦得多。巴黎你大概去过了,很值得再去,唯一要稍加注意的是,那些民运精英大部分都在花都。有些是老朋友,见面时稍有点分寸,别给任何人抓到可做文章的材料。

除此之外无可忧虑者。

海南情况似乎颇好。我是指你们几个人,《天涯》(指两期彩版大众试验刊——引者注)办得很有生气。见台湾报载《生命中不能承受之轻》已列入今年畅销榜,我弟文运亨通,可喜可贺。

邓友梅也是一位文学前辈,当年以《那五》《烟壶》等京味小说享誉文坛。后来有作家曾指其涉"左",大概与他官居中国作协领导职务有关。不过,从信中看,他主管外联部,与我素无私交,对一个小字辈的个人出访还是很上心。不管是私下指导,小心叮嘱,还是顺便鼓掌拍肩送温暖,都透出了长者的善意。

我后来很少见到他,但时常念及那个政治气氛相当紧张和敏感的时刻,一封信所送达的难得温暖。

八

孔捷生，一九九〇年二月十七日来信称：

我没了你的消息，正如你没了我的消息。我是你的朋友KONG，现英文名叫JASON。以你的英文功底已应联想起我是谁。不错，我就是孔某。去岁情况你当以略知。我现居三藩市，并任"中国现代文学"《广场》总编辑。社长是陈若曦。此信除了向你报平安外，就是约稿。刊物背景是一个民间文教基金会，无特殊色彩更无与外间什么组织有瓜葛。我本人亦无参加什么团体。

陈本人七月返大陆组稿，亦可见本刊之包容性及纯文艺色彩。

与孔捷生曾有一段热络交往，比如一同去北师大参加什么联席会。与会者有北京几个大学的文学社团代表，也有身着工装的工厂诗人，或蓬头垢面的流浪文青。我们是由一位陌生女士引入的，先有电话约定，然后在某公交站会合，双方各拿一张报纸以为暗号确认，颇有老电影里地下党的神秘气氛。后来，我们又一同参加过《今天》杂志的例会。北岛主持会议。陈迈平参与张罗。有人朗诵诗，有人捧读小说，都是各自的新作，然后席地而坐或靠门斜立的文青们投入热烈讨论，有一种群策群力联合攻关的文学大生产劲头。作为北岛带来的客人，孔捷生不把自己当外人，以粤式普通话喷了一通写作经验，要求把某篇小说至少砍掉一半，搞得作者脸上有点挂不住。

相对于二三十年后作家们见面只是谈股票谈古董谈足球谈豪

车谈版税就是偏偏不谈文学,当年的联合攻关大生产不无喜感,却也让人怀念。

那一年政治风波后,他也是我的失联者之一。好容易联系上了,没轮得上我投稿,那份"纯文艺"新杂志便已匆匆倒闭。

据说他后来成了旧体诗词达人,又曾以化名在网上发表过不少时论,但这些飘忽传闻都莫辨真伪。

九

蒋子龙,一九九二年五月四日来信称:

> 感谢你邀我南下,虽来去匆匆,但很愉快。
>
> 阁下保持了自己的品位,但又对这个复杂多变的社会和文坛应对自如,实属难得。登机后拿出你的随笔集,不料不是送给我的。连你这样从容自定的人也被笔会搞昏了头,可见笔会不可轻易办。你的智慧陪我在飞机上度过了三个多小时,直送我到家,可谓圆满。

蒋子龙算得上新时期"改革文学之父",以小说写遍国企、机关、乡村的改革,写遍了《乔厂长上任记》的自信和《农民帝国》的困惑。肯定是社会的碎片化和改革的歧义化,撑破了他的笔墨控制,让他后来不再容易踩到朝野各方的共振点。但不少同行还是余妒未消,说我们当年写小说想得奖,同那姓蒋的写小说想不得奖一样难呵。更大的奖牌当然是:八十年代曾有工人在厂门前贴出大标语:"欢迎乔厂长来我厂上任!"某省当局还曾以红头文件转发过他的小说,以作为各地改革的思想动员和办法参考——这些奇事,在文学史上一定绝无仅有。

他身上总是有一种大国企的金属味,是有棱有角的坚硬体,比如,每天坚持几千米游泳,一游就是数十年不辍,每天都活得英风勃勃,精神抖擞,当当响汉子一条。

天津好几位男作家似乎也有这股劲儿。

十

许觉民,一九九二年十月三十日来信称:

此次在武汉相聚并同游三峡,十分高兴。

《百人传》是八九年出版的,样书及稿费寄湖南,稿费被退回,但样书未见退回。我写信问周健明,因匆忙间把他的名字写成了"周介民",他大概动气了,不给我回信。我与文学界素少往来,因此这事一直压在我这里。这次有幸见到您,先将这事做一了结——稿费:叶蔚林二十,韩少功十五;样书:各一册。稿费已由邮局汇去。样书,按规定一人有两册,现在凑不齐,只凑到两本,也请谅!

附寄拙作两册,赠您与蔚林同志各一,尚希教正。这是八十年代初写的,出版社勉强印的,稿子压了六年,甚不足观。此后写的,没有一个出版社肯印了,放在抽屉里,让蟑螂去批判吧。

这封信富有传统道德教育的价值。

诚信:事关一二十元小稿费,居然念念在怀,绝不马虎,哪怕事隔多年后一有机会就要细心办妥办实。谦和:对一个后辈晚生也和颜悦色,执礼如仪,恭请"教正"云云。旷达乐观:能轻松面对自己晚年的清冷,不惜公开自嘲一把:"让蟑螂去批判吧。"——

这句话曾让我笑出声来。

来信者许觉民，一九三八年就加入中共的老资格，老出版家和老评论家，传奇性故事一大把，曾任人民出版社总编辑和中国社科院文学研究所所长，按说有足够的人脉资源和资历本钱，给自己营造一点能见度。但他的书在九十年代居然"没有一个出版社肯印"，可见时代变化之巨，令人唏嘘。

十一

何士光一九九三年一月二十五日来信称：

> 这几年由机缘牵引，确实也另外地体验了一回生命。常悲切我糊糊涂涂地来到人世上，东零西碎的见闻似也有一些，但究其根底，却仍是一片黑暗，亦必是糊糊涂涂地离去。因想倘能于根底处有所知晓，庶几就不虚此生了。子曰形而下谓之器，形而上谓之道。由下而趋向于上，其势亦是人生之必然。倒也省些蛛丝马迹，见我辈中人也渐渐向此中转。曾读到你推荐《坛经》的文字，也以为是一种消息。
>
> 听洪声说起你在读拙作《如是我闻》，深觉欣慰，盼能读到你的意见。那当然还只是初步地写出一个头绪，其间的幽密，自还十分渺茫。先写下来，让它去经受自己的缘分。由此以往，倘还有写作，大体亦将依此线索。那么当然把文坛种种都抛弃了，而经受自身的这一份因果。
>
> 贵州的文事同各处一样，也十分寥落。但文事一如原先的文事，又焉得不寥落？寥落也是必然，也是因果。唯其寥落，心才渐渐有生机透出来。我在拙作中引过老子，那便是道失而后德，德失而后仁，仁失而后礼，礼失而后义，这之

后，便该是义失而后利了，而今正是唯利是图之际。利也是要失的，利失之后，循环过去，则就是道了。眼下却也能让人感到道的悄然兴起。

九十年代是新时期文学急剧分流之时，有的卷入政治，有的扑向市场，有的则投奔宗教。较之于有些人放眼《圣经》或《可兰经》，何士光最终选择了道与佛。

在世俗化传统超强的中土，佛和道保留了中华文明对永恒和辽阔的一线远望，指向一份安放灵魂的幽深。一旦满世界"义失而后利"，物质化大潮逼压，宗教也许就是比抑郁症、狂躁症更积极一些的解决方案。毫无疑问，当一张张面孔哗变成唯利是图，寡廉鲜耻，无恶不作，远古的终极之问总会及时归来，进入有些人睡前或醒后的片刻惶惑——这些惶惑无疑值得尊敬。

一位当红作家因此而突然销声匿迹，从人多声杂的地方抽身而去，其内心诸多痛感，我们大概也不难想象。

但宗教也有风险。特别是在"利益+"或"利益×"的时代，伪宗教、邪宗教、烂宗教也断不会少。我给何士光写过书评《佛魔一念间》，载于一九九四年《读书》杂志，曾指出求术也可能"执迷神秘之术"，求道也可能"误用超脱之道"，两个层面都不是那么保险的。这话的意思是：宗教若能让强者清心节欲，让弱者得到心灵安抚和互助实惠，那么不管折腾出多少离奇神话和夸张的形式感，都算得上人间功德，可弥补社会管理之不足。很多无神论者对此可能缺少应有的理解。另一方面的道理：如果郢书燕说，让"随缘"成了绕开难事走，"破执"成了胡说八道全有理，"无为"被理解成坐等白吃不脸红，"超脱"被理解成对压迫者、侵凌者、欺诈者一律装聋和袖手……那就不知有多少昏昏男女要被荼毒了去。很多"法师""上师""仁波切"为何对此睁一只眼闭一只眼?

说实话,我身边有不少例子证明,很多人得宗教之益少,得宗教之害多,看上去更像是用神神道道给一己私利换上个精致包装,能否给自己加分,还很难说。

何士光不会没看到这种复杂性。他在贵州与我有过讨论,还说曾有一长信与我,只是这封信我一直没收到。

他笑了笑,说既如此,那便是因果,不必另写了。

大师拈花一笑,已随说随扫。

十二

李建彤,一九九三年十一月二十七日来信称:

> 我的纪实长篇《现代文字狱》,你是知道的。你们杂志上载过我的第三章,其余未露过面。我本想交给香港的繁荣出版社,谁知该社长来北京开政协会,传给他的朋友们,弄得风风火火。中央的领导人又派人去香港取回来,交给我。一位朋友说:慢点发吧。
>
> 现在我又该找你的麻烦了,你还愿不愿出版我的书?现在是一、二、三卷都改出来了,你如想用,我一本一本寄给你。
>
> 我很想找你聊聊。海口见面,我觉得我们说得来。欢迎你来我家做客,带上你的爱人。

来信者是中国著名红军将领刘志丹的弟媳,六十年代曾写长篇小说《刘志丹》,被最高领导层定性为"利用小说反党"因而闻名全国。其丈夫刘景范,还有习仲勋、贾拓夫等老友,都受到这一政治错案的株连和影响。《现代文字狱》就是她获得平反后,对这一风波始末的亲历性回忆录。

记不清是九十年代初的哪一天,她由一位女士陪同,敲响了我家房门。这位七十多岁的老太身体较胖,如沉沉一袋砂石,爬上五楼时早已气喘吁吁,两膝不时颤抖。那一天恰逢停电,我在蜗居斗室点上蜡烛,听她说明来意,说她介绍新书写作过程等。想到她从北京找到海口,再从海口找到我的居所,一个公交车都没通的远郊之地,一幢黑洞洞的旧楼房,真是让人过意不去。我主编《海南纪实》杂志时,与朋友们编发过她这本书的几万字,不过是职责所系,做了件小事,不值得老人家如此客气和辛苦的远程来访。

我和妻子送她下楼时已是深夜。

《海南纪实》停刊后,我为她找过几个出版界朋友,探寻她这本书完整出版的可能,但最终未能帮上忙,只能扼腕一叹。

十三

张承志,一九九四年十月二十日来信称:

> 有一本安徽的散文集《清洁的精神》,几乎全是新作品,无奈印时不校,错字有三百多处。香港林先生若回信应承,我便把书稿和勘误表一并寄去,俟书出后,再呈你批评。
>
> 我母亲于九月二十八日去世。至今都在忙着丧事,感慨万千,但我有了基本想法,即不愿藉母丧而做文章。
>
> 此外,我在联系着一些老同志,编一套批评和介绍西方文化政治源流以及六十年代以来各西方国家左翼的丛书,盼用它普及新的世界观点。此事刚刚起步,俟明年书成后,我们几个人都谈到你,盼你发表意见。

正如你所说，右的大潮尚在澎湃，左的投机已经开始。这就是中国的知识分子，毫无耻的观念的中国智识阶级。不过我更觉得与之区别的必要。作家中具备区别和分庭抗礼能力的人并没有几个，你应当站出来，得更靠前一些。

想象中，张承志是一个策马走天下的独行游侠。但他似乎活得比同行们都要大，上下五千年，东西数万里，都是他心中沉甸甸的块垒。他是学考古的，对东亚、中亚、西亚、南欧、南美的一路人文深探，使他无法再回到文学圈的沙龙和酒会。他重新戴上白帽子，从中体会"清洁的精神"，体会民间的"口唤"和"举意"，但这也给他引来了不少误会。我曾向他请教过伊斯兰的问题，发现他对极端暴恐势力的痛恨，其实比我们这些非伊斯兰教徒还要更强烈，更焦急，更沉重，也更多一些学识支持。

只是这一切，同某些时尚人士不大容易沟通。那些人不知黎凡特与古希腊的关系，不知阿拉伯与欧洲文艺复兴的关系，不知基督教与犹太教之间的忌言秘史，不知其他宗教背景下同样可能的血迹斑斑（如美国、英国、德国等地大比例的"非穆"恐袭事件，包括挪威一基督徒二〇一一年那次一口气杀掉七十六人）。当然，他们更没见过伊斯兰世界里同样随处可见的微笑、忧伤、礼让、清澈双眸……一句话，他们哪怕花十分钟翻翻书的兴趣也没有，更愿意在流行媒体的标题中找真相。

张承志早就放弃了小说，多年来只写散文，甚至是接近诗的散文。这大概是一个十分合适的选择。小说是一种不那么"清洁"的形式，至少就材料层面而言，需包容形形色色的人与生活，总是不避泥沙俱下的芜杂，因此不那么鲜明，不容易绝决。这种大众读物也不可能偏离大众思想情感的中值均线太远。相比之下，张承志似乎被对抗逼成了对抗，志在纯粹，行事苛严，总是在生活中高度苛严地挑选朋友、读物、活动、立场、表情、话题、场合、词句、饮食、着装、文体句法……以对抗心目中那些卑污势力的侵害或利用。这种无时不在的警觉,这种时时紧绷的排除法,与小说伦理和小说美学当然格格不入——至少是差别甚大。

他前期的小说《黄泥小屋》《海骚》《心灵史》等,其实已早有诗的趋向,相当于一种外人不易听懂的"举意"与"口唤"。

十四

心水(黄玉液),一九九四年九月二十四日来信称:

> 接触不少中国来澳的朋友,他们的浮夸、虚假、胡乱的男女关系,假学者、假教授都有,尤其是为达目的不择手段更令人心寒。对大陆人的一般评价,海外华侨都有看法。我认为完全是环境造成的。你宏愿重新唤起国人对优良传统文化的重视,挽救民族性步向正途,这份心肠就已是佛心。可惜中国文人大多忙于"下海"追逐名利,少有忧民忧国的作家。有缘认识,真有相识恨晚之感。

心水是澳大利亚华裔作家,不一定认识张承志,却与后者几乎不约而同,对众多中国智识精英痛心疾首,出言便是一剑指胸,刀刀入骨。

值得一提的是,他的这些看法与官方"洗脑"无关。恰恰相反,他只是祖籍福建,自己出生于越南巴川省,一九七八年携妻子及五名儿女乘渔船仓皇出逃,以躲避越南共产党新政权的打击浪潮,在海上漂流了十三天,又在荒岛上苦斗自救了十七天,最后才转道印度尼西亚,进入澳大利亚难民收留地。他似乎是最无具体理由要"忧民忧国"的一个受苦人——至少也是一个局外人。

十五

薛忆沩，一九九五年三月一日来信称：

> 我们的舆论通常为技术主义和经济主义大唱赞歌。它们注意不到现代文明在很大程度上是值得怀疑的，是有问题的。无论是旧式的文人还是共产党传统中的文人，都容易在物质的繁荣中醉生梦死。有谁能提醒人类这个蹩脚的司机在遭遇坎坷的时候应该降低档位呢？
>
> 冷战结束之后，人类的去向已经不很明确。中国社会恰好在秩序混乱的时候钻进商业的旋涡。它的命运可想而知。在这个可悲的时刻，在这个不断生产出牺牲品的大变动的前夕，我们也许可以用一点冷静来保护我们的森林，我们的河流，我们的空气，我们的尊严。这一切已经远不如二十年前，当我还是一个小孩子的时候那样了。技术的进步为人类潜伏下毁灭的隐患，经济的发展将个人模型为谋生的工具。这两种趋向又都以对自然的破坏和对精神的歪曲为代价。其实，没有冷战时代强烈意识形态的遮掩，人类的去向可以看得更加清楚。人是在朝向灾难拼命努力的动物。

我当过薛忆沩的责任编辑，不曾与他见面，只有些书信往来。一代年轻人的写作，好像大多数更愿意"去思想化"，更相信"跟着感觉走"，小清新一点，无厘头一点，玩 high（爽）了就行。但他似乎不一样，在信中展现出人类史的大视野，对技术崇拜和发展迷狂深怀忧患，对现代化"文明"绝无小资们那种粉色喷香的全心膜拜。

他的这些看法写在一九九五年,放到思想界也是一种难得的及时发声。

接触这样的后生多了,我对"代沟"之说便不以为然。

我后来说过,我们读几千年前的孔子、老子、孙子等,都没觉出多大的"沟",读几百年前的施耐庵、曹雪芹等也没觉出多大的"沟",怎么一二十年偏偏成了"沟"?

十六

陈建功,一九九五年六月十九日来信称:

  我已经在四月份到全国作协来了,到这儿来的事,据说何志云已告诉你了,你在电话里说的,何志云也转告了。
  当初你到海南闯荡,有一来信使我颇为感奋,就是你说你是"为了多一点经历","老了多一点回忆"。我之所以答应他们,也是想起你那封信才决定的。
  最近发现你的创作状态很好,看了几篇文章,很棒,为你感到高兴。特别是《世界》,我很感动。你的长篇我还没有见到,待见到后一定好好看。不过我觉得有些评论家和某些小报记者很讨嫌,把张承志、张炜和你"神化",其实是把他们神化。我心想什么时候承志或你最好踹他们一脚。因为不踹他们的话,不定什么时候他们觉得"神话"够了,用完了,就该踹你了。当然这是玩笑,其实你根本不用理他们。我最近为了清理自己的思路,和王蒙、李辉对谈了一次,登在《读书》上,据说也有理论家要"争一争"。我根本不想争,对理论不感兴趣。前几年被批评界拖着鼻子走了几年,连小说都不会写了,好不容易才下决心不看批评了。

很早就认识陈建功。在他进入官场前，我们交往较多，像他这样说说内心话，哥们儿之间相互提醒、相互鼓励、相互通气的便函多见。

作家们大多牛气哄哄，自以为不乏拜将入相之才，治国安邦舍我其谁。其实这基本上是自恋的错觉。能真正带好一个村民小组或一个小公司的，我在生活中也没见到多少。说起来，论聪明资质、知识准备、协调能力等条件，陈建功倒算得上进入管理层的一个合适人选。只是他进入得不是时候——如果他想干什么大事的话。

这一点日后才可逐渐看个明白。九十年代中期的中国文学，已在经济、政治、文化各种变局的猛击之下有点晕头转向。较之此前"伤痕文学""先锋文学"的一路匆匆补课，输血似已完成，前面一切自便。个人主义的最远思想里程差不多就在这里了。面对利益和思潮多元化的歧路纵横，很多人顿时失去了方向感。在这种情况下，一个缺乏方向感的作家协会，如同失去灵魂的一个庞然大物，还能干点什么？既然思想和艺术的话题已没人说，没人愿说，甚至没几个能说得上，剩下的当然就只有利益。作战部变成了总务处。辩论台改成了菜市场。如果不是奖项、席位、版面、出国机会、项目经费、五星级招待等，恐怕很多人都打不起精神去凑热闹。

给作家分配利益当然不算坏事。但这等事与文学混搭在一起，毕竟有点怪怪的。华尔街很有钱，海湾石油国家也很有钱，历代朝廷和豪门贵族都不差钱……在那里办一两个作协就定能推出惊世之作？好吧，即使官家干部们都忍得住，不搞权钱交易、权色交易、人情交易什么的，而且见什么人都微笑都握手都嘘寒问暖亲如一家——问题是：这世界什么时候用利益砸出过文学？好比一个又丑又恶的渣女郎，哪怕嫁妆再多，全身披金戴玉，能用钱砸出她的爱情？

很可能，砸来的都是些混混。比如，拿十万元扶助一长篇小说项目，这事不能说是出于坏心，但肯定是一种培养混混和团结混混的有效机制——写小说（除非是残障或特困作家），竟要靠官费来出版和宣传，这种小说还用得着写？

这种官费护驾的温室小说印出来又有何用？

可惜我当时也看不到这一点，没法在复信中对他有所建言。

十七

刘再复，一九九九年十一月九日来信称：

> 今年能在洛矶山下见到您，实在难得。您走后，我又重读了《马桥词典》，更深信这是一部杰作。今年六月《亚洲周刊》评选"二十世纪小说一百强"（我也是评委），《马桥词典》被排在第二十二部，属优秀者的前列。
>
> 谢谢你回国后还关心我，实实在在地向上"进言"。不管他们有没有反应，您的努力使我感到故国仍有心灵的跳动。也谢谢你和子丹发了《独语天涯》的自序部分。有你们和其他朋友开个头，以后的路子会越走越宽。我们的读者毕竟在国内，大陆读者的热情在海外是看不到的。

刘再复是资深评论家。其文章单篇来看不觉奇，全部合起来看方觉厚；不像有些人单篇来看都觉妙，全部合起来看便嫌窄。这当然取决于作者性格禀赋：有的人以爆发力见长，有的人以耐久力为本，如此等等，分别适合不同的读者或不同的读法。

他的包容度也大，是一个思想多面体，能普惠文学界的左中右和上中下（当然也就不会漏下拙作《马桥词典》）。只是前不久他先后对两位国外同行（夏至清和顾彬）发出厉声，让我有点意外，似有一些新的思考信号值得琢磨。

  他信中提到的相见，是我一九九九年到美国科罗拉多拜访他，还有他的邻居李泽厚。主妇菲亚的厨艺实在太好，吃得我和朋友都不想走，几天下来也对自己的体重忧心忡忡。当时我是《天涯》杂志社社长，同主编蒋子丹一道，做过一些文化领域破冰解冻之事，比如，发表李泽厚、刘再复、北岛、杨炼、严力、多多等海外人士的作品——这些敏感名字曾让很多同行捏了一把汗。其实，干这事并不需要多少勇气，只需要一点对大局的主见，对稿件诚实的理解和辨识。至于争取"官方"体制内某些积极力量的支持，比如，必要时直接联系驻外使馆的文化官员——他们往往比国内新闻出版管理部门更了解海外情况，也更热心于重启内外交流——则是减少阻力和风险的小办法。

  事实上，后来这些作家都走出了政治屏蔽，陆续重现于国内书架、讲坛、媒体版面，果然是路子"越走越宽"，足以证明我们此前"开个头"完全必要。邓小平在八九政治风波后说过"欢迎他们回来"，算是有了部分的落实。

十八

  于光远，二〇〇三年十二月二十七日来信称：

>   在我的电脑里还储存了许多半成品。一是二〇〇三年七月在我的网站上开设"于光远百科讲座"，这个讲座将延续二三年，经整理成书后，规模将达好几十万字。在我的电脑里还储存像《老年于光远》这本书的开头的几万字，至于可集结的文章，当然还有许多。
>
>   我已经八十八岁半了，不能不考虑收摊子性质的工作。

我的秘书胡翼燕正帮助我编辑，准备出版我的文存，争取二〇〇五年我九十岁时出齐几百万字的上集。

总之我换笔之后"生产力"大大提高，我的"四种消费品'理论'"在一定程度上，可以说是我的亲身体会。

我的工作，总的来说：一面在收摊子，一面又在铺摊子，而铺出来的摊子，又要收。我有两个心思，一是赶快，二是"我要……"

我不在经济学圈，不大了解于光远的理论工作，没法予以价值评估。因此这封信一如冬天海岛上我和他的林中聊天，于我最大的意义是励志：

想想看，"八十八岁半"了；

还在"换笔"；

还在"铺摊子"；

还在"赶快"和"我要"和"许多半成品"；

……

每想到此，就深感自己堕落得不像话。自己的午睡以及盆景、魔方、电视遥控器等都太可耻啦。

十九

王鼎钧，二〇〇九年十一月三日来信称：

不意有海南之会，得以深结文缘。弟在台湾成长，两岸在通邮通商之前已先通文，大作沿各种管道输入，同文捧读，赞佩创意，惊讶出红尘而不染，许为天人，思之犹昨日事也。海南之会，劳师动众，草草远人，何以克当。

先生对文学发展关怀如昔，增助之缘功不唐捐，受惠者已岂弟等一二人哉。感恩节将至，谨致贺忱。

如果有青年要学写散文，我总是推荐台湾散文一哥王鼎钧。《那树》《脚印》《活到老，真好》等堪为传世经典，其积学静水深流，其性情山明水秀，其才华排山倒海雷霆万钧，可读得我一再目瞪口呆。

因工作关系，我高兴地结交过不少台湾师友，如陈映真、洛夫、余光中、白先勇、郭枫、席慕容、罗门、张大春、黄锦树、林耀德（已故）等，包括给痖弦投过稿，在吴晟家睡过觉，同李昂吵过架。但一年年过去，一直没机会得见王鼎钧。直到那次在海口召开"王鼎钧散文研讨会"，我才有机会握住那一只多少令我好奇和忐忑的手——这便是此信的缘起。

信中有一点误会：他想必以为那研讨会是我张罗的，故有"增助之缘""何以克当"等语。其实我只是偶然遇上，成为受邀者之一。我被主办方安排在台上坐了一下，那也是岛上老虎少，猴子坐上台。我并未办过什么实事。

我居然无法及时澄清这一误会，原因是我当时离开海南省作协已十年，王鼎钧来信试投那里，不幸被夹入一些杂乱报刊，一压就是两年多，直到最后才被某编辑偶然发现。不知哪位集邮爱好者擅铰邮票，把信封上的地址也铰去了一截。

没办法，我只知道他仍居住美国。

但愿他一切安好。

二十

一位化名为"那人"的匿名者，一九九二年三月四日来信称：

准确地说，我现在还不是一个人，而是一个消息，这消息尚在路上走着，今日尚未到来。现在能与你对话，是出于我的梦呓。我上一封信给你谈到的《我与你》，兄看了一遍没有。布伯是个一流哲人。布伯和尼采是我最喜欢的两个哲人，高在黑格尔三千英尺以上。

我总感觉我信封上的地址不太准确。所以我请你接信后给我寄一张印有你通信地址的名片，但千万不要回信。我不希望读到你的回信，以后也不想。我喜欢在冥冥之中以整个生命与你相遇，与你对话，但这一切都是无待的。

我喜欢这种单向的通信。

那件事

那件事是他一个人独自想到的
那件事他难以启齿
那件事他无法告人
那件事永远是他一个人的秘密

但那件事他到今天还没有做

那件事他想了很久很久了
他想起了干那件事的许多种途径
他千百次悄悄地预谋干那件事
有时他感到那件事的赌注很大
甚至像他的生命一样巨大
有时他又感到那件事其实很容易干成

干那件事天天都是机会
有时他想也许那件事干了也就算了
也没有什么了不起
有时他又预想到干那件事
可能会出身（？）一万个结果
像一万条陌生的路
令他全身的激动

多少年过去了
为了生存
他又干了许许多多的事
但不知为什么
他始终没有干那件事
但不知为什么
他又总忘不了那件事
干那件事的想法和他的生命一样活着

那件事他想了很久了
以至于他常常产生
已经做过了的错觉
那件事似乎已是某种存在
在这个茫茫宇宙的亿万个枝条上
他像爬行在某一枝的小毛毛虫
他疲惫了
他睡去
他又梦到那件事

这封信摆在最后，当然是因为它有点特殊：没有署名，也拒绝回信。

　　写信者只是"一个消息"，一种透明的随风飘去。从信封邮戳来看，他发信于"海南""府城"，也就是我家所在的地区，近在我身边。那么在当时，在后来，他可能是快递公司的某个小伙，可能是银行柜台那边的某个小妹，可能是刚刚离开我家的水电工，可能就是与我对桌办公已经多年并经常咳嗽和叹气的老同事……他当然也可能在千山万水之外，就像他说的，一直"在路上走着"。

　　他（她）是不论在哪里都投来目光的两只眼睛——从那时起，我再也无法逃离这样的暗中盯梢了。

　　他（她）要干哪样的"那件事"？在这个世界上，难道不是所有的人都有一件说不清但又忘不了的"那件事"？

　　因为"那件事"，日子变成了生活。

　　因为"那件事"，生活变成了生命。

　　因为"那件事"，再多的"这件事"破碎了也不要紧，都不会是输光。在这个意义上，也许"那件事"从一开始就不必成为五花八门的"这件事"。

　　好了，每个人都有遗憾，都有不舍和挣扎，都有不为人知的轰轰烈烈。"那件事"使都市或乡村的人，过去或未来的人，所有的迎面而来者于我都似曾相识。什么时候。他们都可能偷偷凑过来问上一句：

　　"布伯和尼采同志可还好？"

二〇一五年三月

> 最初分别发表于二〇一五年《上海文学》杂志和《香港文学》杂志。

八景忆雪

因移居海南,已多年没看见下雪。这次回乡探亲,刚下飞机时还只听见机翼上有沙沙雪子响,进得城来便已满目皆白,积雪掩道。汽车爬一个斜坡时,突然飘了起来,手刹、脚刹、大轰油门全不管用,车上人也来不及开门跳车,只能眼睁睁随着渐渐打横的汽车向后坠滑——幸好后面没有悬崖,也没老人或孩子。

这样的事在热带海南真是不可想象。

我回乡之前已同老李在电话里约定,这次度假,全家随他去八景老山里走一走。李是我当年插队时的领导,与知青相交甚好,后来到老山里任职一干就是八年,对那里的情况相当熟悉。

其实我当年的一些"插友",也曾在老山里落户。那时的八景,在我的印象中也是冰雪景象,总是与雪地里一行曲曲折折的孤寂足迹相连——因为只有下雪才有农闲,有闲我才可能进山访友,而无雪的八景我差不多无缘相见。我曾一次次兴冲冲地步行三十来公里,奔赴雪山里的火塘、趣谈、烤红薯、口琴声和《三套车》,还有关于马克思主义的幼稚讨论。

我当然知道,同学们眼下早已不在那里了,他们早已回城并且眨眼工夫就被忙碌生计镂出了额上的皱纹，已经在下岗的话题和麻将的哗哗声里生出了白发。也许是久违的缘故，这些日渐解散的男女形体线条，这些热闹的话题和麻将，常让我不无陌生之感，也总是让我词不达意。我一次次把梦中三十来公里的雪地足迹抛向他们，又一次次地清楚地明白，那足迹尽头会有太多空白。

我不会玩麻将，也无力让这些老友免于下岗，免于艰难生存中也许必要的自我麻醉镇痛。那么，我的八景之行只不过是对某种空白的突围，去寻找一只旧梦的残迹。就像我在一篇文章里说的，一场壮剧或悲剧已经散场，演员早已纷纷离去，而我只能去探访冰天雪地里一片空空荡荡的舞台和布景，弯腰拾一缕袅袅余音。

布景仍是大雪，仍是高山流水扑面而来。汽车呻吟着、咆哮着从一段深深的泥泞中挣扎出来，潜入了八景的谷地。路边仍有一间木屋，但那位女同学早已不再在这里喂猪。山那边仍有一列红泥土屋和一个球场，但那位男同学早已不再在那里当夜校的民师。他们不再会从窗子里突然探出一张绽笑的脸，让我看见他们破烂的棉袄，还有脸上的泥点或头上的柴灰。

他们的八景峒甚至已面目全非：一道大坝拔地而起，高峡绽开平湖，一片浩阔如海的库湖水面淹没了往日的家园。当机动渡船在水上剪开碧波，剪碎一匹匹雪山倒影，我知道当年的知青点和很多山民的故居，就在这些哗哗倒影之下，在湖水黑暗的深处，由那些鱼龙寂寞地守候。

山里太静了，静得任何一丝足音或一声喘息都赫然膨胀好多倍。不仅当年的知青离开了这里，连好些山民也正在迁出山外，去沿海的城镇闯荡世界，留下路边一栋栋或一间间的空房，留下了鸟啼的空空回声。老李告诉我，附近还有两个大水库，三湖相接，风景秀美，可惜没人来此开发旅游。他见到他的熟人，都情不自禁地含糊其辞，把我们这一家描述成可能的投资者，可能的开发商，一再夸张我们的身份和财富背景，似乎要强迫我们一家成为山民们的兴奋所在，在这岁末年关给他们送来致富的希望。

一群水鸟从岸边的丛林里惊飞而起，没入远处一片皑皑白雪之中。

很抱歉，我不是投资者和开发商，但我不想更正老李的含糊和夸张。我能够理解八景人的希望——如果不抓住旅游这条出路，如果不把这里的青山绿水变成商品，我不知道这些寂寞山民怎样才能与现代的资本洪流接轨。但我也知道旅游是怎么回事，很可能是怎么回事。我可以想象高速公路把购买力和各种垃圾同时源源不断地送来，可以想象不久之后这里灯红酒绿的度假村、烧烤场、太阳伞、游艇、电声设备和可口可乐。我可以想象山里的女儿们怎样浓妆艳抹地表演一些夸张的所谓民俗，而山里的少年们怎样穿上呆板的保安、保洁制服并且谦恭地接受小费。到那时，人们也许会实现温饱和富足，但那样一来，八景这一剧不仅是演员们分飞离散，连最后的舞台和背景也彻底更换，幻变成金光闪闪的假香港或者伪曼谷——那也许不错，但它还是八景吗？还是我的梦乡？

那是不是记忆大幕最终落下的时候？

那时还会有大雪吗？还会有雪地里独行人留下的曲折足迹吗？而那些足迹又会通向什么人的窗口灯烛和不眠之夜？

我在问你。

你知道我在问你，但并不期待回答。

你知道，很多事我不会说出来。你还知道，当汽车碾着残雪驶下大坝，我不过是从一张巨大的老照片中逃出，一头撞入了陌生而炫目的现实，向模糊泪眼中的地平线那边飞驰而去。

一九九八年二月

○
最初发表于一九九八年《湖南日报》。

二十一世纪

月下桨声

　　雨后初晴，水面上有千丝万缕的白雾牵绕飞扬。我一头扎入浩荡碧水，感觉到肚皮和大腿内侧突然碾压着冰凉。我远远看见几只野鸭，在雾气中不时出没，还有水面上浮来的一些草渣，是山上雨水成流以后带来的，一般需要三四天才能融化和消失。哗的一声，身旁冒出几圈水纹，肯定是刚才有一条鱼跃出了水面。

　　一条小船近了，船上一点红也近了，原来是一件红色上衣，穿在一个女孩身上。女孩在船边小心翼翼地放网，对面的船头上，一个更小的男孩撅着屁股在划桨。他们各忙各的，一言不发。

　　我已经多次在黄昏时分看见这条小船，还小小年纪的两个渔夫。他们在远处忙碌，总是不说话，也不看我一眼。我想起静夜里经常听到的一线桨声，带着萤虫的闪烁光点飘入睡梦，莫非就是这一条船？

　　我在这里已经居住两年多，已经熟悉了张家和李家的孩子，熟悉了他们的笑脸、袋装零食以及沉重的书包，还有放学以后在公路上满身灰尘的追逐打闹。但我不认识船上的两张面孔。他们的家也许不在这附近。

妻子说过,有城里的客人要来了,得买点鱼才好。于是我朝着小船吆喝了一声:有鱼吗?

他们望了我一眼。

我是说,你们有鱼卖吗?大鱼小鱼都行。

他们仍未回话,隔了好半天,女孩朝这边摇了摇手。

我指了一下自己院子的方向:我就住在那里,有鱼就卖给我好吗?

他们没有反应,不知是没有听清楚,还是有什么为难之处。

也许他们年纪太小,还不会打鱼,没有什么可卖。要不,就是前一段人们已经把鱼打光了——他们是政府水管所雇来的民工,人多势众,拉开了大网,七八条船上都有木棒敲击着船舷,梆梆梆,嘣嘣嘣,把鱼往设下拦网的水域赶,在水面上接连闹腾了好几个日夜。这叫作"赶湖"。有时半夜里我还能听到他们击鼓般的赶湖,敲出了三拍的欢乐,两拍的焦急,慢板的忧伤以及若有思索,还有切分音符的挑逗甚至浪荡……偶尔我还能听到水面上模模糊糊的吆喝和山歌。"第一先把父母孝,有老有少第二条,第三为人要周到……"如果我没有听错的话,这些久违的山歌,只有在夜里才偶尔鬼鬼祟祟地冒出来。

我后来去水管所买鱼。他们打来的鱼已用大卡车送到城里去了。但他们还有一点没收来的鱼,连同没收来的渔网。据说附近有的农民偷偷违禁打鱼,有时还用密网,把小鱼也打了,严重破坏资源。

我的城里的客人来了,是大学里的一位系主任,带着妻小,驾着刚买的日本轿车,对这里的青山绿水大加赞美,一来就要划船和下水游泳,甚至还兴冲冲想光屁股裸泳。他说这里的水比黑龙江的镜泊湖要好,比广西北海的银滩要好,比泰国的帕的亚也要好,说出了一串旅游地的名字,显得见多识广。我知道,这些年很多学校属紧俏资源,高价招生,收入颇丰,连他这样的小头头也富得买车买房,还公费旅游了好多地方。

我们吃着鱼,说到有些农民用蓄电池打鱼,用密网打鱼。他痛心地说,农民就是觉悟低,一点环境保护意识也没有。

他还说来时汽车陷在一个坑里,请路边的农民帮着推一把,但农民抄着手,不给一百块钱就不动,如今的民风实在刁悍。

这种情况我以前也碰到过。

客人们走后的第二天,院子里一早就有持久的狗吠。大概是来了什么人。我来到院门口,发现正是那个红衣女孩站在门外,提着一只泥水糊糊的塑料袋,被狗吓得进退两难,赤裸双脚在石板上留下水淋淋的脚印,脚踝还沾着一片草叶。

她是走错了地方还是有事相求?我愣了一下,好容易才记起了几天前我在水上的问购——我早把这件事忘记了。我接过她的塑料袋,发现里面有一二十条鱼,大的约莫半斤,小的只有指头那么粗,鲫鱼草鱼游鱼杂得有点不成样子。从她疲惫的神色来看,大概这就是他们忙了半个夜晚的收获。

我想起水管所干部说过的话,估计这女孩用的也是密网,没有放过小鱼,下手是有些嫌狠。但我没有说什么。我已经从邻居那里知道了他们的来历。他们是姐弟俩,住在十几里路以外的大山里面,只因为弟弟还欠了学校的学费,两人最近便借了条小船,每天晚上在这里打鱼。他们的父亲帮不上忙,因为穷得没有医药费,一年前已经中年病逝。母亲也帮不上忙,据说不久前已经走失了——人们只知道她有点神志不清,曾经到过镇上一个亲戚家,然后就不知去了哪里,再也没有回家。

我收下了鱼。在完成这一交易的过程中,她始终拒绝坐下,也没有喝我妻子端来的茶。她似乎还怕狗咬,说话时总是看着狗,听我说狗并不咬人,还是怯怯不时朝桌下看一眼,一见狗有动静,赤裸的两脚就尽可能往椅子后面挪。

"你很怕狗吗?"我妻子问。

她不好意思地笑笑。

"你家没有养狗吗?"

她摇摇头。

"你喝茶。"

她点点头,仍然没有喝。

她提着塑料袋走了以后不久,不知什么时候,狗又叫了,窗外橘红色一晃,是她急急地返回来,跑得有点气喘吁吁。

"对不起,刚才错了……"她大声说。

"错了什么?"

"你们把钱算错了。"

"不会错吧?不是两斤四两吗?"

"真是算错了的。"

"刚才是你看的秤,是你报的价,你说多少就是多少,我并没有……"我觉得自己没有什么责任。

"不是,是你们多给了。"

我有点不明白。

她红着脸,说刚才回到船上,弟弟一听钱的数字,就一口咬定她算错了,肯定没有这么多钱。他们又算了一次,发现果然是多收了我们一块钱。为此弟弟很生气,要她赶快来退还。

我看着她沾着泥点的手,撩起橘红色衣襟,取出紧紧埋在腰间一个布包,十分复杂地打开它,十分复杂地分拣布包中的大小纸票,心里有些过意不去。一块钱怎值得她这样急匆匆地赶来并且做出这么多复杂的动作?"也就是一块钱,你送鱼来,就算是你的脚力钱吧。"我说。

"不行不行……"她把头摇成了拨浪鼓。

"再说，我们以后还要找你买鱼的，一块钱就先存在你那里。"

"不行不行……"拨浪鼓还在摇。

"你们还会打鱼吧?"

"不一定。水管所不准我们下网了……"

"你弟弟的学费赚够了吗?"

"他不打算读了。"

"为什么?"

她没有回答，只是固执地要寻找一块钱。她的运气不好，小钞票凑不起一块钱。递来一张大钞，我们又没有合适的散钱找补。就这样你三我四你七我八地凑了好一阵，还是无法做到两清。我们最后满足她的要求，好歹收下了七角，但压着她不要再说了，就这样算了，你再说我们就不高兴了。

她做了什么亏心事似的，浑身不自在，犹犹豫豫地低头而去。

傍晚，我们从外面回家，发现院门前有一把葱。一位正在路边锄草的妇人说，一个穿红衣的姑娘来过了，见我们不在，就把葱留在门前。

不用说，这一大把葱就是她对鱼款的补偿。

妻子叹了口气，说如今什么世道，难得还有这样的诚实。她清出一个旧挎包，一支水笔，说可以拿去给红衣女孩的弟弟上学，说不定能替他们省下两个钱。但我再没有遇上红衣女孩，还有那个站在船头为她摇桨的弟弟。有一条小船近了，上面是一个家住附近的汉子，看上去比较眼熟。从他的口里，我得知最近水管所加强禁渔，姐弟俩的网已经被巡逻队收缴，他们就回到山里种田去了。他们是否凑足了弟弟的学费，弟弟是否还能继续读书，汉子对这一切并不知道。

人世间有很多事情我们并不知道，何况萍水相逢之际，我们有时候连对方的名字也不知道。

我说不出话来。每天早上，我推开窗子，发现远处的水面上总有一叶或者两叶小船，像什么人无意中遗落了一两个发夹，轻轻地别在青山绿水之中。但那些船上没有一点红。每天晚上，我走在月光下的时候，偶尔听到竹林那边还有桨声，是一条小船均匀的足迹，在水面上播出了月光的碎片，还有一个个梦境。但我依稀听得出桨声过于粗重，不是来自一个孩子的腕力。

　　我走出院门，来到水边，发现近处根本没有船。原来是月夜太静了，就删除了声音传递的距离，远和近的动静根本无法区别，比如，刚才不过是晚风一吹，远在天边的桨声就翻过院墙，滚落在我家的檐下阶前，七零八落的，引来小狗一次次寻找。它当然不会找到什么，鼻子抽搐着，叫了两声，回头看着我，眼里全是困惑。

　　我也不明白，是何处的桨声悠悠飘落到我家墙根？

二〇〇四年七月

○
最初发表于二〇〇四年《天涯》杂志与《文汇报》，已译为日文发表。

空院残月

有一个邻家的汉子很会种瓜，扛着锄头这里看一看，那里挖一挖，似乎没有做什么，但他所到之处不久就会冒出肥大的瓜叶，逢沟过沟，逢坡上坡，甚至翻越墙垣，尽情地蔓延和覆盖。不知什么时候，瓜藤已潜游我家门前的路上，过不了多久，两三个南瓜居然憨憨呆呆地拦路把守，要收缴买路钱的样子，使我出入的时候得东躲西闪三步两跳。

"把瓜摘去吃吧。"他撑着锄头，乐呵呵地冲着我笑。

"我家也有瓜。你种的，你留着。"

"我一个人吃饱，全家就不饿，哪吃得完？"

既然他是一个人居家，那他到处种瓜做什么？是有种瓜癖？是生性闲不住？还是对世界上一切荒土闲地有开发兴趣？

他家离我家不远。我走出院门，同张家的人点点头，同李家的人搭搭腔，然后就能看见他家斜斜的院门了。我去过他家，看见他家里的算盘和几个账本，知道他是村里的会计，有时还到小学代点课，无论数学还是音乐，都能教。我正巧看见五六个女孩子在他家排演歌舞，大概是准备学校里节日会演的节目。他一双赤脚,腿上带着泥点,头发眉毛皮肤都被阳光烧灼成了浑然统一的土色,却是一个努力投入艺术想象的导演。"我们的祖国似花园,花朵开放真鲜艳……"他边唱边舞,两手像扭着一条无形的毛巾,左耳边扭一下,右耳边扭一下,是一种挖土和挑粪般的舞蹈手势。

"下腰,下腰,你们看看我……"他还来了个上身后仰的示范,直到自己仰得两眼翻白,耳根都涨红了。

这位赤脚导演没顾得上陪客人。我与妻子在一旁观摩和喝茶,其实是喝着热水瓶里的凉水,已经化不开茶叶。两只杯子也破旧凌乱,一只搪瓷大杯,一只粗瓷酒盅,是他刚才找了半天才凑齐的。这确实是一个主妇缺席的家。

听邻居说,刘长子的老婆到南边打工去了。听邻居喝了酒以后说,他老婆实际上也是人家的老婆,帮一个老板管家,还生了个娃,只是把赚来的钱一个不少地寄回来,供这边的儿子读书。我不太理解这种事,尤其不太理解人们说起这事时的随意和淡漠,忍不住想多问几句。"有什么奇怪?闲着也是闲着,就等于出去寻副业嘛。"一个妇人这样回答我。另一个老人笑了笑:"刘长子能怎么样?丈夫丈夫,只管得一丈远的。"他们转而说起了眼下学校收费的昂贵。照他们的计算,供一个孩子读高中,非得有两个人打工进钱不可。因此刘长子福气好,不仅自己可以代课,还有一个既挣钱又顾家的老婆,要不他儿子恐怕早就搓泥巴它了——这是务农的意思。

我见过一次他那个似有似无的妻子。大概是知道村里有些说法,她从来没让我看到过正面,即便是在水边的菜园里相遇,她也是去看天上的鸟,或者弯腰去扯除什么杂草,是一个躲避目光的影子。从背影和侧面来看,她身姿绰约,而且有了都市生活的风韵,比方衣摆剪裁得很合身,比方衣履有细心的颜色搭配,比方腰身和脚步有一种用心的收敛，没有乡间重担压出的那种粗放散乱，不会脚步乱刮或者胯骨乱甩什么的。但她没有市井虚荣，回家来探亲，不打牌，不入酒席，日子都浸泡在汗水中，挑着粪桶一闪就没入瓜棚豆架。那一片繁茂绿叶的深处偶尔飘出嘤嘤低语，大概是她与什么邻居说话，但听不清楚。

她们隔着绿叶的帷帐说说家常，互相也不见人影。

她丈夫没有来帮忙。其实，她丈夫无法上地了，因为一场大病，撑着拐杖也偏偏欲倒，她才赶回乡下来料理。我不知道刘长子患了什么病，问起来，他只是笑笑，说得含糊。直到我看到他转眼间面容枯槁，头发眉毛渐次脱落，有明显的放疗和化疗迹象，才猜出他的病凶多吉少。

他扶着拐杖，再一次冲着我笑笑："把瓜摘去吃吧。"

"你自己留着吃。"

"我怕是吃不上了。"

"你不要灰心。听我说，得这种病的成千上万，其中不少活过了十年，甚至二十年，天天扭秧歌或者踢足球的，也大有人在。你一定要心情开朗，积极地与医院配合。"

"什么医院？明明是拦路抢劫的土匪。"他目光发直，两个眼珠挤成了一个斗斗眼，"一个疗程就要我八千，要在我身上开金矿吗？"

"有什么办法呢？病在你身上，还是要治的。"

"我决不给他们吃冤枉！"

他看了看天边的风景，回家做饭去了，转过身，喘了几下，拾起了身边的几根豆角，又喘了几下，缓缓挪动了步子。我忙上前去扶住他，问他妻子为何这么快就走了，为何不留下来照料他。

"家里也没有多少事，不用她天天守着。"

"多个人手总是好一些。"

"守着我，能守得出钱来？"

他说明佗就要考大学了，然后缓缓地朝夕阳走去。鸟雀正在归巢，水边的老牛正在回家，家家户户的炊烟都升起来的时候，他孤独的剪影定格在一片火烧云中。

明佗是他的儿子，一直在县城寄宿读书。我只见过他的考号和上了线的考分，受他父亲之托，与某大学的一位朋友通过电话，确保这所大学录下了他。直到我就要离开这个村子了，有一天从外面回来，才发现他们父子俩坐在我家。他儿子长得像个女孩，眉清目秀，有些腼腆，埋头翻着一本杂志。父亲满心欢喜地看着这个有出息的儿子，有一种怎么也看不够的劲头，目光软软地和糍糍地抚摸着儿子侧面的每一个部位，摸得大学生更腼腆了，扭过头去看着墙角，躲开父亲的目光——他是知道这种目光为时不多从而不忍相接？还是年幼无知从而不觉得这种目光点滴都不可遗漏？

邻家汉子戴着帽子，盖住了头发脱落的头，是带着儿子来面谢的，顺便也讨教些大学读书的方法，问一点都市生活须知。墙边的几只大南瓜，当然是他的谢礼。在整个说话的过程中，他的兴致一直很高，听到儿子说起大学里一些趣事，甚至满面红光地哈哈大笑，只是通常比别人笑得慢半拍，目光有些发直，似乎卡在略有所思的那一刻。我突然想到，我将离开这里，春暖花开时节才会再来。这就是说，如果事情不出现奇迹，他此次戴着帽子的来访，对于我来说也许是最后一次。我知道拒绝就医意味着什么。我看见他最后一次摸着我家的桌沿，最后一次放下我家的茶杯，最后一次艰难地站起来，最后一次扶着拐杖走向大门，最后一次给我视野里留下笑脸和弯曲的背影……事实上，我没有看到这个背影，而是让妻子去送客。我没有勇气在一片谈笑声中，在一个秋高气爽风和日曛蝉鸣雀噪的好日子，与一个活生生的人永别。这分明是一个欢欣的场景，容不下永别的情节。

我乘车离开此地的时候，甚至不敢朝他家的院门望一眼。此时，他也许站在那里，也许没有。这种种也许一晃就甩到了车后，离我越来越远。

现在，我又来到了这里。没有人向我提起他，我也没有问起他，一个人的名字就这样在大家心照不宣的约定之下删除了。院墙外的瓜藤又开始蔓延，向路上延伸着妖娆的触须，大概是想拦住路人的脚步，想说点什么。花朵也开始绽放了，像举起一支支金色的喇叭，正在向这个世界大声地传诵和宣告什么。我不知道是谁又在这里种下了瓜，或者它们不过是野物，来自去年无人采摘的瓜，来自瓜腐成泥后重新入土的种子。如果没有人来采摘，它们也许会年复一年地这样繁殖下去。

清明节，远近的鞭炮声不时传来，当然是各家各户在上坟。我不知道是否有人给刘长子上坟，也不知道他的坟在哪里。我只接到了他儿子的一个电话。他吞吞吐吐，想向我借一点钱。他说网上有人推销一种彩票透视眼镜，据说是发财致富的高新技术产品，他很想得到一副。

我不记得是如何回答他的，也不愿意把这个电话告诉村里的人，当然更不会告诉他父亲。晚上路过他家院门时，我让村长等我一下，然后推开半掩的竹门，习惯性地跨过院门的石槛。已近深夜了，西沉的残月隐在林子里，给曾经排演过歌舞的清冷地坪，筛下一片模模糊糊的光斑。正房门挂着一把锁。墙根已布满青苔。靠近厨房的一根竹管还流着水，但支架已经垮塌，泉水流到了地上。接水用的瓦缸还有半缸积水，有孑孓蚊蝇浮在水面，大概是房主去年所留。这个院子里也有很多瓜藤，从院墙那边蔓延过来，已经把一条通向屋后的小路封掩，然后爬上了石阶，攀上了檐柱，甚至缠住了檐下一张废弃的犁，在木柄上开出了小小花朵。我知道，待到秋天来临，这里将会有遍地金灿灿的南瓜，在绿叶下得意洋洋地纷纷探出头来，一心要给主人冷不防的惊喜。

我踏着月光，完成了一次为时已晚的告别。

二〇〇四年七月

○ 最初发表于二〇〇四年《天涯》杂志和《文汇报》，已译成日文发表。

笑　容

　　中国书展在巴黎举办期间的一天，几个中国作家应邀在一华人家里餐聚，照例七嘴八舌地抬杠逗乐，不时发出哈哈大笑。在场的法国驻广州总领事跟着笑，然后感叹：中国真是一个快乐的民族。要是十个法国作家坐在一起，气氛一定会拘谨和沉闷，决没有你们这样的开心。

　　此人是个中国通，所言也不像是客套。

　　中国人确是一个爱笑的民族。即便是身处困境，即便生活在似乎不应该笑的日子里，逆来顺受，随遇而安，坏事变好事，退一步海阔天空，如此等等，自我宽解和苦中作乐的能力仍然很强。听听老北京或老长沙的市井聊天，读读老舍的《骆驼祥子》和鲁迅的《阿Q正传》，沉重苦涩里不时透出中国人的苦笑，与耶稣受难式的西方悲情不大一样。

　　再说，眼下中国也进入了一个笑声渐多的时代。对比近一百年前八国联军兵临城下，经济发展、民生改善等方面已表现出东土复兴之象。对比近一百年来的西学东渐，现在的文化西传也让人兴奋——光是在这次书展上，中国当代文学的法译作品就数以百计，老中青几代作家，有的一两本，有的五六本，其翻译质量和接受程度虽可存疑，但仅就品种数量而言，较之法国文学对中国的进口，如果不说是顺差，至少不再是逆差。不但如此，更多的年轻作家还在一批批进入法国汉学界的视线，阎连科、东西、魏微、李洱、红柯、盛可以……这些名字不一定被所有中国读者熟悉，但已经在那边口口相传，已经或可能将要成为译家们下一步捕捉的热点。这种关于中国文学的近乎热炒，当然是中国人不会拉长一张脸的理由。

中国人较少西方礼仪的规驯，笑起来大多任性而为，无所节制和忌惮，一笑就爆，一笑就闹，一笑就垮了或烂了一张脸，有点野生物种纯属天然的味道，在巴黎优雅的社交场合叭叭叭地绽放，无异于一次次噪音施暴。

面对西方人的暗暗惊疑，我曾经想做一点解释和辩护。我说笑也是一种文化，是一种受到文化制约的心理表现和生理形态。随着经济和文化的全球化浪潮，天然的笑容其实日趋少见，更多的笑容正在由好莱坞一类霸权媒体批发。比方你在新生代电视一族的脸上，分明可以发现都市化的笑容一号、笑容二号、笑容三号……微笑或浅笑，嘲笑或媚笑，都常常浮现着影视明星们的规格和标准，是影视样板对日常生活的表情强制，是强势文化对弱势文化的表情移植，于是村姑如今也可笑如上流贵妇，小白脸则可能刻意绷紧一张牛仔或警长的酷脸。

我是在一个座谈会上说这个意思的。这一说，把听众们逗乐了。但也看得出来，那一刻他们大多笑得有点不自在，大概都在意识和检讨着自己的笑容，甚至下意识避开我刚才指出的标准一号或者二号。只有一个胖老太，不再分寸准确地嫣然或灿然，竟笑得前仆后仰不能自持，事后对我说："你们中国作家说得太有意思啦哈哈哈……"

对听众们搞笑，对于访法的很多中国作家来说不是难事。所以几十场座谈会下来，多是气氛热烈笑声满堂，让东道主十分满意。不过，用笑声来打发一切问题，包括绕开或折扣很多严肃的问题，便成了耍小聪明的噱头，失之于中国文化里的轻浮和油滑。未谐而笑，无乐而笑，应付人事之前，不管三七二十一，先急匆匆地笑上一大脸，也有过分的卑躬逢迎之嫌，多少透出了一点弱势民族惯性化的心理虚疾。我旁听了一些座谈会，远远观看台上的动静。说实话，单从形体美学的角度来看，我喜欢中国人的笑，但也觉得某些同胞的笑脸过多，或者说笑得不是地方，比如在该紧张之际油滑得过于轻松，比如在该轻松之时逢迎得过于紧张，如此等等。相比之下，进入人类命运和思想艺术追求等严肃话题时，有些法国作家脸上那种认真劲头，那种端庄、持重、沉稳、聚精会神、两眼逼视、眉梢微挑等，无论出于本真还是带有几分造作，都显得更为可爱和可敬。

人家高卢人功夫深着呢。从武士传统和教士传统中修炼出来的这一套面容遗产，从都市社交沙龙里打磨出来的这一套面容纪律，不是我等随便模仿得了的。

何况世界上还需要各种认真，何况世界上很多思想情感毕竟在笑声之外。一个时刻正在到来。那个时刻你想视而不见却无法回避。在这一个正在到来的全球性严峻大变局面前，中国文学也许应该更多一些不笑的表情——像鲁迅先生盯着我们时的一脸肃静。

二〇〇四年五月

最初发表于二〇〇四年《文汇报》。

重返雪峰山

三十多年前,我在怀化地区林业局挂职锻炼。这个局管辖全省约三分之一的山林,差不多是个山大王,不过也是个穷大王,我这个副局长下林区也得蹭货车,搭乘那种拉木头的解放牌或黄河牌,叮咚咣当响一路,尘土飞扬半遮天。

因此认识了潘司机。

老潘胖,怕热,常冒油汗,入夏后多是光膀子上路,有时还把车门打开,半个身子探出车外兜一把风,呵嘀一声做鬼叫——那时的驾驶室里没空调,烤得人肉都有几分熟。

即便山道上人少车也少,这种野蛮操作还是吓我个半死。

好像吓得我还不够,他回到座位,抹了一把脸,"不好意思,一热就特别困,刚才都睡着了。"

我差点跳起来。你不能停下车睡吗?你好歹快五十了,要是活够了,莫拉上我呵。

"没事,没事。"他笑了笑,"就是个打屁觉,不耽误开车。"

"你⋯⋯不会是还在梦游吧?"

"怎么会?"他抽了自己响亮一耳光,然后手板伸给我,好像那就是有力证据。

我还是贪生怕死,不敢往下细想,强迫他停车在路边,抽支烟,洗个冷水脸,嚼两块路边摊上的酸姜,休息片刻后再走。他嘟嘟囔囔,责怪我这纯粹是浪费时间,还满嘴歪理邪说,说午饭时要不是我夺了他的酒杯,他眼下精神头肯定更好,抡盘子肯定更加灵敏和来劲,也不会睡打屁觉。酒呵酒,酒就是他潘师傅最好的清醒剂知道不?

我得承认,他喝酒并不误事,二十多年来居然没出过事故,对雪峰山里的每条路都呼呼呼跑得顺溜。不论在哪里遇到路面塌方,走不成了,他也能在附近找到熟悉人家,高声大气,呼朋唤友,有吃有喝。大概是他来得多,帮山民们捎带过私客私货,他也从不把自己当外人,有时一进门就检查这个娃娃写字,指导那个木匠打墨线,还要吃点菜,一口一声自称"野老倌",同主妇们开点不正经的玩笑,然后让我一同享受她们餐桌上的腌蚯蚓(看上去像酸豆角)或油炸蜻蜓(美其名曰金秧子)——昏黄油灯下我看不清楚,吃下去才知是大补,差点要喷呕出来。

照他说,眼下有公路了,有汽车了,一天可以跑上几百里,已经是神行太保,是孙猴子一个筋斗腾云驾雾。要放在以前,雪峰山的几根木头要运出去,难呵,只能钻山缝,走水路,让人们先扎成小排,用的是藤条篾缆,不可用铁丝钢钩,以便整个排筏柔软一些,缓冲一路上可能的挤压或碰撞,防止排散人亡。驾着这种小排,由溪涧进入江河,进入资水或沅水那里的宽阔江面,才能把小排积攒成大排,上下叠加,前后左右串联,大若一座座浮游的人工岛,是可搭窝棚架炉灶的那种,可捎带山货和散客的那种,以实现规模化经营。一声长啸报客往,他们迎山送岭,拨嶂推峰,顺流而下,一直漂到洞庭或长江那些大码头,把人工岛交付客商,既是卖货也是卖货船,这才算一次日落星沉的远行结束。

那些职业放排的"排拐子",相当于那年头的物流捷运公司,把这些行当做得多了，对沿途的地名都如数家珍，对各地的水情已了如指掌。同样是一片平静碧波，他们只要瞭一眼，就知道哪里水急，哪里水缓，哪里水深，哪里水浅，哪里还有暗涌或暗礁。同样是水边石岸，他们甚至不用看，只是靠肌肉的记忆，就知道哪里藏有最佳落篙点，不会滑，不会塌，一戳一个准。这时候他们戳早了不行，撑晚了也不行，一定要稳稳地借助水势，等到木排眼看就要轰然撞翻的那一瞬，恰如其分的长篙一点，或长短有致刚柔相济地左一撑右一拨，才能降服排天巨浪，轻巧地避开鬼门关，跃入豁然开朗的下一程。三十六道湾。七十二个滩。这些在他们心中都已再熟悉不过，不过是儿时听惯了的一曲歌谣，哪里有半音，哪里有滑音，哪里该换气，哪里变假声，都已被耳膜无数次铭刻，永远也不会错的。

但他们从不吹嘘自己的本领。相反，每一次放排前他们都会小心翼翼敬天祭神，祈盼自己一路平安。他们的禁忌也特别多，比如，从不说"散""塌""沉""翻"这些字，各人自带筷子，到时候不得在桌上分筷子，不得在桶里搓洗筷子，更不能用筷子盖碗，用筷子插饭，诸如此类，似乎小筷子就是大木排，就是大木排的魂，受不得惊扰和胡闹。沿途的伙铺、客栈、货商、某某的老相好之类也都懂规矩，从不乱动他们的筷子。

作为雪峰山放出去的主要耳目，那年头日本军队何时撤了，汽车长成什么模样，城里女子会不会勾魂……这些新鲜的重磅消息也总是由"排拐子"们带回山里，使一个个山寨不至于悠悠坠入历史之外的深远寂静。

阿哥放排三月三，
阿姐河边洗衣衫。
桃花落水雾不散，
棒槌打手泪不干。

……

潘师傅酒后就唱过这首情歌。

我眼下已听不到他的歌声,连往日林区的简易公路也几乎看不到了。这次入山的邀访者是陈,自称以前见过我,网上自我命名"哈协主席"——"哈(卵)"就是湘语中傻的意思,二的意思。

在不少人看来,他确实有点傻和二,都什么年代了,不知打了什么鸡血,他从上市公司老总一路打拼成家乡的农民头,从繁华都市一鼓作气高歌猛进到穷山寨,所有的身家血本砸下去,居然在雪峰山多点开局,建起了五大景区,一心用沥青公路和过山缆车接通城乡,让山里的夕照、富氧、幽泉、古树、刺绣、柴门、篝火、美食、歌舞、梯田、先人传说、冬日的雪以及夏日的凉等,统统变成游客的幸福和山民的财富——而且果真打造了一个企业扶贫的省部级知名样板。这个老土,走村串户,大概想象大家都是同他一样喜欢大碗喝酒和大块吃肉,同他一样喜欢石头,喜欢木头、喜欢泥土和山脊线、喜欢开门见山和天高地阔,为此多年来不厌其烦地说服地方官员和合作伙伴——这也就算了,有意思的是,这个黑大汉有时忙得一身臭汗两脚泥,据他同事说,还总是激情和精力过剩,随便逮住路上一位陌生阿婆,也能口舌如簧滔滔不绝,详细解说他手上一块石头的地质特征和美学价值,阐述他穷乡僻壤遍地宝的变金术。

一直说到老阿婆迷迷瞪瞪,对他的深刻理论胡乱点头。

难怪一些同事也笑:还真是个大哈呵。

这一次,我也想去听听他如何解说石头。时值深秋,雁阵南飞,高铁"复兴号"不知何时已从省城滑出,一路上静静地暗中加速,很快就有了时速近三百公里的飞翔感。眼一眨过桥,眼一眨钻洞,眨一眼又是桥……整个行程几乎就是桥洞相连,上天入地反复切换,闹着玩儿似的,对沿途的山山水水压根就是粗枝大叶视若无物没心没肺,已把旅行简化成一条刷刷任性的直线,一种舒适和洁净的服务平均值,一种旅客们恍恍惚惚的科幻遭遇。我完全找不到感觉了。这还是雪峰山吗?喂,喂,这还是雪、峰、山吗?睁大眼睛朝窗外寻找,一匹匹翠绿翻阅过去,当年的"排拐子"们在哪里?当年潘师傅的简易公路和叮咚咣当尘土飞扬在哪里?当年那油灯下客人们吃过恶心腌蚯蚓的一个吊脚楼,是否就在山那边?而当时围着黄河牌大卡摸来摸去的一群娃娃中,一个挂着鼻涕的光屁股男孩,被汽车喇叭声吓一大跳的,莫非就是多年后的陈大哈?……

我突然有一点心酸,至少是心慌。

飞翔吧。飞翔。现代科技正在大大缩短空间距离,却也一再刷新世界图景,一步步放大了时间距离,如同电影播放突然提速,让往日的人影蹦来蹦去和蹿来蹿去,很快就变得模糊不清,了无踪影,遥不可及更遥不可追。昨天已是久远。前天已是史前。我只能面对身后一片模糊,凭吊自己遗落在洪荒岁月深处的记忆残片——那是我青春的一部分。

也许,雪峰山,雪峰山,我这次完全算不上重返了,不过是奔赴一个重名的陌生之地,一片让人无措的茫然异乡,只能像一个两鬓斑白的婴儿,被山里的阳光刺得睁不开双眼,在那里经历新的一轮再生,一切都重新开始。

你飞翔吧——

我真不希望这样,但也希望就是这样。

二〇一九年十一月

最早发表于二〇二〇年《芙蓉》杂志。

人生忽然

我以前很少照相，总觉得留影、留手稿、留交往记录，是作家自恋和自大的坏毛病，无非是哪个家伙一心要进入文学史和博物馆，时刻准备着捏住下巴或目光深沉的姿态——累不累啊？

因此，我总是年少气盛地一再避开镜头，无意积攒那种狗狗撒尿"到此一游"式的留影，即便有过海鸥或尼康的相机，也多是给别人照。

没想到近一二十年，电子数码技术使摄影的成本大降，全民摄影蔚然成风，一个"读图时代"悄然到来。有关文字退场的预言虽过于夸张，但影像的五光十色琳琅满目，重塑了人们对生活的感受，其巨大的冲击力、感染力、影响力非同小可。好几次，我给学生们上课，发现自己哪怕讲出了满堂的惊呼或大笑，他们也并未记下多少，倒是PPT的一些影像更能在他们那里入脑入心，引来一次次议论和回味。一只枯瘦的手，一位前贤的冷目，一堵斑驳的乡村老墙，一段雪域森林的清晨航拍……似胜过千言万语，向他们传达了更多说不清甚至不用说清的概念与逻辑。

古人说："有诸内者必形诸外。"这不仅是说人体，也是说世界。一个世界本就是形貌多变的世界。一种对世界的真切认知，必是记忆中有关影像鲜活与丰饶的认知，决不止于文字——对于实践者们来说，对于相信"眼见为实"和"有图有真相"的很多人来说，恐怕尤其如此。所谓有内必有外，有品必有相，有义理必有声色，我的一本长篇随笔《暗示》（二〇〇二年），曾集中记录和整理了自己在这方面的感想。也是在那时，回望自己多年的文字生涯，我相信独尊文字的态度无异于半盲，差一点后悔自己大大辜负了相机，暗想自己若能年轻一二十岁，恐怕会从头开始，去兼任一个"读图"的影像工作者。

可惜自己已扛不动那么多摄像器材了，很多事只能留给年轻人去干。说起来，我这一辈子虽留影甚少，虽匆匆撇下太多无影无形的往日，但亲历、见证、参与了中国"三千年未有之大变局"，大风大雨，天翻地覆，惊心动魄，又何其有幸。没想到的是，承蒙辽宁美术出版社诚邀，这一次我仓促应召，不得不临时找几位朋友帮忙，好歹收集一些零落旧照，勉强编印一本——尽管我自己不知道这样做于读者是否有些多余，一次事后弥补是否也来得太迟。

我想起多年前去拉萨一朋友家，未见他家有任何已故亲人的旧照。那位藏族朋友说，按照他们的习俗，销毁亡人旧照以及所有遗物，有利于转世轮回，让他们回到一个干干净净的陌生世界。那么，依这种说法，我的这本影册岂不是还自弃"轮回转世"？就不准备下辈子再与这个世界重逢了？

好吧，就这一辈子吧，我其实并未打算日后再来。

是的，我的亲人，我的朋友，我所有牵挂的世间生命，我曾在二十世纪和二十一世纪到此人世间一游，陪伴了你们这些岁月，幸福已经足够。

一次性的生命其实都至尊无价，都是不可重复的奇缘所在。

且让我们相互记住,哪怕记不了太久,哪怕一切往事都在鸿飞雪化,尽在忽然瞬间。

二〇一八年十二月

○
影像集《到此人间一游》自序,
辽宁美术出版社,二〇二〇年。

中国人的浪漫

洁白的纱裙，柔美的手足，炫目的旋转，优雅的谢幕……当年芭蕾舞剧《天鹅湖》曾是很多中国人的梦中仙境，几乎成了美丽、高贵、纯洁的象征。然而，作为浪漫主义艺术时代的一颗明珠，这个关于天鹅的故事，在欧洲其实并不新鲜，无非是癞蛤蟆吃不到天鹅肉，唯王子配公主终成佳缘美眷。这一类故事对标宫廷和贵族的心情，也引领普天下文艺青年的美学向往。

坦白地说，我差不多也有过这种向往，用小提琴学奏《小天鹅舞曲》时，后来在彼得堡观演现场热烈鼓掌时，都不无某种精神身份的临时代入感。我们都雅兮兮的，学会了为天鹅牵肠挂肚，但并不了解实际的天鹅，甚至压根就没打算去了解：艺术嘛，与现实毕竟是两码事，怎么梦与怎么活没必要一一对齐——那种雁形目鸭科的大鸟很重要吗？在那一刻，在那种令人屏息的艺术仙境里，我们就把舞台当作生活的全部好了。

但生活比舞台要大很多，要芜杂也要揪心很多。直到遇见徐亚平，我才知道更大的天鹅湖其实一直就在自己身边，在自己已几无感觉的庸常日子里。他是一个省报外派驻站记者，把这种跑腿活一千几十年，似乎是缺乏上进心的那种油腻男——倒是折腾了一个民间的岳阳市江豚保护协会。这一次，渔友们也成了鸟友，因一只小天鹅放飞后的跟踪器信号异常，他们忍不住前往现场救助，一路上翻山越岭、雨中迷路、车辆陷坑、队友病倒、涉水沼泽，最终在 GPS 信号可疑的凝固点，只找到一只跟踪器，显然是被哪个猎手丢弃的。满地的血迹和散落的羽毛，还有一圈又一圈肢体挣扎的痕迹，刻下了那个白色精灵最后告别长天的不甘和不舍……说到这里，他哽咽了，紧紧攥住双拳，好半天说不出话，眼里闪烁着悲愤的泪花，让在场者们一时无语。

他可能并不懂柴可夫斯基，也不懂莱尼亚尼或巴甫洛娃的舞蹈难度，从未出现在《天鹅湖》的前台。但谁能说他不是一位真正的"王子"，为保护天鹅少女而一再受伤却屡败屡战的隐名"王子"？

从他嘴里，我这才知道，尽管天鹅已成为一个经典符号，标举了西方诗歌、音乐、舞蹈的至尊意象，但天鹅的故乡并不限于欧洲，至少不限于将其奉为国鸟的丹麦与芬兰。每当冬寒逼近，它们悉数南迁，远离北极圈，包括飞越西伯利亚和蒙古草原，换名为中文里的"鸿鹄"（或更精简的"鹄"），也兼名人们泛指的"雁"，直抵它们熟悉的大河上下大江南北，直抵洞庭湖、鄱阳湖这两个最南的越冬区——它们温暖而富饶的另一大片家园。一辈子数十次南来北往，它们在这种长旅中要应对的，岂止一个恶魔"罗特巴特"，而是千百年来沿途防不胜防的猎枪、毒饵、罗网、捕夹、猛兽、恶禽、暴风雨、沙尘暴、工业污染、LED 强光之下现代人的大举围袭，以致常尸横遍野，一曲曲"天鹅绝唱"余音飘落。

正是这血淋淋的苦难旅程，激动了另一位中国"王子"周自然。同亚平一样，他也是湖乡子弟，有点家传的内向和诗癖而已，中年时在外创业有成，却重返洞庭故土，再续十多年前的旧梦，不惜倾其家产也要当一个"鸟人"。因他的创意，仅用几条微博，"跟着大雁去迁徙"的微博活动便一鸣惊人，应者纷起，升温全网，千万张博友的涉雁照片顷刻间哗啦啦贴上来，差点挤爆各种爱鸟和护鸟的网站。这使徐亚平们的前期努力，从散兵游击的小状态，借助互联网这种新工具，一举转型为八方联手、广域监护、高效协同、声势浩大的大事件，成为一个热浪迭起的社会运动。连不少理工男女受其邀请或激励，也自带干粮加入进来，投入他们自嘲为"神经病"式的梦想。这里不能不说说周立波和周明辉。这两位博士差不多是从零开始，啃下芯片、传感、电源、天线、封装等难题，一步步把跟踪器的性能做上去，把重量、能耗、价格做下来。到最后，研发团队硬是把法国那种四十克重的背负式跟踪器，做到了二十克以下，最低一款仅重二点三克，已轻如一片羽毛。

于是，再一次借助高科技，广域监护升级为广域×全程的监护。如有必要，"王子"们眼下的每一只天鹅，几乎都可以有编号、有昵称、有档案，都能在电脑上及时显示航迹、落点、身体状态。到这时，人们才惊讶地发现，天鹅竟是这样飞的哇：屏幕上一个信号光点可一口气跨越一两千公里；若喘口气，盘桓数日（想必是在那里狂吃蓄膘做准备），该光点还可再次一口气抛出四五千公里，划过整个辽阔的西伯利亚——那些影子，那些最后累得可能只剩下的一只只皮包骨，其意志，其体能，是何等惊人！人们还发现，屏幕上两光点可一辈子形影相随，即便有过一段分离（也许是其中一方贪玩、赌气、别恋、智障、崇尚自由），但最可能的下文，是它们后来再聚如昨，隔山隔海也能准确地找回来，不能不令人感慨万端。当然，人们最不愿意看到的，是屏幕上两光点久久静止，直至最终熄灭（是双双遭遇不测？是它们相互间不能不拼死相救或以命殉情?)——想想吧,比比吧,这些爱侣生同衾,死同穴,相遇随缘,归去有约,其一颗颗鸟心该如何让人们想象和理解?这些父母临终前是最为疯狂的战士,还是最为悲痛的知己?是血溅五步,还是长歌当哭?

如此等等,一个神秘的鸟世界在这里渐次揭开,一部鸟类史有待重写。毫无疑问,一个民间护鸟运动不仅助推了各地野保机构,不仅汇聚了政府、媒体、警方、青少年、社团、企业家、摄影发烧友、农民渔民牧民的力量,还释放出新异的学术价值,迅速吸引了高等院校和科研单位的人力资源,原因大概就在这里。

一种全新的组织方式也由此应运而生,让人不容易看懂。这些"王子"们,这些"鸟人"们,来自看似十三不搭的各地各业各层级,无领导、无财政、无薪资、无定员,连业余社团都"四不像",却幽灵般聚散无常,"太空沙"式的无处不在,总是能一呼百应,招之即来,各尽所能,协同有序,低摩擦运转。他们设立一个个候鸟迁移标志,推动国家和地方的有关立法,连俄罗斯、蒙古、日本、澳大利亚等地也同道蜂起,形成规模越来越大的跨国合作圈和情怀圈。他们在地图上标绘出一条条"鸟道",导向穿越山脉所需的峡谷和隘口;发现和维护一个个"鸟港",即候鸟采食和栖息所需的大湿地,相当于旅途中的休息区。当然,他们依据卫星信号的异常,还能及时发现一个个风险点,极可能发生当年北大荒宝清县那种大规模毒鸟的惨剧,于是一次次挎枪上马紧急出动。这样做的时候,他们并无执法权,哪怕心头滴血也不可越权和动粗;但他们至少能实现网上定向动员,迅速征召风险区附近数以十计或百计的鸟友,投入现场的宣传、劝阻、取证举报,形成强大的民意浪潮和行政反应,最大限度地遏阻灾难。

有一次,就像徐亚平后来在记者手记中写到的,随着监护范围从天鹅扩展至所有珍稀野生鸟类,他们还从吉林一个工厂里成功解救过一只触电致伤的白尾海雕。他们给这只"巍鹏八号"做了全国首例猛禽接爪手术,并在随后四年多里,捕捉到它九次越境迁徙的卫星信号,包括在白城某地一个农家院一再出入,不免有些形迹可疑。想必是吃鸡上瘾啊——这家伙,妥妥地作案,妥妥地贪嘴吃货一个,是不是与人争食太过分了?

小分队事后忍不住去提醒粗心的事主。不料一个叫王秀芳的河北农妇,得知院里那些剩骨残羽的谜底,却哈哈一笑:"算个啥,俺今年再多留几只给它吃呗。"

作为一种粮大户,她是富得不在乎几十只鸡了,还是一时找不到别的方式,来感激这些远道而来的鸟哥们?

来客们反倒不知该说什么了。

> 鸿雁,在天上,
> 对对排成行。
> 江水长,秋草黄,
> 草原上琴声忧伤。
> ……

这是亚平在车上总是唱不完的心曲,也是各地鸟友在线上此起彼伏的云合唱。受全国这些爱鸟人所托,一支草根"王子"们拼凑的车队,带着镜头、电脑、望远镜、宣传品,这次真的"跟着大雁去迁徙"了。他们从洞庭湖的一号候鸟迁徙碑出发,越千山,过万水,历时十天,辗转长驱两千多公里,最终抵达内蒙古甘其毛都边境口岸,将难舍难分的一批又一批鸿鹄目送北迁。

长亭接短亭,落霞继星斗。车轮追赶雁翅,鸟鸣呼应歌潮。天上的"一"字和"人"字在泪眼中模糊了又清晰,清晰了又模糊,一会儿消失在山那边,一会儿又落下云端。这是动物界、生命界多么欢欣和忧伤的再一次别离,是人间天堂一个多么伟大的节日。也许,回雁峰、黄鹤楼、白鹤寺、雁鸣湖、雁门关、雁栖湖、大雁塔、雁荡山这一长串古老地名,将因此而纷纷苏醒,一个个开始萌动、舒展、绽放,重现容颜与光泽,再续它们各自无声的故事,无声的千年浪漫与沧桑。

这一年的三月二十七日深夜十一点,月亮从乌拉山口升起。亚平告诉我,他们几个追风送鸟的汉子这时仍久久守在乌梁素海岸边,遥望北方深远无际的夜空,一个个忍不住泪流满面。他们多想为太多说不清的理由大哭一场,多想在这里待下去,一直待到天上的"一"字和"人"字在秋后南归的那一刻。

二〇二二年六月

最初发表于二〇二二年《光明日报》。

图书在版编目（CIP）数据

然后 / 韩少功著. -- 上海：上海文艺出版社,
2025. -- （韩少功作品系列）. -- ISBN 978-7-5321
-8380-7

Ⅰ. I267

中国国家版本馆CIP数据核字第20250HQ272号

责任编辑：丁元昌　江　晔
装帧设计：付诗意

书　　名：	然　后
作　　者：	韩少功
出　　版：	上海世纪出版集团　上海文艺出版社
地　　址：	上海市闵行区号景路159弄A座2楼　201101
发　　行：	上海文艺出版社发行中心
	上海市闵行区号景路159弄A座2楼206室　201101　www.ewen.co
印　　刷：	浙江中恒世纪印务有限公司
开　　本：	1240×890　1/32
印　　张：	12.5
插　　页：	5
字　　数：	302,000
印　　次：	2025年5月第1版　2025年5月第1次印刷
ＩＳＢＮ：	978-7-5321-8380-7/I.6615
定　　价：	78.00元

告　读　者：如发现本书有质量问题请与印刷厂质量科联系　T：021-59404766